Wunderkind

D'ANDREA G. L.

Wunderkind
Uma reluzente moeda de prata

Tradução
Mario Fondelli

BERTRAND BRASIL

Rio de Janeiro | 2012

Copyright © 2009 D'Andrea G. L
Publicado originalmente, na Itália, por Arnoldo Mondadori S.p.A., Milão.
A publicação desta edição foi feita sob contrato com
PNLA/Piergiorgio Nicolazzini Literary Agency.

Título original: *Wunderkind — una lucida moneta d'argento*

Capa: Silvana Mattievich
Foto de capa: Mikhail sob licença da Shutterstock
Editoração: FA Studio

Texto revisado segundo o novo
Acordo Ortográfico da Língua Portuguesa

2012
Impresso no Brasil
Printed in Brazil

Cip-Brasil. Catalogação na fonte
Sindicato Nacional dos Editores de Livros. RJ

L1w	L., D'Andrea G.
	Wunderkind: uma reluzente moeda de prata / D'Andrea G. L.; tradução Mario Fondelli – Rio de Janeiro: Bertrand Brasil, 2012.
	392p.: 23 cm
	Tradução de: Wunderkind: una lucida moneta d'argento
	ISBN 978-85-286-1619-4
	1. Ficção italiana. I. Fondelli, Mario. II. Título.
12-6068	CDD: 853
	CDU: 821.131.3-3

Todos os direitos reservados pela:
EDITORA BERTRAND BRASIL LTDA.
Rua Argentina, 171 — 2º andar — São Cristóvão
20921-380 — Rio de Janeiro — RJ
Tel.: (0xx21) 2585-2070 — Fax: (0xx21) 2585-2087

Não é permitida a reprodução total ou parcial desta obra, por
quaisquer meios, sem a prévia autorização por escrito da Editora.

Atendimento e venda direta ao leitor:
mdireto@record.com.br ou (0xx21) 2585-2002

Para os céus lentos e os demônios sempre flamejantes.
Para a rua infinita do mundo e as joaninhas
que nela moram.

Para o oceano e a fortaleza: que nunca mais conheça
grilhões e correntes.

Para a gaivota que, à noite, ria, para o gatinho cego
e para o velho pescador que consumira o tempo,
as ondas e os dedos, mas não o coração.

E para Sara,
que os mostrou para mim, rindo
com as andorinhas do mar.

Nunca conheci alguém que houvesse visto a rua d'Auseil.

H. P. Lovecraft

Frank estava tão absorto em resolver o enigma da caixa de Lemarchand que não ouviu o grande sino começar a tocar.

C. Barker

PRIMEIRA TEMPESTADE

A tempestade rolava ao longe com um tripúdio de relâmpagos e trovões. As sombras vacilavam, como que desmaiadas, e até a noite parecia recuar diante da passagem da criança, vestida de preto e branco, que fugia assustada.

O homem no beco estava curvo em cima do fogo. O menino parou, transtornado. O cabelo preto colava em seu rosto, branco como leite: tudo nele era preto e branco.

A fogueira no fim da ruela soltava centelhas na fumaça de seiva vegetal e plástico queimado. Uma oferta de calor desejável demais para que o menino a pudesse recusar.

A água escorria furiosa. Gastava o reboco, martelava as pedras do calçamento, quase tentando apagar o incêndio nas entranhas da Terra, enchia as calhas até dobrá-las e as fazer transbordar, mas o homem envolvido na capa impermeável verde parecia não se importar. Tinha o rosto mergulhado na sombra e batia ritmicamente as mãos.

— Quer dizer, então — disse baixinho, com um tom quase de chacota — que você é o Wunderkind?

O homem não obteve resposta: o menino estava apavorado demais, trêmulo demais para dizer qualquer coisa, até um simples "estou com frio". Esfregou os olhos e, indeciso, chegou um pouco mais perto para observar a figurinha brilhante que dançava no compasso das mãos do homem.

Era maravilhosa: dava piruetas e cambalhotas no ar, leve como uma pluma, graciosa como uma bailarina. Evitava as gotas mais pesadas com fluidos movimentos de seda, e voltava a pular, para cima, incansável, superando as chamas, e voltava a descer, mais e mais, sempre acompanhando o ritmo das mãos do homem. O menino não se cansava de olhar, encantado.

Nunca tinha visto algo parecido.

O rosto do homem, agora, já não estava na sombra, e o seu perfil não era certamente bonito. A barba estava manchada e suja, enredada em uma maranha de cor indefinível. A pele das faces era enrugada, ressecada pelo sol e desfigurada pelo vento. Os lábios rachados estavam esticados em um sorriso torto, uma careta de lobo que deixava à vista dentes podres, mas afiados. Era caolho, com uma vistosa cicatriz malcosturada, que descia pela face e lhe cortava o olho, enquanto o outro, de um gélido azul, faiscante, trespassava o menino de um lado para outro.

O garoto estava com medo, um medo imenso, mas não conseguia desviar o olhar das evoluções da figurinha de fio metálico. Parecia-se com um minúsculo espantalho, com a cabeça triangular como a das cobras peçonhentas e duas penas de galo, formando um V que lembrava os chifres dos caprinos.

— Eu sou aquele a quem chamam de Pilgrind — apresentou-se o homem, sobressaltando-o. — E este aqui — acrescentou — é o Rei Arame Farpado.

Bateu uma última vez as palmas das mãos e o estalo que provocou pareceu ecoar ao infinito no beco escuro, ricocheteando de uma parede para outra, sobrepujando até o contínuo canhoneio da tempestade. As chamas da pequena fogueira brilharam mais fúlgidas e imponentes, e o menino, instintivamente, deu um passo para trás.

A figura deu mais um pulo elegante e desapareceu no alto, engolida pela escuridão.

Por um momento, pareceu ter desaparecido, mas, então, aterrissou com uma mesura e, na fugaz evolução cintilante, deu uma cambalhota e pulou em cima da criança.

Afundou as mãos em seu peito, em sua carne.

O único pensamento do menino foi: "Queima."

— Podemos começar.

É assim que o sonho acaba, infalivelmente: com aquela voz que sobrepuja a tempestade e a dor excruciante no peito. Sempre igual. Sempre a mesma sensação de perigo iminente.

1

Era sempre assim, em Paris, em outubro.
A alvorada começava sonolenta, umedecia a chama elétrica dos lampiões que, por algum tempo, crepitavam baixinho, para então abandonar as ruas a si mesmas.

Cabia à vozearia nos prédios despertar do sono e do torpor a cidade. Criaturas vivas e especiais, feitas de tijolos e concreto, mármore e madeira, granito e argamassa.

As canaletas de escoamento fervilhavam dos dejetos trazidos pela chuvarada. As goteiras continuavam pingando, portas de casas e lojas rangiam, cumprimentando em coro a tepidez da manhã.

Esticadas para o céu, naquela sua linguagem secreta, as criaturas de concreto e tijolos mexericavam acerca dos prejuízos da noite, fazendo a lista de mortos e nascidos.

O alvorecer passara do rosa para o vermelho, do vermelho ao amarelo. Portanto, amanhecer.

O chiar dos bondes, as portas corrediças das *boulangeries*, os passos dos operários, de jornal em baixo do braço e profundas olheiras marcando os rostos, a confusa gritaria dos pardais e das gralhas por cima do inconfundível murmúrio do outono. Folhas mortas juntavam-se em pequenos redemoinhos, poças respingavam na passagem de pneus e botas. Bandos de pombos espiavam de baixo dos telhados com seu costumeiro ar parvo e maldoso.

De manhã, o ar era um verdadeiro buquê para os entendidos. A fragrância do pão recém-saído do forno e aquela, mais sedutora, dos doces misturavam-se com o arco-íris dos perfumes dos floristas ambulantes, junto com os mais delicados e insinuantes de mulheres decididas que iam sabe-se lá para onde.

Um velho de olhos azuis passeava assoviando, de mãos nos bolsos. Seus olhos cruzaram os do menino amuado e o velho concluiu que Paris sabia ser tão estupenda quanto um primeiro amor.

Mas igualmente cruel.

Caius Strauss tinha 14 anos, uma aparência doentia, uma sacola a tiracolo e punhos apertados nos bolsos da jaqueta. Continuava a atormentar o lábio enquanto a cabeleira desgrenhada, roçando em sua testa, deixava-o ainda mais nervoso.

Uma vez que passara a maior parte de sua vida entre jalecos esterilizados e vidros de xarope, longe de gente de sua idade e suas ansiedades, mais amigo de Dickens que dos videogames, não tinha nada de bobo ou leviano. Por isso, além de inquieto, também aparentava alguma perplexidade.

O motivo era o seguinte: raramente encontrara em seu caminho um quebra-cabeça como aquele que, naquela que talvez fosse a última manhã agradável de outono, estava a atormentá-lo. O quebra-cabeça, pelo menos aparentemente, era inócuo.

Ele segurava na mão uma reluzente moeda de prata.

Enquanto, sem querer, esbarrava em um homem ocupado a examinar com olhos míopes a primeira página do *Le Monde*, Caius Strauss só conseguia pensar na moeda. A moeda, a moeda e mais uma vez *a moeda*. Um enigma que tornava aquela bonita manhã, escura como piche e tão cheia de emboscadas quanto as quatro que a antecederam.

Nos últimos quatro dias, com efeito, nada mais existia para Caius Strauss a não ser aquela moeda. A moeda e uma dúvida. A dúvida era: estou ficando louco.

Caius Strauss jogara a moeda de prata em uma lixeira cheia de papéis e latas de bebida, no cruzamento da rua Legendre, bem na frente da creche em forma de cubos no parque do Couvent des Récollets.

Jogara-a fora enquanto o pé d'água o encharcava da cabeça aos pés, às cinco em ponto: olhara o relógio. Aqueles detalhes haviam ficado gravados em sua memória. A lata, os cubos, o relógio.

Jogara fora a moeda, não a perdera em um momento de distração. Não tinha escorregado através de um buraco no bolso do jeans como costumava acontecer com os trocados e as passagens de metrô. Jogara-a fora de propósito, e, quando ouvira, apesar do martelar das gotas no guarda-chuva, o barulho da prata que tilintava no fundo da lixeira, sentira-se melhor. Não propriamente *bem*, apenas um pouco melhor.

Caius sabia que a moeda de prata voltaria. Não era a primeira vez que tentava livrar-se dela. Jogara fora aquela moeda três vezes, em três lugares diferentes, e três vezes a moeda de prata reaparecera.

Aquela maldita moeda, fria apesar de a mão que a segurava estar suada, fazia com que ele se sentisse estranho. Não, "estranho" é uma palavra vaga demais. Sempre remoendo, esquivou-se do latido de um minúsculo poodle e passou pelo austero portão da caserna Gendarmaria, na rua Truffaut. A verdade era outra, e Caius não era do tipo que mentia para si mesmo. O maldito quebra-cabeça, a moeda de prata que sempre voltava, não fazia com que se sentisse apenas estranho, fazia com que passasse mal.

E passava mal, porque considerava o sujeito que a dera... asqueroso.

Quatro dias antes, um carro de vidros fumês parara a uns poucos metros do banco onde Caius sentara para descansar.

Do carro, surgira um homem com uma ridícula cartola na cabeça. O homem sorrira e sentara a seu lado. Parecia estar procurando justamente por ele.

O sujeito baixo, gordo como ninguém, uma bola, de dedos incrivelmente longos e pálidos que não paravam de se mexer, desagradara Caius desde o primeiro momento.

Agora que já era tarde, Caius se arrependia de não ter ido embora imediatamente. Se tivesse feito isso, não estaria com aquela maldita moeda que lhe tirava o sono. Mas era inútil mentir: não teria tido a força de fazer uma coisa dessas.

Havia algo magnético e irresistível naquela figura obesa. Naquela cara de lua e naqueles olhos, redondos e reluzentes. Como moedas. Olhos que nunca piscavam, pensara Caius, estremecendo.

Não ficara um momento sequer sem pensar neles nos últimos quatro dias.

— Caius — dissera o desconhecido. — Caius Strauss.

A voz do desconhecido era sonora demais, alegre demais para não ser fingida. Fizera o estômago do rapaz se revirar.

— Caius Strauss. — O homenzinho oferecera a mão de dedos absurdamente longos e retos. — Caius Strauss, Herr Spiegelmann. Seu tio.

Ao cruzar os olhos do forasteiro, Paris desapareceu. Engolida. No reluzir das moedas incrustadas nas órbitas daquela lua esbranquiçada, Caius encontrou o próprio reflexo distorcido e uma sensação nova, extremamente violenta, que nunca tinha experimentado antes, nem mesmo diante do olhar preocupado dos médicos que procuravam uma cura para seus pulmões.

Medo.

— Como você cresceu, Caius Strauss! — O homem pronunciava o nome demorando-se nos esses, conferindo-lhe uma conotação quase carnal, obscena. Não era difícil imaginar aquela voz murmurando vulgaridades nos cantos escuros dos jardins de infância. — Você não passava de um pimpolho quando o vi pela última vez. Pequenininho assim... Mas cresceu, agora é quase um homem.

— Eu não... — As palavras custavam a sair, lentas, indecisas.

Herr Spiegelmann sorriu.

Tinha dentes absurdamente longos e afiados. E podres.

As baforadas de seu hálito não fizeram o rapaz recuar. Daquela podridão e daquele fedor, assim como de muitos outros pequenos detalhes repulsivos, Caius só se deu conta mais tarde. Como se aquele homem fosse o fruto de um sonho. Um sonho, no entanto, de que não podia duvidar.

A moeda na palma de sua mão havia sido, desde o começo, fria e concreta.

— E como poderia? Você era muito novinho, e eu tive que ficar ausente por muito tempo. — Herr Spiegelmann aproximou-se com ar conspiratório. — Obrigações, negócios. Um homem muito atarefado, era assim que sua mãe me chamava. Repreendia-me, dizia que eu acabaria tendo um troço. E alguns sujeitos da concorrência confiam muito em uma eventual enfermidade minha.

Um sorriso fugaz, mais uma vez aqueles dentes. Caius viu de relance que alguma coisa se mexia no fundo daquela boca. O enjoo tornou-se ânsia de vômito.

Na boca do desconhecido havia algo indefinível e desagradável, uma espécie de chumaço de cabelos, algo com tentáculos finos como capilares. Algo nojento e pavoroso. Mas desviar o olhar?

Impossível.

— O Vendedor, é assim que me chamam na família. Herr Spiegelmann, o Vendedor. Bastante estranha a sua família, sabia, meu rapaz?

Do mesmo jeito que sua voz era estridente, sua risada era baixa e cavernosa.

— Aposto que nunca lhe contaram sobre mim. — A afirmação soou como uma verdade óbvia. — Que pessoal mais aéreo, um bando de bobocas! Mas vamos dar um jeito nisso, você vai ver. Prometo. Estou aqui a negócios, sempre negócios, e acho que vou me demorar algum tempo. Assim, a gente poderá se conhecer melhor.

Fez-se uma pausa que, para Caius, pareceu uma eternidade.

Depois: — O que me diz?

O corpo do jovem reagiu como diante de uma ameaça. Não fosse por aqueles olhos brilhantes que o mantinham pregado, Caius teria vomitado.

— Não gostaria de conhecer velhas histórias de família? Nada melhor do que uma boa troca de fofocas diante de uma xícara de chocolate quente. Ou então poderíamos ir ao cinema juntos, conheço salas lindíssimas. — De novo aqueles esses demorados. De novo aquele assovio. E a boca que se abria. E aquela coisa se mexendo no fundo da garganta. — Cinemas onde passam filmes incríveis, daqueles que sua mãe nem sonharia em lhe deixar ver. E, algum dia, quem sabe, umas boas férias juntos. Como amigos do peito. Sou um homem muito atarefado, claro, mas sempre posso dar um jeito para dedicar algum tempo ao meu sobrinho.

Então, a lua partiu-se em duas. Foi o que Caius achou. A lua estava se rachando e, dali a pouco, iria engoli-lo. Mas era apenas a boca de Herr Spiegelmann que ria com gosto. A risada subiu de tom, subiu até tornar-se o zunido de um inseto. Agudo de fazer sangrarem os tímpanos.

Os olhos dos dois separaram-se por uma fração de segundo, e a calçada voltou a ter consistência. Carros que passavam, uma mulher segurando sacolas de compras, o automóvel de vidros fumês estacionado logo adiante, a vitrine da loja de bijuterias, que deixava suas quinquilharias à mostra... Depois, a lua se recompôs, e tudo voltou a ter contornos indefinidos.

Tudo a não ser Herr Spiegelmann. — Abra sua mão.

Caius obedeceu.

A moeda estava fria.

— Um amuleto. Um presente.

— Obrigado — gralhou o garoto.

— A gente se vê. Não passava de um girino pequenininho assim, mas agora você cresceu. Pense em minha proposta. Você gostaria de ver o mar? Vou levá-lo até lá. Todos gostam do mar. É lá que todos nós nascemos, se você pensar bem. Peixes, rãs, macacos. — Estalou os dedos como um ilusionista. — Isso mesmo. Vou levá-lo até lá. Mas só se for um bom menino. — Suas mãos borboletearam em um aplauso. Levantou-se.

A porta do carro se fechou. O motor subiu de rotação. A seta piscou e uma pequena nuvem de gás bufou do escapamento para queimar as narinas do rapaz. O desconhecido sumira.

Caius esperou até o carro desaparecer no trânsito, ficou de pé e voltou para casa.

Durante o caminho, não tropeçou uma única vez.

No dia seguinte, Caius jogou a moeda em uma lixeira da rua de Dames, bem perto de casa. Teve a impressão de tirar um pedregulho do estômago.

Naquela mesma noite, encontrou a moeda esperando por ele em cima do travesseiro.

Dois dias depois do encontro com Herr Spiegelmann, jogou a moeda da Pont des Invalides. A moeda se perdeu na escuridão das águas do Sena, e ele se sentiu melhor. Não bem, apenas um pouco melhor.

Mas a moeda voltou.

Três dias depois do encontro, embaixo de chuva, quase desesperançado, Caius jogou a moeda em uma lata de lixo da rua Legendre. Os cubos, o relógio. O tilintar da prata no metal da lixeira fizeram com que ele se sentisse um pouco melhor.

A moeda voltou.

Quatro dias depois do encontro com Herr Spiegelmann, atrasado e um tanto ofegante, Caius passou pelos portões do Instituto das Pequenas Madres.

Não antes de jogar a moeda em um bueiro.

E dessa vez não se sentiu nem bem nem melhor.

2

Escola. Caius tinha respondido a algumas perguntas de aritmética e resolvido, no quadro, um problema particularmente intrincado, merecendo os elogios da professora de geometria, uma minúscula freira de rosto enrugado como uma ameixa seca.

Durante o recreio, ele tinha trocado umas poucas frases com Pierre, seu vizinho de carteira, e com Victor, um rapaz um pouco mais velho com quem simpatizara. Rira de uma piada obscena e beliscara o lanche à espera da campainha. Aí voltara a sentar.

Sentia-se distante, destacado. A manhã ia se esvaindo em um estado parecido com suspensão cataléptica.

A freira enrugada, com seus óculos que a transformavam em um eterno ponto de interrogação; Pierre, com seu aparelho para os dentes; Victor, com sua mania de piadas de duplo sentido: para Caius, eles não passavam de mera cenografia.

Sua cabeça estava longe.

A primeira coisa que fizera ao entrar na sala, cabisbaixo para evitar o olhar de repreensão da professora, fora enfiar a mão no bolso e caçar a moeda.

WUNDERKIND

Não estava lá. Estava no bueiro em frente à escola. Jogara-a fora. Lembrava muito bem. Mas como podia ter realmente certeza? Aquela maldita moeda sempre voltava.

Assim, sua mão continuara a testar a consistência dos bolsos, achando que, mais cedo ou mais tarde, os dedos encontrariam gelo da prata. O quebra-cabeça ficava cada vez mais sério, insolúvel.

Sua ansiedade aumentava.

— O que é que você tem? — sussurrou Pierre.

— Nada.

De trás da mesa, a voz da professora o chamou: — O que houve, Strauss?

— Nada, srta. Torrance, queira desculpar.

— Você está muito pálido — notou a professora. — Quer ir ao banheiro para se refrescar?

Era uma boa ideia.

O corredor estava vazio. E, de alguma forma, sinistro.

Caius cerrou os dentes.

Na outra ponta da passagem, com o rosto escondido atrás de um jornal esportivo, estava o sr. Kernal. "Sr. Kernal" era a maneira como professores e alunos tinham que se dirigir a ele, mas Victor bolara para o homem um nome mais apropriado, embora não muito original. O Bastardo.

O jornal farfalhou.

O rosto de Laure Manaudou desapareceu. Em seu lugar, apareceram os traços marcados do Bastardo. Caius acelerou o passo. Virou a esquina e achou que conseguira esquivar-se. Bem em cima da hora, quando sua mão já alcançava a maçaneta da porta do banheiro, o Bastardo o chamou.

— Strauss.

A voz do zelador estava mais hostil do que de costume. Caius avaliou a possibilidade de fingir que não tinha ouvido, mas o corredor estava vazio e, embora fanhosa, a voz do Bastardo ecoara bem clara. Havia o risco de deixá-lo zangado.

— Sim?

— *Sim*? É desse jeito que se dirige a um adulto, Strauss?

— Desculpe, sr. Kernal. Posso ajudar em algo?

O Bastardo estampou na cara uma careta satisfeita. Suas gengivas estavam inflamadas e pretas. — Quero ter uma conversinha com você. — Apontou o indicador para o rapaz. — Em particular.

Caius aproximou-se da mesa atrás da qual o zelador estava sentado. Bastante perto para sentir as baforadas de fumo rançoso, mas não as de álcool.

— Está com medo de que eu devore você?

Caius deu mais um passo à frente.

O sr. Kernal fez estalar a coluna vertebral e curvou-se para ele. No rosto curtido de sol, seus pequenos olhos verdes reluziam maldosos. — Quero lhe revelar um segredo, Strauss. Sabe guardar um segredo?

— A srta. Torrance pediu-me para não demorar, talvez fosse melhor eu...

Com um piscar de olhos, o Bastardo agarrou o braço do garoto. Caius bateu contra a mesa.

— Está me machucando — tentou protestar com um fio de voz. Seus rostos estavam a poucos centímetros de distância. Caius podia ver os pelos grisalhos que despontavam das narinas do zelador.

O Bastardo sacudiu-o de novo, demonstrando evidente prazer diante das caretas de dor do menino.

Caius esperou que alguém aparecesse de uma das salas de aula, uma professora ou até a superiora. Daria-se por satisfeito até com um aluno.

Estava com medo. Aquela nova e terrível sensação tinha fincado as presas em sua carne pela primeira vez somente quatro dias antes, mas agora já parecia ter se tornado sua fiel companheira. Ninguém apareceu.
Estavam sozinhos.
— Você não passa de um merdinha arrogante, sabia, Strauss?
— Sim — choramingou ele. Sentiu vergonha da facilidade com que o Bastardo o levara a chorar, mas não havia nada a fazer.
O rapaz sentia a dor que se espalhava do bíceps, onde os dedos calejados do zelador se haviam fechado como um torniquete, até o ombro e a mão entorpecida.
— Sim *o quê*, seu insolente?
— Sim senhor, sr. Kernal. — As lágrimas desciam copiosas.
— Exatamente igual a todos os outros metidinhos. Acham-se muito inteligentes, não é verdade? Acham que sabem tudo do mundo e da vida, não é isso, Strauss?
— Sim senhor, sr. Kernal.
A resignação havia atenuado as lágrimas. O Bastardo sacudiu-o com força. Caius correu o risco de morder a própria língua. O Bastardo sorriu, escarnecedor.
Não era resignação que ele queria, queria pavor.
— E você é o pior de todos, Strauss, mas isso você já sabe, não sabe? É o pior, porque acha que sabe tudo quando, na verdade, não sabe de nada. — Deu um soco no tampo da mesa, e Caius sobressaltou-se assustado. — Nada, nadinha mesmo.
Parecia ter a garganta entupida de lama.
— Nadinha mesmo, sr. Kernal.
— É assim que eu gosto — disse o Bastardo e o forçou a chegar ainda mais perto. Caius achou que seu osso ia quebrar. Era só uma impressão, mas a dor tornou-se insuportável.
E mais insuportável ainda era a humilhação.

— Pois é, é assim que eu gosto.

— Sim senhor.

— E não tem respeito. Nem mesmo por quem lhe quer bem. Eu lhe quero bem, Strauss?

— Sim senhor, sr. Kernal.

O Bastardo deu-lhe uma bofetada que o deixou sem fôlego.

— Odeio você, seu nojento. Odeio vocês todos — cuspiu, cheio de desprezo. — Preferiria engolir uma lata de tinta a gostar de qualquer um de vocês. Principalmente de você, Strauss, o pior de todos. Mas o diretor pensa diferente. O diretor, Herr Spiegelmann, parece que lhe quer *muito* bem.

Caius piscou.

Medo. Mais uma vez o medo. Sempre o medo.

Os olhinhos do sr. Kernal brilhavam como carvão em brasa. Havia algo mais que um mero traço de loucura naqueles olhos injetados de sangue.

Havia um abismo.

O Bastardo anuiu com força. — Pois é, o diretor. Ele gosta de você. Gosta mesmo. E sabe que você perdeu algo muito precioso. Ele sempre sabe tudo. Tudo de todos. Mas não pense que se incomoda. Fosse por mim — umedeceu os lábios com a língua estreita e ressecada —, daria um montão de chicotadas nessa sua bundinha ossuda, até esfolá-la. E aí lhe ensinaria o que acontece com os que perdem coisas preciosas como... esta.

A moeda de prata.

— Muito, *muito* preciosa — ciciou o Bastardo, pensativo. Aí estourou: — E você, ingrato nojento, ainda se atreve a jogá-la na sarjeta!

A voz alquebrada do sr. Kernal ecoou de um lado para outro do corredor como o latido de um cão raivoso, a ponto de fazer estremecerem as paredes.

Mesmo assim, parecia que ninguém ouvira coisa alguma.
— Nojento — repetiu. — Nojento. E enfiou a moeda no bolso da camisa de Caius.
Estava fria.
— Nojento.
Era uma despedida.
Então, como se nada tivesse acontecido, o sr. Kernal pegou o jornal, abriu-o, e voltou a sentar-se. — Nojento — resmungou mais uma vez.
Trêmulo, Caius ajeitou a camisa e, sentindo-se uma marionete sem fios, voltou à sala, despojado de qualquer energia. Rijo em seu assento, esperou que o coração parasse de galopar. Olhou o relógio. Os ponteiros estavam somente um pouco adiante da marca das onze horas. Tudo acontecera em menos de cinco minutos.
A moeda voltara.

Caius não pensou duas vezes e foi uma novidade para um sujeito como ele.
Depois do que acontecera, não estava a fim de ficar na sala pelas longas horas que o separavam do som da campainha. Pareciam-lhe uma eternidade.
Estava sem fôlego, mal conseguia respirar, como se estivesse acometido por um ataque de claustrofobia. Tudo rodopiava diante de seus olhos, e mil pensamentos brigavam em sua cabeça, levando-o a um estado ainda mais confuso e abatido.
Quando achou que não aguentava mais, agiu impulsivamente, sem pensar. Rabiscou apressadamente um pedido de saída antecipada, falsificando, de qualquer maneira, a assinatura da mãe, e o entregou à professora.

Fez isso sem ficar vermelho nem titubear.

Estranho, pensou a srta. Torrance ao passar os olhos na permissão: o nome de Caius estava esmorecendo no papel. Pensou na coisa apenas por um momento, depois esqueceu o assunto.

Então, sem qualquer comentário, fez sinal para que ele saísse e deixou que o tédio da aula levasse mais uma vez a melhor sobre sua consciência embotada.

De volta à carteira, Caius guardou apressadamente livros e cadernos, sem se importar com as páginas rasgadas nem com as capas dobradas.

Era mais uma novidade: por via de regra, Caius era um rapaz muito organizado, quase meticuloso.

Depois, enquanto um dos companheiros recitava, com esforço, o futuro do pretérito do verbo "sangrar", Caius saiu da sala resmungando uma despedida.

O ar fresco, límpido.

Caius parou não muito longe do portão, na calçada da rua Puteaux. Sua sala ficava no último andar. Bastavam três lanços de escada para chegar lá. Só três.

Sentiu as lágrimas encherem seus olhos, dominado por uma estranha, profunda tristeza. Com um nó na garganta, imaginou a srta. Torrance e os companheiros, dobrados em cima dos livros, e os invejou com todas as suas forças.

Invejou o aparelho de Pierre e as piadinhas de Victor, a incapacidade de Fernando para seguir uma linha de raciocínio e até a dislexia de Corinne

Eram problemas normais aqueles, problemas normais para garotos de 14 anos. Em seu bolso, a moeda estava fria. Meu Deus, como estava fria.

Foi com trêmula ansiedade que Caius levantou os olhos para a janela do terceiro andar. A janela de sua sala de aula, aquela (imaginava) onde Pierre estava passando a unha nos espaços entre os dentes, onde Fernando tentava desesperadamente agradar a srta. Torrance, onde Corinne brincava com suas tranças. Caius levantou a cabeça para aquela janela, lá em cima, com o mesmo fervor com que alguns rezam ao céu, esperando encontrar algum calor capaz de contrastar com o gelo da moeda.

Não encontrou conforto algum, nada que pudesse amenizar sua tristeza, nem mesmo uma minúscula centelha que pudesse aquecê-lo.

O que viu foi tão inesperado que Caius sentiu-se forçado a dar uns passos para trás, recuando até quase o meio da rua. Arregalou os olhos e escancarou a boca, gemendo. Nem ouviu o soar de uma buzina quando um carro que passava somente não o atropelou por uns poucos centímetros. Apenas se deu conta disso de relance, de forma ausente, como se tivesse a ver com outra pessoa, um estranho que só podia olhar fixamente para cima e soluçar.

Perfeitamente enfileirados, os seus companheiros e a professora riam de sua aflição.

Estavam todos lá, perfilados, todos a observá-lo. A srta. Torrance sobressaía, com seu rabo de cavalo cor de mel. Dava para reconhecer facilmente a camisa xadrez de Pierre e o elegante lenço de seda no pescoço de Corinne.

Mas os rostos, que, até pouco antes, Caius achara tranquilizadores e que até invejara por sua feliz normalidade, já não eram os mesmos que o escarneciam das janelas do terceiro andar. Eram semblantes distorcidos por uma nojenta cor esverdeada, de ouvidos cortados como triângulos e narizes que mais pareciam bicos. Cenhos ferinos, animais, que, ao rir, mostravam fileiras de dentes longos e pontudos. Fitavam-no e riam dele, e parecia que sua reação apavorada os levava a rir ainda mais.

Um deles, o que vestia o casaco azul e branco de Bernard, o mesmo casaco azul e branco de Bernard, levantou o braço e fez um sinal, saudando-o. Esse último gesto de escárnio foi o que lhe deu forças para desviar o olhar: a mão de Bernard terminava em longas garras afiadas.

Caius meneava a cabeça.

Nada disso podia estar acontecendo realmente. Devia tratar-se, obviamente, de uma alucinação, dizia a si mesmo, sem ter coragem de levantar o olhar para certificar-se. As páginas dos livros e dos jornais estavam cheias de pessoas que, de uma hora para outra, começavam a ver coisas inexistentes. Na realidade *verdadeira*, era bem possível ter alucinações.

O que, por sua vez, nunca acontecia, na realidade verdadeira, com pessoas reais, era ver os companheiros de escola e a professora transformados em pesadelos vivos.

Caius conhecia muito bem a palavra empregada para indicar os que viam coisas impossíveis. Sabe lá quantas vezes ele mesmo a pronunciara com leviandade. Agora, no entanto, aquela palavra virava-se contra ele, enchendo-o de uma angústia menor apenas que o horror experimentado ao ver as atrocidades que o escarneciam da janela.

Louco. Essa era a palavra.

3

Caminhar sem rumo sempre o ajudara a clarear as ideias e tornar menos confusos os pensamentos, de forma que, uma vez longe dos horrendos cenhos na janela, sem vontade nem coragem de voltar para casa, Caius acabara vagueando sozinho pelas ruas de Montmartre e do Marais.

Evitara um grupo de turistas que tagarelavam diante do museu Carnavalet e dera de comer aos corvos de Parc Monceau comprando alpiste de um tunisiano manco. Assistira aos bate-bocas dos marrecos e concedera-se um sanduíche e um suco de laranja em uma barraca simples perto da rua de Lévis. Àquela altura, quase sem pensar, metera-se por uma viela lateral da rua des Dames, uma ruela pouco maior que um beco, que desabrochara, com sua grande surpresa, em um lugar tão desconhecido quanto inesperado.

Um pórtico cheio de promessas.

O bom das metrópoles antigas era justamente isto: ao contrário dos homens, mesmo que eles mesmos as tivessem erguido, sabiam guardar o passado. Ao contrário dos homens, mesmo que eles a tivessem vivido, sabiam contar a história sem mentir.

Havia lugares, pequenos cantos escondidos, onde esse misterioso talento pulava diante dos olhos até do profano e do distraído, e a pequena série de arcos aonde Caius chegara era justamente um desses lugares.

Devia ter sido construído quando Carlos Magno, vendo a própria imagem refletida, notara os primeiros pelos brancos na barba. Mesmo assim, por incrível que pareça, aquele lugar escondido nunca possuíra um nome.

Houvera incêndios e mortes, e cada incêndio e cada lágrima haviam deixado a marca de quem ateara fogo e de quem sofrera.

Para quem soubesse ler, ainda era possível reconhecer as aflições dos infelizes e a obsessão dos piromaníacos, estava tudo escrito na pedra. Havia quase mil anos que a metrópole antiga continuava a contar aqueles dramas e aquelas traições, não porque fosse sedenta de dor, mas simplesmente porque fazer aquilo era parte de sua natureza.

Se, ao longo dos séculos, a ninguém passara pela cabeça batizar aquele canto escondido, o motivo era muito simples: ninguém achara necessário.

Assim como houvera uma rua para os ourives, uma rua para os mercadores de seda, uma para os de vinho, todos sabiam que, se fosse preciso encontrar um livro, era ali que se devia ir para encontrá-lo.

Embaixo dos arcos, com efeito, uma ao lado da outra, repletas de fragrantes papéis, de litros e mais litros de tinta arrumada em frases e parágrafos, havia apenas livrarias: livrarias para todos os gostos.

A modernização, é claro, não dava a mínima para esse tipo de tradição. Grandes cadeias de livrarias ofuscantes, com suas luzes de neon, haviam surgido praticamente por toda parte. Astuciosos comerciantes haviam decidido plantar suas lojas em locais mais próximos do fluxo de estudantes, mas, se você estivesse a fim de procurar algo que não fosse o costumeiro texto de trigonometria ou o best-seller do momento, era para aqueles arcos sem nome que você tinha que ir.

Encostado no Monsieur Galambert, a primeira das livrarias do pórtico, havia o Mundo em Cinco Linhas, especializado em estranhos textos musicais. Depois, atrás de uma fachada de madeira escura, o infalível Aleph, com uma jovem que mascava preguiçosamente chiclete, e o Satyricon, com seu ar sinistro como o dos menestréis nas noites sem lua.

Caius, que amava os livros e as livrarias, diante de tamanha fartura, achou que tinha chegado ao paraíso. Todos aqueles volumes a descobrir todos aqueles títulos nos quais mergulhar eram um espetáculo que fez brotar uma sensação inesperada naquela hora tão sombria: esperança. Sorriu, e foi o primeiro sorriso daquele dia.

Nada impedia que esperasse encontrar nos livros um alívio para suas aflições, afastando o temor que o atormentava: o medo de ter enlouquecido. Caius sabia que os livros eram amigos fiéis com os quais podia sempre contar.

Estava perdido em pensamentos amenos como esse quando, poucos metros atrás dele, algo provocou um ruído que acabou de vez com toda esperança.

Talvez devido ao medo, ou quem sabe a alguma esquisita ilusão ótica, a rua pareceu ficar mais estreita. Tudo se tornara mais sombrio.

Não dava para acreditar, mas até a temperatura devia ter baixado bastante, uma vez que a respiração condensava-se em nuvenzinhas azuladas.

O ruído repetiu-se, ganhando alguns metros. Depois, de novo, mais definido e mais perto. Caius sacudia a cabeça, mas tentar negá-lo seria o mesmo que fechar os olhos diante da evidência.

Era um barulho atroz, que fazia rangerem os dentes e gelar o estômago. Era um barulho que fazia vibrar cada fibra de seu corpo.

Era o som de garras que arranhavam o calçamento. Garras como aquelas com que Bernard acenara para ele, sarcástico.

Caius sentiu um abismo abrir-se sob os seus pés. — Não, outra vez, não... — implorou.

Seu pedido permaneceu sem resposta.

No fundo da rua, bem à frente dele, Herr Spiegelmann sorria com sua cara de lua, como se estivesse morrendo de vontade de abraçá-lo. Não havia ninguém ali antes, e agora lá estava ele, surgindo do nada.

O Vendedor viera buscá-lo e, dessa vez, não tentaria agradar. Jogaria duro, usaria a força. Caius deu-se conta de tudo isso com a mesma imediata certeza de saber que, se Herr Spiegelmann o pegasse, seria seu fim.

O pânico, naquele momento, foi sua salvação.

O garoto ossudo e magrelo baixou a cabeça e deixou-se guiar pela adrenalina justamente na hora em que lhe pareceu vislumbrar, atrás de si, uma criatura cheia de dentes pronta a dar o bote e segurá-lo com suas garras longas e curvas.

Caius jogou-se para a direita, correndo mais rápido que jamais poderia imaginar. Passou sob uma arquitrave com os restos abandonados de um ninho de andorinhas, escancarou o portão de ferro de uma livraria e rodou sobre si mesmo, como um lutador de judô, de cotovelo levantado, pronto a sofrer a dor na carne e o asqueroso aperto do Vendedor.

Mas nada aconteceu.

Não houve sofrimento, nem o olhar lunar do Vendedor bloqueando sua visão. A criatura que lhe parecera ouvir rosnando a poucos centímetros de seu pescoço talvez nunca tivesse existido. Nada mesmo, a não ser o alegre tilintar de uma campainha acima de sua cabeça.

Caius baixou os braços, incrédulo. Espiou à esquerda e à direita, forçando a vista ao máximo, mas sem ter ânimo de deixar o esconderijo onde se encontrava.

Viu apenas o velho pórtico, as livrarias compenetradas em si mesmas e alguns papéis levados pelo vento.

A campainha de latão tilintou de novo quando a porta decidiu cumprir seu trabalho e voltar a se fechar, fazendo-o sobressaltar-se. Um letreiro bateu no vidro. Com seus formosos e elegantes caracteres, uma escrita: CARTAFERINA.

O cheiro dos livros era tranquilizador. Caius fechou os olhos e recuou para o calor da livraria, deixando que a porta se fechasse com uma batida seca.

Nada de garras e nada de Vendedor. Estava salvo: essa era a boa notícia. Mas talvez estivesse realmente ficando louco. E essa era a má notícia.

Ofegante, enxugou o suor do rosto, massageou as têmporas e tentou inventar uma desculpa para aquela entrada tão inconveniente.

Virou-se e ficou de queixo caído. Nunca vira algo parecido.

Teve a impressão de ter acabado de entrar no ateliê de um artista, cheio como estava de estranhos objetos de metal e de esculturas de aparência sonhadora. De todas as livrarias daquela antiga ruela, a Cartaferina devia ser a mais estranha.

Livros não faltavam, muito pelo contrário. As estantes, todas com várias décadas nas costas, todas incrivelmente cheias, eram uma verdadeira mina de títulos.

Eram tão imponentes que, estavam presas diretamente ao teto, de forma que, para alcançar as prateleiras mais altas, era preciso usar uma escada.

— Claro, pode encomendar... Não precisa se preocupar, o pedido será entregue dentro de três dias. Sim, claro, um pacote sem remetente e sem... claro, não queremos espantar os vizinhos, não é? — Uma risadinha fanhosa, quase o chiado de um rato. A voz voltou a ter um tom profissional, monótono. — Três, sem problema. Três dias. Claro, temos um site na Internet muito atualizado... Pode usar um cartão de crédito... Ok, até breve, então.

O sujeito atrás do balcão, entre uma caixa registradora de metal amarelo e um laptop de última geração, era alto, com uma cabeleira que lhe chegava aos ombros, de um tom loiro oxigenado que teria deixado Marilyn Monroe com inveja.

Usava óculos de tartaruga, com lentes tão espessas que pareciam fundos de garrafa, a emoldurar olhos escuros como piche, e aparentava estar muito satisfeito.

Atrás dele, uma estante cheia de livros de aparência um tanto precária erguia-se dominadora, quase a querer engoli-lo. Na prateleira mais alta, lá em cima, sobressaía um esqueleto amarelado. Um esqueleto de gato, para ser exato.

Alguém tinha colocado nas órbitas vazias do crânio duas bolas de gude cor magenta.

Elas soltavam reflexos dignos de um pesadelo.

— Se quiser ficar plantado aí, fique à vontade. É um cantinho muito confortável esse aí.

— Desculpe — disse Caius, aproximando-se tímido. A Cartaferina, como todas as livrarias bem-providas, de alguma forma intimidava.

— Primeira vez?

— Como? — gaguejou Caius, chegando mais perto do balcão.

O livreiro de cabelos descoloridos fitava-o com um sorriso cúmplice. — É a primeira vez que você vem aqui, estou certo? — repetiu, enquanto um enxame de luzinhas azuis se refletia em seus óculos. — Acho que nunca o vi antes.

Caius continuou calado.

— Aqui na Cartaferina — insistiu o livreiro.

— Sim, pois é... A primeira vez.

O homem, empoleirado em um banco alto, estufou levemente o peito. — Ela sempre provoca essa reação. Mas tinha de ver antes que eu desse um jeito. — Deu uma educada tossidela, consciente de ter chamado a atenção do rapaz. — Não quero me gabar, mas... — abriu-se em um sorriso que deixou à mostra dentes brancos e perfeitos — isto era uma verdadeira balbúrdia. O velho acabava de esticar as canelas, mas mesmo antes, quando estava vivo, não batia lá muito bem. Não deveria dizer isso, mas... Havia dias em que nem mesmo lembrava o próprio nome.

Deu uma olhada nas estantes.

Caius parecia ser o melhor público que aquele bizarro personagem pudesse desejar. O livreiro estava plenamente consciente disso e estava a fim de lhe mostrar um desempenho memorável. Cada movimentos seu era estudado, e a longa prática tinha aperfeiçoado seu histrionismo até o tornar perfeito.

— Mas não os títulos, ele se lembrava de todos. Cada um deles. Se cagava todo e nem reparava, mas era só pedir um determinado livro — estalou os dedos — que ele pulava como um gafanhoto e o encontrava. Sabia dizer o autor, o ano da publicação e a editora, se houvesse, ou o prelo de onde saíra. Incrível, realmente incrível. Isso, pelo menos até quando suas pernas ajudaram. De qualquer maneira, quando ficou claro a todos que ele não podia continuar daquele jeito, porque as crises se tornavam cada vez mais longas, os filhos, dois imprestáveis que nem dá para contar, levaram-no para um asilo. Na sua idade, não se pensa nisso, mas, cedo ou tarde, a gente acaba em um lugar desses. Quantos anos você tem?

— Quatorze.

— Idade boa. Pode entender o que quero dizer. Resumindo, no asilo o velhote fez a única coisa capaz de mantê-lo vivo: tornou-se o bibliotecário. — Mais uns risinhos. — Mas aquele não era o seu ambiente. Sentia-se meio perdido. Seu habitat era este aqui. De forma que, em cerca de dois anos, ele piorou e esticou as canelas. Pelo que o médico contou, suas últimas palavras foram seu nome, o dos pais, a data de nascimento e a da morte: mais ou menos como se tivesse finalmente encontrado a prateleira certa onde descansar.

Caius assentiu, impressionado.

O livreiro voltou a contar. — Grande homem, o velho, pena que não o conheci pessoalmente. Os dois bastardos, os filhos, ele e ela, que as Potências dos Infernos Fiquem o Tempo Todo Cagando em suas Cabeças, pretendiam livrar-se de tudo. Tudo para o lixo. Aquela gente não sabe apreciar... — O sujeito tirou um pesado volume da pilha ao lado do laptop e encostou-o no ouvido, depois deixou escorrerem lentamente as páginas.

Fechou os olhos, estático.

— Pois é... Deixaram apodrecer tudo. Claro, era de se esperar. Quem podia comprar um lugar como este? Aqui há livros que valem uma fortuna, acredite. O problema era que, com a morte do velho, também tinha morrido, digamos assim, o arquivo central. Os livros estavam aqui, mas onde? E, além do mais, vamos falar a verdade... Vivemos em um mundo que é um cocô.

Aquela palavra tão infantil, junto com a expressão solene com que o livreiro a pronunciara, fez Caius. sorrir

O sujeito de cabelo oxigenado considerou aquilo um incentivo e esticou a mão. — Fernando Paixão.

— Caius Strauss. O senhor tem um estranho... — O garoto corou, sem terminar a frase. Se sua mãe estivesse ali, teria olhado zangada para ele.

— Sotaque? Eu sei, é o que todos dizem. Nasci e me criei em Coimbra. Sabe onde fica? — Caius abriu a boca para responder, mas o livreiro foi mais rápido: — Sim, claro, já sei o que vai dizer. O que é que um português está fazendo aqui, no Dent de Nuit? Simples. Em Coimbra, eu tinha uma pequena livraria, uma espécie de saleta de leitura. Também vendia CD, DVD e artigos... de colecionador. A caixa de Lemarchand em edição numerada, *action figures* de *Guerra nas Estrelas*, a máscara de *Predador* em tamanho natural... Aí ouvi dizer que aqui... O que é que você tem, garoto?

Perplexo, Caius repetiu: — Dent de Nuit?

O livreiro franziu os lábios em uma careta. — Dent de Nuit, isso mesmo. Acho que você precisa de uma boa soneca, Caius.

O garoto não fez objeção, nem um pouco satisfeito com a resposta, deixando que o outro continuasse o monólogo. Nunca ouvira aquela expressão: "Dent de Nuit".

Talvez, fosse uma forma portuguesa de falar, traduzida de qualquer jeito. Voltou a pensar na moeda. Mais um *talvez*. Havia dúvidas demais em sua vida de uns dias para cá.

— Aqueles dois me sangraram. Malditos vampiros. Gastei até o último tostão, mas fechei o negócio. Aí começou o calvário. Noite e dia aqui dentro a catalogar, catalogar e mais catalogar. — O livreiro deu um tapinha carinhoso no laptop. — Agora está tudo aqui. Tudo mesmo. O velho teria ficado com orgulho de mim. E aí — salientou — reformei a Cartaferina, como o velho a tinha encontrado. Um verdadeiro lance de sorte. Dando uma limpeza nos fundos da loja, encontrei umas fotos, velharias dos tempos da guerra, e uma delas retratava a livraria e o velho. Era um homenzarrão quando jovem, mas com um péssimo gosto no que dizia respeito a roupas — acrescentou com ar de conspiração. — Gostava de gravatas-borboleta — explicou com um sorriso. — De forma que a usei como modelo, quer dizer, a foto da livraria. Quanto a mim, sou um sujeito informal, não gosto de gravatas, de gravatinhas então nem se fala. As estantes que você está vendo encontrei em uma loja de móveis usados do Quartier Latin. É incrível como as pessoas não dão valor ao que têm. Mais uma herança da qual livrar-se, imagino. As lâmpadas e os lustres, por sua vez, eram do velho, ele os guardava no sótão. Os dois mal-agradecidos, que as Potências dos Infernos Continuem Cagando Sempre em suas Cabeças, até que ficaram contentes ao me deixar levar alguns trastes do apartamento do pai.

— É uma beleza mesmo — disse Caius, com admiração. — Realmente lindo.

— Obrigado, obrigado, nada de aplausos, muito obrigado, *thank you, we love youuuu!* — O livreiro riu. — E desde que abri o site, passei a ter um bom lucro todos os meses. — Esfregou as mãos. — Os dois ingratos devem estar se roendo de raiva. Que as Potências dos Infernos...

— ... Continuem Cagando Sempre em suas Cabeças — completou Caius.

O livreiro sorriu. — Desculpe se lhe fiz perder tempo. Está procurando algo em particular ou só quer permissão para se perder no labirinto?

Caius meneou a cabeça, constrangido. — Na verdade, eu...

Fernando deu de ombros. — Parece ser um bom garoto. Gosta de livros, dá para ver de longe. Eu também era assim na sua idade. Gostaria de dar uma olhada?

4

— E esta aqui é a sala das maravilhas. A iluminação, amarelada e tristonha, estava a cargo de umas velas penduradas nos cantos que, mais que ajudar, criavam manchas de sombra parecidas com mãos estendidas.

— Puxa vida... — disse Caius fascinado depois que suas pupilas se acostumaram à semiescuridão.

As estantes ali eram fechadas com vidros e cadeados e, em uma tosca mesa no meio, via-se um molho de chaves enferrujadas.

O aposento estava abarrotado de objetos e pastas de arquivo. Uns ao lado dos outros, uns em cima dos outros, sem continuidade ou aparência de classificação.

O que mais chamou a atenção de Caius foram as prateleiras mais baixas, parecidas com caixas de ferro e cristal. Lançou um rápido olhar a Fernando e, com sua permissão, aproximou-se.

No começo quase ficou decepcionado. Bugigangas. Eram objetos sem qualquer interesse. Nada a ver com maravilhas. Mesmo assim, quanto mais os observava tentando entender como o excêntrico livreiro podia considerar maravilhosa uma xícara rachada ou um par de luvas femininas manchadas de terra, mais Caius se dava conta de que aqueles objetos exerciam um fascínio todo especial. Especial e, ao mesmo tempo, macabro. Porque, de alguma forma, os objetos guardados na caixa estavam vivos. Vivos e cruéis.

Pareceu-lhe ouvi-los sibilar e soprar, como se tivesse destampado um ninho de víboras.

E, ainda assim, eram objetos de aparência comum, assim como eram comuns eles mesmos. Garfos de três pontas, espelhos de bolso com moldura de marfim, uma faca de lâmina enferrujada, um anzol de pescar todo torto, um novelo de lã mofada, um vidrinho de perfume. Achou até ter vislumbrado uma estatueta de gesso representando um anjinho, daquelas que custam apenas poucos centavos e se penduram na árvore de Natal.

Nenhum enfeite natalino, no entanto, jamais tivera uma expressão tão feroz. Nunca algum perfume tivera um cheiro tão parecido com uma substância letal, e ninguém com um mínimo de sensibilidade cortaria o pão para a pessoa amada com um utensílio imbuído de tão forte desejo homicida.

Estavam vivos e eram cruéis.

Caius recuou.

— Diabos — resmungou.

— Dão calafrios, não é verdade?

O garoto mexeu-se pouco à vontade. — Pois é. O que são?

Fernando parecia achar graça. — Artefatos, é claro. Não me diga que nunca ouviu falar a respeito — exclamou como se fosse a coisa mais óbvia do mundo. — De qualquer maneira, são trecos perigosos, ainda mais para um rapazinho de sua idade. É por isso que estão trancados a sete chaves. É melhor ficar longe deles, ouça meu conselho. A sala das maravilhas está cheia de objetos perigosos. Já reparou que as coisas... fascinantes também são quase sempre perigosas? Artefatos, mas também alguns livros — confidenciou. — E certas mulheres, caramba.

WUNDERKIND

Depois, com um amplo sorriso que queria ser tranquilizador, piscou o olho. — Mas o melhor ainda está por vir. Olhe aqui — disse Fernando, escolhendo uma chave torta no molho enferrujado. — Já conheceu algum colecionador?

— Meu pai chegou a colecionar selos, mas se cansou logo.

Fernando ajeitou os óculos no nariz, levantando as sobrancelhas. — Vê-se que não tinha queda. Entenda, meu rapaz, no meio de toda a variedade humana, a dos colecionadores talvez seja uma das tribos mais excêntricas. Veja bem... Há os que colecionam garrafas de Coca-Cola, ou catálogos de eletrodomésticos dos anos 1950, acredite em mim: conheci dúzias deles. Outros que fariam qualquer loucura para botar as mãos nos autógrafos de personalidades mortas, enterradas e totalmente esquecidas. Pessoas que esperam encontrar algum detalhe, alguma mancha de tinta, uma bandeira que flutua contra o vento, coisas assim...

O livreiro afastou o topete caído em cima dos olhos, sem parar de mexer nas prateleiras — Onde diabo a guardei? Não se esqueça disso, Caius, a tribo dos colecionadores tem memória longa. Lembra o momento em que um obscuro designer teve a ideia de dar uma forma feminina à garrafa da Coca-Cola. Ainda falam do colar de Maria Antonieta, de como foi usado por Ava Gardner (Ava Gardner, está me entendendo?) em uma noite de paixão, e de como foi roubado dela, e de como a joia espera até hoje, em um cofre secreto, por alguma beldade digna de seu esplendor. Um momentinho só, acho que a guardei...

Dobrou-se em cima dos joelhos e continuou: — E obviamente falam de moedas...

Caius ficou pálido. — Que tipo de moedas?

Fernando virou-se para ele, sorrindo. — Será que acabamos de descobrir que temos uma paixão em comum? Quer dizer, além dos livros. Gosta de moedas?

— Nunca pensei no assunto.

— E de fato é melhor não pensar, pois é assim que a gente se torna um colecionador, por mero acaso. Quer saber o que contam os caras dos ambientes numismáticos?

Não podia haver outra resposta a não ser: — Quero.

— Falam daqueles que as forjaram. Dos que as tocaram. Das qualidades delas, e dos defeitos, obviamente. Do peso e da cunhagem delas. De quantas peças ainda sobraram e de quem as guarda zelosamente. Precisa entender que os numismatas, entre todos que pertencem à tribo dos colecionadores, são os que têm a memória mais longa. Claro, não é? As moedas são tão antigas quanto o homem... Obviamente, as mais procuradas são as raras.

A cabeça de Caius começava a rodar. — Moedas raras?

Fernando piscou para ele. — Ofuscado a caminho de Damasco. Você é igualzinho a ele, São Paulo ou São Pedro, já não lembro mais! Moedas raras, é claro. Como a que tem a cabeça de César que levou Brutus à loucura de tanto remorso, por exemplo. As do Reich, cunhadas de um só lado para enfrentar a galopante inflação incontrolável naquela época. Os rublos, nos quais, por um erro de secagem, a estrela vermelha foi transformada em um pentáculo e o rosto de Stalin no de um vampiro... Elas valem dinheiro para caramba. Moedas do Baixo Império. Moedas do tesouro de Gengis Khan. A moeda da sorte de Napoleão. Moedas como amuletos, moedas que dão azar. De ouro, de bronze, até mesmo de pedra. Conchas de longínquas tribos, dinheiro primitivo, mas, ainda assim, dinheiro...

— Moedas de prata?

Fernando emudeceu, fitando-o nos olhos. Parecia indeciso, quase avesso a continuar. — Sim, claro, de prata também. Há de todos os tipos, de cobre, ouro, bronze. E, obviamente de prata. Por que não deveria haver as de prata?

— E o que sabe delas? Há moedas de prata especiais?

O livreiro assentiu devagar, sem despregar os olhos do rapaz.

— Especiais? Como assim?

— Sabe como é... — Caius gesticulou, sem encontrar a palavra certa — ... de algum modo, estranhas.

— Claro que há.

— Fale-me delas.

Fernando tamborilou em uma caixa encoberta por uma fina camada de poeira. — Quer mesmo saber daquelas moedas... estranhas? Há histórias muito mais divertidas que eu poderia lhe contar, acredite. Conheço muitas. Por exemplo, aquela do...

— Quero saber das moedas.

Mais uma vez, o livreiro pareceu titubear. Depois de uma pausa que o garoto achou interminável, porém, Fernando começou: — Como quiser. Moedas estranhas, especiais... Algumas delas, por exemplo, fundidas com o metal do sino que deu suas últimas badaladas enquanto Giordano Bruno morria envolto pelas chamas em Campo de' Fiori. Um sino que foi roubado e vendido no mercado negro por um ladrãozinho qualquer. E que foi comprado por um ourives veneziano. Ourives cujo último trabalho, antes de cair bêbado no Canal Grande, foi a cunhagem de trinta moedas de prata. Perfeitamente redondas e lisas, tão lisas e polidas que dava para se ver refletido nelas.

Caius sentiu um arrepio correr pela espinha.

— Sabe-se muito pouco daquelas trinta, como costumamos chamá-las nós, da tribo. Será que são as mesmas moedas que Crowley nem quis tocar quando lhe foram oferecidas por um contrabandista de Corfu? As mesmas pelas quais Goebbels mandou fuzilar vinte dos seus mais chegados colaboradores e destruir a Biblioteca de Varsóvia? Aquelas mesmas moedas que Anatoli Boukreev perdeu nas encostas do Annapurna? As mesmas moedas de prata cujo roubo induziu Poe a tentar o suicídio? Os numismatas afirmam que sim.

Fernando inseriu a chave na fechadura da caixa de metal e concluiu, sorrindo: — Mas os numismatas, como todos os colecionadores, são uns grandes mentirosos.

— São...

De repente, a cabeça de Caius enchera-se de um ruído assustador, parecido com o estrondo de uma cachoeira. Como se não bastasse, tinha a desagradável sensação de a sala das maravilhas da Cartaferina estar se enchendo de água. Não havia água à sua volta, a não ser a umidade condensada nos vidros das janelas trancadas, mas Caius achou, mesmo assim, que estava se afogando.

— Caius? O que está havendo?

O rapazinho levantou a mão para calar o livreiro, que o fitava apavorado. A vertigem tinha sugado todo o sangue de seu rosto, Caius estava incrivelmente pálido. Uma dor surda acompanhava o estrondo, fazendo-o cambalear.

— São vinte e nove — murmurou, indicando a caixa. — Falta uma.

O pequeno cofre ainda estava fechado. A chave tremia nas mãos de Fernando. O livreiro também ficara branco. — Como é que você sabe?

— Sei, só isso — respondeu Caius. Sentia o suor escorrer pelas costas, empapando a camisa. A sensação de afogamento tinha sumido, mas não a dor nas têmporas. — Abra.

Fernando fez estalar a fechadura. Bastou um clique delicado para fazer pular a tampa. A caixa de metal continha vinte e nove moedas de prata que brilhavam sinistramente.

Caius foi tirar a sua do fundo do bolso das calças e juntou-a à coleção. Ela se inseriu com perfeição no último espaço que sobrava.

— Onde foi que a arranjou? — perguntou o livreiro, pasmado. — Como soube que faltava uma?

Caius forçou-se a sair de perto: cada uma das trinta moedas era a cópia exata do rosto do Vendedor. Longe das moedas, a vertigem e o estrondo na cabeça haviam desaparecido — Não importa, agora é sua.

— Eu não posso...

— É sua.

— Não...

— Com uma condição.

— Qual?

— Que a tranque a sete chaves.

5

O bom das metrópoles antigas era justamente isto: elas escondiam cantos desconhecidos, que não apareciam em nenhum mapa, pouco frequentados e que passavam despercebidos aos olhos da maioria. Alguns desses lugares tinham nome, outros não.

Podia tratar-se de trechos de calçada onde, por mais incrível que pareça, ninguém botara os pés. Podiam ser nichos com imagens de santos diante dos quais nenhum beato jamais rezara. Podiam ser estuques inacabados, jardins secretos ou estátuas desprovidas de olhos e pés.

Dent de Nuit não era uma maneira de falar, como Caius supusera.

Dent de Nuit era o nome de um desses cantos ignorados. Uma zona escura nos mapas cadastrais. Uma zona cinzenta nas lembranças de quem passava por lá sem motivo.

E o coração do Dent de Nuit, logo depois de Montmartre, encostada no cemitério monumental, era uma extravagante estátua de pedra chamada Chafariz do Rana.

Era curioso que tivesse recebido esse nome uma vez que, pelo que as pessoas podiam lembrar (pois o Dent de Nuit não fugia à regra: ali moravam homens e mulheres como em qualquer outro bairro), ninguém jamais o vira jorrar água e a ninguém nunca passara pela cabeça considerá-lo um verdadeiro chafariz.

Obviamente, a base em forma de folha de lótus podia levar a pensar em uma fonte. E os sapos todos em volta, agachados e de boca escancarada, podiam lembrar querubins barrocos jorrando água. Havia até pregas na pedra lisa, regos cobertos de macio bolor, sulcos polidos que testemunhavam uma antiga erosão perdida no tempo. Mas o negócio era que ninguém jamais vira uma gota d'água sair do Chafariz do Rana. Nem um pingo. Mais que uma fonte, portanto, era um monumento.

E antes de ser um monumento, era um rébus.

Os livros raramente o mencionavam e, quando o faziam, limitavam-se a vagos indícios. Impressões relatadas só de relance. Em algum poeirento volume do cadastro constava que aquilo que o pessoal chamava familiarmente de Chafariz do Rana havia sido originalmente batizado pelo construtor com o nome Dernier Cri. O mesmo arquiteto que planejara a praça em volta e algumas das ruas laterais. Um artista que, alguns dias depois da inauguração daquela estranha obra, perdera o favor de Sua Majestade e, por isso mesmo, fora jogado nas celas da Bastilha.

Desse desconhecido sobraram apenas uns poucos resquícios, todos cuidadosamente catalogados e, logo a seguir, esquecidos: um estojo de joias cravejado de opalas e lápis-lazúlis doado à rainha na ocasião de seu vigésimo primeiro aniversário e uma série de pássaros canoros esculpidos em madeira de cedro e guardados em alguma prateleira nos subterrâneos do Louvre. E, finalmente, o lacônico e lúgubre atestado de morte: *Degolado na praça pública em 15 de maio de 1790*. Robespierre em pessoa tinha assinado a sentença de morte.

Havia séculos que, para os moradores do bairro, a estátua do Rana era simplesmente um ponto de encontro.

"A gente se encontra no Rana" era uma forma como outra qualquer de marcar um encontro.

O sol já se pusera por trás dos pináculos das igrejas, deixando na sombra os telhados dos prédios. O vento trouxera ares de tempestade. A temperatura ficara mais fria. Até O Poço estava fechado, e os raros transeuntes apressados procuravam o calor dos muros domésticos.

Só um homem grandalhão, do tamanho de um armário e igualmente vistoso, sentava-se com as mãos entre as coxas em um dos bancos em volta do chafariz.

O nome do armário era Paulus Marchand. Estava esperando o irmão, atrasado como de costume. Bem à vontade, não dava a mínima para os vadios de aparência suspeita que vez por outra passavam pela praça. Com aquela barba malfeita e os traços que pareciam esculpidos a marretadas, não era do tipo que precisava se preocupar com punguistas, pilantras em geral e encrenqueiros.

Assoviava.

A paixão de Paulus eram os rébus. Logo que lhe sobrava algum tempo, em casa ou empoleirado diante do balcão de uma taberna qualquer, mergulhava naqueles desenhos crípticos e não conseguia pensar em outra coisa até que, como que por milagrosa erupção vulcânica, sua mente, estimulada por uma energia invisível, mas poderosa, descobria a frase oculta. Nesses momentos, seu rosto se abria em uma careta parecida com um sorriso, ele dava um estrondoso tapa na coxa e ria escancaradamente, como uma criança.

Feliz.

WUNDERKIND

— Aí está você...

— Já não era sem tempo...

—Achou que eu ia deixá-lo aqui sozinho? — perguntou o irmão, que gostava de ser chamado "o Cid", com um sorrisinho nos lábios e uma pitada de escárnio nos olhos.

O homenzarrão deu de ombros: o Cid só se dava por satisfeito quando conseguia enervar quem estava diante dele. Naquele momento, ele já não ligava.

Impedir que o Cid bancasse o impertinente seria o mesmo que forçar um burro a não zurrar.

Paulus, no entanto, conhecia-o melhor que qualquer outra pessoa no mundo e poderia jurar que havia algo mais: sob a costumeira arrogância, o irmão parecia morrer de vontade de contar algum segredo.

— E aí?

— É um trabalhinho de nada, muito fácil.

— Um trabalhinho de nada, muito fácil, não é? — repetiu Paulus.

— Uma dica precisa, infalível, e uma boa grana para a gente repartir.

O homenzarrão cruzou os braços. — Estou ouvindo.

O Cid fez sinal para que o acompanhasse. Passeando, chamariam menos atenção. — Eu estava na minha, tomando tranquilamente uma cerveja no Obcecado, esta tarde, deviam ser... sei lá... — encheu uma bochecha tentando lembrar com precisão. — Sei lá, deviam ser duas, uma, talvez três horas, já conhece o lugar, não é? Está sempre escuro, e não dá para entender coisa alguma com toda aquela fumaça...

— O que estava fazendo no Obcecado?

O Cid esfregou as mãos, pigarreando. — Já lhe disse, tomava uma cerveja...

Paulus insistiu: — Uma cerveja? Mas não lhe haviam proibido de entrar naquele local? Se bem me lembro, aquele bastardo do Suez foi bastante explícito.

— Hum, a gente acabou se... entendendo — falou apressadamente o Cid, esperançoso.

Paulus não se deixou apiedar. — Você estava devendo a ele um montão de grana.

O Cid apertou os olhos com ar agressivo, e seu tom tornou-se áspero. — Ele recebeu seu maldito dinheiro. Até o último centavo — rebateu. — Posso continuar, agora?

Paulus fitou-o desconfiado, mas concordou.

— Lá estava eu, tomando a minha cerveja na mais santa paz, quando dois sujeitos de longas capas e cara de poucos amigos sentaram à mesa atrás da minha, dois desconhecidos nunca vistos antes, com cachecóis que quase lhes escondiam o rosto: dá para entender por que fiquei curioso? Ora, já está fazendo frio, é verdade, e Suez é tão pão-duro que só acende a lareira no Natal, mas usar cachecóis e chapéus em um lugar fechado, ainda de tarde... Você está me entendendo... Hoje até que estava fazendo calor.

— Não combinava?

O Cid bateu palmas. — Isso mesmo, não combinava.

— E você decidiu ficar atento...

— Ouvi tudo que diziam. Tim-tim por tim-tim, sem perder uma única palavra.

O Cid parou, todo feliz.

Seu sorriso mais parecia uma careta assassina.

— Estavam falando sobre repartir o roubo. Um montão de coisas. Ouro, Paulus. Ouro. Praticamente um tesouro. E eu sei onde está.

— Então fale de uma vez...

Foram necessárias muitas e tortuosas vias secundárias para que o Cid, radiante, acabasse de explicar ao irmão o plano que bolara entre uma cerveja e outra. Quando terminou, tinham chegado à rua Félix.

Ninguém gostava da rua Félix.

Quem lá morava não se gabava disso e, aliás, procurava se mudar de lá o mais rápido possível, indo para bem longe e deixando aquela rua para trás, como uma incômoda lembrança. Mas muito poucos eram os sortudos que conseguiam esquecer.

Em sua maioria, os moradores do lugar eram seres marginalizados, drogados, desempregados, pobres infelizes, pessoas que não batiam bem, degenerados, loucos de pedra, maníacos de várias espécies e gostos, uma fauna de rejeitados que nunca saberia dar uma definição apropriada da palavra "futuro".

Apesar de a noite ainda ser incipiente, a rua estava deserta, e não havia porta ou janela que não estivesse cuidadosamente fechada a sete chaves.

Paulus se mexeu, pouco à vontade, observando um afresco cujo tema não só era vulgar, mas também sinistro. A tinta com que havia sido pintado, um vistoso vermelho escarlate, devia ser de qualidade sofrível, pois uma miríade de gotículas e borrões espalhava-se em volta da figura central, dando a impressão de um sadismo doentio.

E aquela obra-prima não era certamente a única na rua Félix. Todos os muros estavam cheios de grafites similares. Quase parecia que os desconhecidos artistas tinham concordado em usar aquela rua como local sombrio para desabafar os instintos mais obscuros, aqueles que teríamos vergonha de confessar até a um psicanalista. Havia algo espectral naquelas obscenidades.

Alguma coisa que remexia no fundo da alma.

Paulus, como bom aficionado dos rébus, não pôde deixar de notar que aquela porção de loucuras parecia querer esconder e, ao mesmo tempo, alardear algo escondido e secreto. Uma espécie de gramática maléfica que se comunicava diretamente com o subconsciente. Estava todo arrepiado.

— Você tem certeza que é aqui mesmo?

— Rua Félix, número 89, estou certo disso. Os idiotas repetiram pelo menos duas vezes. Algo errado?

— Acontece que aqui... Quer dizer... — Paulus procurava as palavras certas para explicar seus temores, evitando, ao mesmo tempo, parecer medroso. — Se eu tivesse um tesouro, preferiria morar em outro lugar. Não concorda comigo?

O Cid começava a perder a paciência. — O tesouro está aqui, mas só de passagem. É por isso que temos que nos apressar. O número 89 é apenas um esconderijo momentâneo. Está me entendendo? Mo-men-tâ-neo — silabou, quase para dissipar rapidamente as dúvidas do irmão. — Quer dizer que...

Rabugento, Paulus o interrompeu: — Sei muito bem o que quer dizer. O que você quer fazer? Não estou vendo ninguém por perto.

O Cid deu de ombros. Não era hora de começar a discutir.

Toda a sua atenção estava concentrada no portão de metal que mostrava a escrita desbotada "89". O fato de a fechadura ser nova e brilhante, com os trincos de aço reluzente, tão diferente do descaso daquilo que a cercava, só podia confirmar suas suposições.

Ao contrário do irmão, no entanto, o Cid não reparou que os grafites em volta da entrada se haviam tornado particularmente cerrados e ainda mais repulsivos.

— Acho melhor passarmos pelos fundos — explicou. — Dei uma olhada essa tarde e descobri uma porta que podemos usar. Vamos.

WUNDERKIND

Foi o que fizeram. A julgar pelas camadas de fuligem que a incrustavam, a dos fundos devia ter sido a entrada para a velha área das caldeiras.

Estava trancada com um vistoso cadeado.

— Esta também parece estar bem-fechada... — resmungou Paulus.

O Cid, que se curvara para examinar a fechadura mais de perto, virou-se para ele com um sorriso. — Sem problema, pode deixar comigo.

— Não estou nem um pouco preocupado — respondeu Paulus, não muito convencido.

Enquanto o irmão tirava alguma coisa dos bolsos do casaco, fazendo tilintarem, chaves e moedinhas, Paulus continuava a olhar em volta, quase esperando descobrir uma sombra ou um movimento suspeito que pudesse alarmá-lo. Seria ótimo, pensou, ter uma boa desculpa para sair dali. Por mais atrativo que fosse um tesouro, não gostava nem um pouco da rua Félix.

Deu-se conta, então, daquilo que o irmão estava usando para destravar o cadeado e apertou os punhos do tamanho de pás.

— Que diabo está fazendo com isso?

— Estou ganhando tempo, não dá para ver? — sussurrou o Cid, enquanto, em seu rosto de rato, desenhava-se uma careta de dor. — Já estou conseguindo.

Ouviu-se o clique seco da fechadura que cedia. Uma gota de sangue respingou no aço reluzente do cadeado.

— Viu?

Rosnando, Paulus segurou o irmão pelo colarinho do casaco, levantando-o do chão. Revistou-o até encontrar o que estava procurando. Esfregou-o no nariz do outro sem soltar a presa.

— Sabe o que é isso, Cid?

— Estou sem ar, Paul... Está me sufocando... Maldição, solte-me...

Paulus não tinha a menor intenção de soltá-lo. — Diga logo, sabe o que é isso?

— Um *passe-partout*... — respondeu o Cid, esperneando.

Paulus sacudiu-o como uma boneca de pano. — Este aqui não é um pé-de-cabra, seu idiota desmiolado. Este não é um *passe-partout*, seu imbecil de uma figa. Acha que sou cego? Este é um maldito Artefato.

— Vamos entrar, Paulus. Vamos deixar a conversa para...

Com um safanão, o grandalhão o impediu de continuar. O Cid mordeu a língua e ganiu algumas blasfêmias.

— Você prometeu: nada mais de Artefatos. Está lembrado? Jurou que nunca mais usaria um desses. Será que não se lembra de como passou mal? Pois, se não se lembrar, eu mesmo farei com que se lembre, seu idiota inconsciente. E por acaso esqueceu o que me fez prometer? — o rosto de Paulus rugia a uns poucos centímetros da cara, extremamente pálida, do irmão. — Que se porventura o visse manusear um que fosse desses negócios, teria de quebrar os seus braços. Nem mais nem menos, sem pensar duas vezes. Essas são coisas que levam você direto ao túmulo. Sabe disso, não sabe?

Mostrou o Artefato. Tratava-se de uma lâmina de metal enegrecido, talvez de prata, do tamanho de um cartão telefônico ou de crédito. Tinha gravados símbolos e escritas em um alfabeto desconhecido e, em um dos sulcos, ainda se viam os resquícios do sangue do Cid.

Mas iam ficando cada vez mais desbotados, pois o metal os estava absorvendo.

— Não passa de um brinquedinho, não precisa exagerar. Alguns são bem mais...

— Um brinquedinho? Um Artefato jamais é um brinquedinho. Nunca. Veja! — trovejou Paulus, furioso, segurando a mão ferida. — Isso bebe o seu sangue. E se, em troca, fizer algo por você, é apenas para passar-lhe melhor a perna. Um brinquedinho? Já viu algum brinquedo beber sangue? Mas que diabos, Cid, uma coisa que bebe sangue não pode ser inofensiva!

— Só algumas gotas... nada mais do...

Paulus deu-lhe um violento tapa.

O Cid o fitou, incrédulo. — Você me...

Um segundo bofetão o calou. — Você sabe muito bem que não é apenas sangue que esse maldito treco quer. Já passou por isso, e é por esse motivo que estou tão zangado. Já deveria saber, pois não bateu as botas por um triz. Usar um Artefato é sempre uma idiotice, mas usar um Artefato para abrir um cadeado de meia-tigela é coisa de débil mental, droga!

Era um milagre que ninguém tivesse aparecido ou debruçado na janela para ver o que estava acontecendo, pois Paulus berrava a plenos pulmões. Mas talvez aquela fosse uma das míseras vantagens de morar na rua Félix: o pessoal fazia a maior questão de não ver nem ouvir coisa alguma.

— Já esqueceu quanto teve de sofrer, Cid? Todas aquelas noites gritando, não se lembra? Quer passar por aquilo de novo só para abrir um cadeado? Usar um Artefato é um jogo perigoso, nunca vale a pena, e você sabe disso. A banca sempre ganha, e você não é a banca. — O gigante suspirou, cem anos mais velho. — Preciso atar suas mãos, Cid. Não me force a fazer isso de novo, eu lhe peço.

Deitou-o no chão.

— Eu... sinto muito...

— Estenda a mão.

A palma do Cid estava marcada por um corte fino e profundo. Reto, preciso, era uma ferida bem limpa. Os ferimentos infligidos por um Artefato nunca se infeccionavam e saravam rapidamente. Diante dos olhos de Paulus, as margens carnudas se juntaram, e a pele voltou a crescer com velocidade espantosa.

O gigante sentia arrepios. Com delicadeza, envolveu a mão do irmão em um lenço xadrez.

— O... obrigado.

— Não quero machucá-lo, Cid. Mas precisa entender... — disse Paulus, desgostoso, agitando no ar o Artefato — que é muito fácil cair nessa de novo. É como uma droga. Talvez pior.

— É a primeira vez que uso, desde que... — o Cid engoliu a saliva — ... desde que parei. Eu juro, maninho. Só que essa jogada... — os olhos do Cid voltaram a brilhar — poderia ser a última. Nada mais de batatas cozidas por três semanas seguidas, nada de uísque falsificado, nada de roupas usadas, nada mais de roubos fajutos. Apenas o melhor para nós dois.

O outro assentiu lentamente. — Eu fico com isso.

Havia ansiedade nos olhos do Cid quando o irmão guardou o Artefato no bolso de trás das calças? Paulus não quis saber.

Os dois irmãos se entreolharam. O número 89 o engoliu.

6

Caius sonhava com o vento.

As rajadas cada vez mais impetuosas, em ondas, tentavam arrancar a casa dos alicerces. Sonhava com o bater das portas. Sonhava com vidros quebrados e janelas destruídas, com paredes sacudidas que já mostravam fendas e rachaduras.

Mais que um sonho, aquele era um pesadelo, e, naquele horror, ele gritava com toda a energia que lhe sobrava. Mas, na verdade, o seu era um grito mudo: não conseguiu berrar nem mesmo quando o sonho lhe mostrou a origem de toda aquela tempestade. Dentro de uma escuridão que nada tinha a ver com a realidade, Herr Spiegelmann soprava e soprava.

E enquanto soprava, piscava para Caius.

A janela do quarto de Caius explodiu em mil pedaços, e a treva desapareceu.

Um relâmpago encheu o quarto de luz, e o mundo se despedaçou. Depois, as trevas voltaram, mas, dessa vez, havia nelas figuras que se mexiam.

Os relâmpagos continuaram a faiscar, acompanhados de trovões que pareciam uma descarga de artilharia decidida a arrasar a cidade. Caius via tudo como que iluminado por luzes estroboscópicas.

Acompanhou, aparvalhado, a parábola de uma tábua rachada que ia despedaçar-se aos pés da cama. Na qual se encontrava a figura encolhida de um homem.

Escuridão. E um lampejo.

Caius viu algo entrar impetuosamente no aposento. O trovão pareceu querer acabar com o mundo e por muito pouco não conseguiu. Em seguida, as trevas voltaram a dominar.

Caius abriu a boca para gritar. Mais um relâmpago iluminou o quarto, calando-o. Mais luz. A criatura que irrompera porta adentro tinha garras curvas e afiadas que, se estivessem raspando o calçamento da rua, produziriam um ruído inconfundível. À luz seguiu-se novamente a escuridão, e ainda Caius não foi capaz de berrar.

Um fragor de vidros quebrados, o frio gelou as suas faces. Caius gaguejou, paralisado.

Luz.

Viu a figura humana se levantar brandindo com ambas as mãos algo que, o rapaz, a princípio, não reconheceu. O estrondo de três rápidas explosões fez com que ele entendesse. Eram pistolas. As chamas saídas dos canos acrescentaram novos detalhes às criaturas com garras.

Vestiam capuzes. Tinham orelhas triangulares. Dentes afiados. Garras, Caius não conseguia tirar os olhos delas. Eram horríveis. Finalmente, o rapaz gritou, mas seu berro se perdeu em mais uma série de estouros.

Escuridão.

A figura humana mexeu-se rápida. Não era alta, e sim mais baixa que o pai do garoto. Pesada e quadrada, mas ágil. Estava de preto. Caius tinha certeza de que ela usava óculos escuros. Um detalhe que o deixou ainda mais assustado.

Escuridão.

Estouros. Quatro, seguidos, muito rápidos. Quatro criaturas reduzidas a um cúmulo de membros e ossos quebrados. O ar cheirava a cordite.

A figura armada de pistola ladrava ordens apressadas. Caius via a boca que se abria e fechava. Via até os respingos de saliva, mas não conseguia entender o sentido daquelas palavras. Não conseguia raciocinar direito.

Mais disparos, seguidos de outros tantos gritos bestiais. Mais criaturas foram abatidas em uma rápida sequência de luz e escuro, escuro e luz.

O chão estava cheio de água. Caius tinha as roupas completamente encharcadas. Estremecia da cabeça aos pés, mas não estava com frio.

Escuridão.

Um estranho silêncio. O ofegar do desconhecido vestido de preto e o gemicar baixinho de Caius. Os sons raivosos das criaturas à beira da morte.

Durou o tempo do intervalo entre um relâmpago e o seguinte. A Caius pareceu uma eternidade. Um trovão apagou o grito de uma das criaturas.

Alternância de treva e luz. O homem deixara cair a pistola. Uma criatura encapuzada investira contra ele, agarrando-o pelo pescoço.

Escuridão.

Clarão: a criatura tinha pregado no chão o homem de óculos escuros e botas de motociclista. Levantou a mão, com as garras prontas a dilacerá-lo.

Treva.

Finalmente: a criatura jazia morta, a cabeça torcida em uma posição desnatural. O homem estava dobrado em cima de um joelho. De baixo do casaco, pingava alguma coisa escura. "Sangue", pensou Caius. Na luz do relâmpago, pareceu alcatrão.

Trevas de novo.

Caius escorregou no chão úmido e sentiu fragmentos de vidro penetrarem suas mãos e seus joelhos. Mais uma vez, não sentiu qualquer dor.

Levantou-se, passou por cima da figura humana ainda ajoelhada e tropeçou na carcaça de uma das criaturas. O nojo lhe deu bastante força para encher os pulmões de oxigênio gelado. Não o desperdiçou gritando.

Escuro, continuava escuro. Era como se as trevas tivessem voltado a tomar posse da noite. Caius conseguia mover-se, pois conhecia a casa de cor. Havia nascido ali.

Atrás dele, o homem vestido de preto levantou-se ofegante e procurou segurá-lo. Caius conseguiu escapulir. Descalço, acelerou em direção ao corredor, mas escorregou e bateu duramente contra a parede, primeiro com o ombro e depois com a cabeça.

Escuridão.

Luz.

Caius se levantou e o viu.

O ser respondeu ao olhar do rapaz com um sibilo.

— O que é? — berrou Caius. — O que é aquilo?

Recebeu uma resposta e uma ordem: — Um Carcomido. Abaixe-se, garoto.

À ordem seguiu-se um empurrão que achatou o rapaz no piso.

O Carcomido estava meio agachado, mas, mesmo assim, era bastante alto, chegando a roçar o teto. Era gigantesco. Como um réptil, balançava a cabeça de um lado para o outro. Não tinha órbitas, mas possuía uma boca de tamanho descomunal.

"Uma enguia", pensou Caius, pasmado. A criatura era parecida com uma enorme enguia que fedia a fezes e podridão. O corpo do Carcomido refletia a luz como se fosse feito de asas de mosca. "Carcomido", dissera o desconhecido vestido de preto. Era uma palavra que dava nojo.

O homem que tinha arrebentado a janela intrometeu-se entre Caius e o Carcomido.

— No chão, já lhe disse!

A voz era rouca, áspera. A voz típica de fumante empedernido, o tom peremptório de quem não está acostumado a repetir duas vezes a mesma ordem. O homem afastou levemente as pernas e plantou-as no chão. Fechou os olhos sem se importar com o arranhar das garras das outras criaturas que estavam entrando pela janela arrombada.

O Carcomido levantou-se, pronto a atacar.

— Deitado!

O ar literalmente pegou fogo.

Uma aurora boreal cor de chamas desfigurou os traços do corredor, a ponto de torná-lo um lugar desconhecido. A luz extremamente repentina e violenta da aurora assumiu uma cor roxa e carmesim e, depois, aí tons de matizes rosados.

Caius ficou de cabelo em pé, o mesmo acontecendo com todos os demais pelos de seu corpo. Um dente obturado doeu, e ele achou que o sangue defluía de sua cabeça, deixando-o atordoado. Uma sensação de vazio pneumático e o chiar de alguma coisa borbulhando deram-lhe ânsias de vômito.

O homem gritou. Um grito carregado de dor.

O Carcomido sibilou. Aquele assovio também estava cheio de sofrimento.

Com uma imensa explosão, a aurora brilhou como uma fornalha e perdeu consistência, soltando lampejos ofuscantes dos quais partiam filamentos vermelhos que ricocheteavam nas paredes até se apagarem nas trevas. No local em que os filamentos haviam quicado, os muros mostravam sinais de queimadura.

O homem ofegava, exausto. O Carcomido, por sua vez, havia sumido. Em seu lugar estava uma massa negra, pastosa e fedorenta, que fervilhava. Fedia a merda e a sangue. Fedia a fossa e a carne queimada. Caius não conseguiu se conter, virou-se e vomitou uma mistura de saliva e sucos gástricos.

— Vamos. — O homem o agarrou e, sem qualquer cerimônia, colocou-o nos ombros.

— Solte-me! — berrou o menino macilento e ossudo.

— Cale-se.

Caius não obedeceu. Chamava os pais gritando e esperneando.

O homem praguejou e o deixou cair no chão. A dor foi imediata e lancinante.

O homem dobrou-se em cima dele e, com aquela voz áspera como uma lixa, bradou: — Estão mortos. Morreram! Pare de esbravejar. — Então, viu algo com o canto do olho e rangeu os dentes. — Não acabam mais, porra.

Lançou o punhal contra a criatura que investia de garras esticadas, colocou novamente Caius nos ombros e procurou a pistola. Rápido como um raio.

O punhal desenhou uma trajetória perfeita. As mãos mortíferas da criatura só encontraram o metal quando ele já penetrara sua fina garganta.

Àquela altura, no entanto, a criatura já estava morta.

— Não é verdade, não pode ser... — salmodiava Caius.

Tinha parado de espernear.

Seus olhos estavam arregalados. Perdidos no nada.

— Pense o que bem entender.

O homem de preto reencontrou a pistola, perdeu alguns instantes para recarregá-la e certificar-se de que estava pronta a disparar e, depois, apesar da dor no flanco, subiu no parapeito.

Concentrou-se e pulou. Um pulo de pelo menos 7 metros. Naquelas condições, até um acrobata profissional quebraria os ossos. Mas com ele nada aconteceu. Aterrissou desajeitadamente no telhado do prédio em frente e começou a correr.

O peso de Caius estorvava seus movimentos. Teve de segurar-se nas chaminés escaldantes para não precipitar no vazio.

Os clarões ajudaram-no a não perder a orientação. Encharcado de chuva, pulou para perto de uma claraboia, correu ao longo do friso que não tinha mais de 30 centímetros de largura, usou uma escada pênsil para alcançar um passadiço enferrujado, continuou pulando por cima de alguns telhados, superou-os e pousou no muro externo do cemitério monumental. Então, parou para recuperar o fôlego.

A cidade estava mergulhada nas trevas, mas ele enxergava muito bem, apesar dos óculos escuros.

Ao longe, as luzes azuis e vermelhas dos bombeiros e da polícia. Não ficou nem um pouco preocupado, cuspiu e passou a mão para tirar o suor do rosto.

Tentou aliviar a dor no flanco demorando-se mais alguns segundos, mas umas garras fecharam-se em torno de seu tornozelo. O homem praguejou. Não fosse pelas botas de couro, ficaria com feridas feias. E os ferimentos infligidos por aqueles seres bestiais costumavam infeccionar. Atirou na cara da criatura horrorosa.

A bala de grande calibre a estraçalhou.

O estrondo da explosão ainda estava no ar quando o homem vestido de preto ouviu a música. Reconheceu-a na mesma hora. O suor tornou-se gélido. Seus olhos, protegidos pelas lentes impenetráveis, se arregalaram.

Apertou o queixo e, sem se virar, retomou a corrida.

Pulou em uma pequena plataforma de concreto e foi forçado a atirar de novo, estripando a criatura que ficara à sua frente. Sem perder tempo.

A música atrás dele tornava-se mais insistente. Insinuava-se em sua cabeça e envolvia seus pensamentos, transformando-os em um barulho indefinido, sem importância.

Era uma mixórdia desengonçada de ruídos estrídulos. Rumorosas gavotas tocadas segundo a partitura de um réquiem. Címbalos e tambores de um exército derrotado.

A música teve o poder de rasgar o véu que embotava os pensamentos de Caius. O garoto levantou a cabeça para ver o que produzia aqueles sons, esticando o pescoço ao máximo. O homem percebeu seus movimentos e gritou: — Feche os olhos! Não olhe!

A música estava cada vez mais perto. O homem acelerou a corrida. Estavam a ponto de ser alcançados.

Juntara-se à música um halo avermelhado que pulsava conforme o ritmo adoidado da banda. Caius abriu a boca, pasmo.

A noite estava completamente vazia, a não ser pela música e por aquela luz escarlate.

— Feche os olhos, meu rapaz, é um Caliban! — berrou o homem, pulando do muro do cemitério pouco antes que a criatura se tornasse visível.

Caiu e se levantou de novo. Não se deteve para descobrir as intenções do perseguidor.

Correu adoidado entre as lápides, escorregando na grama molhada e espalhando cascalho miúdo com as solas das botas. Estava esgotado. Sua respiração era um contínuo estertor. Aguentou até alcançar o lado oposto do cemitério. Encolheu-se atrás de uma lápide coberta de musgo.

Já não se ouvia a música. Só o estrondo dos trovões e o martelar insistente da chuva. Todo molhado, deitou o rapaz no chão e passou uma das mãos na face.

Caius se viu diante de um rosto largo, marcado por rugas e cicatrizes. Os óculos escuros escondiam a cor dos olhos, mas não o nariz de pugilista, quebrado e consertado de qualquer jeito. O homem desconhecido tinha boca pequena, virada para baixo, bochechas acaloradas depois daquele esforço, com alguns capilares estourados. O crânio, quase careca, reluzia encimado por uma rala penugem de cor indefinível. Devia estar na casa dos 50. Cinquenta anos que pesavam em suas costas.

Um *hooligan* envelhecido, era isso que ele parecia.

O homem virou a cabeça para o outro lado, com uma careta. — O bastardo decidiu usar a artilharia pesada — rosnou. — Precisamos sair daqui, não posso enfrentar um Caliban. Não aqui, não agora. E, principalmente, não sozinho.

Antes de ser jogado nas costas como um saco cheio de trapos, Caius teve chances de notar mais um detalhe do homem vestido de preto.

Estava cheio de tatuagens. Pentáculos de vários tamanhos emoldurados por círculos. Rosas entremeadas com chifres de diabos de línguas descomunais e cem braços bendizentes. Joaninhas de costas maculadas, como um teste de Rorschach. As mais impressionantes, no entanto, estavam na altura da jugular.

Duas cruzes pretas que saltitavam como salamandras.

7

Os dois irmãos fizeram sua entrada em um salão cheio de teias de aranha do tamanho de lençóis e infestado por baratas de carapaça preta. No chão de terra batida, ainda estavam amontoados uns fardos de carvão úmido já sem préstimo. Enxames de olhinhos vermelhos ameaçavam-nos mantendo-se a temerosa distância.

— Ratazanas... — murmurou enojado o Cid.

Com um pontapé, jogou uma, particularmente agressiva, contra a parede bolorenta. Sem dizer uma única palavra, dirigiu-se com passo decidido para a porta de madeira podre do outro lado do depósito. Enfastiado, arrancou do rosto algumas teias de aranha e abriu a porta com um empurrão.

A escuridão era praticamente total, mas a experiência tinha ensinado aos dois ladrões o quanto era difícil encontrar um lugar realmente obscuro. Sempre havia uma janela com uma fresta, uma rachadura no teto ou uma claraboia caindo aos pedaços para garantir um mínimo de luminosidade. Só era preciso ter paciência e esperar que os olhos se acostumassem com a nova condição. Melhor prever as dificuldades. Se ficassem sem a lanterna elétrica, poderiam acabar cegos em um lugar desconhecido.

Levaram tanto tempo que lhes pareceu séculos, mas, no fim, o Cid, satisfeito, virou-se para o irmão piscando o olho. — Vamos?

O ar dentro do prédio marcado pelo número 89 estava estranhamente quente, parado, com um vago cheiro de maresia, como se estivessem perto de um pântano ou dentro de uma estufa. O excesso de umidade tinha carcomido o reboco e estufado as armações de madeira. Tudo no edifício indicava completo abandono.

A não ser as ratazanas, as aranhas do tamanho de pardais e os enxames de baratas, no prédio não havia qualquer sinal de vida.

A poeira, que encobria praticamente tudo e tinha centímetros de espessura, formava uma camada lamacenta na qual era perigoso andar.

Sempre atentos a qualquer ruído, os dois irmãos eram forçados a parar diante de qualquer chiado. Um rangido podia imobilizá-los por até vários minutos. Não demorou para os dois, devido à tensão e ao calor, ficarem encharcados de suor, como se estivessem avançando por uma trilha tropical.

O eco escarnecedor modificava e tornava indistintos os sons que eles mesmos produziam, distorcendo-os até transformá-los em ruídos alheios e ameaçadores.

Era um contínuo sobressalto, causado por barulhos de passos que se aproximavam, de reboco que ruía de repente, de estalidos que pareciam chamados.

Era estressante.

Quanto mais avançava, menos o Cid conseguia entender a utilidade daquele prédio. Algo estava errado no número 89 da rua Félix. Tudo no mundo tinha uma finalidade. Mas havia algum propósito, naquele lugar?

Do lado de fora, parecia um prédio normal de apartamentos ou, no máximo, um conjunto comercial apinhado de escritórios.

Mas, depois de subirem do subsolo para o térreo, ele tivera que mudar de ideia.

Barroco demais para ser um mero condomínio. Um hotel, então. Um hotel completo de tudo, com seu amplo saguão, o restaurante para rápidos lanches na hora do almoço ou jantares à luz de velas.

Mais uma vez, teve que mudar de ideia.

Muitas paredes rachadas, quartos cegos demais, demasiadas janelas muradas, arcos sem sentido em demasia sob tetos inexplicavelmente baixos.

Era impossível entender que diabo passara pela cabeça dos construtores do número 89 da rua Félix.

No fundo, contudo, o Cid procurava tranquilizar-se, não era da conta dele. Precisava apenas seguir em frente, encontrar o maldito tesouro e se mandar.

Bem depressa.

Cada vez mais, entretanto, uma vozinha metida a besta ciciava em seus ouvidos a mais desagradável das perguntas: "Você não acha que aquele móvel tem um ar terrivelmente familiar? Olhe para aquele canto, já não passou por lá?"

Em sua cabeça, o número 89 se transformou devagar em uma imensa teia de aranha, uma teia que fedia a maresia e que mudava de forma à medida que dois ignaros mosquitinhos ficavam presos nela.

Enquanto avançava, a luminosidade aumentava.

Com a luz, voltaram os grafites.

Embora a natureza daquelas obras fosse muito parecida com a que Paulus examinara do lado de fora, ali os detalhes eram muito mais precisos e nojentos. O primeiro afresco o deixara sem fôlego. O segundo dera-lhe um nó nas tripas que quase o levara a vomitar. Ao chegar ao terceiro, Paulus decidira concentrar-se apenas na ponta de seus sapatos.

Sua mente, no entanto, não queria obedecer. Afinal, ele já não tinha chegado à conclusão de que aqueles grafites nada mais eram que algum tipo de rébus para degenerados?

Enquanto procedia, carrancudo, atrás do irmão, Paulus não conseguia pensar em nada mais.

O que teria levado aqueles artistas (pois eram sem dúvida vários: para pintar todos aqueles afrescos um só homem teria levado anos) a gastar a vista e a saúde sem nem mesmo terem o consolo da fama? Era algo impossível de entender. A julgar pelas pegadas e pela poeira, ninguém passava por aquela porta havia muito tempo. Isso significava que aquelas pinturas eram antigas. A cada pergunta se somavam novas perguntas. Sem dúvida alguma, aqueles grafites eram macabros, vulgares e nojentos, mas também era inegável que possuíam algo intrigante. E mais: havia um sentido naquelas obscenidades, uma linha vermelha que acabaria revelando o mistério.

Sentia isso nas entranhas.

— Cid — disse afinal.

— O que foi?

— Estamos perdidos, não é verdade?

— Que nada...

Com um suspiro, Paulus se deteve. — Estamos andando em círculos. Você sabe muito bem disso. Este lugar tem... — procurou uma palavra que expressasse direito a sensação de perigo que os ameaçava, mas não encontrou nenhuma apropriada. Contentou-se com: — ...algo errado.

— Está certo — murmurou o Cid, pensativo. — Às favas tudo isso — acrescentou, quase aliviado. — Vamos sair daqui.

Não demoraram a descobrir que era mais fácil dizer que fazer.

Escadarias sobrepunham-se a escadarias. Tetos baixos tornavam as passagens tão apertadas que quase não dava para entrar nelas, gigantescas lareiras piscavam no fundo de pequenos aposentos onde duas pessoas mal conseguiriam respirar.

Corredores e mais corredores.

Paulus arquejava e bufava, procurando ventilar-se com suas mãozonas. O respiro do Cid não era menos ofegante. Escadarias em cima de escadarias. Umas sobrepostas às outras, sem fim.

Arcos em tetos abaulados transformavam-se, de repente, em corredores, e corredores tornavam-se quartos de despejo que os deixavam no meio de aposentos cheios de caixas podres.

O Cid avançava com uma expressão de total e absoluta concentração. Tinha traçado um mapa mental do número 89 que agora, droga!, visto por cima, parecia uma espiral. Um caracol. Ainda bem que não era uma teia de aranha.

Fosse como fosse, caracol ou espiral, era, de qualquer maneira, uma forma errada (justamente como dissera Paulus, "errado" era o termo que melhor definia), cujas medidas não podiam ser contidas pelo mero perímetro do edifício. Nenhum matemático razoavelmente ajuizado se arriscaria a calcular sua área. O Cid tremia. Àquela altura, sua mente formara uma ideia bastante precisa da enrascada em que se haviam metido. Uma ideia da qual não gostava nem um pouco.

Algo brilhou com força.

— Há uma luz, lá no fundo.

— Acha que pode ser uma saída? — perguntou Paulus.

— Talvez. — A impalpável luminosidade esverdeada que os cercava tornava-se cada vez mais intensa enquanto prosseguiam rumo à luz.

— Ânimo... — disse o Cid, livrando-se do suor com a mão e apressando o passo.

O corredor tinha um piso inclinado ora para direita, ora para esquerda, de forma a dar a desagradável impressão de se estar no convés de um navio no meio de uma tempestade. Ficaram andando. Por quanto tempo? Seus sentidos eram incapazes de dizer.

Quando chegaram ao lugar onde a luz brilhava mais forte, os dois irmãos depararam com o espetáculo mais absurdo e inesperado que já haviam visto em toda a vida. "Tesouro", dissera o Cid, achando bem no fundo da alma que estava exagerando.

Mas era realmente um tesouro.

— Conseguimos.

Pilhas de ouro e joias, taças marchetadas das mais extraordinárias formas e tamanhos, safiras, caixas cheias de diamantes e pratarias, lápis-lazúlis, anéis cravejados de turquesas e opalas tão grandes quanto ovos de codorna, medalhas e papel-moeda de todo tipo e país estavam amontoados desordenadamente dentro daquilo que parecia um salão de dimensões ciclópicas. Entre os cúmulos de ouro e prata, entre as notas deslizantes e as joias cintilantes, pairava uma leve névoa esverdeada, com a consistência de finíssimos grãos de poeira.

A umidade e o calor davam medo.

— Conseguimos, conseguimos...

O Cid estava imóvel, de mãos trêmulas e boca escancarada. Seus olhos não conseguiam se desviar daquela montanha dourada. Era o tesouro do qual ouvira falar no Obcecado, e era bem maior do que jamais ousara imaginar e desejar. Teve vontade de rir. Uma risada estridente, histérica, nervosa, que Paulus não conhecia.

— Cid... — chamou.

— Ganhamos, conseguimos...

"Ouro", pensava o Cid, "ouro, ouro, ouro! Quilos, toneladas de doce, maravilhoso ouro!" Não reparou que o irmão o estava puxando, tampouco reparou na expressão de seu rosto quadrado.

— Cid...

A luminosidade estava se apagando. As sombras ficavam mais compridas.

A névoa ia se tornando mais espessa, chegando a ter uma densidade leitosa.

— Esvazie os bolsos, Paulus, precisamos enchê-los com o máximo de...

— Cid!

A voz do irmão soou preocupada. Quase apavorada.

O Cid saiu de seus devaneios, piscou os olhos. — O que foi? — exclamou.

Estava zangado, pois fora despertado daquela visão paradisíaca.

— Quer realmente que fiquemos com esses troços? — perguntou Paulus, pasmo.

— Estes *troços*? — O Cid estava à beira de um ataque de fúria. Não entendia todas aquelas indecisões.

Estavam diante do tesouro mais imponente que qualquer ser humano tivera a chance de ver, um tesouro que faria empalidecer Schliemann, que daria água na boca a Gengis Khan, que levaria todos os imperadores romanos, um depois do outro, a ficarem de joelhos. Por que hesitar?

— Não está vendo que... — apontou para os cúmulos dourados e gelou.

Não eram joias. As moedas que tinham enchido seu coração de cobiça, assim como as taças marchetadas, as esmeraldas e a fartura de rubis haviam sumido, ou talvez nunca houvessem estado ali. Em seu lugar, só desoladora esqualidez. Despertadores quebrados, velhos rádios de pilhas mudos, espelhos despedaçados, pratos rachados, pulseiras de plástico bem baratas, máquinas de lavar enferrujadas, livros de capas gastas, meias amontoadas e roupas puídas, eletrodomésticos caindo aos pedaços, sapatos desemparelhados, fotografias, garrafas e uma porção de coisas indefinidas cuja natureza era difícil de compreender.

Parecia o brechó de um vendedor meio louco, ou um lixão abusivo.

— Não... — murmurou o Cid. — Não é possível! — Berrou com todo o fôlego que tinha nos pulmões.

Investiu contra uma pirâmide de latas aos pontapés. A pirâmide desmoronou com um estrondo assustador. Aquele barulho encheu seus olhos de lágrimas.

Agarrou umas duas capas carcomidas pelas traças e sacudiu-as com raiva, só conseguindo poeira e sujeira. Jogou-as para longe, uivando como um possesso.

— Onde está meu dinheiro?

— Vamos embora, Cid, não gosto deste lugar — disse Paulus, suavemente.

— Seu grande imbecil, é tudo culpa sua. Espantou meu ouro — agrediu-o o Cid, a baba escorrendo da boca, os olhos vermelhos de sangue. — Assustou-o com suas contínuas lamúrias!

Paulus abriu a boca umas duas vezes, sem nada dizer, antes de conseguir murmurar: — Acalme-se, Cid, por favor... Pare com isso... Não fique zangado, eu...

Alguém deu uma sonora risada.

O Cid virou-se devagar.

O calor opressivo tinha dado espaço a um frio polar. O hálito condensava-se diante da boca em nuvenzinhas de vapor azulado, o suor tornava-se geada. Por um momento, tudo ficou parado, suspenso.

Contra a luz, uma figura indistinta surgiu da neblina. Baixa e atarracada. Paulus achou que lembrava um pinguim obeso. Mas, em lugar de achar a ideia engraçada, sentiu um doloroso aperto nas entranhas.

Então, o Cid levantou o braço ossudo e apontou o indicador contra o vulto. — Você... — disse, com lágrimas nos olhos. — Quem fez desaparecer meu ouro foi você...

— De alguma forma... — respondeu a sombra.

Era uma voz alheia, metálica, distante. Apesar do som melífluo, até cortês e, principalmente, ajuizado, soava ameaçadora. Uma voz que dava vontade de tampar os ouvidos e deitar no chão.

Paulus reagiu sem pensar duas vezes. Não teve dúvidas, tinham que fugir sem demora.

Segurou o irmão, pronto a atordoá-lo se mostrasse resistência, e o carregou nos ombros, virando-se apenas depois. A porta pela qual haviam entrado já não estava lá. Desaparecida, como se nunca houvesse existido. Em seu lugar, havia agora uma parede lisa, onde as sombras chispavam sinistras. O muro surgido do nada não estava vazio. Era a apoteose de todos os artistas da rua Félix. Paulus ficou sem fôlego.

Aquela obra impenetrável parecia o fruto da colaboração de um exército de miniaturistas loucos, cada um usando pestanas de recém-nascido no lugar dos pincéis, cada um reservando para si mesmo um minúsculo confete no qual gastar os olhos e perder a razão. Só assim seria possível criar uma absurda fantasia de detalhes como aquela.

Um navio.

Um galeão.

Um galeão cujo casco era formado por ossos e esqueletos de seres de dentes afiados, de apetrechos de açougue misturados a perfis de medusas metálicas. O galeão sulcava o oceano sideral açoitado pela tempestade.

O delírio para os olhos aninhava-se nos particulares. Em cada vagalhão, centenas de rostos distorcidos. Em cada gotícula de espuma levantada pela quilha do barco, a careta de um fantasma. A cada evolução e circunvolução do céu noturno, bandos de gralhas e morcegos..

De pé na proa, os olhos vidrados de louca exaltação, um homem de sabre levantado gritava, desafiando as ondas do oceano a engoli-lo. Que se tratasse de um homem os artistas somente deixavam supor, pois, nos reflexos dos relâmpagos que o revelavam, vislumbrava-se toda a natureza demoníaca de uma alma atormentada. Ali, a demente genialidade dos artistas tinha criado uma verdadeira obra-prima, o excesso total, o excesso absoluto diante do qual Paulus ficou trêmulo e sem forças.

A risadinha do desconhecido ficou ecoando no ar por um bom tempo. O vulto estava mais perto agora, e como conseguira mover-se naquele caos de quinquilharias sem derrubar tudo era algo que Paulus não sabia explicar.

— Tiveram tanto trabalho para chegar aqui e agora já querem ir embora? Parece-me bastante tolo, além de indelicado.

A sombra segurava algo brilhante e luminoso na mão. Paulus sentiu o corpo do irmão relaxar de repente.

— É lindo — disse o Cid, como que em um sonho. — Olhe, maninho.

Mas Paulus não queria olhar. Queria fugir. Queria sair do número 89 da rua Félix o quanto antes, tomar um porre e esquecer tudo aquilo.

— Sabemos muito bem que seria inútil tentar fugir, não é verdade, Cid? — perguntou o vulto, quase lendo seus pensamentos.

— Ssssabemos — respondeu o Cid.

Mais uma risadinha vagamente escarnecedora.

Paulus estava todo arrepiado. — Vamos sair daqui, Cid...

Mas o irmão se desvencilhou de seu abraço e seguiu rapidamente para a sombra, de braços estendidos e um sorriso debiloide estampado na cara de rato.

Paulus tentou correr atrás, sentiu algo envolver seu pescoço e gritou. Um grito de surpresa que se tornou de horror e nojo.

O silêncio que se seguiu àquele grito fez com que o Cid recuperasse a razão. Meio abobalhado, virou-se e viu Paulus às turras com algo que se enroscava nele e tentava imobilizá-lo. Algo que nunca vira antes.

Algo que o deixara petrificado.

Vermes do tamanho de cipós moviam-se em volta do corpo de Paulus tentando sufocá-lo. Seres parecidos com as criaturas esbranquiçadas que vivem nas profundezas dos oceanos, cegas e revoltantes. O Cid viu pequenos pontos negros dançando diante de seus olhos.

Desmaiou.

Paulus se debatia, horrorizado. Aquelas criaturas não queriam esganá-lo, ele sentia isso. Queriam *penetrá-lo*, e isso lhe dava força e desespero suficientes para estraçalhar as criaturas que o apertavam, mas não bastava: havia dúzias, e cada vez que ele matava uma, mais três estavam prontas a ficar no lugar. Era uma luta desigual.

No fim, um verme do tamanho do braço de um homem robusto conseguiu enrolar-se em volta do pescoço e do rosto de Paulus, levando o homenzarrão à asfixia.

Paulus tentou reagir, tentou jogar o verme longe, debatia-se e grunhia, mas não demorou para a falta de ar tornar seus braços flácidos e seus golpes sem força. Os vermes aproveitaram para voltar à carga.

No fim, quando teve a impressão de explodir, quando já havia dúzias de vermes cobrindo seu corpo, um espasmo involuntário o forçou a escancarar a boca à cata de oxigênio. Para Paulus, foi o fim.

Caiu ao chão, gorgolejando.

8

Para cada adeus clandestino, um beijo roubado. Em cada cidade, seu canto escondido. Em cada bairro, seu cemitério. O Dent de Nuit não era exceção.

Conhecia os beijos furtivos, os desejos não confessados, os segredos esquecidos, e tinha um cemitério.

HELL IS EMPTY, AND ALL THE DEVILS ARE HERE.

O rapaz conseguira ler a escrita gravada na arquitrave acima do portal do mausoléu subterrâneo, sem entretanto entender o sentido. Então, o desconhecido escancarara a porta de sólida madeira, e Caius fora quase vencido pelo cheiro de poeira e bolor.

O ar dentro do mausoléu estava parado. Tudo era penumbra, mas o homem se movia sem indecisão, levemente ofegante.

Para ele, aquele sepulcro era o que havia de mais parecido com uma casa. Conhecia de cor cada recanto, cada detalhe.

Avançou seguro até a parede oposta à entrada. Deitou Caius em um saco de dormir e acendeu uma dezena de velas. Não simples velas, reparou o garoto, mas círios votivos roubados dos túmulos logo acima.

À medida que as pequenas chamas tremeluziam, novos detalhes acabavam sendo revelados.

Urnas em forma de dragão perfiladas em prateleiras de mármore preto. Górgones e sereias que enfeitavam as paredes, movendo-se conforme os tremores súbitos das velas. Se era um túmulo, o catafalco no meio confirmava a suspeita, e na certa não era uma sepultura cristã. Não havia cruzes à vista, a não ser uma, quebrada, jogada em um canto. Pagã ou cristã que fosse, continuava mesmo assim sendo uma tumba, e o frio penetrava nos ossos.

Caius tiritava apertando os braços em volta do corpo. Seus lábios estavam roxos.

O homem lhe entregou um cobertor. — Tome.

Caius envolveu-o sobre os ombros.

— Daqui a pouco, estaremos melhor — resmungou o homem vestido de preto, depois de acender um velho aquecedor. — Quando ficar mais quente, teremos de deixar a porta aberta. Não queremos morrer por causa de umas bobas exalações, não concorda? Mas, pelo menos um pouco, aproveitaremos o calor.

— Aquelas criaturas... Aquelas com as garras... — disse Caius.

— Caghoulards.

— O que são? — quis saber.

O homem fingiu não ser com ele. Tirara de um nicho uma pesada arca de viagem. Começou a remexer nela, espalhando roupas e armas de corte que brilhavam sinistras. Caius ficou assustado, seu coração falhou.

— Quem é você? — perguntou, com um fio de voz.

O homem apertou os punhos e se virou, com o rosto vermelho. Por um momento, o garoto achou que o desconhecido o agrediria. Então, a expressão de raiva sumiu, mas o ar de ameaça permaneceu. — O meu nome é Gus. Van Zant, como o dos Lynyrd Skynyrd. Agora vire-se — ordenou.

Caius não se mexeu, meio abobalhado.

Gus praguejou. Novamente a raiva. — O que há com você? Está surdo? Vire-se para a parede. Preciso trocar as ataduras, não é algo bonito de se ver.

O homem de preto tirara o casaco de couro, pendurando-o na cabeça de um sátiro de mármore. A camiseta, que deixava descobertos os braços rabiscados, estava encharcada de sangue. Caius obedeceu e virou a cara.

Ouviu o barulho de algo se rasgando. O homem ganiu de dor.

— Está doendo muito? — acabou dizendo o rapaz.

Pareceu-lhe ouvir um som parecido com uma risada.

— Doendo? Bastante. Mas não se preocupe, trago comigo meu remédio. — O inconfundível barulho da rolha sendo tirada de uma garrafa. — Merda, vazia. — Com um rosnado de desapontamento, Gus jogou-a contra a parede.

O som do vidro quebrado quase levou Caius a se virar, mais por instinto que por outra coisa.

— Parado, já disse — ladrou Gus.

Caius encolheu-se no cobertor.

O isqueiro estalou no silêncio. O cheiro acre do tabaco alcançou de pronto suas narinas. E também chegou, finalmente, o calor do pequeno aquecedor a carvão.

Um inseto, talvez um percevejo, saiu correndo diante dele. Ao ver aquilo, sentiu um aperto no coração. Não passava de um inseto, mas, de uma forma tola, Caius sentiu-se subitamente sozinho. Lembrou o rosto da mãe e o do pai, sorridente. Conteve as lágrimas, mas não conseguiu evitar o tremor na voz.

Ainda virado para o muro, perguntou: — Sou... seu prisioneiro?

— Prisioneiro? — Gus continuava a remexer no baú. Tilintar de aço contra aço. Havia um verdadeiro arsenal lá dentro, a julgar pelo barulho.

— Você me raptou?

Um instante de silêncio. O ar pareceu ficar mais pegajoso. Mais frio. As pequenas chamas vacilaram.

— Escute aqui, garoto... — disse Gus, quase não conseguindo refrear a raiva. — Fique sabendo que eu estou do seu lado. Você está vivo porque eu o salvei, e só por um triz eu escapei também. Portanto, pare de dizer bobagens. E agora pode se virar, já acabei.

Caius obedeceu. Gus trocara de ataduras e de roupas, mas, no tecido da camisa que acabara de vestir, já apareciam as primeiras manchas de sangue. A ferida ainda estava aberta.

— Não tenho nada do seu tamanho, mas vou arranjar algo, pelo menos por esta noite. Amanhã, procuraremos algo que sirva.

— Amanhã? — perguntou Caius, desconfiado.

— Sim.

— Quer dizer que terei que ficar aqui amanhã também? Os meus pais...

Gus o deteve. Jogou fora a guimba. — Charles e Emma — murmurou apertando os punhos.

— Mamãe e... — Caius não conseguiu refrear as lágrimas.

— Pare de choramingar.

— Eles estão... estão...

— Já lhe disse para se calar.

— Mortos? Não, não pode ser, diga que não morreram...

Gus não respondeu.

Diante daquele silêncio indiferente, Caius reagiu com raiva. Levantou-se, jogou longe o cobertor e investiu contra o desconhecido. — Você os matou! Foi você! — gritava, golpeando-o com uma saraivada de socos. — Você os matou! Você!

A pancada chegou inesperada. — Cale-se! Eu já disse.

Caius estava no chão, com a bochecha ardendo.
Seus olhos estavam fixos no rosto do desconhecido. — Você os matou — acusou-o mais uma vez.
Uma careta de dor desfigurou os traços do *hooligan* vestido de preto. A dor se transformou em raiva. Gus segurou o garoto pela garganta e o levantou do chão. Nesse momento, Caius percebeu a pressão gélida de uma lâmina que lhe espetava a pele do peito, logo abaixo do mamilo esquerdo. No coração.
— Está batendo — disse Gus.
A respiração de Caius tornara-se um leve assovio.
— Seu coração está batendo — rosnou o homem, com um tom tão baixo que quase tornou as palavras ininteligíveis. — E sabe por que está batendo? Porque Charlie e Emma se sacrificaram por você. Aquele filho da puta deve ter feito algo para os induzir a baixar a guarda, pois, do contrário, não teríamos chegado a este ponto. Foi esperto. Muito nojentamente esperto.
A lâmina fez aparecer uma gota de sangue.
Uma minúscula gota que manchou o pijama de Caius.
— Você quase me matou. Quase. Mas continuo vivo. E você também. Charlie e Emma eram amigos meus. Sabe o que isso significa? Não, não pode saber — Gus disse a si mesmo, guardando o punhal. — Não passa de um pirralho. Não sabe nada de nada. E pare de chorar. Não adianta.
— Não estou... chorando — mentiu Caius.
O homem sorriu, mostrando os caninos, como um cão feroz. Era um sorriso que dava saudade da sensação do aço na pele. Caius levou as mãos à garganta e respirou fundo.
— Charlie e Emma se amavam. Eram os dois Cambistas mais fortes que já encontrei. E conheci muitos, acredite. — Caius não entendia o sentido daquelas palavras, mas o que Gus Van Zant acrescentou logo a seguir o gelou. — E amavam você. Não sei por que, mas o amavam sinceramente. A não

ser que fosse mais uma mentira, nunca se sabe. Mas uma coisa posso dizer com certeza, garoto. Charlie e Emma nunca tiveram filhos.

— Eu...

— Agora cale-se.

O outro o largou. Caius manteve os olhos baixos, os braços moles ao longo do corpo. Seus cabelos, molhados, haviam grudado na testa.

Ouvia o barulho abafado da tempestade e repetia a si mesmo as últimas palavras de Gus. Repetiu-as por tanto tempo que elas quase tomaram consistência, tornando-se um sabor em sua boca empapada de angústia.

O garoto não gostou do sabor. Sabia que era mentira. De forma que a angústia transformou-se em raiva. A raiva em furor. Apertou os olhos e preparou-se para investir contra Gus.

— Você... Você está mentindo.

— Estão mortos. Não adianta falar. Não aqui. Não agora. Cale-se.

Mas o furor de Caius era grande e genuíno. Não eram certamente aquelas palavras que o aplacariam.

— Aquelas feras deveriam ter matado você, não meus pais.

A frase golpeou Gus como uma chicotada.

— Já estavam mortos — murmurou. — Quando cheguei, já estavam mortos. Tudo havia sido planejado — acrescentou, e a voz deixou transparecer seu sofrimento.

— Por quem? Quem planejou tudo?

Gus fechou repentinamente a arca. — Não importa. É mais um assunto do qual falaremos mais tarde. Amanhã. Agora precisamos descansar. Estou esgotado.

Caius deu um passo adiante, ameaçador. Gus tirou os óculos escuros. Seus olhos eram pequenos e azuis, rajados de vermelho.

— Quer bater em mim, moleque?

— O que você chamou de... — Caius procurou a palavra certa. Não demorou a encontrar. — Carcomido. Como foi que o matou? Vi um clarão, e aí...

— Permuta.

Caius teve um gesto de raiva. — Responda! Pelo menos uma vez, responda às minhas perguntas! Não gosto de charadas, eu...

— Fugaz, a imagem da moeda de prata surgiu diante de seus olhos, aumentando ainda mais sua ira. — ... Detesto quebra-cabeças!

— É assim que se chama, Permuta. É verdade. Mas não tem nada a ver com você.

— É magia?

Gus deu uma gargalhada, sarcástico. Voltou a pôr os óculos escuros. — Pense o que quiser, garoto. E, quando encontrar o Mago Merlin, mande lemb...

Caius investiu furioso.

Gus interceptou sem o menor esforço o soco do menino, fraco demais, desajeitado demais, e forçou-o a dar uma pirueta sobre si mesmo. Caius gritou surpreso.

Gus torceu o braço do outro atrás das costas, fazendo estalar perigosamente o ombro. Dessa vez, o grito de Caius foi de dor.

Gus empurrou Caius e o pregou no chão. — Quer lutar comigo?

Caius o amaldiçoou.

Gus nem ligou.

— Ou prefere que eu o deixe aos Caghoulards? Eles têm garras bastante afiadas, aquelas feras.

Caius esperneava, espumando de raiva. Berrava. De dor, mas também de frustração.

Gus não soltou a presa.

— Ou você prefere o Carcomido, a criatura que matou Emma?

— Seu bastardo! — cuspiu Caius, totalmente possesso.
— Sabe o que os Carcomidos fazem com você? Sabe?
Segurou-o com mais força. A dor correu do ombro ao cotovelo até entorpecer sua mão. Caius fechou os olhos, mas não parou de espernear e gritar.
— O Carcomido beija. Dá-lhe um beijo, meu rapaz. Mas não é um beijo normal.
Lá fora, os trovões haviam recomeçado a rumorejar. Embora a reverberação de sua fúria penetrasse a terra fofa do cemitério e se espalhasse ao longo do piso do mausoléu na forma de vibrações surdas e poderosas, ela nem se comparava ao que se agitava no coração do garoto.
— O veneno deles passa pela ferida e invade a corrente sanguínea. Na mesma hora. Sem possibilidade de salvação.
— Solte-me!
Mas a lição ainda não tinha acabado.
— Dissolve os ossos, os músculos. Mas não os nervos. Sabe o que significa? Significa que, enquanto o beijo come sua carne como um ácido, seus nervos continuam na ativa, funcionando. E gritam, garoto. Gritam de...
— Deixe-o em paz, Gus! — admoestou uma voz profunda. — Solte o menino.
— ... dor.
Gus afrouxou a presa.
Caius percebeu que precisava urgentemente de ar.
— Como chegou aqui?
— O problema é saber como *eles* chegaram. Não está sentindo o cheiro?
Gus sentiu imediatamente o cheiro de gasolina. — Querem nos matar como ratos. — Um instante depois, já estava de pé. — As armas, Buliwyf...
— Diziam que tinha morrido.

— E você acreditou?
— Nem por um segundo.
Gus concedeu-se uma meia risada.
O recém-chegado era muito alto, pelo menos um metro e noventa. A cabeça roçava nas teias de aranha que enfeitavam o teto da cripta. Vestia um longo casaco vermelho, bordado de preto, aberto, deixando à mostra uma espécie de colete de couro, arranhado e gasto, e uma compleição maciça, robusta. A cabeleira escura, solta em cima dos ombros, era longa e espessa. O rosto, de testa ampla e espaçosa, tinha uma mistura de excitação e preocupação. "Imponente" era a palavra mais apropriada para o descrever.

Caius fitou-o, fascinado e temeroso. Quando o sujeito dirigiu a atenção para ele, o rapaz reparou que o negro de seus olhos era tão profundo que se confundia com a pupila.

— Como está seu braço?
Caius não soube o que responder.
O homem virou-se para Gus. — É ele?
— Emma e Charlie morreram.
— Deveria ter me chamado.
Gus armou o gatilho de uma pistola gigantesca e enfiou-a na cintura. — Teriam morrido de qualquer maneira. Era uma armadilha. — Testou o balanceamento de um machado e, depois, soltou a arma. — Não gosto nem um pouco de me separar de tudo isso.

— Estão chegando. Posso sentir. Fóbicos.
Gus praguejou. — Fóbicos, merda.
— O que vamos fazer com o garoto? Acha que vai criar problemas?
— Deixe comigo.
Caius levantou a cabeça, assustado.

Gus colocou uma das mãos no ombro do rapaz e o fitou fixamente nos olhos. Falou com uma brandura totalmente inesperada. — Charlie e Emma morreram para protegê-lo. Terá as respostas que procura, mas, por enquanto, confie em mim. Não temos tempo. Os Fóbicos são uma danada de uma encrenca. Fique bem envolvido no cobertor e não dê um pio. Feche os olhos e deixe o resto com a gente.

Trocou um rápido olhar com Buliwyf, que anuiu. — Vamos protegê-lo, Caius.

O rapaz obedeceu.

Quando Caius ficou bem enrolado no cobertor puído, Gus levantou-o e carregou-o nos ombros. Apontou a pistola. — Abra logo essa merda de porta, Buliwyf.

Caius testemunhou apenas um fugaz fragmento da batalha que, naquela noite, aconteceu no cemitério do Dent de Nuit. Do embate pôde perceber somente trechos soltos, imagens de curta duração. O início, mas não o fim. A certa altura, sua mente deixou de colaborar com Caius. Sua lucidez chegou ao ponto de ruptura, o garoto não aguentou e cedeu.

O combate foi um calidoscópio de ossos quebrados e sangue que ainda jorrava de corpos já mortos. Em alguns casos, Caius sentiu garras sibilando a poucos centímetros de seu corpo, mas Gus e Buliwyf mantiveram a palavra e o protegeram.

Foi um turbilhão de criaturas pavorosas que soltavam berros bestiais e eram ceifadas pelo chumbo da pistola de Gus. Estrondos. Gritos. Sangue. Vermelho, mas negro também, tumoroso. Mas não foi isso que fez Caius desmaiar.

O primeiro a sair do mausoléu havia sido Buliwyf, brandindo dois punhais de lâmina descomunal. Caius ouvira-o rosnar como uma fera bravia para então entrar na rixa quase com volúpia.

Decepara membros e rasgara ventres sem mostrar qualquer compaixão. Completamente coberto do sangue de seus inimigos, Buliwyf tinha espalhado o pânico entre as fileiras das criaturas. As criaturas com garras, aquelas que Gus chamara de "Caghoulards". Ceifara dúzias com aquelas suas lâminas prateadas, até que eles, dando-se conta de sua evidente inferioridade, recuaram apavorados.
Houvera um momento de paz.
Com uma careta, Buliwyf havia levantado a cabeça para o céu carregado de nuvens e dera uma gargalhada que Caius sentira reverberar em suas entranhas.
Havia um instinto, dentro dele, em sua barriga e em suas pernas, que reconhecia, naquela gargalhada, algo terrível e obscuro.
Algo antigo e assustador.
Quando Buliwyf transformou a risada em um longo, interminável uivo, quando mostrou o que realmente era, Caius não aguentou.
Murmurou algo e desmaiou.
Foi ao ver Buliwyf desenfreado, portanto, que os sentidos do rapaz acabaram sucumbindo, impedindo que ele assistisse ao fim da batalha.
Os instintos se renderam, repetindo, tagarelas, que nada daquilo que estava acontecendo era real. Gus não era real, tampouco eram reais os Caghoulards e os Carcomidos.
Não eram, não podiam ser, eles gritaram, pois a história do lobo mau não passava de uma fábula.

9

O Cid sentia um gosto ruim na boca e tinha a terrível suspeita de que aquele sabor podre podia ser seu verdadeiro gosto. O sabor de sua própria carne.

Era um pensamento repulsivo. Tentou se mexer e descobriu que estava acorrentado.

As mãos eram uma lembrança desfocada, membros azulados presos atrás das costas que, pulsando, provocavam espasmos terríveis. Na verdade, o mundo inteiro estava envolto em uma escuridão de sofrimento e confusão.

Apavorado, levou algum tempo para criar coragem e abrir os olhos.

Quando tentou olhar em volta, depois de longas tentativas a fim de interceptar qualquer ruído no silêncio que o cercava, compreendeu que havia sido vendado por mãos desajeitadas.

"Finalmente, uma boa notícia", pensou. Uma fresta bastante grande permitia captar algumas imagens do que estava acontecendo à sua volta. Imobilidade e um montão de trastes.

Quando procurou lembrar o que acontecera e a razão de estar ali, vendado e acorrentado, um doloroso aperto nas têmporas quase o fez gritar.

Uma parte dele não queria reviver o que aconteceu nos subterrâneos do palácio da rua Félix e aquela dor era o que o fazia compreender isso.

O Cid procurou aquela parte de sua mente: era a parte covarde. E idiota. Lembrar o momento em que o mundo se precipitara naquele lamaçal de sofrimento e cegueira o ajudaria a entender.

Entender era a única maneira possível de sair daquela situação difícil o mais rápido possível. Por isso, se preparou para o pior e esperou.

A dor foi imediata, como se tivesse enfiado a cabeça em uma fornalha. Tentou resistir. Lembrou-se do ouro transformado em lixo e de um vulto redondo usando uma cartola engraçada. O sujeito lhe mostrara algo. O Cid procurou enfocar direito aquele objeto que brilhava e quase conseguiu, mas, ao chegar a tal ponto, a dor de cabeça era tão insuportável que ele teve medo de sua cabeça explodir. Foi forçado a parar para retomar fôlego.

Era uma loucura, pensou, nunca imaginara ser tão covarde. Só lhe restava fazer de conta que não era com ele. Organizar uma pequena tramoia contra si mesmo. Afinal, as trapaças eram sua especialidade.

Concentrou-se e voltou a pensar em todo aquele dia, desde o momento em que se encontrara com Paulus aos pés da Fonte do Rana. Reviu os grafites do número 89, o Artefato, reviveu a raivosa reação do irmão, suas desculpas, os barulhos sinistros, o calor, a longa descida, a sensação de ter se metido em uma espiral sem fim, pensou no tesouro e, finalmente, lembrou.

Lembrou o ataque dos vermes brancos e o grito de Paulus. Lembrou a escuridão que o engolia e achou que tinha desmaiado. Lembrou que alguém o esbofeteava. Lembrou que se amaldiçoara mil vezes, esperneando e lutando. Lembrou os

Caghoulards que o atavam sorrindo. Lembrou a desnatural rigidez do corpo desfalecido do irmão Paulus.

Paulus.

Algo dentro dele se rebelou diante da imagem. Era a mesma parte que tentara apagar aquelas lembranças. Foi uma rebelião física de ácidos e humores que pressionavam em busca de uma saída. O Cid tentou não vomitar e não começar a berrar a plenos pulmões. Conseguiu, mas só a duras penas.

Paulus estava morto, pensou.

Morto pelas criaturas nojentas evocadas por aquela espécie de leiloeiro do qual não conseguia, mesmo agora, focalizar direito o rosto. Só sabia que dava medo. Correu mais uma vez o risco de berrar, mas se impôs o silêncio. Se começasse a gritar, nunca mais pararia.

Paulus.

Morto.

Não, o irmão não poderia ter morrido. Se estivesse morto, tinha certeza de que sentiria isso. Sentiria no coração e no estômago. Paulus tinha de estar por perto, em algum lugar. Talvez ferido, mas não morto.

Não era hora de lamuriar, mas sim de raciocinar. E aquilo era no que se saía melhor: raciocinar. Para isso, no entanto, tinha que se mexer, sem gritar e sem se deixar tomar pelo pânico. O pânico era um inimigo. O pânico não o ajudaria a sair daquele aperto.

Estava preso, então. Preso por quem? Prisioneiro daquele leiloeiro de cartola que, só de lembrar em uma imagem fora de foco, ainda conseguia aterrorizá-lo sem motivo algum?

Melhor deixar de lado e pensar em outra coisa.

O Cid aproveitou a fresta deixada aberta na venda para dar uma olhada. A julgar pelos trastes amontoados, ainda estava na rua Félix. Havia vultos se movimentando, mas, para enxergá-los direito, teria de virar a cabeça. Prudentemente, o Cid preferiu ficar parado. Melhor esperar que as têmporas deixassem de doer daquele jeito.

Mexeu devagar os braços para testar a firmeza dos nós com que havia sido algemado, mas um barulho de correntes, ali perto, aconselhou-o a ficar imóvel.

Uma voz grosseira gritou um chamado. Mais vozes, igualmente grosseiras e terríveis, responderam em coro. Um concerto de hienas famintas.

O Cid tinha certeza de já ter ouvido aqueles sons, sabia com certeza que tipo de bicho podia emitir aqueles gritos, mas não conseguia identificar claramente o local nem o animal ao qual pertenciam. "Pensa", disse a si mesmo, "pensa".

Então, lembrou.

Os grandes olhos que brilhavam maldosos. Fios de baba escorrendo da boca cheia de dentes afiados e emporcalhando uma roupa de pele de cabra. Criaturas de boca grande demais, como a de certos peixes de olhar vazio. Olhos de uma cor amarelada, cirróticos, incrustados logo acima do nariz achatado, no meio de um crânio romboide.

O Cid sentiu que suas entranhas se desmilinguiam.

Sua mente foi implacável, atormentando-o com a visão daquelas criaturas que alguns chamavam Caghoulards e outros Pretos Encapuzados.

Tinham dedos longos e ossudos (longos demais, principalmente quando comparados com a envergadura dos braços magérrimos, cobertos de escamas e pelos negros tão duros quanto erva daninha) que terminavam em longas garras afiadas, um tórax definhado do qual saíam pernas esqueléticas. Tinham algo que lembrava serpentes, fosse na cor da pele, fosse no contínuo lamber os lábios salientes. O Cid detestava as cobras ainda mais que as ratazanas.

Os Caghoulards gostavam de cobrir a cabeça com capuzes nos quais faziam dois cortes laterais para permitir que as longas orelhas triangulares passassem sem muito estorvo. Vestiam túnicas justas que cobriam a podridão de carne morta de seus corpos, e talvez até gostassem do cheiro daquelas túnicas que fediam como se um erro irremediável tivesse sido cometido durante o processo de curtição.

O Cid começou a tremer. Os Caghoulards eram criaturas que não conheciam piedade ou remorso. Criaturas que sentiam prazer em enfiar pedaços de metal enferrujado em sua própria carne, quase sempre diretamente nos músculos. Pregos, porcas, lâminas quebradas, argolas de correntes e parafusos infibulados como enfeites. Toda a pele dos Caghoulards estava esteticamente coberta de cicatrizes.

Eram andarilhos por natureza, preferiam os perigos da vida nômade à relativa segurança de um abrigo. Destruíam e saqueavam, não eram feitos para construir e preservar. Detestavam o sol e a companhia, caçavam à noite e não conheciam outra coisa a não ser a solidão. Nas trevas e no isolamento, encontravam o conforto necessário para continuar respirando e a inspiração para tramar novos crimes.

Quando se mexiam em bandos, era por fome ou desespero, e, se acatavam ordens, somente o faziam porque forçados. Quando isso acontecia, quer dizer, quando um amo conseguia subjugar aquelas criaturas repulsivas, então elas dedicavam à mão que segurava a coleira todas e quaisquer energias de que dispunham, cada fibra de seu risível intelecto. Um observador superficial poderia dizer que os Caghoulards, uma vez escravizados, experimentavam pelo carcereiro um sentimento parecido com o que as criaturas diurnas chamam de afeição, ou até amor.

Nada de mais errado, e o Cid sabia disso muito bem. Circulavam muitos boatos acerca dos Caghoulards, e nenhum deles deixava de descrevê-los como cruéis e brutais.

As criaturas possuíam uma linguagem muito rudimentar, uma gramática entremeada de violência, tão simples quanto uma martelada bem no meio da cara e igualmente incompreensível. Mas nenhum dos ásperos vocábulos daquela linguagem de gralhas podia lembrar, mesmo de forma vaga, a palavra afeição ou qualquer sinônimo seu.

O Cid engoliu em seco.

As vozes à sua volta tornavam-se cada vez mais numerosas. A um chamado logo respondia outro, depois mais outro e assim por diante. Devia haver centenas.

Quando o horrendo concerto estava no auge, quando o Cid achava que o sangue fartamente jorraria de seus ouvidos, os Caghoulards calaram-se de repente.

No silêncio que se seguiu, ouviram-se os passos de alguma coisa que se movia entre os trastes e as quinquilharias. Passos pesados, arrastados. Acompanhados de um miado choroso, quase o ganir de um filhote tendo um pesadelo.

Prendendo a respiração, tentou identificar o sujeito daquela lamentação. Pelo pouco que podia ver, a sala nas entranhas do número 89 da rua Félix, com aquela sombria luminosidade esverdeada e o cheiro de água marinha e algas putrefatas, estava apinhada de Caghoulards.

O Cid estava pasmo.

Nunca se soube de Caghoulards que ficassem juntos sem arrancar os olhos uns dos outros. Nunca teria pensado em ficar diante de um verdadeiro exército. Não só eram pelo menos duas centenas, a julgar pela ressonância de suas respirações e do pouco que conseguia enxergar, mas também eram disciplinados e silentes. Todos os seus olhares apontavam para uma direção que ele não conseguia ver.

Devagar, muito devagar, virou a cabeça à direita, um milímetro de cada vez, procurando não ser notado. O pescoço, entorpecido por sabe lá quantas horas de aturdimento, mal conseguia responder às ordens, e toda vez que o fazia soltava descargas de dor quase insuportáveis. Apertou o queixo e resistiu sem dar um pio. Sua vida estava em jogo.

E a de Paulus.

Não podia esquecer. Se Paulus estava lá, se estava ferido (ou morto) era por culpa de sua estúpida cobiça. Tinha sido pego em uma armadilha, é claro. Um estratagema tão óbvio que chegava a ser ofensivo.

Os desconhecidos que confabulavam o faziam em voz bastante alta, porque ele os podia ouvir. Forasteiros encapuzados para não ser reconhecidos. Um tesouro ao alcance de qualquer um...

Enquanto virava a cabeça para o centro das atenções dos Caghoulards, com as costas molhadas de suor pelo esforço e o medo, o Cid rezou e invocou todos os santos, os diabos e os demônios que passavam por sua cabeça, sem fazer distinção. Até uma eternidade de danação era preferível a um único segundo de remorso por ter sido a causa da morte do irmão. Paulus era a pessoa que mais lhe quisera bem.

Finalmente viu.

Um Caghoulard particularmente nojento, de cabeça descoberta, com o corpo deturpado por cicatrizes e *piercings*, estava em cima de uma caixa de madeira transformada em improvisado palanque, cabisbaixo, balançando-se lentamente sobre um pé e outro. A seu lado, aos pés da caixa, outro Caghoulard, com uma careta indefinível e um fio de baba escura a escorrer-lhe da boca hirta de presas, segurava uma corrente enferrujada. A ponta da corrente estava enrolada em volta do pescoço do primeiro Caghoulard.

Um movimento serpeou entre os Pretos Encapuzados presentes naquela espécie de pelourinho. Cabeças se mexeram, mãos se esfregaram, pés se arrastaram.

As lâminas e os pregos enfiados em seus corpos soltaram reflexos sinistros enquanto mudavam de posição em relação à luz espectral do subterrâneo da rua Félix.

Os que ficavam mais perto do acorrentado começaram a bater os pés, logo acompanhados por todos. O prédio tremeu.

— Mann... Mann... Mann...

Grunhiam.

— Mann... Mann... Mann...

Salmodiavam em voz cada vez mais alta.

— Mann... Mann... Mann...

Chiavam, gralhavam, imploravam.

— Mann... Mann... Mann...

Uma invocação que não podia ser definida em verdadeiro coro, e talvez nem mesmo uma invocação.

Estava carregada demais de dor, mas ainda assim também havia nela amor e esperança. Volúpia. Eram gemidos de gozo e de agonia, tudo junto. Algo tão obsceno e bestial que o Cid ficou de cabelo em pé.

— MAAANN!

Gritaram.

A luz ficou mais forte. Quase uma explosão. Depois, o Vendedor apareceu.

WUNDERKIND

A figura pequena, redonda, gorducha, de cartola na cabeça, de nariz bicudo, minúsculo, quase inexistente, aquela figura que incutia temor apesar do radiante sorriso, um cenho de látex e mentira, estava ali, diante do cadafalso, as mãos atrás das costas. Surgida do nada.

Sua presença forçava os joelhos a se dobrarem, apesar de parecer engraçada, totalmente inofensiva. Estava vestida de vermelho e branco, e tanto o vermelho quanto o branco eram carregados demais. O vermelho era sangue sobre sangue; o branco, simplesmente insuportável. E os olhos... Aquilo era o pior.

Olhos como moedas antigas. Grandes, perfeitamente redondos. E desprovidos de pupila. Desprovidos de íris. Sem expressão. Incrustados nas órbitas. Desprovidos de qualquer luz que não fosse aquela parecida com a monótona, plana e inexorável bidimensionalidade de um espelho. Não era um homem, pensou o Cid. Não podia ser.

— Meus caros... — começou, com aquela voz que o Cid, mesmo que vivesse cem anos, jamais se atreveria a esquecer. — Meus caros, este é um dia muito, muito triste para nós. E embora — prosseguiu, sem deixar de sorrir — até a melancolia e a amargura sejam bens de grande valor, embora a angústia e a tristeza tenham um sentido muito, muito mais importante do que vocês, minhas pequenas criaturas, possam imaginar... — sempre aquele tom, aquela voz —, apesar disso, permitam-me dizer que estou profundamente decepcionado.

Falou com uma entoação que enchia os olhos de lágrimas, tamanha era a tristeza de que estava carregada. Mesmo assim, seu rosto não demonstrava qualquer emoção.

Seu sorriso permaneceu firme, imutável. Radiante. Assassino. Desumano. Era o verdadeiro rosto do Vendedor, aquele de que Caius só conhecera uma amostra.

— Cada mundo, cada criatura tem sua própria moeda, é a regra em que se baseia todo o universo — prosseguiu, após uns segundos de silêncio durante os quais o Cid pôde constatar, aflito, a facilidade com que o pregoeiro mantinha o controle sobre aqueles seres abjetos. — Cada moeda tem seu preço e, modéstia à parte, eu conheço cada preço. Conheço o preço de qualquer lembrança. Pensem nisso...

Apontou para a criatura que, naquele momento, soluçava no cadafalso. Herr Spiegelmann tinha mãos extremamente pequenas, brancas como porcelana, com dedos infinitamente longos e ossudos. Todos, a não ser o polegar quase invisível, do mesmo comprimento.

— Pensem quão honrado me sinto, de fato, ao conferir a um de seus coirmãos o que mais ele almeja...

A multidão de Caghoulards ganiu estática.

— Algo pelo qual vocês, meus fiéis, preciosos e infinitamente amorosos companheiros de aventura, estariam dispostos a matar.

O ganido tornou-se grito.

— A despedaçar!

O grito tornou-se estrondo.

— Sem nem sombra daquela bobagem que se chama compaixão!

O estrondo virou terremoto.

Bastou um gesto para o terremoto se tornar a batida de asas de uma borboleta.

— Um nome — sussurrou Herr Spiegelmann. — É isso que vocês almejam. Possuir um nome que os enobreça. Que os torne eleitos aos olhos do Amo.

A multidão de Pretos Encapuzados começou a ondear. Em êxtase.

— Um nome! — gritou Herr Spiegelmann, virando-se para o Caghoulard no pelourinho, o único que permanecia imóvel diante de tamanha eloquência. — O que pode haver de mais aprazível, útil, terno, precioso, sublime, raro, magnífico, importante e bonito que um nome?

Acariciou a cabeça baixa do Caghoulard.

A multidão mantinha-se em silêncio. Saboreava o momento.

— Só a duras penas se ganha um nome. É preciso suar. Dilacerando e matando. Mas, principalmente, obedecendo.

— Mann... Mann... Mann... Mann...

A multidão recomeçou a entoar a cantilena.

O homenzinho entregou-se àquele som que o embevecia, e que dava um nó nas tripas do Cid.

Então, com um gesto vago, o líder mandou que se calassem.

— O Amo sempre sabe o que pode pretender e o que não pode exigir. Os Caghoulards sabem muito bem disso, faz parte do trato. — explicou àquela turma de débeis mentais, como se estivesse em algum congresso de eruditos. O Amo respeita os tratados. O Amo nunca erra, errar não faz parte de sua natureza de Amo.

Uma pausa.

— Então, por que...

Suas palavras ressoaram um tempo longo demais na sala para que fossem apenas um eco.

— ... por que seus desejos não são realizados justamente por aquele que... — baixou a voz, baixou-a e a transformou no som de uma flauta doce, meiga — ... aquele que recebeu a dádiva mais preciosa? Bellis! — trovejou.

Ao ouvir o próprio nome, o Caghoulard acorrentado levantou a cabeça.

— Bellis...

As mãos afagavam o crânio nojento. Os dedos encontraram um tufo de pelos estopentos. Houve um ruído horrível. O tufo sangrento foi mostrado ao público.

— Bellis, por quê?

O pânico tornava claros até os mínimos detalhes. O Cid não pôde deixar de ver o que de repente aparecera na palma daquela mão de dedos compridos e brancos.

Três cartas de jogo. Em cada carta, um retrato. O retrato de uma mulher e o de dois homens. Um dos dois homens tinha duas cruzes tatuadas no pescoço.

No rosto da mulher e no do outro homem estava traçado um grande X.

— E um garoto — murmurou o homenzinho, sorridente. — Um tenro rebento. Precioso, não é Bellis?

— Precioso... — choramingou a criatura. — Precioso.

— Três alvos. Três meros alvos.

Uma pausa.

A pausa prolongou-se.

— O erro de Bellis, meus caros: a vaidade. Bellis pensou. E o que ele pensou, infelizmente, não estava de acordo com o que o Amo mandara. Isso é ruim. Até ofensivo, aliás. — Um cochicho de assentimento por parte da plateia. — Bellis pensou em desistir. Falhou na missão e não voltou morto como seus valorosos companheiros. Bellis fugiu diante do inimigo. Uma afronta para a coragem dos companheiros. Uma afronta para o Amo.

Um murmúrio entre os Caghoulards.

— Qual é a pena para quem ofende o Amo? Qual é a pena para quem, como Bellis, não cumpre as ordens? Em nome de quem fugiu? Em nome de quem... falhou?

Cuspiu essa palavra como se fosse veneno.

— Qual será o preço que terá de pagar? A vida? — A voz do Vendedor tornou-se um sussurro. — Eu acho que ela não tem valor suficiente.

Silêncio.

Virou-se para a criatura trêmula que, intuindo o destino que a esperava, debatia-se e borrifava muco, implorando com uma série insensata de sons esganiçados.

— Bellis já não tem nome. Bellis não existe — sentenciou o Vendedor. — Quero que seja um entre tantos, anônimo na multidão. E quero... — ciciou, depois de uma pausa — que seu rosto seja irreconhecível. Deixem que viva, mas sem rosto e sem nome...

A voz de Herr Spiegelmann tornou-se trovão. Explodiu com tamanha força que o Cid fechou os olhos, horrorizado.

— *Comam seu rosto!*

— Cid...

— Não... — respondeu ele, choroso.

A venda foi arrancada. As moedas sem íris nem pupilas fitavam-no fixamente.

— Cid. Isso mesmo. — Sorriu. — Lembra meu nome?

— Não.

— Não? — perguntou o outro e pareceu sinceramente sentido — Não lembra os bons momentos que passamos juntos? Realmente não lembra meu nome?

— Eu... — gaguejou o Cid, enquanto a cara de lua do outro ficava mais próxima, cada vez mais próxima, até ser possível ver o próprio rosto distorcido naqueles espelhos terríveis. — Eu...

— Talvez não esteja suficientemente estimulado. Talvez eu precise encorajá-lo...

Esticou a mão. A mão tornou-se borboleta; a borboleta, pomba. O Cid estremeceu. De pomba a polvo, de polvo a criatura escorregadia, informe.

O Cid não queria ser tocado por aqueles dedos.

— Herr Spiegelmann! — gritou, quando só faltam uns poucos milímetros para o toque repulsivo. — Herr Spiegelmann, o Vendedor. Isso mesmo, agora lembro. Lembro tudo! Não toque em mim, não toque, não...

— Não tocarei. Mas só se você não me forçar a isso. — Como quem não quer nada, afastou-se, somente para deixar que o Cid visse o que os Caghoulards estavam fazendo a Bellis. — Mas nós somos homens de bem, não é verdade? Nós mantemos a palavra, não somos seres inferiores como eles. Entre homens de bem, os estímulos não são necessários.

— Pois é, não são necessários. Tudo bem, isso mesmo — arquejou o Cid.

Herr Spiegelmann bateu palmas. — Ótimo. E de seu irmão Paulus, se lembra?

O Cid gemeu.

— Morreu? — perguntou.

— Depende — respondeu Spiegelmann, ambíguo. — Vamos conversar: quanto vale a vida de seu irmão?

O Cid sentiu as lágrimas correrem pelas faces. Lágrimas amargas e dolorosas. Engoliu em seco antes de responder.

— Não... não estou entendendo...

O homem de cartola deu um passo e se aproximou. — *Do ut des*. Vamos conversar, negociar! — exclamou, bradando. — Você gosta de negociar, Cid? — perguntou. — Oh, eu adoro! — exclamou, sem esperar uma reposta. — Para sua informação, é uma questão de orgulho para mim, uma filosofia de vida.

Esticou a mão e mostrou uma moeda que rodava, preguiçosa, na ponta do indicador. Brilhava como uma estrela.

— Então, vou repetir. A pergunta é muito simples, Cid. Concentre-se, por favor. — Exibiu-se numa pausa tão teatral quanto mentirosa, respirou fundo e perguntou, quase cantarolando: — Quanto vale a vida de seu irmão, Cid?

O Cid não pensou duas vezes. — Tudo — respondeu com um sopro.

Herr Spiegelmann sorriu. — Resposta certa, Cid. A regra é simples. Execute e não pense. Obedeça e terá de volta seu irmão, são e salvo.

Os olhos de Spiegelmann tomaram todo o campo de visão do outro, como um horizonte. O horizonte virou fumaça acre, penetrante como uma série de agulhas, e o Cid estremeceu. Traído por novas lágrimas que foram juntar-se às já derramadas.

— Lágrimas — sussurrou Herr Spiegelmann, baixinho. — Tão preciosas, tão caras, tão cobiçadas. Lágrimas para assinar um contrato. Pois é, lágrimas.

— Lágrimas! — e aquele último rugido perdeu-se no estrondo de centenas de Caghoulards que exultavam.

10

O Dent de Nuit não ficava tão longe de Montmartre: a rua des Dames desenrolava-se até desembocar no boulevard Chroniques, deixando de lado seu ar perdidamente boêmio ao se chocar com vistosas vitrines, vendinhas de aparência lúgubre, minimercados geridos por imigrantes chineses, convidativas confeitarias, cafés sempre cheios de gente e as inevitáveis lojinhas de lembranças e quinquilharias. Sumia, engolida pelo Dent de Nuit. "Lá dentro do Dent", como costumava dizer o pessoal do bairro.

Um lugar contraditório e cheio de maravilhas.

Boulevard Chroniques era uma ampla alameda margeada por edifícios onde moravam trabalhadores sem nada na cabeça, pessoas que marcavam o ritmo de sua vida conforme os rígidos ditames do guia da TV. Homens e mulheres que levantavam cedo, baixavam a cabeça e iam à luta, só voltando a levantá-la lá pelas seis da tarde. Gente comum que, amiúde, acreditava viver nas últimas ramificações de Montmartre ou às margens do Marais.

Boulevard Chroniques era uma espécie de pequena rodovia encastoada no meio da cidade. Uma rua apinhada e rumorosa desde seu nascimento, nos anos 1950, quando sepultara em asfalto e cimento uma porção de pequenas casas do século XVIII cercadas de lárices.

Boulevard Chroniques cortava quase perpendicularmente o Dent de Nuit, encontrando, em sua trajetória de norte a leste, a mal-afamada rua Guignon, um breve trecho calcetado quase sempre abarrotado de lixo que, após superar a rua Clive Barker, desembocava na rua Félix. Onde os afrescos queimavam os intelectos.

A rua Guignon gozava de alguma fama, porque, contavam, Baudelaire consumara o fatal amplexo com a praga da sífilis justamente ali, um boato que, como muitos, mesmo sem fundamento, servia para atrair visitantes desprovidos de bom gosto, gente meio amalucada e poetas incipientes.

Em linha reta, entre a rua Guignon e a rua d'Auseil não havia mais de uns 700 metros comprimidos em uma maranha de vielas e becos, valas de escoamento entupidas e prédios sem número. O refúgio perfeito para marginais solitários.

O número treze da rua d'Auseil aparecia de repente diante do transeunte, tirando-o de tristes lembranças ou de incômodas elucubrações. Não dava para não reparar. Um palacete de quatro pisos, velho, mas de boa aparência.

Tudo indicava que a estrutura original remontava à época de Napoleão III, mas, desde então, havia sido restaurado mais de uma vez. Era uma estranha mistura de estilos, com um toque de *art nouveau* nos acabamentos e uma sugestão de modernismo nas esquadrias externas. Balcões arredondados com peitoris de metal preto, janelas estreitas e altas e, ao mesmo tempo, calhas de alumínio e vistosas claraboias decoradas como florões de igreja. Rente aos muros, na parte inferior do telhado, ninhos abandonados. Acima, o gralhar dos corvos.

No porão, alguém estava cozinhando.

O cheiro era delicioso.

Primeira manhã de inverno em um lugar desconhecido, quente, mas não confortável. Caius resmungou algo, ainda sonolento, e abriu os olhos. O ar cheirava a café. Seu corpo exigia energias. O aroma trouxe-lhe à memória recordações de pungente normalidade. A inquietação o despertou por completo.

A luz era filtrada por uma janelinha acima dele. Uma luz azulada, cinzenta, fria. A claridade iluminava um amplo aposento, de paredes recém-pintadas. Não um verdadeiro apartamento, mas um porão adaptado para servir de habitação. O ambiente cheirava um pouco a ar parado, mas sem poeira.

Haviam-no deitado em um catre, no calor de vários cobertores. Podiam ser sete da manhã assim como podia ser meio-dia.

As colchas recém-lavadas cheiravam a limpo. Aspirando aquela fragrância, Caius experimentou mais uma, e mais cruel, pontada de saudade.

Os dois homens confabulavam em voz baixa, sentados a uma mesa, e ambos pareciam cansados. Buliwyf já não estava usando o casacão vermelho, mas o colete continuava no lugar. Gus sorvia longos goles de uma garrafa de cerveja, uma vistosa atadura enfaixando sua mão.

Dos dois, o que parecia mais descontraído era ele. Buliwyf salientava as palavras de punhos fechados e mostrando os dentes.

Caius ficou todo arrepiado.

Em sua mente, ainda estava viva a lembrança do que aquelas mãos e aqueles dentes haviam feito, no que se haviam transformado. Desviou o olhar de Buliwyf.

Quem reparou primeiro em que ele estava acordado não foram os dois homens, mas sim uma mulher.

Caius nunca tinha visto uma beldade como aquela, nem mesmo nas revistas de moda ou nos filmes de Hollywood. Não era meramente bonita como certas atrizes que sabem muito bem disfarçar os defeitos e assumir poses, tampouco artificialmente fascinante como as top models imortalizadas pelos artistas da fotografia. Aquela mulher era linda assim como podem ser lindos e pungentes o outono e as alvoradas cheias de quietude.

Olhar para ela transmitia uma sensação de serenidade e paz, mas também uma sutil languidez, salgada como certas lágrimas. Era jovem. De cabelos loiros, muito longos. Seus olhos, pensou Caius, eram a coisa mais azul que ele já vira na vida.

Mas também a mais triste.

— Preparei algo para você comer. Gosta de crepes com geleia?

A voz era uma aura gentil, um sopro agitando as espigas em um campo de trigo.

— Que é você? — não pôde deixar de perguntar o garoto

A mulher sorriu.

Bobamente, Caius sentiu-se orgulhoso daquele sorriso.

— O meu nome é Rochelle — respondeu ela.

— Bem-vindo de volta entre nós — exclamou irônico Buliwyf.

Gus permaneceu em silêncio, dando-lhe as costas.

— Eu...

— Desmaiou. Bastante compreensível — comentou Buliwyf.

— Onde estamos?

— Em minha casa. Rua d'Auseil, treze — foi a resposta.

Caius sacudiu a cabeça. — Nunca ouvi falar.

Rochelle entregou-lhe um prato e um copo de leite quente.

— Estranharia se tivesse — replicou, sentando no catre. Estamos no Dent de Nuit, sabe onde fica?

Já conhecia o nome, mas em lugar de responder, Caius, faminto, limitou-se a menear a cabeça para, depois, cair em cima dos crepes.

Rochelle riu e Caius morreu de vergonha.

— Não muito longe de Montmartre, de qualquer maneira.

No fim da refeição, Rochelle entregara-lhe roupas passadas e um par de tênis. Indicara o banheiro e Caius agradecera.

Rochelle despedira-se com um sorriso, dedicando no entanto todo seu calor a Buliwyf. Os dois se amavam, era evidente. Era impossível não reparar naquela energia. E tampouco em algum tipo de ameaça, porque, na troca de olhares entre os dois, Caius pressentiu a presença sombria da tragédia.

Abrigado no banheiro, constrangido como se tivesse se intrometido em algo íntimo e particular, Caius lavou o rosto com água fria e tentou escovar os dentes com os dedos. Afinal, com um gesto de nojo, livrou-se do pijama manchado de lama e sangue. As roupas que Rochelle trouxera eram quase do tamanho do garoto, a não ser o blusão de moletom, que ficava pendurado em seus ombros e lhe cobria as mãos. Caius arregaçou as mangas até os cotovelos. Os sapatos, felizmente, eram do tamanho certo. Dobrado para dar o nó, Caius percebeu que Gus e Buliwyf discutiam em voz alta.

Estavam brigando.

— Estou lhe dizendo, precisa ir. — A voz de Gus, mais rouca que de costume.

— Outra pessoa pode ir...

— Quem?

— Sempre podemos ligar, então.

— O telefone não me parece uma boa ideia. Precisa ir pessoalmente.

— Suez é de confiança, conhece meu esconderijo. Pode vir para cá. Faria isso com prazer.

— Claro que faria com prazer, mas daria na vista. É perigoso demais. Poderiam chegar a qualquer momento.

— Minha casa é segura — Buliwyf protestou, irritado.

— Nenhum lugar é seguro. Você mesmo viu, ou será que não viu?

Uma pausa.

Caius nem se atrevia a respirar. Seu coração batia como um tambor.

— Não consigo entender como conseguiram encontrá-lo.

— É uma pergunta que eu também me faço. Posso assegurar que...

— Claro. Conheço você. Não poderiam ter seguido seus rastros.

A risada de Gus. Esganiçada. — Já estou entocado lá há várias semanas. Só saio à noite e, mesmo assim, quando é indispensável. Certa vez, você me chamou de paranoico integral. Acha que mudei?

— O que não entendo — e a voz de Buliwyf baixou o tom, ficou mais agressiva — é por que você não me chamou.

— Estava caindo aos pedaços.

— Mais uma razão para me chamar. Já não sabíamos mais como agir.

— Quase morri, mas continuo vivo.

— Eu e Rochelle poderíamos ter ajudado.

— Não faz diferença agora.

Buliwyf deu um soco na mesa. — Claro que faz. Charlie e Emma estão mortos. Você quase morreu. E quanto a ele? Temos certeza de que seja ele?

— Absoluta. Quem me fez isso foi ele.

— Precisa contar o que aconteceu. Onde, como e quando. Todos os detalhes.

— Agora não. O que você precisa fazer é encontrar Suez. Falar com ele. Perguntar. Pode ser que os roubos sejam uma pista importante, precisamos saber mais. Já.

— E o rapaz?

— Eu mesmo bancarei a babá. Não estou na melhor forma, mas dá para quebrar o galho.

— Você precisa descansar. Está ferido.

— Descansarei quando esta história chegar ao fim.

— Pode nunca acabar — respondeu Buliwyf, sombrio.

— Pior para mim. Terei de me acostumar.

— O rapaz vai fazer perguntas. Precisamos falar com ele. Explicar.

A gargalhada de Gus assustou Caius. — Contar o quê, Buliwyf? O quê?

Silêncio.

Depois: — Não sei.

— Não temos tempo. Ele não entenderia.

Mais uma pausa.

Novamente Gus: — Temos que descobrir o que está acontecendo. Procure Suez.

Rochelle dera um pulo no porão, lá pelo meio-dia. Deixara na mesa sanduíches, uma latinha de Coca para o garoto e umas cervejas para o homem. Mal fechou a porta atrás de si e Caius já sentia falta dela.

Tirando o café, durante a manhã toda Gus não tinha feito nada além de tomar cerveja, vinho e conhaque. Tinha metodicamente esvaziado o refrigerador de todas as bebidas alcoólicas e fumara uma grande quantidade de cigarros. O ar do aposento fedia. Vez por outra, Gus resmungava algo com seus botões, praguejando e dando socos na mesa. Parecia um alucinado que brigava com fantasmas. Caius ouviu pelo menos duas vezes o nome de seus pais.

Emma e Charlie.

Aqueles nomes haviam trazido de volta as lembranças noturnas. Recordações dolorosas que faziam sangrar a alma. Lembranças dolorosas que haviam reavivado o medo, as incertezas e as dúvidas. Por isso, o garoto quebrou o silêncio e tentou interrogar Gus. Conseguiu apenas grunhidos indecifráveis, porém. Depois, ao se tornar mais insistente, conseguiu também mais pragas.

E desistiu.

As horas foram passando lentamente, em silêncio. Gus sentado à mesa, bebericando cerveja e fumando, Caius deitado no catre, pensando. A noite não lhe deixara somente medo e perguntas, mas também manchas roxas e contusões.

Apesar de o café da manhã de Rochelle ter amenizado as dores, as feridas — bastante superficiais, na verdade —, não o deixavam adormecer como, esgotado por todo aquele obcecado pensar, francamente esperava.

Qualquer movimento produzia uma fisgada, ora no ombro, ora nas costas ou nas pernas. E a imobilidade era impossível. Os machucados somente aceitavam a pressão de seu corpo por no máximo cinco minutos. Dessa forma, não havia outra escolha senão pensar.

Assim como a língua ao dente cariado ou a unha à chaga (como escrevera um grande poeta), a mente de Caius voltava sempre ao mesmo lugar.

Obviamente, o mais doloroso. A tempestade. A janela destruída. O Carcomido de olhos rosados e a alvorada que o varrera para longe. Os Caghoulards e o mausoléu. Caius pensava em Buliwyf, pensava nos pais. Pensava no que acontecera na escola.

Pensava em Pierre e Victor, e em suas brincadeiras. Pensava na normalidade que lhe havia sido roubada. Irremediavelmente. E também pensou em Herr Spiegelmann. Assim, seus pensamentos se tornaram frenéticos.

Cada vez mais sombrios. Daquela angústia surgiu a raiva. E da raiva, a determinação.

Finalmente, quando ouviu Gus roncar, a determinação tornou-se ação.

11

O garoto ossudo e franzino, metido em um casacão de tamanho muito maior que o dele, atraía os olhares dos transeuntes. Mas era coisa rápida, porque chovia e era preciso tomar cuidado com os buracos e as poças.

Havia algo desagradável no ar. Algo que induzia à pressa e à prudência. As pessoas caminhavam empertigadas e sem demora naquele primeiro dia de inverno.

Ao chegar diante do prédio onde nascera e fora criado, no número um da rua des Dames, Caius parou indeciso. Já tinha visto bastantes filmes policiais para perceber que havia algo errado.

Em sua cabeça, tinha previsto tudo.

Tendo fugido da rua d'Auseil, ao chegar à rua des Dames encontraria uma patrulha. Policiais de verdade. Não pretendia encontrar Jack Bauer ou o delegado Florent. Contentava-se com alguém de uniforme e algum tipo de identificação no corpo.

Então, precisaria apenas apresentar-se, e tudo acabaria, o assunto ficaria em mãos mais competentes que as suas, e ele teria de volta a própria vida. A polícia esclareceria tudo.

Esse pensamento, junto com o receio de que Gus tivesse acordado e já estivesse em seu encalço, dera asas aos pés de Caius. Quanto mais se afastava do Dent de Nuit, mais se convencia de que tudo que Gus e os companheiros lhe haviam dito não passava de uma grande mentira. Seus pais não tinham morrido. Tampouco existia um bairro com aquele nome esquisito.

Os Carcomidos e os Caghoulards? Meras fantasias.

Mas, ao contrário do que Caius pensara, diante do prédio não havia vivalma. Nem policiais, nem viaturas de luzes relampejando multicoloridas. Apenas um pombo que arrulhava ao longe.

Caius não perdeu as esperanças. Fez grandes sinais à velhota dentro da guarita da portaria, esperou que ela o reconhecesse. Que deixasse de lado a revista que estava folheando e fizesse estalar a fechadura. Depois, passou pelo portão, afastou os cabelos dos olhos, ofegante.

— Caius Strauss — reconheceu-o a velha.

Chamava-se Maxime. Era mais larga que comprida e sempre tinha uma bala ou um bombom ao alcance da mão. Vestia roupas floridas e sempre se queixava do tempo, esse era seu hobby. No verão, fazia calor demais; no inverno, não dava para aguentar o frio. Sua presença maciça o acalmou.

— Caius Strauss — assentiu a velha, gralhando.

Parecia cansada, desanimada, talvez doente.

— Tudo bem com a senhora, madame Maxime? — perguntou ele, um tanto pasmo.

— Caius. Strauss. Caius — repetia a velha.

— Quer que... chame alguém?

Ela o fitou com olhos apagados, vazios. — Caius. Strauss. Caius.

Não havia qualquer vislumbre de vida naqueles olhos.

— Os meus... pais. Madame Maxime, a polícia...?

A velha fedia. Cheirava a suor, principalmente a suor. Mas também a excrementos. — Caius. Strauss. Caius. Caius. Strauss.

— A velha balançava no assento, gralhando o nome dele. — Caius Strauss. Caius Strauss.

O fedor era insuportável. A porteira parecia incapaz de dizer outra coisa além do nome do rapaz. Inútil continuar a interrogá-la, melhor ir averiguar pessoalmente. Caius começou a subir as escadas, com a respiração entrecortada.

Não encontrou ninguém nos patamares. O prédio parecia desabitado. Nenhum som. Nem mesmo seus passos ressoavam. A sensação de irrealidade voltou a se apresentar, mais aguda que a da noite no cemitério.

— Pare com isso — reprovou a si mesmo, apressando as passadas.

A porta de casa estava encostada. Pareceu-lhe ouvir vozes, lá dentro. O ar estava gelado e cheirava a carniça. Como madame Maxime, mas mil vezes mais intensamente. Ninguém foi recebê-lo.

Caius ficou parado no limiar. Imediatamente, chegava às suas narinas o cheiro do Carcomido queimado. Ouvia o assovio do vento. As janelas não haviam sido consertadas. Não havia sinal de qualquer investigação policial. Nenhuma pegada lamacenta no tapete, nada de fitas coloridas delimitando os aposentos, nada de selos ou resquícios de pó para descobrir impressões digitais. Nem guimbas de cigarros ou qualquer outra coisa. A casa estava exatamente igual à forma como ele a deixara.

Exatamente.

Inclusive madeira e rebocos estourados. Caius não pôde evitar um soluço.

— Mãe? — chamou. — Pai?

No fundo do corredor, o Carcomido emitia lampejos de brasa.

— Sou eu — disse em voz alta, para espantar o medo.

Ninguém respondeu, a não ser as batidas de seu coração, que aceleraram. Seu corpo exigia que ele saísse dali, mas Caius impôs-se ficar. Precisava ver, precisava saber.

Deixou para trás seu quarto, deixou para trás o banheiro. Passou pela saleta onde a mãe se divertia criando pequenos bonecos de pano e que o pai usava para despachar pequenas obrigações burocráticas. Na parede, havia uma foto da família Strauss. Todos eles, os três, sorrindo. Era uma velha foto. No sorriso de Caius, faltavam ambos os incisivos.

Ao chegar a poucos metros do quarto dos pais, Caius parou.

— Mãe?

Deu mais um passo. Faltou pouco para ele escorregar, o chão estava cheio de fragmentos de madeira e vidro. Caius nem reparou.

Havia um pé, no chão. O pé estava ligado a uma panturrilha de curva macia, sob o véu de uma meia. O rapaz não conseguia tirar os olhos dela.

Caius deu mais um meio passo, sem parar de olhar. O joelho descoberto. Havia pequenas veias azuladas sobressaindo. Caius percorreu seus desenhos. No meio da coxa, um robe azul. Caius levantou os olhos.

— Mãe?

O rosto de Emma estava desfigurado em uma máscara de dor. Quase mastigado, onde a boca do ser feito de asas de mosca se havia encostado.

Tampou os ouvidos, mas a voz de Gus, surgindo de repente em sua cabeça, começou a recitar: "O Carcomido beija. Dá-lhe um beijo, meu rapaz. Mas não é um beijo normal."

As orlas daquelas feridas dobravam-se para trás, flácidas como algas recém-tiradas do mar. Uma leve espuma as cercava. Caius não podia deixar de olhar.

Mais uma vez, a voz de Gus: "O veneno deles passa pela ferida e invade a corrente sanguínea. Na mesma hora. Sem possibilidade de salvação." Caius tinha parado de respirar.

Quanto mais olhava, menos conseguia controlar a imaginação. Era um círculo vicioso do qual não conseguia sair. Mais olhava, mais a mente lhe enviava imagens da morte da mãe. A mulher tentara reagir. Lutara. Em seus braços, havia numerosos sinais daqueles beijos.

"Dissolve os ossos, os músculos. Mas não os nervos. Sabe o que significa? Significa que, enquanto o beijo come sua carne como um ácido, seus nervos continuam na ativa, funcionando. E gritam, garoto. Gritam de... dor."

Caius gemeu como um animal ferido.

"Gritam de dor."

— Não é verdade...

Aquela carcaça que cheirava a carne assada, a esgoto e inferno era mentira? E o cadáver da mãe era mentira? E aquelas marcas na carne? E o ar de morte que se respirava naquela casa? Era tudo mentira?

— Chega! — berrou Caius. — *Chega!*

Mas havia outros detalhes que exigiam sua atenção. Miríades de detalhes que o empurravam para um abismo de loucura e dor. Havia a alça do sutiã, que deixava um ombro descoberto, uma pose quase provocante que a mãe nunca se atreveria a ostentar na presença do filho. Havia os dedos dela, contraídos no parquete, com os arranhões das unhas em cima, inequívocas estrias deixadas com a força do desespero. Que dor podia levar um ser humano a fincar as unhas na madeira? Que sofrimento podia tornar a pessoa tão insensível a ponto de ignorar as unhas quebradas na raiz?

Caius negava? Continuava a querer negar? Era tudo concreto. Real. Queria mais? Não estava farto de detalhes? Bastava olhar um pouco mais adiante. Seguir o sangue, litros de sangue, até chegar...
    Caius sacudiu a cabeça com força. — Não. — Levou a mão à boca. — Não.
    Seus olhos alcançaram a cama. Viram mais sangue e o seguiram, como perdigueiros. O sangue acrescentou mais detalhes que Caius não conseguiu evitar. Havia um homem deitado no colchão, um homem que o menino, por um momento, quase não reconheceu. Era um homem morto, de braços estraçalhados.
    — Não.
    Caius deixou-se cair no chão.
    — Não.
    Todo o sangue que o cercava era algo tão definitivo que o rapaz sentiu-se morrer. Roçou com os dedos a carne da mãe. Estava fria, tão irremediavelmente fria que ele chegou a desejar nunca ter feito aquele gesto. O pai e a mãe estavam mortos.
    — Não.
    Haviam sido mortos. Mataram-nos.
    Assassinados.
    Antes que o mundo se revirasse e que uma nova loucura abrisse caminho em sua vida, Caius só conseguiu formular um único pensamento coerente, tão frio e real quanto a lâmina de um estilete: "Fiquei sozinho."
    Foi então que o mundo desmoronou.

12

Eram dois e talvez, no passado, houvessem sido seres humanos. Agora, pertenciam à tribo dos tormentos. Juntos com os Caghoulards e o Carcomido. Juntos com o Caliban, que agora Caius agradecia ao céu por não ter visto.

Pois é, talvez já tivessem sido humanos, uma vez que dos humanos mantinham as proporções, mais ou menos, intactas. Dois braços, duas pernas, um tronco e uma cabeça. Cortes horrendos, azulados, sulcavam seus membros.

Humanos não eram mais.

Estavam mais que despidos, uma vez que sua anatomia, esfolada, era quase ostentada com ferocidade. Não tinham expressão. Não tinham rosto. Nem olhos, apenas duas cavidades. Nas cavidades, algo que parecia a cauda de um pavão. Eram aquilo que Gus e Buliwyf haviam chamado de Fóbicos.

— Caius Strauss — exultou um dos dois Fóbicos.

Nem lhe concederam tempo de dar uma última olhada nos corpos dos pais. Agarraram-no fincando as unhas na carne viva e o levantaram como um peso morto. Arrastaram-no entre os cacos e os cadáveres dos Caghoulards espalhados ao longo do corredor. Arrancaram o que sobrava da porta de entrada e chegaram ao patamar, vazio e silencioso.

Caius tentou espernear, inutilmente. Os dois Fóbicos não ligavam para ele. A superioridade de sua força era tão evidente que tornava patéticas aquelas tentativas de fuga. Uma vez fora do apartamento, no entanto, os dois Fóbicos hesitaram. Caius quase teve a impressão de ouvir o zunido nervoso de seus pensamentos a se cruzarem. Eles pararam.

Algo os estava assustando. Caius percebia que os corpos deles tremiam.

Um barulho rítmico surgiu do silêncio.

Tump. Tump. Tump.

Alguém estava, lentamente, subindo as escadas, indo ao encontro deles.

Tump. Tump. Tump.

Madeira sobre pedra. Alguém com um bastão.

Um dos Fóbicos falou. — Pilgrind — disse.

O outro repetiu a mesma palavra crua. — Pilgrind.

Soltaram a presa, e Caius ruiu ao chão.

Quando o garoto franzino e ossudo voltou a levantar a cabeça, o desconhecido com o bastão estava diante dele. Os dois Fóbicos se haviam jogado no piso.

De joelhos, pediam misericórdia.

Havia uma pequena multidão de testemunhas prontas a jurar pelo que tinham de mais sagrado que, quando o Barbudo aparecia nas redondezas, algo acontecia.

Obviamente, muitas daquelas testemunhas alardeavam um crédito que nenhum sujeito bom da cabeça concordaria em lhes outorgar: afinal eram beberrões, poetas, desmiolados e vagabundos.

Uma exígua minoria daqueles sujeitos bizarros, no entanto, era lúcida demais na exposição dos fatos para não despertar pelo menos alguma dúvida no coração dos céticos, por mais amalucados que pudessem parecer seus relatos.

WUNDERKIND

Contavam que, quando o Barbudo perambulava pelas ruas da periferia e não queria ser visto ou molestado, conseguia apagar com sua mera presença os lampiões e os letreiros luminosos. Alguns se atreviam até a afirmar com toda a certeza que, quando o Barbudo não queria ser reconhecido, usava seus poderes para convencer as sombras a encobri-lo como uma capa, tornando-o de fato invisível.

Entre os tantos boatos que circulavam acerca dele, esses eram os menos paradoxais. Para não mencionar aqueles que o retratavam como protagonista de atrozes torturas e de sangrentos homicídios. Relatos que, na verdade, eram a maioria.

Nem sempre as lendas que brotavam a respeito dele eram cruéis e sombrias. Se assim fosse, com efeito, não se falaria dele com um tom de admiração.

Se o Barbudo fosse algum tipo de demônio saído do inferno, sua figura poderia ser usada como um espantalho noturno qualquer. Ele teria se tornado um bicho-papão de meia-tigela, desprovido de qualquer atrativo.

Havia outras histórias acerca dele que o tornavam, aos olhos dos marginalizados, uma espécie de talismã contra os pesadelos. Uma defesa contra a escuridão.

Entre aqueles cuja mente naufragara nas águas turvas da loucura, o nome do Barbudo era usado como um mantra, como reza contra as manias mais repulsivas. Sua chegada era desejada e propiciada com o auxílio de simples e grotescos sacrifícios. Aranhas eram imoladas, lágrimas despejadas ao luar em intermináveis noites insones, com privações de toda espécie e longos jejuns enfrentados em sua honra.

Assim, quando o Barbudo apareceu de repente, com sua capa encharcada e seu olhar de fogo, não foi inesperado ouvir ao longe a gritaria dos loucos misturando-se com o miado dos gatos em uma única, tétrica, ladainha. Gatos e doidos recitavam,

um por um, seus muitos nomes. Barbudo, com efeito, era apenas um deles. Pilgrind era o mais comum.
"Salvação", vez por outra, era seu sentido.

Caius fechou as pálpebras.
Tump.
Já tinha visto aquele homem do tamanho de um urso. Conhecia as mãos nodosas que apertavam o cabo do bastão de carvalho. Conhecia aquela capa de chuva verde, rasgada por mil ventanias. A barba manchada e suja — emaranhada em um novelo de cor indefinível, tendendo ao ruivo se não estivesse tão sebosa — era, para Caius, igualmente familiar. Conhecia aquele sorriso torto e castigado pelo vento.

Uma careta de lobo apareceu no rosto do Barbudo. Dentes podres, mas extremamente afiados, rebrilharam na penumbra do patamar. *Déjà vu.* E ainda aquela sensação de já conhecer aquele homem. *Déjà vu.* Reprise, algo já visto.

E, junto com aquela sensação perturbadora, o cheiro de umidade e o frio. Sensação fugaz, rápida quase-lembrança. Caius fitou Pilgrind, o Barbudo, só um pouco menos apavorado que os dois Fóbicos ajoelhados.

Pilgrind tinha um olho vesgo, sulcado por uma longa cicatriz malsuturada, enquanto o outro, de um azul gélido, extremamente luminoso, estava fixo nos dois Fóbicos trespassando-os de lado a lado. Baixou o bastão.

TUMP.

O baque fez tremer a casa até os alicerces. Paredes se inclinaram faiscando para trás e, então, vibraram como molas em busca da posição original. Cornijas desmoronaram, vidros se racharam. Alguns ficaram em pedaços. As janelas que se despedaçavam eram o único barulho que perturbava o silêncio da rua des Dames.

Os dois Fóbicos ruíram ao chão, as cabeças decepadas, guilhotinados de um só golpe. As órbitas vazias como cavernas estavam agora cheias de larvas, as cores de pavão haviam desaparecido.

Pilgrind sorriu sarcástico. — Quer dizer que você é Caius, não é?

— Caius Strauss.

— Meu nome é Pilgrind. Temos muito a conversar, você e eu. Ou ainda não acredita?

— Não estou entendendo...

— Você quer respostas. É por isso que estou aqui. Mas, se quiser respostas, precisa primeiro acreditar. Já viu o bastante? Acho que sim. Fugiu da rua d'Auseil em busca de respostas. Por que acha que Gus o deixou fugir? Precisa acreditar, se quiser ter respostas. — Caius escancarou a boca, mas Pilgrind não lhe deu tempo de replicar. — Siga-me, o cheiro desses dois me enoja.

O Barbudo botou a mão no ombro do garoto, guiando-o para a sala, de onde ele não poderia ver os cadáveres de Charlie e Emma nem o ser que Gus chamara de Carcomido.

Quando se separaram para sentar um diante do outro nas duas pontas do sofá, Caius experimentou uma sensação inesperada. Como de entrega, de descontração. Por mais perturbadora que fosse, a figura de Pilgrind, de alguma forma, o acalmava.

O Barbudo sentou com um grande chiado de molas.

De volta à realidade, Caius estremeceu. — Conhece Gus? — perguntou.

— Podemos dizer que trabalhamos juntos há muito tempo. Muito mesmo.

— Você disse que...

— Isso mesmo, deixou-o fugir de propósito. — Um sorriso folgazão estampou-se no rosto do Barbudo. — Ou você se acha realmente tão esperto que pode passar a perna em um sujeito como Gus Van Zant?

Caius corou. — Eu não...

— Não precisa ficar envergonhado. Você está assustado, Caius. Ficou sozinho. Seus pais estão mortos. É natural não achar fácil acreditar em... — Pilgrind coçou a barba, pensativo — ... em certas estranhezas.

— Como a... Permuta?

— Quer saber da Permuta? — Pilgrind estava mortalmente sério.

Caius assentiu. — Da Permuta e do Dent de Nuit. Rochelle disse que...

O Barbudo levantou a mão, detendo-o. — Uma coisa de cada vez. Não podemos falar do bairro se antes não falamos da Permuta. E não podemos falar da Permuta se antes não falamos dos Cambistas. Não há Permuta sem Cambista, e vice-versa.

— Entendo.

Pilgrind procurou algo no bolso, um saquinho de pano escuro. Abriu-o e tirou uma pitada de fumo moído, bastante cheiroso. Começou a enrolá-lo em um pedaço de folha de jornal. — A Permuta não é magia. Pode parecer, mas não é. Magia não existe. O que existe é ilusão, a dos mágicos e dos romancistas, mas não é magia. Existe a Permuta Daqui. Permuta é a capacidade de um Cambista manipular as leis da física que regem este mundo. Quanto mais ele for poderoso, mais tem a capacidade de operar Permutas poderosas e sofisticadas. — O saquinho desapareceu em um dos muitos bolsos da capa de chuva. — Manipular as leis da física é um poder imenso, está me entendendo?

— Estou.

E entendia mesmo. Lembrou o alvorecer que tinha tirado do mapa o Carcomido e assentiu com ainda mais convicção. Queria que Pilgrind continuasse. Sua mente estava faminta de respostas e explicações.

— Mas a Permuta tem um preço. E é nisso que está a diferença entre a Permuta Daqui e a magia das lendas. A Permuta custa.

— Quanto?
— A coisa mais preciosa — afirmou Pilgrind, sombrio. — A coisa mais preciosa que um homem possua.
— A... — murmurou Caius — ... vida?
Pilgrind sorriu. — Se fosse assim, não existiriam Cambistas, e, sem Cambistas — estalou os dedos —, nada de Permuta.
Riscou o fósforo e acendeu o cigarro.
A nuvenzinha de enxofre subiu até o teto, depois sumiu.
— O que pode haver de mais precioso que a vida? — perguntou o garoto.
Com um gesto vago, Pilgrind moveu a mão apontando para a porta do apartamento, onde os cadáveres dos dois Fóbicos estavam se decompondo com espantosa velocidade.
— Os Fóbicos são mortos que andam. Pois é, se mexem. E matam. A vida é superestimada.
— Mortos? Agora que você os matou, sim, mas antes estavam vivos. Pegaram-me e...
— Os Fóbicos são a chave para se entender a Permuta — explicou Pilgrind — e seu preço. Principalmente o preço. Você é jovem, Caius. Talvez jovem demais para entender o que está lhe acontecendo com você. — Deu uma longa tragada. — E o que acontecerá no futuro. Eu vou responder. A coisa mais preciosa que um homem possui, a coisa que vale mais que seu sangue e sua alma, é sua memória.
Caius franziu as sobrancelhas. — A memória?
— A memória — repetiu o Barbudo, o cigarro enfiado entre os dentes irregulares. — O Cambista pode conseguir o poder de manipular a própria essência da realidade física se assim desejar, mas, em troca, tem que queimar as recordações de quem o procura. Quanto mais importantes são as recordações, mais a Permuta será poderosa e eficaz. Uma vez usadas, entretanto, aquelas recordações sumirão para sempre.

O Barbudo deixou que Caius tivesse tempo para digerir essas informações. Tragou. Bafejou.

— Não existirão mais — continuou. Se um Cambista desejar acender um cigarro recorrendo à Permuta, pode simplesmente usar a lembrança do que comeu no almoço ou aquela da conversa mantida com a menina da caixa, no supermercado. Lembranças fúteis, irrelevantes. Coisas que não costumamos guardar muito tempo na memória. Mas se desejar destruir este prédio ou uma montanha, então deverá usar bem mais. E não recordações quaisquer, mas recordações preciosas. Livrar-se de lembranças como a do primeiro amor ou do primeiro beijo. E talvez isso ainda não seja suficiente. Está entendendo?

Caius começava a fazer uma ideia. — Ou então — disse com um estremecimento — a lembrança do rosto da mãe.

— Exatamente.

— Mas também poderia usar somente lembranças desagradáveis — disse de chofre o rapaz. — Não seria nada mal livrar-se das lembranças incômodas, você não acha?

Pilgrind ofereceu-lhe o cigarro, apontou para a brasa.
— Quer tocar?
— Não.
— Por que não quer?
— Porque me queimaria.
— E como é que você sabe?
— Porque...

De repente, a ideia de esvaziar a própria memória começava a parecer-lhe sinistra, quase malévola. — Porque aprendi queimando os dedos. Entendo. Até as lembranças ruins são importantes.

— Talvez até mais que as boas. No que está pensando, Caius?

O garoto fitou-o nos olhos.
Não mentiu.
— Na Permuta. É algo terrível.
Pilgrind assentiu, sério. — Muitos Cambistas preferem nunca exercer sua atividade, preferem não usar sua capacidade. Mas muitos outros, ambiciosos ou idiotas demais, não pensam desse jeito. Consegue acompanhar o raciocínio?
O Barbudo deixou Caius chegar lá sozinho. Não demorou muito. O garoto não tinha nada de bobo. — Os Fóbicos?
— Os Fóbicos eram seres humanos. Exatamente como seus pais, Cambistas. Cambistas que queimaram todas as suas lembranças, todo momento de suas vidas, a ponto de esquecerem até a morte. Desse modo, eles morrem, mas não se dão conta, e então são capturados por Cambistas ainda mais maldosos, mas não tão idiotas, que os usam como escravos. Ferozes como a morte, desconhecem a dor. São adversários que é melhor não enfrentar.
— Gus matou dois, ontem à noite.
— Foi imprudente. Ficou ferido.
Caius meneou a cabeça. Uma lágrima escorreu por seu rosto.
— Gus me disse que meus pais eram Cambistas. E você acaba de confirmar. Eram mesmo?
— Eram.
— E eu? — perguntou Caius olhando para as próprias mãos. — Eu também sou um Cambista?
— Não dá para saber. Há maneiras para descobrir, uns testes. Mas, por enquanto, é melhor mantê-lo longe da Permuta Daqui. Poderia ser perigoso.
Caius suspirou. Aquela proibição não o incomodava nem um pouco. Estava pensando nos Fóbicos.
Sua mente formulou mais uma pergunta. — Por que Permuta Daqui?

— Existe uma Permuta Daqui e uma Permuta De Lá. Ainda mais obscura e arriscada. Só mesmo os Cambistas mais desavisados a praticam. Via de regra, gente abjeta e corrupta. A Permuta Daqui só pode ser exercida por um Cambista, a outra fica presa aos objetos. Damos a esses objetos o nome de Artefatos.

Caius ficou branco.

— Já ouviu esta palavra?

— Talvez, não lembro direito. Cartaferina. Claro, a livraria.

— Vai acabar lembrando. O Artefato é um objeto permutado. Pode ser qualquer coisa: um punhal, um relógio, um boneco. Qualquer coisa mesmo. Normalmente, um Artefato é feito sob encomenda. Com finalidade maléfica, sempre.

Um gesto seco da mão do Barbado varreu o ar. Alguma cinza caiu no tapete.

— Imagine ser um assassino — prosseguiu Pilgrind. — Imagine querer matar alguém, mas também ter certeza de que não será preso. Se tiver bastante estômago e conhecer um Cambista, pode encomendar um Artefato. Digamos que você queira matar uma mulher. Um Artefato em forma de batom poderia vir a calhar. O Cambista poderia usar a fórmula Permuta De Lá para transformar um simples cosmético em uma arma perfeita. Apenas um Cambista seria capaz de descobrir que aquele homicídio se deve a um Artefato, mas não há Cambistas na polícia. — Pilgrind apagou a guimba entre os dedos e a guardou no bolso. — E também há outra diferença. Muito importante. A Permuta De Lá funciona com sangue. Não usa lembrança, usa sangue. E cria dependência.

— Dependência?

— É uma droga. É muito raro que alguém que se entrega ao uso de Artefatos consiga parar depois da primeira tentativa. Por isso, a pessoa enfraquece, quase até morrer. Mas a Permuta De Lá é sub-reptícia, não mata. Enfraquece, mas não mata.

Pilgrind coçou a barba emaranhada.

— Você usa o Artefato e ele suga seu sangue. Volta a usar, pois as vantagens são enormes, e ele sorve, sorve sangue, mais e mais. E, depois de você se tornar uma criatura desprovida de vontade, relegada a uma cama, definhada e suja, de você não poder mais passar sem aqueles objetos, então o Artefato terá você à sua mercê. — Uma pausa. — E começará a sugar seu desespero. Até...

— Até? — repetiu o garoto, esperando.

Pilgrind brindou-o com um olhar cheio de implicações. — Até você achar que é melhor se matar. Mas leva tempo para tomar uma decisão dessas.

— O Dent de Nuit — disse Caius. — Fale-me do Dent de Nuit.

— É o bairro onde encontraram abrigo os Cambistas desta cidade.

— Não está assinalado em nenhum mapa. Eu nunca ouvira falar, embora tenha nascido e sido criado aqui, a umas poucas quadras de distância. Como é possível?

A expressão de Pilgrind fez-se mais sombria, o olhar do homem pareceu absorver a pouca luz presente.

— Logo você, Caius. Você é a última pessoa no mundo que deveria fazer esse tipo de pergunta. Trata-se de uma Permuta muito antiga. Ninguém sabe de quando. Uma Permuta permanente que deve ter custado... — Sacudiu a cabeça. — Não dá para saber quantos morreram para executá-la. Mas eram tempos sombrios, muito sombrios.

— Mas o Dent de Nuit não é invisível.

— Isso mesmo. E nem todos os seus habitantes são Cambistas. Também há pessoas normais, funcionários, operários, garis. Na verdade, são a maioria. Essa é a genialidade de quem pensou no Dent de Nuit. É, mas também não é.

"É, mas também não é", pensou Caius. — Vi... umas criaturas. Não só Fóbicos, vi... Caghoulards. Vi um... — só de lembrar a imagem do Carcomido, o garoto sentiu violentas fisgadas no estômago. Tentou não chorar. — ... um Carcomido. Foi ele que matou...

— Eu sei.

— Eles também vêm do bairro? O quê... o quê são? Têm algo a ver com a Permuta, como os Fóbicos?

— Não, os Caghoulards vivem em qualquer lugar. Estão por toda parte. Como as ratazanas, como as moscas, como as baratas. — O tom de voz de Pilgrind ficara mais duro. — Nós, Cambistas, chamamos os Caghoulards de Pretos Encapuzados. São animais nojentos. Seres desesperados, que desconhecem o próprio desespero e que são, portanto, cruéis. Como os homens, no fundo. Talvez seja isso que mais nos enoja neles, são um espelho fiel demais. Cobiça, desejo. É só isso que eles conhecem. E violência. Violência e crueldade. Os Carcomidos, por sua vez...

— Pilgrind agitou as mãos, procurando as palavras certas — ... são armas. Não criaturas. Não existem na natureza, a não ser que tenham fugido ao controle do Cambista que os evocou. São feitos de podridão. Asas de mosca e pão dormido. Leite rançoso e cuspe. E memória, obviamente. São o resultado de uma Permuta muito obscura e difícil. Armas evocadas com uma única finalidade: matar.

— Com o beijo?

— Com o beijo, isso mesmo.

— E dói? — quis saber Caius.

Pilgrind não mentiu. — Dói, sim. Dói muito. Mas acaba. — disse afagando suavemente o rosto contraído do menino. — Acaba, acredite. A dor, como tudo o mais, também acaba, eu sei disso.

Caius enxugou os olhos. — Também vi um... um bicho-papão.
Pilgrind deu uma sonora gargalhada, batendo as mãos nas coxas do tamanho de toras. O sofá inteiro estremecia acompanhando sua hilaridade. — Conheceu Buliwyf, imagino.
— Ele mesmo.
— Bicho-papão é um nome errado. É o mesmo que acontece com a palavra "magia". Uma expressão infeliz, inadequada. O nome é Licantropo. Lobisomens, híbridos. Sobraram muito poucos a essa altura. Costumam ser caçados e mortos por quem sabe de sua existência, muito poucas pessoas, felizmente. Vivem isolados, normalmente. Buliwyf é um deles. Um guerreiro. Um verdadeiro guerreiro. — Havia mais que admiração na voz do Barbudo. — Viu do que ele é capaz?
— Vi, sim. — Caius respondeu, seco.
— Muito bem, então tenha respeito por ele. Imagino que também tenha conhecido Rochelle.
— Sim, Rochelle. — O garoto corou.
— O que acha dela?
Caius não precisou pensar duas vezes. — É a mulher mais linda que já vi.
— Só linda?
— Não, também triste. Muito triste.
— É uma Rarefeita. Aposto que nem chegou a roçar em você, não é verdade?
Caius pensou em todas as vezes que a mulher se aproximara dele. — Não nunca.
— Porque não pode. É próprio da natureza dos Rarefeitos. Não podem tocar em seres vivos, apenas em objetos inanimados.
Caius levou as mãos à cabeça, pois achava que ela ia estourar.
Só faltava mais uma pergunta. — Os meus pais...
— Charlie e Emma.
— Você conhecia?
— Conhecia. Não éramos amigos. Não sou um sujeito sociável. Mas os conhecia. Eram Cambistas talentosos.

Caius apertou os punhos, o rosto contraído em uma careta.
— Quem os matou?
— Ele tem muitos nomes. Herr Spiegelmann é um deles. Mas não é bom falar dele fora do bairro...
— Herr Spiegelmann.
Caius arregalou os olhos, pasmo.
Herr Spiegelmann. O Vendedor.
Mexeu nos bolsos. A moeda não estava lá.
— Preciso saber.
Pilgrind mostrou-se terrível, como devia ter parecido aos Fóbicos.
Havia fogo em seu olhar.
— Não aqui.
Caius não desviou o olhar. — Eles eram meus verdadeiros pais?
— Quem são os verdadeiros pais? Os que têm liame de sangue ou aqueles que compartilham com o filho o universo inteiro?
Caius não replicou. A resposta já dizia tudo.
Adotado. Órfão.
Pensou no rosto de Emma. Depois no de Charlie. No cheiro confortante da loção de barba que, de manhã, ele encontrava no banheiro e na carícia dos lábios da mãe quando ele ardia de febre. Pensou em Emma, que lia contos da carochinha até ele adormecer. Pensou nas noites passadas sentado entre eles, assistindo a um filme e comendo sementes de abóbora. Pensou na mãe, que o levava à escola. Nas horas que os dois tinham passado à cabeceira de camas, nas clínicas, quando parecia que os pulmões do rapaz o matariam. Horas de angústia, ele bem sabia. Pensou no amor que lhe tinham demonstrado inúmeras vezes, de infinitas maneiras.
Não. Emma e Charlie só podiam ser seus pais. Seus verdadeiros pais.
Levou a mão ao bolso, de relance. A moeda não estava lá. Pensou na cara de lua de Herr Spiegelmann. Em sua voz melosa.

Fechou os olhos. Tinha vontade de matá-lo. Com suas próprias mãos. Faria isso. Mesmo que lhe custasse a vida.

Pilgrind murmurava algo, de olhos fechados.

— O que... o que preciso fazer agora? — Perguntou Caius.

— Você viu, tocou com a mão. Ficou até ferido. Diga a verdade, Caius, agora acredita?

Acreditava.

— Sim.

Pilgrind pareceu satisfeito. — Precisamos voltar ao Dent de Nuit. Ainda precisarnos ter uma longa conversa. Batalhas a ser preparadas, informações a ser compartilhadas. Mas antes, se você quiser, há algo mais que eu poderia fazer por você. Somente se você quiser, no entanto. E somente se você achar que é bastante forte.

— O quê?

O Barbudo levantou, erguendo-se em toda a sua altura.

Caius sentiu-se minúsculo.

— Posso fazer com que você ouça os últimos pensamentos de sua mãe.

— Os últimos... pensamentos?

— Ela morreu há pouco tempo, é algo que eu posso fazer. Deixá-lo em contato com as derradeiras lembranças dela. É uma Permuta difícil, mas eu sei como fazê-la. Apenas se você concordar, entretanto. E apenas se achar que pode aguentar. Poderiam ser pensamentos sem sentido. Foi morta por um Carcomido, não se esqueça. Sofreu muito.

Caius levantou-se, decidido.

Mesmo que fossem somente gemidos de agonia, iria ouvi-los. Iria ouvi-los e gravá-los na memória, peremptórios como as Tábuas da Lei. Iria ouvi-los infinitas vezes, para lembrar-se do que tinha que fazer.

Matar Herr Spiegelmann.

O Vendedor.

— Quero.

13

Uma mosca de reflexos verdes, obscenamente gorda, havia pousado no corte em forma de T ao longo dos braços de Charlie. Caius teve a impressão de que estava piscando para ele.

Compartilhavam um segredo, parecia dizer aquele espiar malicioso. O segredo da vida e da morte. Ruim para você, dizia a mosca, bom para mim.

Com o coração a mil, Caius continuava a dizer a si mesmo que precisava ser forte. Forte. Se quisesse de fato vingar a morte dos pais, precisaria aprender a ser forte.

Passou pelo cadáver da mãe sem ter coragem de olhar para ela. Tampouco se deteve diante do corpo de Charlie. Com um gesto da mão, afugentou o inseto. A mosca zuniu no ar e voltou para o mesmo lugar.

O ar estava oprimente. Não apenas por causa do cheiro de sangue, não apenas em virtude dos reflexos de cinza escura do Carcomido. Era como se os muros ainda reverberassem a violência daquelas mortes. O quarto gritava.

Era mais um segredo que unia a mosca ao rapaz. O mal ecoa. Para sempre. Escarnece os vivos de forma requintada e cruel. E, onde o mal estivesse, onde a morte tivesse deixado sua marca, ali haveria moscas. Espiando, piscando, revelando os segredos dos mortos.

Após desvendar o arcano, finalmente satisfeita, a mosca zuniu para longe. Sem se importar, paciente. Haveria mais ensinamentos no futuro.

Caius dirigiu a Pilgrind um olhar interrogativo. O outro assentiu. Segurou o bastão com ambas as mãos e apoiou nele a cabeça, concentrado.

No começo, o rapaz nada viu. O ar estava frio, o temporal retomara força lá fora. Fora queria dizer longe, muito longe.

O zunido demente da mosca era mais forte que o estrondo dos trovões.

O primeiro indício foi o embaciar-se das janelas. A umidade desenrolou-se com graça, até ofuscá-las quase por completo. Minúsculas gotas desenhavam arabescos e rabiscos. De volteios e garatujas, os sinais se tornaram rostos.

Semblantes triangulares, cujos traços não passavam de rápidos cortes, riscados depressa demais, como se a urgência de mostrar-se tivesse sido mais importante que a necessidade da verossimilhança. Outros rostos estavam completos em cada detalhe: narizes, bocas carrancudas, cabelos desgrenhados. Mais outros, desprovidos de tudo a não ser de lágrimas. Quase todos estavam chorando.

Então, Caius sentiu um sopro no cangote. O sopro trouxe uma voz.

Caius.

Virou-se de chofre. Pilgrind estava mergulhado em si mesmo, na Permuta. A poeira dançava. As impurezas no ar se procuravam, se abraçavam, se juntavam, para então se soltar e recomeçar o ciclo, sem parar.

Um grande fragmento de cinza pousou em sua boca, o toque de asa de uma mariposa. Arrancou-o com um gesto de nojo, esfregando os lábios até deixá-los vermelhos. Atrás dele, ninguém.

Voltou a ouvir a voz. Chorosa. Imensamente fria.
Caius.
A luz tremulava amortecida. Não era apenas um jogo de espelhos. Não era consequência da umidade na janela. Caius estava de cabelo em pé. Havia eletricidade no ar. A respiração condensava-se em pequenas nuvens.
Algo roçou sua nuca.
Caius.
Virou-se mais uma vez, porém não viu nada. O armário. O muro. Pilgrind a um canto. Concentrado em si mesmo. O cadáver da mãe. De uma indizível crueldade, no chão. Não conseguiu desviar o olhar.
As marcas dos beijos. O sangue, escuro a essa altura. Cada vez mais escuro à medida que a luz se retraía, abrindo caminho para a escuridão. Achou que a mãe devia ter sangrado líquidos noturnos.
— Caius.
Dessa vez, não era uma ilusão. Dessa vez, realmente houvera uma voz.
Chiante. Metálica. Um tanto abafada, como se chegasse de uma distância imensa.
— Mãe? — murmurou.
Viu-a com o canto do olho, um reflexo fugidio. Desapareceu na mesma hora, quando ele se virou.
— Mãe? — chamou.
Nada.
— Não fique zangada comigo, mãe. Eu... eu não sabia.
O ar começou a espocar. Pequenas faíscas azuladas brilhavam no escuro.
— Por favor, mãe... Eu lhe peço.
Um toque gelado.
Atrás do pescoço.

— Mãe?
— Caius.
Caius não segurou as lágrimas. — Mãe...
— Não se vire.
— Quero vê-la. Pela última vez.
— Estou morta?
A pergunta deixou-o sem palavras.
— Eu morri, Caius?
A insistência daquela interrogação era enorme.
— Estou morta?
— Sim.
Um gemido. Ou talvez somente o zunido da mosca. Zombeteira.
— Por que morri?
— Não sei. Foi...
— Sei quem foi.
O desespero daquela frase induziu Caius a um movimento, logo detido pelo toque gélido. — Não faça isso.
Queria abraçá-la mais uma vez. Queria chorar, mergulhando no cheiro dela. Não o cheiro da morte, o cheiro da mãe. O verdadeiro.
— Quero-lhe muito bem, Caius.
— Eu também, mãe.
— Eu não estou realmente aqui, você entende?
— Entendo. — Depois, sacudiu a cabeça. — Não, não entendo.
O toque no pescoço. Frio.
— Mãe...
— Sim?
— Não fique zangada comigo.
Os dedos afagaram seu pescoço.
Frios, contrastando com o calor de seu corpo.

— Não estou zangada.
— Estou com medo.
— Precisa superá-lo. Amo você, meu pequeno.
Os dedos detiveram-se, acariciando seu tepor. Estavam gelados.
— Eu a vingarei. Vingarei papai...
— Não diga isso, Caius. Não se atreva a dizer. Seu pai era um homem forte. Forte.
— Eu sei.
O gelo misturava-se com o sangue, subia ao cérebro, entorpecia o rosto e descia até o coração.
— Era um homem que sabia o que precisava ser feito. Entende isso?
Caius tossiu. — Está me... machucando...
O ar tornou-se sólido. A temperatura despencou. Caius ouviu Pilgrind ganir algo, contrariado. Talvez até assustado. Ele certamente estava.
— Estou machucando? — perguntou a voz. — Quem acha que é, para me dar lições sobre a dor, logo a *mim*?
— Mãe... — gemeu Caius.
De repente, a loucura.
Um turbilhão gelado investiu-o, trespassando-o de lado a lado. O cadáver da mãe, aos seus pés, contorceu-se como que entregue a um ataque epilético. Algo gelado estava enchendo de raiva aquele invólucro de carne.
Os braços e as pernas de Emma se agitavam como as patas de uma aranha, desarticuladas, desajeitadas. Os músculos contorciam-se em brutais espasmos, dobrando aquela anatomia castigada em formas cada vez mais desnaturais.
O rosto de Emma, o doce rosto de sua mãe, ficara irreconhecível em uma careta de ódio e sofrimento. Tanto ódio e sofrimento que poderiam engolir o mundo inteiro.

— Estou machucando você? — gritou o cadáver diante dele.
— Estou morta e continua doendo, morta e ainda dói. Faz mal!
Mal! E não para — berrava o cadáver da mãe, revirando os olhos e segurando-o pelo pescoço. — Nunca vai parar! Não para e nunca vai parar!

Deu mais um grito até que algo golpeou o piso.

TUMP!

O cadáver calou-se.

— Já chega, Emma — ordenou Pilgrind. — A dor acabou. Não lhe foi infligida por Caius. Ele não tem culpa.

O cadáver reagiu às palavras de Pilgrind sibilando como uma víbora. Sangue jorrou de seus lábios, minúsculas gotas carmesim que mancharam o rosto de Caius.

— O que está fazendo, velho? — gritou o cadáver da mulher, bracejando no ar na direção do Barbudo. — O que você quer? O *que está fazendo?*

— Perdoe-me, perdoe-me... — suplicava Caius.

O cadáver fez uma careta de deboche.

Emitia sons que pareciam jorros de água infecta.

— Saia daqui, velho! — ralhou a morta, tão violentamente que chegou a rachar os lábios. — Sei o que está tentando fazer, eu sei! Pare de se intrometer em minha cabeça! Maldito pilantra! Não quer que o seu pupilo...

Pilgrind voltou a bater o bordão no piso.

TUMP!

As mãos do cadáver estremeceram e ficaram no chão, inócuas. Caius recuperou o fôlego.

— Já chega. Há coisas piores que a morte, Emma.

— Como é que você sabe, velho? — murmurou ela, com evidente dificuldade.

O cadáver da mulher arqueou-se para a figura hierática do Barbudo, que parecia ter envelhecido cem anos. Chamas magenta e faíscas azuladas cercavam seu corpo.

— Conheço a dor e a morte melhor que você — disse Pilgrind. — Conheço a piedade, sei o que precisa ser feito — acrescentou. Depois, suavizou a voz. — Caius está aqui. Com você. Pela última vez. Quer que só se lembre de medo e feridas? Quer dar-lhe uma última lembrança tão dolorosa? É isso que você quer para seu filho, Emma?

O cadáver foi sacudido por uma série infinita de empurrões.

— Pare! — implorou com aquela voz torturada. — Pare!

— Por favor, Emma. Caius está aqui. Quer falar com ele pela última vez?

Os traços de Emma assumiram uma expressão de pura infelicidade. A pele da morta encobriu-se de um líquido ambreado, mais parecido com vinho que com sangue. Então, ela relaxou. Não fosse pelos olhos de cera, apagados, naquele momento Caius poderia achar que estava viva. No ar, um perfume que o garoto conhecia e amava: o cheiro da pele de sua mãe.

Finalmente.

— Caius.

Era a voz dela. A voz da mãe. Não a do cadáver.

— Mãe? — murmurou o garoto.

— Desculpe. Desculpe. Não queria machucá-lo.

— Não precisa se desculpar.

— É tudo muito confuso, aqui. Eu e Charlie amamos você. Amamos. Não esqueça.

— Nunca.

Quentes lágrimas em seu rosto. De impulso, segurou a mão de Emma e levou-a ao coração.

Estava fria.

— Pilgrind vai ajudar você. E Gus também. São amigos.

— Eu sei.

— Posso ir, agora?

— Não — choramingou Caius. — Fique comigo.

— Preciso ir.

Afagou suavemente o rosto do filho, enxugando as lágrimas. Murmurou palavras que Caius conhecia de cor. Palavras secretas que sempre tiveram o poder de amenizar suas amarguras e afugentar os pesadelos.

— Mãe.

Então, enquanto Caius sorvia aquela ternura, enchendo dela o próprio coração (porque aquela era a última carícia, a última verdadeira carícia que jamais teria da sua mãe), a crueldade voltou a aparecer, triunfante.

O rosto de Emma contraiu-se na careta do cadáver que tinha berrado e esbravejado. A carícia tornou-se aperto. O cadáver agarrou-o pelos cabelos, cruel como um demônio. O demônio vomitou sangue preto, às gargalhadas.

Caius gritou. — Mamãe, não!

Pilgrind rugiu uma praga e a cara do demônio abriu-se em uma expressão de felicidade maldosa.

— Pergunte ao Barbudo sobre o Ventríloquo — gritou ela, com a voz de uma águia. — O...

TUMP!

E nada mais.

O bastão descera. O cadáver voltara a ser um cadáver. Acabara. O ar encheu-se novamente dos ruídos normais. O temporal. Os carros que passavam. A respiração entrecortada de Caius, a respiração mais ríspida de Pilgrind.

— Mãe?

— Acabou, Caius.

O rapaz levantou os olhos para a mão esticada que Pilgrind lhe oferecia. — O que aconteceu?

— Eu avisei. Não falou com sua mãe. Falou com as derradeiras lembranças dela. Falou com sua dor, portanto, mas também com seu amor. Sentiu isso?

— Senti. — Estava consciente da mão que o Barbudo lhe oferecia. — Qual é o significado daquilo que ela disse? Quem é o Ventríloquo?

A expressão de Pilgrind ficou mais dura. — Você falou que saberia ser forte. Demonstre essa força.

— Como?

— Tente entender o que realmente quer. Quer prestar atenção na dor ou no amor?

Caius segurou a mão ainda esticada no ar.

— Podemos voltar ao Dent de Nuit?

14

Buliwyf só conseguiu trocar umas poucas palavras com Suez lá pelo fim da tarde, quando a turma de mandriões e vagabundos deixou o Obcecado à cata de uma jogada de sorte, de cartas melhores ou de drinques mais baratos.

Suez era como o chamavam, mas ninguém se lembrava da razão daquele apelido.

Diziam que era um osso duro de roer, e era verdade. Ninguém conseguira derrubá-lo no ringue. Por isso, no Obcecado, ninguém se atrevia a levantar a voz ou a começar uma briga. Dava para se machucar. O Obcecado era um lugar barulhento, que atraía uma clientela composta pelos piores pilantras do bairro, mas a mera presença do dono bastava para intimidar os mais exaltados.

Atrás do balcão, Suez tinha pendurado um brasão de madeira sem qualquer enfeite. Onde a gente esperaria ver uma cabeça de javali, os imponentes chifres de um veado ou uma espada flamejante, havia a marca de profundas incisões, pelo menos uma dúzia. Cada fenda, uma cabeça rachada. Crânios quebrados. Encrenqueiros de cabeça esmagada. Sulcos abertos, canais de Suez, justamente. Usados como advertência para os mais briguentos.

Era realmente esse o motivo daquele apelido, perguntara-se Buliwyf, lendo e vendo onde poucos sabiam ler e ver? Poderia ter alguma coisa a ver com aquele par de olhos verdes, de uma reluzente feminilidade, tatuados nos nós dos dedos do cantineiro? Ou, quem sabe, com a dobra amarga de sua boca? Suez: cabeças quebradas, crânios esmagados, é verdade. Mas não poderia também ter outro sentido? Um sentido que, uma vez revelado, iria tornar menos ameaçadora a sua figura?

Os crânios esmagados e os socos que esmigalhavam os ossos tinham todo o direito de reivindicar a paternidade daquele apelido, mas, pensando bem, pensando realmente bem, qual era a ferida que, bem mais que qualquer outra, poderia levar um homem, qualquer homem, até um homenzarrão do tamanho de um armário como o dono do Obcecado, a tornar-se uma alma perdida, aflita, partida em duas metades doloridas?

Foi o que Buliwyf entendeu ao fitá-lo nos olhos: Suez era um seu igual.

Então, Suez começou a contar.

Gus fora o primeiro a entender: haviam sido bobos e cegos, e essa cegueira havia sido a melhor aliada que Herr Spiegelmann jamais poderia ter sonhado encontrar.

Coisas obscuras urdiam suas tramoias havia muito tempo no Dent de Nuit, tempo demais. Roubos estranhos, sempre à noite, quase sempre sem testemunhas.

Roubos dos quais ninguém daria parte, seja pela secular aversão que os habitantes do bairro tinham às autoridades, seja porque o valor das coisas roubadas era tão insignificante que podia apenas despertar um sorriso ou, no máximo, alguma surpresa.

Bugigangas, trecos. Quinquilharias esquecidas. Por isso, somente poucos se davam conta, e aqueles poucos tinham se portado como se não fosse com eles. Eram ninharias desprovidas de valor, objetos dos quais se havia esquecido até a existência.

Que importância podiam ter meias com pares trocados, um canivete sem lâmina ou um despertador cujos ponteiros deixaram de marcar as horas e os minutos?

Pois é, nenhuma.

Mas, como Suez comentou com o Licantropo, o que deixava realmente surpresos os moradores do bairro era o fato de os autores dos roubos terem as mãos providas de garras, mãos de Caghoulard.

Caghoulards no papel de ladrões era algo bastante estranho até para o pequeno povo de Cambistas que, quanto a estranhezas, tinha o hábito de ver de todo tipo todos os dias.

Os Cambistas adoravam os boatos, ainda mais os misteriosos. Gostavam mesmo era de deixar florescer as mais variadas hipóteses. Suez juntara todas elas e oferecera o inteiro pacote a Buliwyf. Hipóteses que iam do grotesco ao hilário, do repulsivo ao farsesco. Mas era tudo conversa, nada mais que conversa, concluíra o taberneiro. O Licantropo concordara. Suez oferecera-lhe mais uma cerveja.

Então, tinham examinado a possibilidade de os Caghoulards serem manipulados por alguém.

Um pequeno exército de Pretos Encapuzados controlados por um Cambista poderoso (pois é, muito poderoso, para evitar que os Caghoulards estraçalhassem uns aos outros), o qual tinha como única finalidade surrupiar ninharias e, às vezes, até mero lixo. O nome de quem poderia ter tamanho poder não foi pronunciado por medo de ouvidos indiscretos. Faiscou do Licantropo ao homenzarrão de crânio reluzente na forma de descarga elétrica.

Buliwyf tinha certeza de saber quem era aquele alguém. Suez podia apenas supor, mas, uma vez que era o melhor taberneiro do bairro e talvez da cidade inteira, aquiesceu sem fazer perguntas. A verdadeira pergunta era: qual era o motivo?

De Suez também havia sido surripiado algo. Não fossem os boatos e as marcas de garras de Caghoulard na janela, confessou o taberneiro ao Licantropo, nunca se teria dado conta.

Havia-lhe sido roubada uma velha caneca com a logomarca da Guinnes, lembrança de uma viagem à Irlanda. Um mero caneco de cerveja. Vidro de ínfima categoria. Um objeto a ser jogado fora sem pensar duas vezes: somente mais um caneco de cerveja sem a menor graça.

Aquela falta, agora, o deixava inquieto.

Aquele encontro levou Buliwyf a uma conclusão de certa forma melancólica: cada momento tinha seu próprio prodígio.

Alguns dos portentos paridos pela noite eram cruéis, com presas e garras venenosas na cara e na bunda, a maioria era bizarra, e alguns eram simplesmente tristes.

Quando o Licantropo agradeceu a Suez as informações e saiu do Obcecado, o ar de Paris estava gélido e molhado por uma terrível chuvarada.

Encaminhou-se para a rua d'Auseil, pensando nos roubos. Lembrou os olhos verdes tatuados nos nós dos dedos de Suez. Pensou que cada hora era acompanhada pelo seu prodígio e cada alvorecer por um novo despertar. Pensou em Gus e em sua raiva. Pensou em Pilgrind, que havia esquecido a diferença entre verdade e mentira.

Pensou em Caius.

Pensou em Rochelle, e seu coração ficou cheio de angústia.

15

Já era quase noite quando Pilgrind e Caius chegaram ao subsolo da rua d'Auseil. Ambos pareciam pintos molhados. A esperá-los, o rosto carrancudo de Gus.

Estavam atrasados, explicou Pilgrind — enquanto Caius metia-se silenciosamente no banheiro onde Rochelle havia preparado para ele roupas limpas e recém-passadas —, porque quisera mostrar ao rapaz algo da topografia do bairro.

Era verdade, mas só em parte.

Sem dúvida alguma, o Barbudo tinha contado dúzias de anedotas a cada metro de rua percorrido: em cada beco pelo qual se encaminhavam, um sujeito assassinado ou um amor desabrochado; em cada janela, uma família com sinistros antecedentes ou um Cambista de extravagantes apetites (Caius chegara a pensar que Pilgrind tinha uma história a contar por cada paralelepípedo do calçamento do bairro, e tinha acertado), mas nem sempre o garoto prestara a devida atenção. Aproveitara aquele passeio na chuva para limpar-se da morte no prédio da rua des Dames. Dera-se conta disso somente quando a chuva entrara em seus olhos, ofuscando-o. Compreendera que estava se purificando.

Sentia-se grato ao Barbudo por aquelas horas passadas no aguaceiro e na ventania do temporal. Seu sofrimento, é claro, não esmorecera, isso era impossível. Levaria anos e, talvez, mesmo depois de décadas, a dor pela perda da mãe e do pai (e de sua normalidade) ainda continuaria a aparecer como ferro maldoso a bater em seus ossos. Mas a água e as histórias de Pilgrind tinham afugentado da mente do garoto o cheiro da morte e até o bafo, menos concreto, porém mais sub-reptício, da violência. Longe, para bem longe.

Água, histórias. E lágrimas.

Mas só em parte, e às escondidas.

O fato de nenhum dos transeuntes dar a impressão de estar a vê-los não chegara a preocupá-lo. Pilgrind bem que dissera. Entre todos, ele era o menos indicado a dizer o que era e o que não era.

Permuta, certo? Magia. Apesar da explicação, para Caius os dois termos continuavam sendo equivalentes. O fato de ter de queimar farrapos de memória para conseguir tirar o coelho da cartola era somente o truque por trás da ilusão, o fundo falso da maleta. Levaria algum tempo para o garoto, agora sentado à mesa, beliscando um sanduíche e ouvindo, fascinado, o relato de Gus, conseguir mudar de ideia.

Era a vez de Gus falar.

Disse ele que, no começo, tinha prestado atenção nos murmúrios, pois sabia que, por trás dos cochichos (principalmente de certos cochichos), escondiam-se as catástrofes. Era a partir do piar de uma pedra que a montanha começava a desmoronar. Mas aqueles murmúrios não passavam de brisa vinda do palco, dos bastidores, e ele estava cansado de participar daquela representação.

Terrivelmente cansado.

No começo, contou Gus, os indícios se haviam manifestado de forma circunspecta, e, por isso mesmo, ele os subestimara.

Uma canção composta em Lisboa e disparada pelo rádio do carro de algum metaleiro de férias, uma carta sem selo esquecida em uma mesa de pingue-pongue, uma escrita riscada com marcador no túmulo de algum poeta desconhecido. Gus não havia prestado atenção nesses murmúrios. Assim, as vozes haviam formado um coro.

Queriam ser ouvidas.

O carteiro que tocava a campainha com demasiada insistência, os bandos de pardais e curiangos entoando suas ladainhas perto das janelas, de seus sempre diferentes esconderijos, o olhar insistente demais do homem de negócios sentado em um bistrô. Tudo conspirava para que Gus entendesse. O pestanejar de uma moça de olhar impudico trazia à tona lembranças desagradáveis, a água que escorria no para-brisa de um carro de luxo lembrava-lhe que atrás da fachada sempre se escondia algo cortante, ou então era o arranhar de algum músico coxo ao longo do Sena a fazer surgir dúvidas acerca de qualquer certeza.

Os indícios formavam uma pilha, amontoados uns sobre os outros, e quando Gus decidira prestar atenção, haviam-se transformado em uma verdadeira avalanche. Mas o tempo tornara difícil sua captura. Assim como os corais submarinos, os murmúrios se haviam tornado duros e refratários ao olhar.

Gus pudera admirar suas nuances e ouvir seu chamado cada vez mais poderoso, mas tinha levado meses para chegar até eles sem correr o risco de estragar tudo. As vozes eram tesouros muito frágeis.

Uma breve conversa com um paquistanês que, contavam, tinha o poder de hipnotizar as andorinhas, umas poucas palavras murmuradas atrás da grade do confessionário com um padre cheirando a heresia, um caneco de cerveja e um copo de uísque com um bando de motoqueiros, uma cantiga trazida pelo vento,

uma carta a um condenado à prisão perpétua que passava o tempo comendo lâminas de barbear.
Sussurros.
Algo estava acontecendo.
Gus decidira, então, se embrenhar cada vez mais dentro dos corais, com todo o cuidado, para não quebrar qualquer ramificação. Atento a não subestimar coisa alguma, nem mesmo os peixes miúdos e mais insignificantes. Haviam sido meses duros, difíceis. Em que cada respiração podia trazer a morte e cada palavra podia ser uma mentira.
Mas isso não o detivera.
De uma caixa postal de Île Saint-Louis, conseguira a senha para ter uma conversa com um saxofonista nos fundos do Caveau de la Huchette, o lugar onde, durante a revolução, costumavam torturar os nobres e também os não tão nobres (entre os quais o misterioso desenhista do Rana). O saxofonista tocara para ele uma bizarra composição, indicando-lhe a maneira para tornar-se bem-vindo aos olhos de Isabel, a *étoile*.
Isabel, mulher um tanto alegre da Opéra e delicada bailarina, ficara extasiada com aquela homenagem e lisonjeada com a presença do carrancudo admirador. Apesar de Gus ainda levar nas costas as marcas daquele presente, o que a diáfana lhe sugerira ajudou bastante. A *étoile* havia participado de um pequeno grupo de iniciados, pessoas da alta sociedade cansadas e enfastiadas, que, no entanto, tinham a vantagem de proteger artistas infelizes, mas cheios de talento. Um desses artistas, um entalhador de ossos, dera a Gus a certeza de que algo estava realmente acontecendo. E não era apenas isso.
O artista de olhar amalucado indicara-lhe o caminho para chegar ao núcleo do coral, ao âmago. Ao lugar que era um santuário.
Passando por estradas secundárias, pouco frequentadas, recorrendo a uns poucos amigos e cobrando uma porção de

favores, Gus chegara ao santuário bem na hora de juntar as últimas peças do quebra-cabeça, e quase ser morto.

O Bunker 18 ficava a uns 500 metros da arrebentação, no sopé do penhasco e, apesar dos quilos de TNT lançados pelos bombardeiros aliados, continuava praticamente intacto. De suas frestas, anônimos soldados da Wehrmacht tinham mudado a cor da areia cuspindo chumbo em outros tantos soldados anônimos vindos do outro lado do oceano.

Um lugar sagrado e, por isso mesmo, perigoso.

Omaha Beach, Normandia.

Alguém morava ali agora, dissera o artista. Um ermitão. Um espírito inquieto, como alguns diziam. Se não o irritasse, Gus podia tirar dele algumas respostas.

Gus chegara ao Bunker 18 em uma noite de lua cheia. Não encontrara espírito algum, somente um homem de carne e osso. Haviam compartilhado um pedaço de pão e, quando o ermitão contara ter visto renascer um homem tão gordo que parecia fictício, então Gus entendera que horas sombrias estavam se aproximando.

Spiegelmann não estava morto.

— Foi ele quem o feriu? O ermitão? Estava louco?

Gus meneou a cabeça. — Talvez estivesse louco, mas o pobre coitado era inofensivo. Passara a vida inteira juntando indícios, como eu. Como nós — corrigiu. — E o bunker estava repleto de recortes e cadernos de notas. Um verdadeiro tesouro. Às vezes, fico me perguntando se, naquelas anotações, não havia algo útil. Mortal para aquele filho da puta.

Não era preciso perguntar a quem se referia.

— Tudo perdido, não é? — indagou Pilgrind, que acompanhava o relato com expressão perdida e braços cruzados no peito. Ainda não tinha despido a capa de chuva verde.

— Queimado. Poderia salvar, se eu não estivesse tão cansado...
— Não adianta ficar remoendo — disse Buliwyf.

A vodca e os quilômetros percorridos nos últimos dias haviam baixado as defesas de Gus, tornando-o vulnerável.

Não chegara a desconfiar da cilada a não ser quando era quase tarde demais, quando os quilos de papel haviam pegado fogo, levantando chamas tão altas que ele se sentira perdido.

Como conseguira sair daquele bunker sem morrer queimado nem mesmo ele sabia explicar. Mas se lembrava do calor. E dos gritos do ermitão, encostado na parede, enjaulado.

Ao fugir das chamas, Gus vira-se diante dos sicários enviados por Spiegelmann. Os Fóbicos haviam caído em cima dele logo que saíra do bunker. Não deixaram que tivesse qualquer vantagem. Haviam investido, rasgando e cortando. Em silêncio, porque estavam lá para dispensar trevas, e as trevas exigiam respeito. Mas Gus demonstrara ser o mais forte.

Não o bastante para salvar o eremita, mas o suficiente para matar, sozinho, aqueles monstros com olhos de pavão. Já sabia de Herr Spiegelmann àquela altura. Sabia que, muito em breve, uma nova guerra começaria. Isso lhe dera a força para derrotar os dois assassinos do Vendedor: sabia que não podia conceder-se o descanso da morte.

Dessa forma, matara os Fóbicos, e a alvorada o encontrara ferido, soluçando na praia que algumas décadas antes cheirara a sangue e glória. Escondera-se entre os recifes, louco de dor e sede. Comendo gaivotas meio lerdas e tudo aquilo que a maré lhe trazia. Peixes mortos, na maioria dos casos. Arrastara-se até um pequeno vilarejo, escondendo-se em velhas casas de campo abandonadas e alimentando-se de bagas e insetos. No vilarejo, tinha encontrado um ambulatório bem-equipado e, com a ajuda de sedativos, sua fuga tornara-se mais fácil.

WUNDERKIND

Quem espalhara que Gus tinha morrido fora o próprio Herr Spiegelmann. Falando nos interfones, soprando a notícia nos ouvidos dos músicos, relatando-a a repórteres bêbados, gritando-a no estádio, repassando-a de mansinho aos poetas de rua.

Até os amigos, nos dias terríveis que se seguiram ao seu desaparecimento, ficaram tentados a acreditar naquele boato. Mas Gus não morrera. Perambulara bastante no limiar que separa o túmulo da vida. Afinal de contas, era seu destino: sobreviver apesar de tudo. Sempre. Talvez "destino" não fosse a palavra certa, corrigira-se mantendo os olhos fixos nos de Pilgrind, enquanto chegava ao fim do relato. Talvez fosse mais correto dizer "maldição".

— Deveria ter chamado, pedido ajuda — repreendeu-o Buliwyf, e não era a primeira vez.

— Não podia. Não somente porque estava ferido e passava os dias meio alto ou sedado, mas também porque teria sido uma estupidez.

— Estupidez?

— Isso mesmo. Apesar...

— Da minha mãe e do meu pai — murmurou Caius, interrompendo a conversa. Quase haviam esquecido a sua presença. Pilgrind colocou uma das mãos no ombro do garoto.

— Pois é! — exclamou Gus, com raiva. — Apesar disso. Àquela altura, eu tinha entendido que algo estranho estava acontecendo. Melhor que Spiegelmann me achasse ferido demais para tentar algo. Melhor que achasse que eu tinha morrido. Havia boatos a serem ouvidos, informantes a serem interrogados. Foi o que fiz. E soube dos roubos. Dos Caghoulards. Dos Fóbicos.

— Sabia disso? — perguntou Buliwyf a Pilgrind.

— Sabia. Gus está certo. Era preciso planejar. Recolher informações.
— À custa da vida de Charles e Emma?
— Sabiam o que estavam enfrentando. Spiegelmann foi muito astucioso. Entre roubos e aparições dos Fóbicos, ninguém desconfiara de que o verdadeiro alvo eram eles.

Caius arregalou os olhos. — Eles? Eu pensei...
— Pensou que ele queria matar você? — perguntou Gus.
— Foi o que eu pensei.
— Não. Não por enquanto, pelo menos. Primeiro queria matar a mim. Depois, Charles e Emma. Sabe-se lá quem seria o escolhido, depois deles.
— Mas, se não queria me matar, por que...?
— Não queria matá-lo, garoto. O que ele queria era raptá-lo.

Silêncio.
— Por quê?

Gus levantou-se ruidosamente da cadeira. — Cerveja — disse.

Quem respondeu foi Pilgrind. — É mais uma coisa que ainda não sabemos, precisamos descobrir.

Caius não fez comentários, mas reparou que Gus procurou logo mudar de assunto. — Falou com Suez?

Buliwyf aceitou a latinha que o outro estava oferecendo, enxugou a boca com a palma da mão e assentiu com um sinal da cabeça. — Falei. Fez um ótimo trabalho. Pelo que me contou, houve pelo menos setenta roubos.

Gus soltou um assovio.
— As coisas de sempre? — Pilgrind estava tenso.
— Isso mesmo. Trastes, quinquilharias sem valor.
— O que nos leva a pensar...

Buliwyf anuiu, afoito. — ... Que as pessoas não se deram conta de nada. Então, o número de roubos vai dobrar. Até triplicar.

— Triplicar, acha mesmo?

— Suez está convencido disso — salientou o Licantropo. — E, se Suez tem certeza, não vejo por que a gente também não deveria ter.

— Está certo. Todos Caghoulards?

Buliwyf abriu os braços. — Não podemos ter certeza absoluta, mas...

Gus estalou os dedos. — É ele, não há mais dúvidas.

— A verdadeira pergunta é: por quê?

Tanto Buliwyf quanto Gus desviaram o olhar para Pilgrind, fitando-o fixamente.

— Eram todos Cambistas, não é verdade?

— É o que parece.

— Talvez haja uma ligação entre eles.

Gus meneou a cabeça. — Impossível. Fossem quatro ou cinco, ainda poderia aceitar, mas setenta ou até mesmo cem? Não, não creio. E você tampouco acredita.

— Não — foi a resposta do Barbudo. — Você tem razão, não acredito.

Buliwyf levantou-se de chofre. — Frustração completa, é extremamente desanimador não entender o que se passa na cabeça daquele bastardo.

— É o jeito dele: caixas guardadas dentro de caixas, que por sua vez estão dentro de outras caixas.

— Acontece que... — Buliwyf acalmou-se logo que Rochelle entrou na sala.

— Já é tarde — disse ela. — Caius precisa dormir. Continuaremos a conversa em algum outro lugar, ou então amanhã.

O rapaz estava a ponto de protestar, mas, logo que tentou abrir a boca, acabou bocejando. Olhou para o relógio: três horas da manhã. Apesar do horror da rua des Dames, ele estava com sono. Gus e Buliwyf saíram sem mesmo cumprimentar. Pilgrind acenou com a cabeça, Rochelle dedicou-lhe um sorriso.

Caius sonhou.
Sonhou com a Rosa.

16

O mundo havia desaparecido.
O mundo havia desaparecido, e Caius flutuava nas ondas macias do nada. Nada fazia sentido naquela imensidão escura. Nada pretendia fazer sentido, nem mesmo a escuridão que o envolvia. Toda pergunta estava banida.

Era uma sensação magnífica, libertadora. Já não sentia o fardo do cansaço ou, bem mais grave, o da angústia. Perdera até a sensação do próprio corpo, livrara-se dele. Já não existia a pesada opressão do ventre nem a rigidez das juntas submetidas à força da gravidade.

Não precisava mais respirar naquele magma suave. E não o fazia, pois, justamente como as palavras, a gramática e o mundo inteiro, ele tudo esquecera. Agora, dava-se perfeitamente conta de que aquele contínuo inspirar e expirar era um exercício fútil e insensato. Um mero ritmo. Uma cadência da qual podia tranquilamente se livrar, porque havia outro ritmo ao qual se ajustar, uma agradável percussão que vinha do cerne do nada. O palpitar esponjoso daquele oásis de paz.

Acompanhou-o. Por quanto tempo? A lógica dos sonhos não permite perguntas como essa. Quando a viu, só havia a escuridão, o nada e um pólen luminescente.

A vibração que percebera mais com a mente que com os ouvidos provinha dela.

Era uma rosa.

Não, pensou Caius, redescobrindo o prazer das palavras (mas sentindo-se imediatamente mais pesado e sem jeito quando elas surgiram nele e dele), não era uma rosa.

Nem de longe tinha a aparência de uma rosa de jardim, tampouco dos raros exemplares expostos nos hortos florestais ou zelosamente cultivados pelos colecionadores.

Era rosa, mas também margarida. Era genciana, mas também pimpinela. Jasmim e papoula. Era todas as flores do mundo e mais outras apenas imaginadas. E, mesmo assim, era uma rosa. Era *a* Rosa. A Rosa tinha um nome

O nome era: Rosa de Algol.

Como sabia aquele nome ele nem mesmo chegou a questionar. As perguntas viriam mais tarde. Junto com a Rosa, chegaram mais detalhes daquilo que estava à sua volta. Voltou a luz e voltou o escuro. Com os detalhes, voltaram o peso e a gravidade. Assim como o lá em cima e o lá embaixo.

Caius não ligou, estava em contemplação.

A Rosa de Algol tinha mais ou menos o tamanho de um gerânio, com pequenas folhas ameadas na base e um caule que se bifurcava no topo. Ambos os talos terminavam em duas bolotas do tamanho de amoras, parecidas com gemas. Uma das duas, a ligada ao pedúnculo principal, era levemente maior que a outra. A Rosa estava enfiada em uma urna, e a urna estava em cima de uma reluzente base de mármore.

Comparado com o esplendor da Rosa, o ouro embutido na urna parecia apagado. Nada podia ser mais bonito que a Rosa.

Caius suspirou.

As duas frutinhas da Rosa (ou seriam sementes, ou botões, ou flores?) começaram a se mexer. A esfera maior, a do meio, rodava sobre si mesma em um movimento de rotação perfeito, quase real. A pequena, mais para cima, rodopiava veloz, usando a maior como centro de gravidade.

Então, quando os primeiros ruídos chegaram aos ouvidos de Caius, os dois frutos pegaram fogo. Arderam, iluminando a escuridão, queimando em cores que iam do rubro ao branco. Aquele calor tornou os rumores distintos. Detalhes juntaram-se aos detalhes. Das miudezas, surgiram grandezas. E o rosto. Reconheceu-o na mesma hora, não havia outro jeito.

Caius gritou.

O Vendedor estava ali, parado, ao lado dele. Sua cara de lua estava manchada de sangue, seus olhos gélidos fitavam fixamente a Rosa, e suas mãos estavam esticadas.

Bufava nojentas bolhas pela boca e pelas narinas, ferido de morte, e, mesmo assim, se mexia. Não percebera a presença de Caius. Cambaleava.

Seu corpo disforme parecia ter sido estraçalhado por mãos descuidadas. Caius não teve coragem de se deter nos ferimentos infligidos ao Vendedor: entranhas desenroladas e ossos à mostra eram um espetáculo insustentável. Toda aquela dor, todo aquele sangue e o obstinado, cambaleante avançar provocaram nele uma fisgada de compaixão.

A compaixão tornou-se piedade, e Caius acabou chorando. Espantado com a sensação suscitada nele pela visão do homem que ele decidira matar. O Vendedor estava reduzido a uma massa informe que, ainda viva, continuava se arrastando. Havia algo comovente naquela determinação.

— Minha — dizia. — Minha.

Cambaleava.

— Nunca — dizia. — Nunca.

Bufava, ofegante.

— Tão pouco — dizia. — Tão pouco.

Rastejava.
— Mais — dizia. — Mais.
E voltava a se arrastar.

Seu sangue chiava, o seu rosto torcia-se de dor, mas o Vendedor não se entregava. O sofrimento devia ser bestial, mas nada podia contra sua implacável força de vontade. Queria a Rosa, e a Rosa se dava conta daquele desejo, tonando-se cada vez mais flamejante.

Algo se mexia no meio da Rosa. No vórtice cristalino que era seu topo. O palpitar da Rosa ficara mais barulhento, transformando-se no furioso estrondo das pás de um helicóptero. Caius sentia isso nos ossos.

Quando os dedos do Vendedor já estavam a poucos centímetros da Rosa, alguém gritou. Um berro furioso, que não pertencia nem a Caius nem a Herr Spiegelmann. Era o grito de uma criatura obscena, em carne viva, espinhos expostos e fedor de lama. A criatura investiu contra o Vendedor, arremessando-o para longe.

Os dois, a criatura e Herr Spiegelmann, entrelaçados como amantes, chocaram-se com tamanha violência que Caius ficou enojado. Dentes esfiapavam tendões e unhas dilaceravam carnes e nervos. Os golpes infligidos recebiam imediata resposta, em um remoinho infinito de gritos e urros.

O sangue jorrava como vinho em um banquete, mas a morte não chegava para nenhum dos contendores.

De repente, o ser de lama e espinhos soltou um grunhido de júbilo: seus dentes haviam encontrado a garganta do Vendedor. Herr Spiegelmann vomitou uma golfada negra como piche e tentou se livrar da criatura enfiando os polegares em suas órbitas e apertando com todas as forças que lhe sobravam.

O ser de lama e espinhos resistiu. Fechou com mais gana as mandíbulas até a cabeça de Herr Spiegelmann rolar, decepada do pescoço. Quando o corpo do Vendedor tocou no chão, transformou-se, imediatamente, em poeira. A cabeça, por sua vez, ainda intacta, rolou aos pés de Caius.

Sorria.

— Viu? Viu só?

Caius gritou.

A pedra rachou, seixos precipitaram de cima.

— Viu? Viu só?

Havia triunfo na voz da cabeça decepada.

— Viu? Viu só? — berrava Herr Spiegelmann, extasiado.

— Não — gritou Caius.

E, aos gritos, despertou.

Gritando, sua mente conseguiu apagar o barulho terrível da Rosa, que se dividia em duas partes. Um barulho que era, ao mesmo tempo, grito e estrondo. Aos berros, cancelou o ruído da chama que dela surgiu. O imenso gemido de uma fogueira apocalíptica.

Obviamente, quando acordou, a moeda de prata tinha voltado.

17

Difícil saber como, e difícil saber por que, mas todos os moradores do Dent de Nuit tinham ouvido falar do Dias Perdidos. Não era um ponto de encontro tão famoso quanto a Fonte do Rana e, além do mais, com aquele letreiro sem graça, um mero sol de madeira, quase parecia que não queria ser notado. Se você lá chegasse, queria dizer que, por algum motivo além da imaginação, mais cedo ou mais tarde, tudo acabava convergindo para suas vigas enegrecidas pela fumaça. Contos de morte, histórias de prodígios. Conversas, fofocas.

E, não raro, confissões. O Dias Perdidos era o lugar certo para os segredos.

Quem entrava lá fazia-o para experimentar o requintado prazer da solidão, prazer relegado à clandestinidade na época das luzes sintéticas. Eis por que, mais cedo ou mais tarde, sem saber como nem por que motivo, quando os pensamentos angustiavam as mentes, quando os sentimentos se tornavam ferozes e a sede de tranquilidade se tornava imperativa, os moradores da rua d'Auseil e do Dent de Nuit acabavam sentando a uma daquelas mesas, se não em pessoa, pelo menos simbolicamente. Era um lugar de fantasmas.

Embora estivesse bem no meio de sua jornada, o primeiro fantasma daquele dia fora o sol, escondido atrás de uma cortina de nuvens e das agulhas de chuva que continuavam a alfinetar Paris.

O meio-dia era a hora em que as vidraças do Dias Perdidos se animavam de cores e quimeras. Contavam uma história antiga usando luzes e sombras como verbos e substantivos, espaço e tempo como pontuação.

Todos os clientes — o gordão de rosto rubicundo, o sujeito de mangas arregaçadas, a mulher de aparência gasta que bebericava seu gim entre caretas que salientavam seu rosto marcado — todos estavam tentando adivinhar qual era a parábola escrita nas vidraças, misturando com as figuras rígidas suas próprias lembranças, com a transparência do vidro a opacidade de suas vidas.

Alguém entrou, trazendo consigo o cheiro da chuva. Sentou e fundiu-se com a paisagem como um camaleão. O Cid era um verdadeiro mestre na hora de tornar-se invisível. Sem ninguém reparar, aproximou a cadeira da mesa ao lado, onde o gordão devorava uma omelete de cogumelos e engolia mortíferas quantidades de vinho tinto. Rochelle aproximou-se, em silêncio, e o Cid não pôde deixar de notar sua incrível formosura. Gaguejando, pediu uma cerveja e ficou esperando, com o coração a mil por hora.

Rochelle, a etérea. Era a primeira vez que via uma Rarefeita. Ficou imaginando se eram todas tão belas.

— A gente se conhece?

O Cid ofereceu a mão, sorrindo. — Ainda não. Meu nome é Cid. O Cid, se preferir.

Pouco à vontade, o gordão retribuiu o aperto. — Ambrose.

Tempinho miserável, não é verdade? Estou com a bunda gelada.

— Pois é.

— Aqueles dois me deixam enojado — disse o Cid, apontando para as duas figuras centrais da vidraça.
— A mim não dizem coisa alguma. Absolutamente nada.
O Cid suspirou, revirando os olhos. — Mais um incurável romântico. Eu os acho asquerosos. As pessoas vêm para cá só para vê-los. Este lugar já teria fechado há um bom tempo sem todas aquelas denguices — explicou. — E o vinho, convenhamos, é uma porcaria. Posso lhe oferecer algo mais encorpado?
— Não, obrigado — respondeu o gordão, carrancudo. Depois, quase pensando melhor, advertiu. — E agora me deixe em paz. Suma.
— Eu?
— É, você mesmo! — exclamou o gordão, belicoso. — Saia de perto de mim. Não estou a fim de companhia. Desapareça. Em quantas línguas preciso repetir?
— Mas que sujeito mais birrento, amigo!
— Não sou seu amigo — o outro replicou, irritado.
— Claro, claro. Também pudera, com esse seu caráter jovial que dá gosto! É uma pena, achei que estava interessado na vidraça. — O Cid estalou a língua. — Uma verdadeira pena mesmo. Sei de uma coisa...
Ambrose o deteve, aporrinhado. — Todos têm algo do arco da velha para contar. Esqueça.
— Eu sei. Mas aposto que ninguém jamais falou com Jensen, ninguém a não ser eu. Ninguém conhece a história da vidraça. A não ser o aqui presente que lhe está falando, obviamente.
— E quem diabo vem a ser esse Jensen?
O Cid indicou um pequeno canto alaranjado na margem inferior de um dos vitrais. — Dá para você enxergar até lá?
— Não.
— Então terá de confiar em mim. Tem a assinatura dele, ali. Jensen era holandês, e foi o autor desta maravilha. Pois é uma maravilha, não concorda?

O gordão assentiu, sorrindo de repente. Talvez estivesse errado no julgamento que fizera daquele sujeito com cara de rato, disse para si mesmo.

A ideia de conseguir alguma nova anedota acerca do vitral pareceu-lhe tão sedutora que o convenceu a passar por cima das maneiras um tanto importunas do desconhecido. Afinal, teria apenas de aguentar sua companhia até o pentelho terminar de contar a história.

— Isso mesmo, uma maravilha... — respondeu, com visível curiosidade a brilhar em seus olhos. Depois, sem se importar em esconder seu interesse, Ambrose acrescentou: — Você realmente conheceu o cara que fez a vidraça?

— Quando ainda era criança. Lá pelos 11, 12 anos. Trabalhava como ajudante de cozinha em um lugar imundo como este. E, àquela altura, Jensen já era um beberrão. Parecia um velho, ainda que não tivesse nem chegado aos 40 anos. Dá para imaginar o tipo, não dá? Boa-praça, simpático, a não ser quando tomava uns goles a mais, está me entendendo?

O gordão sorriu.

— Entendo.

— Em suma, não quero abusar de seu tempo, mas... — E então o Cid exibiu-se em uma pausa estudada, molhando os lábios com a cerveja. — Acabou gostando de mim. Eu limpava os toaletes e o chão, minha família era um verdadeiro desastre e eu não me incomodava em trabalhar umas horas a mais, até gostava, aliás, para juntar uns trocados. Lá em casa, o ambiente era pesado, e eu estava sempre duro. Tinha a impressão de estar matando dois coelhos com uma cajadada, como se costuma dizer.

— Não era um tanto jovem demais?

O Cid sorriu com o ar de quem sabe das coisas. — Era uma boa desculpa para me pagar menos.

— Fale-me de Jensen... — insistiu o gordão.

Era para isso que o Cid estava ali, e ele começou.

— Já ficou apaixonado, Ambrose? — perguntou. — Quer dizer, apaixonado de verdade, amor de verdade, não aquele borrifo de paixão que todos costumam confundir com amor. Quando falo em amor, poderia dizer incêndio, loucura, destruição de toda faculdade de raciocínio. Digo amor como poderia ser dito por um poeta ou por um piloto de bombardeiro que está para soltar uma bomba atômica. Digo amor da mesma forma dos antigos sábios de costas rijas, e não desses cantores desmiolados de coração de matéria plástica. Amor. Amor profundo e doloroso, uma cárie no coração, como costumava dizer um amigo meu suicida. Amor como perdição, como labirinto no qual perder-se para sempre, amor em que cada olhar, cada carícia, cada palavra assume um sentido que explica o universo. Amor que não perdoa.

O gordão, emudecido, fitava-o, esquecido de tudo, menos do conto.

— A vidraça fala justamente disso. Fala de amor. Amor que o velho Jensen dizia ter vislumbrado somente uma vez, e apenas por alto. Dizia tê-lo encontrado em um boteco como este, no Dent de Nuit, mas nunca me revelou onde, nem me disse o nome de quem o inspirou. Só falou que se tratava de uma mulher que nem deixava você chegar perto dela. Uma mulher tão linda quanto triste. Uma Rarefeita. Conhece a palavra?

— Não.

— Não importa. Eu tampouco. É uma história, não é? Não é a verdade que estamos procurando a essa altura.

O gordão assentiu, convencido.

O Cid bebeu o que sobrava da cerveja. Depois continuou: — "Do que nasce o amor?", costumava perguntar Jensen, sem se dar conta de que estava falando com um rapaz de 11 anos que mal sabia escrever o próprio nome. Minha resposta não fazia diferença: quando o velho começava a contar, a única coisa que você podia fazer era ficar calado e escutar. Jensen tinha nascido em Haarlem e pertencia a uma família de vidraceiros tão antiga quanto o mundo, dá para acreditar? Eu acreditava, e continuo acreditando, basta olhar para sua obra-prima, não acha? Parece-lhe o trabalho de um papo-furado?

— Não, não, aquele holandês era um gênio.

— Mas tinha acabado na sarjeta por causa da bebida. Todo o dinheiro que ganhara fora-se goela abaixo, e ele encontrou abrigo neste bairro. Passava os dias remoendo o que tinha perdido, e, se você não tomasse cuidado, havia o risco de apanhar apenas por causa de um olhar que ele considerasse enviesado. Mas, quando ele falava do vitral, deste vitral, ele se transformava. Parecia voltar a ser o que fora no passado. Bonitão, altivo, um artista amado e respeitado. Já mencionei que este foi seu último trabalho? Disse-me que, em seguida, nada mais lhe pareceu ter a menor importância.

O Cid deu de ombros.

— Esquisitices de artista.

E voltou à história.

— Mas estávamos falando do amor. Acho que ninguém sabe, na verdade, quando o amor começa. Já reparou que os livros estão cheios de amores à primeira vista e olhares de fogo? É apenas um truque, a meu ver, uma bonita imagem para explicar coisas inexplicáveis. Assim como a luz do sol, como é que você poderia explicar? Usa-se a matemática, a ciência e a astrofísica, mas são apenas números e palavras que não explicam absolutamente nada, vai por mim. O amor, dizia o velho Jensen, é uma obsessão e, como todas as obsessões, não tem começo, somente consequências. De que tipo, a gente sabe muito bem. Esta vidraça conta de uma Rarefeita. Viva há muitos séculos.

O gordão resmungou.
— Não precisa fazer essa cara, Ambrose, é apenas uma história, ora essa. Quer ouvir ou prefere que vá embora?
— Continue, continue...
Outros clientes se haviam aproximado, atraídos pela história do Cid.
Todo prosa, ele levantou a voz para permitir que seu auditório não perdesse nem uma palavra sequer.
— Os Rarefeitos são criaturas malditas. Nascidos por causa do amor, mas o repudiam. Se o amor for uma chama, então os Rarefeitos serão as sombras movidas por aquela chama. Quando um amor acaba sendo amaldiçoado, seu calor se dispersa, e dele nascem sombras que amiúde provocam tragédias e, mais raramente, geram Rarefeitos. Os Rarefeitos, dizia Jensen, são sombras de poesias nunca escritas devido a um amor não correspondido, ou até impedido. Sombras, dizia Jensen, e haverá alguém capaz de tocar uma sombra? Na certa, não eu, nem você, nem mesmo os sabichões das universidades. Mas Jensen podia. Encontrara-a naquela porcaria de boteco sem nome.
Suspirou.
— Uma Rarefeita aos prantos.
O Cid passou a mão na barbicha rala sob o queixo.
— Precisa entender, meu bom amigo, que ver uma Rarefeita aos prantos é mais raro que um eclipse ou um milagre. Porque os Rarefeitos, na condição de sombras de algo impalpável, não podem experimentar sentimentos que não sejam de indiferença e de vago rancor. Mas aquela Rarefeita, dizia Jensen, chorava. Sabe o que Jensen fazia para que eu pudesse entender a raridade daquelas lágrimas? Dizia que, com uns poucos trocados, qualquer um pode ir ao Louvre e admirar a Mona Lisa, mas que poucos, muito poucos tiveram a chance de admirar a pintura enquanto tomava forma. E é o que, justamente, acontece com

uma Rarefeita em lágrimas. Foi por acaso, eu acho, que o artesão mais habilidoso da Europa e aquela criatura se encontraram, mas Jensen afirmava o contrário. Você acredita no destino, Ambrose?

— O assunto nunca passou pela minha cabeça.

— Eu não acredito no destino, mas Jensen era um fatalista. Dizia que havia sido o fado a levá-lo a encontrar a Rarefeita. O destino que queria pôr à prova sua habilidade. E ele aceitou o desafio. Teria outra escolha? Afinal, era um artista, o melhor, talvez um gênio. Não, acho que não estava em condições de recusar. Pelo jeito de falar, eu compreendia como devia ter sido doloroso para ele criar aquele vitral. E quanto orgulho infundira nele. Mas era seu último trabalho, e ele sabia disso. Não se cansava de dizer, sentia-se morto. Morto com pouco mais que 30 anos. Terrível, não acha?

— E o vitral, o que conta?

— Os Rarefeitos não podem ser tocados. Não gostam do contato. Pois o toque de um Rarefeito significa compartilhar. Compartilhar é o que há de mais horroroso no vocabulário. Jensen foi um dos infelizes que conseguiram compartilhar a alma de uma Rarefeita em prantos, só por uns poucos instantes, mas foi o que aconteceu. Por que em lágrimas, Ambrose? Acho que a essa altura você mesmo pode intuir o motivo, não concorda comigo?

Pego de supetão, o gordão não soube o que dizer. Quem respondeu no seu lugar foi a mulher encarquilhada. — Coitadinha. Estava apaixonada.

— Isso mesmo.

Fez-se o silêncio.

— Por quem?

O Cid não respondeu, limitou-se a indicar. O gordão, o sujeito de mangas arregaçadas e a mulher de rosto ressequido

acompanharam o dedo até o centro da obra-prima do holandês, onde uma etérea vestal abraçava um lobo.
— Por um lobo?
O Cid assentiu. Estava a ponto de acrescentar algo, mas a chegada de Rochelle quebrou o encanto.
— Saia daqui — ordenou. — Suma.
O gordão puxou-se para trás, fazendo ranger a cadeira. A mulher de cabelo desgrenhado e hálito que cheirava a gim levantou-se, apressada, quase caindo no chão antes de procurar abrigo no toalete. O sujeito de mangas arregaçadas deixou uma nota e algumas moedas na mesa e saiu porta afora.
O Cid e Rochelle se encararam.
— Você não é bem-vindo aqui. Faça o favor de ir embora.
— Não precisa bancar a ofendida, agora — ele respondeu, sorrindo. — Quis somente me divertir um pouco. Estava contando uma história a um amigo. Não vai me dizer que...
— Já lhe disse, *suma daqui*!
Rochelle quase dava medo. O azul de seus olhos tornara-se tempestade.
O Cid não obedeceu.
O medo era um luxo que ele apenas se concederia depois de voltar a abraçar o irmão. Só então tremeria, gritaria e se renderia a qualquer tipo de pesadelo, todas as noites. Mas, até lá, até rever Paulus são e salvo, não sentiria coisa alguma.
Nenhum medo, nenhum remorso.
Sorrindo de forma quase arrogante, acariciou com os dedos os ralos bigodes que cresciam embaixo de seu nariz. Então, com toda a calma, tirou de um bolso a guimba de um charuto manchado de umidade e a acendeu.
Deu uma longa tragada e soltou no ar dois anéis perfeitamente concêntricos. Riu, feliz com aquele truquezinho infantil.
— Olhe aqui, Julieta, podemos falar claramente?

— Saia logo daqui. E nunca mais volte se não quiser arrumar encrenca. Você sabe muito bem do que estou falando.
A vestal que abraça o lobo.
O lobo de boca escancarada, cheia de presas.
— Tudo bem, não vou levar mais que dois minutos. O negócio é o seguinte. Eu sou o homem certo no lugar certo. Se você precisar de algo, basta me procurar que eu encontro. É um dom, uma espécie de... faro. — Riu de novo, mas seus olhos estavam desesperados. — Sabe muito bem que, neste bairro, acontecem coisas estranhas, que os moradores são, digamos, um tanto especiais. Uma concentração, eu diria, bastante... bizarra. No seu trabalho, você já deve ter visto um pouco de tudo, e, obviamente, não há coisa alguma que eu possa lhe ensinar. Meu ofício é resolver problemas de tipo, digamos assim, comercial. No cinema e no teatro, há pessoas encarregadas do vestuário. Eu sou a pessoa que encontra a roupa certa para quem precisar dela, aqui no Dent de Nuit.

— Não estou interessada.

O Cid parou um instante para pensar. — Preciso de Buliwyf.

Rochelle ficou pasma. — Como conhece o nome dele?

— O ponto não é este. Conheço e assunto encerrado. Ouvi dizer que anda perguntando por toda parte acerca de roubos. Roubos diferentes. Dizem que está investigando e, veja só, a mim surrupiaram algo precioso. De forma que eu disse para mim mesmo: "Por que não juntar nossas forças?"

Curiosidade e desconfiança travavam uma batalha impiedosa no rosto da Rarefeita.

"Jogue a isca e aguarde", o Cid falou com seus botões, tentando entender qual das duas facções sairia vencedora do embate. "Não seja impaciente."

— O que quer dizer com "preciosa"?

O Cid exultou, mas soube ocultar muito bem sua satisfação.

— Pois bem, na falta de uma verdadeira legislação, de uma legislação explícita, também trato de Permuta De Lá. Não que eu a use, fique bem claro — frisou. — Mas dá para tocar o barco. Eu revendo, digamos assim. Não sou um Cambista, está me entendendo? Procuro Artefatos e os repasso a quem está interessado. Mas acontece que, procura por aqui, procura por ali, nem sempre encontro o que tencionava encontrar, entende? Dou de cara com objetos bastante curiosos. E acabo com a casa entulhada de trastes estranhos e Artefatos que ninguém jamais pediu. Moro no número quinze da rua Guignon, sabe qual é? Onde o velho Charles pegou sífilis. Minha casa é um verdadeiro cofre para alguém que entende do assunto... Portanto, voltando a nós...

— Palavras demais sempre escondem uma mentira. Seu tempo acabou — sentenciou Rochelle, de braços cruzados.

— Mas ainda não terminei! — protestou o Cid.

— Receio que sim.

Um pequeno sulco apareceu entre as sobrancelhas da Rarefeita e o Cid começou a sentir-se estranho. Massageou a nuca, desnorteado. A Rarefeita não parava de olhar fixamente para ele e o Cid passou a sentir uma desagradável pressão no coração. Estava cheio de melancolia, quase triste.

— Conceda-me mais um...

De repente, falar se tornara difícil. Algo frio emanava da Rarefeita e se insinuava nele, fazendo com que não se sentisse à vontade. Tentou controlar-se. Herr Spiegelmann bem que avisara: "Não confie nas aparências. Os Rarefeitos são perigosos. Têm um poder muito grande." O Cid estava a ponto de descobrir quão grande.

Não demorou para a sensação tornar-se algo mais que um leve transtorno. Tornou-se insuportável.

— Um minuto, só lhe peço mais um minuto. Não é lá muita coisa. Veja bem..., toda esta conversa era para dizer que, de certa forma, sou um homem muito rico. Pois é, de certa forma. Alguém... Resumindo... Alguém roubou de mim algo extremamente valioso, de inestimável valor. E... — O Cid arregalou os olhos. — Não é pos...

De repente, ele teve a impressão de ver Paulus, escondido na sombra. Fitava-o com insistência, mortalmente pálido. O Cid conhecia aquela expressão. O irmão o estava acusando. Não precisava de palavras, bastava olhar seu rosto. Cheio de desgosto e amargura.

Os olhos do Cid encheram-se de lágrimas. Então, era esse o poder dos Rarefeitos, pensou: usar as lembranças ruins como arma. Tentou desviar o olhar. Tentou pensar em Herr Spiegelmann e em suas ameaças.

Mas Paulus observava-o, acusando-o, e o Cid só teve vontade de se jogar aos pés do irmão e pedir desculpas. O que estava diante dele era somente um fantasma, com aquela expressão de desprezo, uma ilusão. Mas, mesmo assim, o Cid não conseguia refrear os soluços.

Com um esforço sobre-humano que deixou de queixo caído até Rochelle, o Cid voltou a falar. — A Placenta do Levantino — disse com um sopro.

A pressão gélida em seu coração aliviou-se.

— A Placenta?

Surpresa no rosto de Rochelle.

— Roubaram de mim. Diga isso a seu namorado.

Rochelle assumiu uma expressão sombria. O tom do Cid tornara-se maldoso, mais agressivo agora que a figura de Paulus se tornara menos concreta e, portanto, menos dolorosa.

— Talvez possamos chegar a um acordo, talvez ele saiba onde está. É algo que me pertence, quero de volta.

O Cid levantou e dirigiu-se à porta, cambaleando. Para onde olhasse, via Paulus, que ora pedia, ora o ameaçava. Até o insultava, amaldiçoando a má sorte que o fizera nascer junto com um idiota como ele.

— Fale com o lobo, conte-lhe da Placenta. Explique que foram uns malditos... — disse o Cid enquanto Paulus gritava, arrastando-se para ele. — ... Caghoulards. — Paulus implorava, entregue aos vermes, implorava que o libertasse. A dor era insuportável. — Uns malditos Caghoulards. Conte ao lobo, eu...

O Cid cedeu. Algo dentro dele quebrou-se e, chorando, ele saiu correndo do boteco. Deixou Rochelle sozinha em companhia do abraço de vidro da vestal e do lobo. Deixou-a sozinha, acompanhada de mil obscuros presságios.

18

Seguindo o conselho de Pilgrind, Gus havia deixado o rapaz sozinho no refúgio de Buliwyf. Caius, dissera o Barbudo, precisava metabolizar a conversa, e a solidão era a condição fundamental para apaziguar seus próprios demônios. Gus teria que mostrar alguma compreensão, mesmo que não lhe fosse possível mostrar compaixão.

Quase com desdém, Gus mandara o outro pastar, mas acatara o conselho. Graças à ajuda de Pilgrind, sua ferida parecia finalmente estar sarando, e isso o tornava mais confiante no futuro e desejoso de ar limpo. Assim, aproveitara a ocasião para cuidar de alguns assuntos não propriamente secundários.

Tendo perdido todo o seu arsenal bélico durante o ataque no cemitério, Gus tinha procurado velhos nomes e endereços para fazer algumas compras. Sem armas, sentia-se meio perdido, ainda mais paranoico e desconfiado que de costume.

Com alguma aflição, percebera que muitos dos seus antigos contatos (antigos era maneira de dizer, resmungara com seus botões, uma vez que a maioria deles somente remontava a seis meses antes) haviam saído de circulação. Uns haviam fugido para buscar abrigo em algum país distante, outros haviam morrido, outros ainda haviam simplesmente batido a porta em sua cara sem dar qualquer explicação.

O mau cheiro do Vendedor pairava no ar.

Na verdade, eram muito poucos os que sabiam de sua existência. A maioria dos Cambistas não conhecia seu nome, nem de ouvir falar. Mas sua presença no bairro era palpável, tão tangível quanto um fedor ou uma doença. Alguém contara de suicídios imprevisíveis, mais alguém falara de sonhos que não se esvaíam ao alvorecer e que, aliás, ficavam fixos na mente com uma sinistra persistência que tornava as pessoas cansadas, sonolentas e assustadas.

Todos tinham ouvido falar da morte de Gus e muitos, ainda que não tivessem a coragem de admitir abertamente, haviam se regozijado com a notícia. Ele aproveitara o efeito surpresa para dar um aperto nos possíveis informantes. Sem muito sucesso, no entanto.

Os Cambistas mais sensíveis às desgraças que aconteciam no bairro haviam simplesmente sumido, de uma hora para outra, sem dar qualquer explicação.

Dessa maneira, um tanto amargurado, depois de punhais, pistolas e munição, Gus decidiu procurar outro tipo de arma, pois nem todas as guerras são vencidas pelo chumbo e pelo aço. Também havia aquelas nas quais se podia lutar com uma combinação de sangue, pele e tinta.

Pilgrind dizia que nunca vira uma tatuagem deter uma bala ou tornar amigável uma presença demoníaca. Era tudo bobagem. Gus deixava-o falar e continuava a cobrir-se de tinta.

Andou apressado, assoviando, com duas grandes bolsas cheias de armas.

Esperava que Grünwald não constasse no número dos que haviam fugido do bairro e ficou aliviado ao reparar que a tatuadora permanecera em seu lugar, no ateliê montado no sótão de um prédio no boulevard Chroniques.

Entrou sem cumprimentar, tirou a camiseta, deitou no catre e acendeu um cigarro. Grünwald tatuou um pequeno lagarto bicéfalo, na altura da terceira vértebra, explicando que iria protegê-lo dos espíritos que se alimentam do fogo. Havia uns muito maus à solta.

Grünwald não se considerava uma mera tatuadora, embora, para tocar o barco, não desdenhasse gravar tolices da moda nos braços de adolescentes malhados e motoqueiros recém-saídos da cadeia. Grünwald considerava-se uma verdadeira artista. Queixava-se dizendo que, de sua obra, muito em breve, ficaria apenas poeira.

Gus não sabia se aquela mulher de cabelo acaju e olhos profundos era ou não o que afirmava ser, mas de uma coisa não duvidava: deixando-a soltar a imaginação, sua inspiração chegava a criar imagens de poderoso fascínio.

Realmente impressionantes.

Grünwald havia sido uma Cambista razoavelmente dotada, mas com péssimas companhias. Havia mexido com a Permuta De Lá e ido longe demais com experiências daquela que se costuma chamar Permuta de Evocação. Acreditara ser bastante habilidosa para passar a perna em algumas potências de lá e ainda se dar bem. Potências que muitos nem se atreviam a mencionar em voz alta com medo de atrair sua perigosa atenção.

Abusada e ingênua ao mesmo tempo, a tatuadora tentara evocar um Caliban e ele havia se virado contra ela. Para detê-lo e sair viva, a mulher foi forçada a queimar quase toda a própria memória.

Foi por isso que escolhera o nome de um pintor falecido, pois se esquecera de seu próprio.

A cicatriz que deturpava o bonito rosto eslavo não permitia, no entanto, que se esquecesse do erro cometido. Eis o motivo de não haver, no ateliê, que também servia de modesta morada, espelho algum.

Obviamente, Grünwald conhecia muito pouco, quase nada, de Gus. Chamava-o de "sobra do 77 londrino", por aquele seu vago ar punk, e o considerava mais que um amigo, a ponto de confessar-lhe medos e sentimentos, mas não tinha a menor ideia do que Gus fazia para viver: sabia apenas que ele passava seus dias entregue a tarefas não muito claras e extremamente perigosas. Tão pouco claras que ela preferia não se intrometer.

Já passara, para ela, o tempo de brincar com fósforos. Já ficara bastante queimada.

Com esse tácito acordo, a amizade entre os dois já durava havia vários anos. Eu não pergunto, você não responde. Por isso, era incomum que, na hora da despedida, a tatuadora segurasse a mão do outro e murmurasse: — No que foi se meter, Gus?

— Coisa ruim.

— Posso sentir isso — dizia ela, sombria. Depois, levou as mãos de Gus ao peito. — Aqui. — Fez com que mão roçasse sua fronte. — E aqui.

Um longo silêncio seguiu-se àquelas palavras.

— Você me entende?

Gus assentiu, mas não fez comentários.

— Minhas tatuagens não são suficientemente fortes.

— Ninguém pode dizer.

— Ninguém mesmo. Mas tome cuidado.

— Sempre tomo.

A mulher fez uma careta como se tivesse engolido um remédio ruim. — Nem tanto. Ficou gravemente ferido. Vi as ataduras.

— São apenas ataduras.

— E as cicatrizes.

— São apenas cicatrizes.

Grünwald concedeu-se um sorriso. — Sempre o mesmo, não é verdade?

— Estou velho e frio demais para mudar.

Encostado na parede, Gus sempre reagia com aquelas palavras.

Ela soltou a presa. — Para onde está indo agora?

— Ainda é cedo. Há um lugar que eu gostaria de ver de novo antes de voltar para casa.

Foi assim que se despediram.

O pôr do sol explodiu vermelho entre um e outro pé d'água.

Naquele dia, Paris tinha decidido entregar-se completamente à sua mais íntima identidade: a de atriz. O ocaso que borrifava vermelho e carmim e escarlate como na tela de um Bacon particularmente romântico foi um golpe teatral digno das melhores apresentações do *Grand Guignol*. O dia saía de cena com um tripúdio de cores.

Mas Paris, como sempre acontece com as estrelas, não se demorou nessa concessão a seus admiradores. As nuvens voltaram, acrescentando trevas, às trevas e a chuva recomeçou a molhar as calçadas e a tamborilar nas calhas.

Sentado no telhado de um prédio da rua de la Lune, Gus saboreara o pôr do sol, achando-o comovente. Quando novas gotas começaram a respingar em seus óculos escuros, decidiu voltar ao subsolo de Buliwyf.

Ao chegar à rua, sentira-se estranhamente apreensivo. O ar frio parecia querer sugerir algo. Sua pele coçava, incitando-o a se apressar. Algo estava acontecendo, e era algo errado. Pior: se não tomasse logo uma atitude, veria algo errado se transformar em algo perigoso.

A inquietação, à medida que adentrava o Dent de Nuit, tornou-se ansiedade, de forma que Gus acelerou suas passadas.

Sentia que algo imperceptível tinha mudado nas ruelas que o cercavam e nas sombras que barravam seu caminho, tornando-as mais escuras e menos familiares.

Continuava a espiar em volta, com o olhar de quem está acostumado a ardis e ciladas, mas nada estava fora de lugar e nada parecia ameaçá-lo.

A não ser o gelo e a chuva, ao longo de todo o caminho entre a rua de la Lune e a rua d'Auseil não viu coisa alguma que pudesse deixá-lo de prontidão.

Não havia indícios capazes de justificar aquela inquietação. Era somente uma sensação, mas Gus tinha aprendido a confiar em seu instinto. Aprendera pagando um preço muito alto. Toda vez que preferira não prestar ouvido, quando fingira ser surdo ao seu chamado, houvera apenas sangue e mortos.

Desceu as escadas e entrou. O ar cheirava a ferro. Apesar do escuro, as luzes estavam apagadas.

— Caius?

Gus livrou-se da sacola que tinha a tiracolo e esticou os braços, segurando a pistola com ambas as mãos.

— Você está aí, garoto?

A cama estava desarrumada, e havia um travesseiro no chão. Gus deu um pontapé nele, amaldiçoando a si mesmo e ao Barbudo. O maldito subsolo estava vazio.

Caius havia desaparecido.

19

Ao despertar do pesadelo da Rosa, Caius tinha encontrado a moeda de prata em cima do travesseiro, marota e perigosa como uma viúva negra.

Gritara com todo o fôlego que tinha nos pulmões e se aninhara aos pés da cama, molhado de suor, ofegante, à espera de alguém que pudesse socorrê-lo.

Ninguém acudiu. Nem Pilgrind, nem Gus Van Zant, nem Rochelle e tampouco o Licantropo. Tinha ficado sozinho, acompanhado apenas pela maldita moeda.

Quando ficou claro que o subsolo estava vazio e que ninguém viria ajudá-lo, Caius criara coragem e se aproximara da moeda.

Lutando com o nojo, segurara-a entre o indicador e o polegar, levantando-a com cuidadosa desconfiança, e a jogara contra a parede, o mais longe possível de si.

A moeda quicara com um tilintar jocoso, dera umas piruetas no chão e ficara ali, a fitá-lo fixamente. Não estava zangada por causa da reação, parecia dizer aquele único olho lunar. No devido tempo, iriam aprender a confiar um no outro, tinha certeza disso. E havia tempo de sobra, no subsolo da rua d'Auseil número treze.

Afinal de contas, ninguém apareceria para atrapalhar.

Pare com isso.

Estavam sozinhos. Ele e a moeda. A moeda não parava de falar. Caius não podia deixar de ouvir. Às vezes, a moeda nem mesmo usava palavras, apenas cores e sensações. Caius escorraçava-as, mas não era fácil.

Depois de algum tempo, descobrira que desejava apertar nas mãos aquela moeda gelada. Apoiá-la no coração e acalentá-la com o calor de seu corpo.

A certa altura, até se dobrara, esticando a mão para pegá-la.

Com um gemido esganiçado, recuara bem em cima da hora e se esbofeteara com bastante força para deixar uma marca vermelha no rosto. Depois, com gesto infantil, escondera a moeda enterrando-a embaixo do travesseiro.

Ela não se queixara. Afinal, estavam se dando melhor e dispunham de todo o tempo do mundo para aprofundar a amizade.

Ninguém chegara.

E a moeda estava lá.

Caius sentia que a sua presença se tornava cada vez mais oprimente, cada vez mais urgente. E, ao mesmo tempo, cada vez mais persuasiva. Isso o deixava ainda mais apavorado. Não fazia muito tempo que aprendera a conhecer o medo, mas já tinha entendido que o seu verdadeiro sabor não é o amargoso do sangue, mas sim o doce do mel.

Caius procurara distrair-se assoviando uma musiquinha alegre, mas as notas se haviam desviado da melodia, produzindo um som que dava arrepios. A moeda distorcia a melodia e a transformava em ameaça.

Começara então a cantarolar, mas a tentativa mostrara-se sem convicção e desprovida de energia. A moeda estava paulatinamente entrando dentro dele, roubando sua voz.

A cada segundo que passava, a influência exercida sobre ele tornava-se mais forte. Prometia calor onde o garoto sentia apenas frio, esperança onde a noite havia devorado o que ele tinha de mais querido.

A moeda de prata jurava que Caius nunca mais iria sofrer, nunca mais iria ficar com medo das sombras. Garantia, aliás, que, se ele se deixasse levar, as sombras se tornariam para ele abrigo e fortaleza.

Havia uma imagem recorrente que a moeda fazia surgir na mente de Caius: as ondas mornas de um mar infinito. Aquele mar, dizia a moeda à parte mais oculta e vulnerável do rapazinho magricela, curaria qualquer ferida. Apagaria qualquer medo.

Tornaria o rapaz forte.

Caius não havia se rendido, ainda não. Ficara esperando prestando atenção na porta. Mas ninguém descera ao subsolo. Torcera que fosse Rochelle ou Pilgrind, até o Licantropo e Gus serviam para quebrar o galho. Mas, infelizmente, estava sozinho com a maldita moeda de prata.

A moeda estava em toda parte.

Durante a tarde inteira, Caius tinha tentado desesperadamente ignorar a sua presença. Só, naquele subsolo, a combater contras os influxos maléficos da moeda. Nem por um único instante passou por sua cabeça que a coisa mais lógica a fazer seria dirigir-se à porta e sair dali.

Não sabia, mas a moeda já tinha fincado suas garras na sua consciência.

Caius tinha lutado.

Durante longas horas, esteve sozinho combatendo um poder maior e mais forte que ele.

Ouvira alguns programas no velho rádio a transistor de Buliwyf, tinha tentado se concentrar em alguns jogos de paciência usando um baralho de cartas. Mas nem o rádio nem as cartas haviam conseguido desviar sua atenção do quebra-cabeça.

Tinha assistido ao pôr do sol pela única janelinha que dava para fora, sentindo-se prisioneiro daquele subsolo lúgubre e despojado.

Finalmente, diante dos raios de sol que iam sendo engolidos pela escuridão, havia ficado à mercê da aflição. E, passando por cima daquele desconforto, a moeda derrubara definitivamente as suas últimas defesas, enfeitiçando-o com seu chamado.

Por fim, a moeda acabara vencendo.

Caius levantara o travesseiro para então perder-se na prata. Pela primeira vez, a moeda estava quente ao toque da mão, quase reconfortante.

A moeda se transformara.

Tornara-se uma bússola. Caius havia aceitado a bússola com a mesma calma consciência com que, logo a seguir, vestira o casaquinho, calçara os sapatos e saíra. A bússola levara-o fora do Dent de Nuit. Transformara-o em um viajante inseguro e desprevenido. E onde acaba irremediavelmente alguém inseguro e desprevenido?

No lugar mais perigoso de todos: no passado.

Caius andou como um sonâmbulo por ruelas e becos fedorentos que o levaram para fora do Dent de Nuit, longe da rua d'Auseil.

Caminhou sem pensar em Gus, em Pilgrind nem em Herr Spiegelmann, sem pensar nos Caghoulards nem no Carcomido que beijara sua mãe. Sem pensar, com a vontade aniquilada.

De olhos arregalados e um prazeroso calor nos ossos fatigados, percorreu toda a rua des Dames sem reparar nos transeuntes nem nas vitrines.

Foi andando sem sentir cansaço, sentindo-se, aliás, mais forte a cada passo. Caminhou obedecendo à moeda que se tornara bússola, ao longo de um trajeto que, se estivesse acordado, reconheceria na mesma hora.

Estava indo para a escola.

Apesar da hora, o portão de entrada estava escancarado e sem vigia. Obviamente alguém o deixara aberto somente para ele. Até esse fato perturbador custou a abrir caminho em sua consciência.

Caius seguia a moeda que se transformara em uma bússola. Nada mais importava. A bússola convidava-o a entrar sem medo, e ele obedeceu.

Entrou.

Enquanto Paris mergulhava na costumeira sintaxe vespertina feita de langores, apetites e festejos, Caius entrou em um prédio muito parecido com aquele que frequentara com Pierre e Victor.

Caius passou pelo limiar de um colégio e viu-se andando dentro de um orfanato. Um orfanato empesteado. Anos e séculos surgiam diante dele entremeando-se e atropelando-se.

O ar, cheirando vagamente a maresia, estava imóvel. Os pés-direitos excepcionalmente altos eram iluminados por lanternas que emanavam um desagradável odor de petróleo.

A luz fugidia desenhava figuras escuras nas margens do seu campo visual, o cheiro de petróleo o aturdia, e o calor o fazia suar. Quanto mais avançava, mais as silhuetas escuras tomavam consistência.

Havia espíritos por todo canto. Formas opalescentes sob cada arco. Sensações como suspiros lutando contra o inexorável arrastar-se do tempo. Prantos e gemidos atrás de cada porta.

Em algum lugar, obsessivo, um relógio de pêndulo batia uma eterna meia-noite. Lampiões nas paredes. E quadros de santos. Uma longa série de mártires.

Mestres de colarinho duro e vareta flexível salmodiavam a tabuada e noções de biologia. Caminhavam de um lado para outro, atravessando as paredes ou mergulhando no chão, onde escadarias em ruínas, sabe lá havia quanto tempo, levavam aos andares inferiores.

Cozinheiras de olhar apagado e cabelos desgrenhados empurravam rumorosos carrinhos entre as mesas de um refeitório apinhado de meninos e adolescentes de olhos vermelhos e cavados. Freiras de aparência carrancuda erravam no ambiente, de mãos juntas, rezando.

Cheiro de sopa, de ervas amargas e pão dormido. Fedor de excrementos, odor de suor. Cheiro de medo e frustração. Enquanto avançava em equilíbrio entre os séculos, empurrado pela moeda que se tornara a sua bússola, Caius até conseguia colher fragmentos de diálogos passados.

Eram ecos longínquos. Longínquos mas presentes graças à moeda de prata.

Às vezes eram recomendações ou exortações; outras vezes, longas puxadas evangélicas, ou estentóreas gritarias, ou então tristes súplicas de misericórdia.

Estas últimas eram mais vivas e dolorosas do que nunca. "Mantenha-o longe de mim" implorava um menino envolto em um roupão todo manchado que chegava aos seus pés. "Deixem-me em paz" pedia outro, com sangue escorrendo pelo nariz, cercado por outros fantasmas que riam.

"Terá o que bem merece" trovejava um possesso sem rosto, alto e empertigado como um abeto.

"Em nome do Nosso Senhor." "Não fui eu, não fui eu." "Você não passa de..." "Coma e..." "Ladrão! Roubou os meus sapatos!

Ladrão!" "Sua bruxa! Você me..." "É uma honra, para todos nós..." "Vou contar para a srta. Evangeline, e você vai ver..." "Não existe nenhuma Permuta! Pare de me..." "Temos um caso de tuberculose e não creio que..." "O carvão custa dinheiro, minha cara, não acha que..." "Tão jovem, e já tão devasso..." "Quer que lhe faça cócegas, não quer?" "Neste colégio, não é permitido." "Quero que saia daqui antes de..." "Lorotas, meu amigo, somente lorotas..." "No que diz respeito à diretoria, nunca houve qualquer tipo de acidente..." "Você reduziu o..." Nunca mais vou fazer isto, eu prometo..." "Quero sair, quero sair, quero sair daqui!"

Raramente risadas. Sempre abafadas.

Proibidas entre aquelas paredes.

Caius subiu as escadas, sonâmbulo, até o terceiro andar.

O ar estava mais frio lá em cima.

A porta era de madeira maciça, imponente. Uma placa em relevo dizia: DIRETORIA.

20

D o outro lado da cidade, escuridão.
Uma escuridão carregada de espera. Vibrante de violência, violência que anelava as suas mãos, as suas garras, o seu coração, a sua inegável fúria ancestral.

Escuridão na qual podia perceber a lua, ainda não cheia, escondida atrás das nuvens de chuva. Uma lua que invocava sacrifícios.

A lua, ao mesmo tempo sua mãe, sua amante, a sua deusa, a sua puta: não havia coisa alguma mais enigmática e cintilante em todo o universo. Nada existia fora do seu esplendor. A lua, dona e escrava. Tão cruel e exigente quanto suave e carinhosa companheira. Poesia e objeto de poesias. Simplesmente ela, a prata no céu.

A lua.

Buliwyf procurava a vingança de sua estirpe. Teria desencadeado um holocausto, se tivesse a chance.

A mansão isolada era cercada por um alto muro. O arame farpado e as pontas afiadas espalhadas no topo da cerca eram apenas o mais primitivo entre os vários sistemas de segurança de que os moradores dispunham: câmeras de controle, fotocélulas e sensores colocados de forma a não deixar descoberto nem mesmo o canto mais improvável do prédio e do jardim. Inúteis bugigangas para amenizar a vã tentativa de manter longe a morte.

Ele era a morte.

Não existia um lugar realmente inexpugnável, assim como não existia uma cadeia cujas barras não pudessem ser dobradas pela tenacidade e pela força de vontade. Havia arbustos que, crescendo, tinham obstruído o laser das armadilhas, jardineiros obtusos ou idiotas demais para compreenderem a periculosidade do seu descaso, e houvera a alternância entre dia e noite, o revezamento das estações — calor, frio, umidade e estiagem — que tinham corroído a capacidade de reação de alguns alarmes.

E também havia os cães, obviamente, bichos gordos, indolentes e preguiçosos. Para Buliwyf foi um prazer acabar com eles com rapidez e indiferente ferocidade. Uma repentina torcedura da mão, um barulho abafado. Nenhum ganido, e Buliwyf sorriu. Estava dentro.

Morte. Sangue.

Naquela noite veria ambas as coisas, com fartura.

Pilgrind contara-lhe dos Colecionadores. Dissera os nomes, nomes que no passado já haviam chegado aos ouvidos do Licantropo. Pilgrind arrancara-os de dois receptadores, logo que voltara a Paris. Não tinha especificado o fim que dera neles, e Buliwyf não quisera saber. Pilgrind informara o endereço e todos os demais detalhes necessários. Sem nada perguntar, pois não havia coisa alguma a ser perguntada. Os Colecionadores compravam peles de Licantropo. Buliwyf era um Licantropo.

Os Colecionadores iriam morrer.

Buliwyf tinha gravado na memória tudo que precisava saber acerca daquela fortaleza. Todo canto, todo nicho, cada aspereza do terreno. O Barbudo havia sido pródigo em detalhes. De alguma forma, o Licantropo podia sentir a presença dele, invisível, a seu lado. A coisa não o incomodava. Que Pilgrind aproveitasse o espetáculo, não ia ficar decepcionado.

Escondeu-se na sombra da estátua de Amor e Psique. O sangue fervilhava em suas veias enquanto, como sempre acontecia em suas caçadas, uma calma sobrenatural tomava posse da sua mente, afastando qualquer pensamento e emoção. Perfeitamente concentrado, vivia e caçava segundo princípios basilares aperfeiçoados geração após geração.

Nunca ficar de costas para uma janela. Nunca mover-se contra a luz. Manter-se sempre ao longo do eixo do sol. Privilegiar a noite. Confundir-se com ela. Tornar-se a quinta-essência das trevas. Certificar-se de haver pelo menos um caminho de fuga. Nunca dormir duas vezes no mesmo lugar. Nunca caminhar a favor do vento. Não confiar, jamais, em coisa alguma ou alguém. Prestar sempre atenção no que o sangue manda.

O sangue não mente. O que a alma esconde, o sangue revela.

Imóvel, tornou-se uma pedra cautelosa. Ouviu o que os espíritos do ar tinham a dizer, cheirou o odor dos homens, vaidosos, bobos, que se sentiam seguros por terem confundido o papelão com o aço. Mais longe, o cheiro do caseiro, no calor de seu quartinho perto da entrada, mesclado com o do óleo da pistola e o da pólvora. Abriu-se em um largo sorriso, antecipando o prazer da matança.

Hora de se mexer.

Mantendo-se o mais agachado possível, deixou os dois amantes de mármore em seu infinito namoro e se abrigou correndo atrás de um carvalho com o tronco coberto de musgo. Sombra entre as sombras, sombra gravada na noite.

Silêncio.

Aninhou-se entre as raízes nodosas, atento. Buliwyf à espera. Então, finalmente, alguma coisa se mexeu à sua direita. Mais uma sombra na noite. Mancha escura, o verdadeiro vigia da mansão. Pilgrind tinha avisado.

Os Colecionadores viviam eternamente com medo. O medo constante era sua única razão de ser. Brincavam com o fogo, provocam-no, atiçavam as chamas conscientes dos riscos de que aqueles hábitos eram portadores. Ou então eram idiotas ou ávidos demais para dar um basta à sua cobiça. Pagavam lautamente por cada pele, até mesmo por um par de orelhas decepadas. Sempre havia caçadores improvisados atraídos por seu ouro, e também havia os profissionais, Caçadores de verdade, depositários de lendas e antigas técnicas para capturar os da sua linhagem. Homens que matavam lobos. Caçadores furtivos que se sustentavam com aquele torpe negócio. Graças a eles, os Colecionadores tornavam-se mais cada vez mais atrevidos. Mas era assim desde o começo dos tempos.

Não haveria misericórdia.

O Canyde atacou.

Os Canydes, principalmente os melhores, podiam ser muito perigosos. Aquele exemplar era rápido e só não acertou Buliwyf por uma questão de milímetros. Empregara ângulos cegos e correntes de ar para levá-lo a pensar que estava seguro. Faltara realmente muito pouco. Mas perigosos não queria dizer letais. Os Canydes haviam perdido o instinto da guerra, caçavam por prazer, como se estivessem brincando. Mas não se tratava de uma brincadeira, e Buliwyf estava disposto a demonstrar àquele escravo quem era de fato o caçador, entre os dois.

Rosnando, pulou de lado. Mordeu o ar.

As garras do Canyde estridularam no seu colete deixando marcas profundas como sulcos. O Canyde urrou, exaltado por aquela primeira vitória. Buliwyf não demorou um só instante para ficar de pé. Examinou por um momento o adversário para avaliar sua força e resistência. Era um bonito exemplar: os

Colecionadores não haviam tentado fazer economia. Era bem grande, mas não cheio de esteroides e anabolizantes. Era forte.

Mas, mesmo assim, um Canyde. Como todos os seus similares, era incapaz de guardar suas próprias feições, de forma que a cara alongada de lobo, as presas aguçadas e curvas como dedos humanos, o fiapo de baba que descia emporcalhando a áspera penugem do focinho apenas testemunhavam uma ferocidade cultivada com cuidado e ensinada com igual empenho. Os olhos da criatura — amarelos, ictéricos — confirmavam que toda a humanidade do bicho se esvaíra. Buliwyf já tinha visto muitos iguais àquele.

Sabia que, no fundo do coração, deveria alimentar algum sentimento de empatia por aquela espécie desafortunada. Sabia que, em seus pensamentos, deveria guardar um pequeno espaço para um resquício de piedade, e também sabia que mais cedo ou mais tarde aquela total falta de sensibilidade de sua alma cobraria seu preço. Mais cedo ou mais tarde dirigiria o olhar para os suaves traços de Rochelle e se arrependeria, ficaria envergonhado com aquela fúria que vivia com ele, dentro dele. Mas o nojo e a raiva, naquele momento, eram mais fortes. Odiava os Canydes porque era isso que o seu sangue mandava.

Odiava-os porque eram servis. Escravos.

— Mostre-me o que sabe fazer — caçoou do outro.

O Canyde investiu com um pulo.

Era bem ágil, suas mandíbulas se fecharam a poucos milímetros da garganta de Buliwyf que, com um safanão, desviou-se e também pulou. Um pulo de 10 metros, sem qualquer esforço. Aterrissou na grama, sempre sorrindo.

O Canyde olhou em volta, com os olhos esbugalhados.

Buliwyf chamou-o. — Estou aqui, seu animal estúpido.

O Canyde virou-se, borrifos de saliva acertaram o Licantropo, que o golpeou no focinho. Um golpe de nada, apenas um bofete em sinal de desafio. Odiava-os. Desprezava-os. Estava a fim de brincar com o ser maldito pela lua, antes de acabar com ele. O Canyde ganiu, confuso, depois explodiu em um latido aterrador que fez tremerem os muros. Atacou de novo, e mais uma vez Buliwyf superou-o com um pulo.

— Vamos lá!

Mas o Canyde não era obtuso e esperara um movimento como aquele. Rosnando, com uma violenta torção do corpo, conseguiu esticar as garras no ar, segurou-o pelo tornozelo e, finalmente, achatou-o no solo.

Buliwyf chocou-se duramente com o chão gelado e, por um momento, viu somente pequenas manchas escuras. E então a dor. O Canyde tinha afundado as garras na carne. O Licantropo praguejou. Esperneou. Acertou-o no focinho. O Canyde soltou a presa mas não perdeu tempo ganindo. A visão do sangue tornara-o ainda mais feroz. O primeiro ataque, com a direita, atingiu Buliwyf no flanco. O segundo paralisou-o no chão, sem fôlego. Mas a fúria cega tornara o Canyde descuidado. Deixara o peito descoberto e vulnerável.

Buliwyf acertou-o no plexo solar, com ambas as pernas, arremessando-o para longe. Ofegante, o Licantropo levantou, sem parar de sorrir.

— Quer mais, cachorrinho?

Enquanto o Canyde voltava a atacar de cabeça baixa, o Licantropo pensou em todos os Canydes que abatera ao longo de sua vida, das suas romarias. Alguns deles, por acaso, pediram arrego? Não, eles nunca se rendiam.

Idiotas. Inúteis.

Escravos.

A fúria até então mantida sob controle.

A fúria que era a sua maldição e o seu sangue.

A fúria que era o lobo.
A fúria ficou desenfreada.
Buliwyf deixou-a livre, à solta para golpear.
Irmã fúria.

Da garganta do Licantropo irrompeu um som ferino, primordial. Um pesadelo extremamente antigo, saído da neblina dos séculos. Um uivo que era um brado de guerra, oração à estirpe e, ao mesmo tempo, sublime canção de amor à lua que, ainda escondida, invocava mais sangue, mais violência. A boca escancarada, os olhos opacos. Parecia estar lembrando. O uivo paralisou o agressor. Teria, quem sabe, reconhecido naquele brado um resquício de sentido? Haveria ele vislumbrado os restos de um passado ancestral que, em uma longínqua era, também fora apanágio de seu sangue, de sua estirpe, de sua vida?

Buliwyf não pensou.

Golpeou.

Um, dois, três golpes em rápida sequência que criaram uma brecha nas defesas do adversário. E depois de novo. Garras entraram na carne do Canyde logo abaixo do mamilo, com a facilidade de uma lâmina, rasgando, abrindo, fendendo e borrifando sangue. Queria arrancar-lhe o coração para mostrá-lo, ainda palpitante, à sua dona.

Tinha certeza de que a lua apreciaria aquele espetáculo. O sangue jorrava, esguichava, enquanto o Canyde não se rebelava contra o ataque, já inerte. Buliwyf podia sentir o azedume do sangue nas narinas, podia sentir na boca o seu sabor (doce, tão doce!) e até ver jogos de luz e sombra nos vapores que subiam das feridas abertas. O Canyde ganiu. Buliwyf voltou a golpear, rindo. O Canyde desmoronou, ruiu ao chão. Olhou fixamente para Buliwyf em um interminável instante de compreensão.

WUNDERKIND

Com uma golfada mostrou a garganta.

— Acabe comigo — implorou.

Era a primeira vez que o Licantropo ouvia um Canyde falar. Sempre pensara que o dom da palavra tivesse sido apagado neles, com ferro e violência, durante o adestramento. Ninguém jamais lhe dissera que podiam guardar aquela dádiva. A palavra. A palavra era compreensão, pensamento. A palavra não era para os escravos. E, mesmo assim, o Canyde, de garganta à mostra, imóvel com os braços esticados ao longo do corpo, cheirando a medo, tinha falado. Tinha implorado.

Buliwyf já não ria. A fúria tinha sumido.

Desembainhou o punhal de prata.

— Que assim seja. — E antes de cortar-lhe a jugular, batizou-o.

Esperou que morresse, segurando a sua cabeça nas mãos.

Depois, levantou-se. Os Colecionadores pagariam por aquilo também.

Ouvia vozes animadas. Vislumbrava a luz de uma tocha ao longe.

Despiu-se de sua humanidade.

Ainda faltava muito até o alvorecer.

21

Caius apoiou os dedos na porta de madeira maciça. Parecia vibrar. DIRETORIA, dizia a placa de latão. Caius não teve coragem de tocar nela.

Cada lugar tem seu passado, e o passado é o lugar mais perigoso. É no passado que se abrigam os riscos para o viajante imprudente ou para o desprevenido. De alguma forma, Caius pertencia a ambas as categorias.

Era, ao mesmo tempo, um viajante imprudente e desprevenido.

Caius possuía a bússola: a moeda que mais uma vez voltara. A moeda que se transformara. A moeda de prata. De novo. A moeda fora a bússola, mas agora era a chave. Tornara-se outra coisa. Uma chave de prata. Caius enfiou-a na fechadura do escritório. Parecia feita sob encomenda, sob medida.

Girou-a.

Empurrou e entrou.

O Diretor o encarava por trás de uma mesa de tamanho ciclópico, com canetas e papéis perfeitamente arrumados, e um crucifixo preto e despojado como único enfeite de um escritório tão espartano quanto a cela de um monge. O ar estava parado, cheirava a fechado.

O homem tinha um rosto diferente para cada olhar: bochechudo ou cavado, de vistosos bigodes ou volumosas suíças, escanhoado ou barbudo, de roupa preta ou cinzenta, com o lenço aparecendo no bolso da lapela ou de gravata apertada no pescoço.

— Pode entrar, fique à vontade, querido.

O Diretor falou com a voz de todos aqueles que haviam ocupado a escrivaninha desde que o prédio fora inaugurado. Vozes masculinas, vozes femininas. Caius titubeou. Alguma coisa lhe dizia que era melhor não confiar nem na pesada maquiagem no rosto do Diretor nem no tom alegre com que falava.

— Não precisa ter medo — disse o homem, oferecendo a mão de dedos longos e retos. Caius deu um passo adiante. Atrás dele a porta rangeu. Havia uma plaqueta na escrivaninha: Randolph Carter. Mas Caius leu: Herr Spiegelmann. — Aproxime-se, Caius, e feche a porta.

Caius não se mexeu.

Herr Spiegelmann estalou os dedos. — Precisamos ter uma conversa, meu pequeno. Quero contar-lhe a verdade.

— A verdade? — perguntou Caius, tentando lutar contra o entorpecimento que lhe impedia de raciocinar lucidamente. O nome escrito na plaqueta significava morte e sofrimento. Sabia disso. Mas somente conseguia ficar de pé diante da escrivaninha, de boca entreaberta e olhos arregalados, enquanto as palavras do Vendedor, com a doçura do mel, desmontavam uma por uma as peças de sua última resistência.

Somente a verdade, Caius.

A verdade, uma palavra particularmente convidativa. A mais doce que o Vendedor tinha a oferecer. Herr Spiegelmann sabia que, após tantas dúvidas, a promessa da verdade seria bastante sedutora para convencer Caius a ceder às suas lisonjas.

O prédio em que se encontravam, no entanto, em equilíbrio entre vários mundos e vários tempos, havia sido um orfanato igualzinho a uma prisão, e toda prisão gera seus rebeldes.

Os rebeldes eram punidos, admoestados, castigados de mil maneiras diferentes. Mas com cada chibatada, com cada surra e cada bronca, com cada sibilar da varinha, a rebelião crescia e crescia. Por isso, no passado, no Instituto das Pequenas Madres, não havia espaço somente para o luto e o desespero.

Também havia a chama da rebeldia. Junto com as lágrimas, as humilhações e as súplicas, a rebeldia também tinha entranhado as paredes e os pisos.

As vozes dos rebeldes explodiram na cabeça de Caius como uma bomba.

"Não!" "Vou me esconder no..." "Reparou naquela janela onde..." "Vou fazer de novo, é só deixar..." "Havia biscoitos com gengibre, nunca vi tantos na vida..." "E logo que se virou eu..." "Não, não é verdade que..." "Por quê?" "Levantei a sua saia e..." "Saí correndo como um doido."

"Deu-me um..."

"Anda..."

Mãos invisíveis, mãos de criança, agarraram seus braços e o empurraram para fora, para o corredor. Caius estava cercado por uma turma uivante de meninos e adolescentes vestidos segundo as formas mais estranhas. Uns à moda vitoriana, uns de uniforme, uns de calças curtas e mais outros com cachecóis em volta do pescoço. Roupas gastas, puídas, trajes de gravatas soltas e buracos nas meias. Crianças que riam e pulavam e quebravam as lâmpadas enquanto passavam. Um desfile entusiástico. Caius foi atropelado.

— NÃO! — trovejou Herr Spiegelmann.

As crianças empurravam Caius, gritando para que se apressasse, em mil dialetos diferentes. Berravam para que saísse dali, pois, do contrário — em uma balbúrdia de nomes masculinos e femininos —, iriam encontrá-lo e puni-lo.

Riam.

— Serão castigados, todos vocês, seus malditos! — vociferou o Vendedor.

Mas a punição, para aqueles rostos sujos e macilentos, parecia mais um prêmio que um castigo. Cada marca no corpo, cada gota de sangue eram uma vitória, uma maneira para afirmar mais uma vez "eu existo, eu existo, aqui estou, apesar de tudo, aqui estou". As ameaças de Herr Spiegelmann serviram somente para incentivar a pequena multidão de fantasmas.

"Rápido..."

Quase o fizeram rolar escada abaixo, mas Caius não estava com medo. Empurrado por aquela festiva energia, sentia-se livre, mais forte do que nunca.

Mais forte que a moeda de prata que se tornara bússola e depois chave. Mais forte que Herr Spiegelmann. Mais forte que qualquer outra pessoa no mundo.

Caius estava saboreando o sentido esquecido da imortalidade, aquela sensação de onipotência que somente a infância pode conhecer e que a adolescência já começa a desgastar.

Então ouviu-se a voz, e a voz transformou-se no sr. Kernal.

— Muito bem, muito bem. — O Bastardo saiu da sombra. A cabeça virada de lado, o sempiterno cigarro entre os lábios. Um longo bordão entre as mãos, segurado quase com descuido.

— Caius Strauss. Sabia que você voltaria.

O bordão ceifou o ar. Alguns espíritos sumiram.

O Bastardo veio ao seu encontro. — Agora vai receber o seu castigo.

— Não vou, não — murmurou Caius.

A garotada incitou-o a levantar a voz. A força deles era a sua força; o atrevimento deles, a sua coragem.

— Nem pensar! — falou Caius, sorrindo.

O Bastardo sopesou o bordão, escarnecedor.

— Não vou, não! — berrou Caius, a plenos pulmões.

O Bastardo sorriu. — O que foi que você disse?

"Disse não!", gorjeou uma voz. "Disse não", gritou outra voz, dessa vez feminina. "Disse não, seu bundão com um nabo enfiado no rabo", brincou uma voz masculina. "Nabo no rabo! Nabo no rabo!", cantarolou alguém. "Disse que não, e é melhor você sair logo daí, seu fedorento."

— Seus pequenos insolentes! — mugiu o Bastardo.

Deu mais um passo e as vozes levantaram o tom, tornando-se hostis. — "Falou não." "O que foi? Ficou surdo, Bastardo?" "Velho e surdo?" "Surdo e velho, velho e surdo, surdo e velho, velho e..." "Já morremos, seu bobão, acha que ainda pode nos machucar?" "Com esse bordão?", concluiu uma voz estridente. "Último aviso, saia logo da nossa frente."

O Bastardo espumava de raiva. Seus olhos rodavam adoidados.

Investiu cabisbaixo.

— Tome...

Então, sua voz se perdeu em um mar de risadas e gritos. Atropelado pelas crianças que investiram contra ele. Dentes de leite e dentes quebrados, dedos quase esqueléticos e unhas roídas até a raiz, e lábios cerrados, lábios rachados e lábios em forma de coração arrancaram suas roupas, a pele e a carne. O Bastardo gritou de dor, enquanto dedos e mãos arrancavam seus cabelos, a barba, rasgavam suas narinas. Enquanto dedos invisíveis arranhavam a pele e despegavam seus globos oculares. Enquanto a nuvem de poeira se tornava tempestade de areia, forçando Caius a fechar os olhos. Festiva, alegre como nunca fora em sua triste existência, a meninada cantava e ria, despedaçando o Bastardo. Quando a nuvem se aclarou, muito pouco sobrava do bedel.

"Ops...", disse rindo uma voz de menina.

Outra vozinha arrotou. Risadas.

Caius tinha o rosto manchado de sangue.
"Está chegando." "Precisa ir." "Fuja, rápido." "Saia e não..." "Sai logo, ele está chegando." "...e não olhe para trás." "Como abrir a barriga de um peixe..." "Ande logo, foi fácil mas..." "O Diretor! O Diretor!" "Mexa-se, não pode ficar aqui, precisa..." "Ficou surdo?" "Rápido, rápido, rápido..." "Vamos lá." "Se ficar parado, ele..." "Está chegando. Não vê que está..." "Lá vem ele." "Está zangado, está muito..."
"Furioso, furioso, furioso."
"Precisa fugir."
Caius saiu chispando. E quase conseguiu.
Logo antes de alcançar o portão da saída, escorregou e caiu. Quando se levantou, a 2 metros da salvação, virou-se e o viu.
Herr Spiegelmann sorria.
— Não quer ver o Mar? Vai gostar, tenho certeza disso.
Herr Spiegelmann não parava de sorrir. — Não quer ver o Mar?
— Você não me amedronta — respondeu Caius. Estava mentindo, pois tremia como um cachorro assustado. A meninada tinha sumido e, sem sua presença, sentia-se mais amedrontado do que nunca.
— Não quero assustá-lo, meu rapaz. Eu sou seu amigo.
— Não, não é meu amigo.
— Você está certo — disse Herr Spiegelmann. — Mais que amigo, sou um criado a seu serviço, se preferir.
Caius recuou. Caghoulards, atrás dele, deram umas gargalhadas enquanto impediam sua passagem.
— Mande-os embora.
— Não seria lá muito gentil.
Caius respirou fundo, impondo a si mesmo certa calma.
— O que quer de mim?
— Conversar — foi a resposta do Vendedor.

E a sinceridade daquelas palavras era constrangedora.

— Matou meus pais — acusou-o o rapaz, apontando o dedo contra ele.

— Pais adotivos — corrigiu Herr Spiegelmann. — Pouco mais que guardiões. Quase carcereiros, eu diria.

— Eles me amavam.

— Acha mesmo? Eu não acredito. Penso, ao contrário, que estivessem com medo.

— Está mentindo. Falei com... mamãe.

Aquele diálogo ainda era recente demais para que a voz do rapaz não ficasse alquebrada.

Herr Spiegelmann mostrava-se tão aflito quanto ele. — Deve ter sido doloroso para você...

— Horrível...

O vendedor não o deixou continuar. — ... Ser trapaceado daquele jeito.

Caius enrijeceu.

— Devo admitir que Pilgrind é um osso duro de roer. Muito habilidoso. Um Cambista realmente talentoso. Quase quanto eu mesmo — disse Herr Spiegelmann dando uma risadinha, sem que seus olhos de prata demonstrassem qualquer vislumbre de diversão. — Mas seu verdadeiro talento é outro, você sabia? O Barbudo é um ator nato. Até mesmo neste momento... — inspirou fundo pelas narinas — ... posso sentir isso. Está no Obcecado, dando o seu pequeno show, como de costume. Está chegando ao grande final, a parte que ele prefere. Um ator nato.

— Cale-se.

Mas Herr Spiegelmann não se calou. Continuou com aquele tom tão melífluo, tão açucarado. Tão convincente. — Pergunte-lhe qual é seu melhor truque. Pergunte, uma vez que muito em breve ele estará aqui. Já posso ouvir seu passo pesado. Aquele livreiro deu-lhe as dicas certas. Não posso evitar. A não ser que você queira vir comigo, para ver o Mar.

Caius apertou os punhos, preparando-se para a batalha. A luta seria desigual e certamente fadada à derrota, mas nunca deixaria que aquele sujeito asqueroso pusesse as mãos em cima dele e o levasse embora sem combater.

Pois somente assim Herr Spiegelmann conseguiria levá-lo a ver o Mar, qualquer que fosse o sentido da frase. Somente o arrastando acorrentado.

— Não irei a lugar nenhum.

— Percebo que ainda acredita naquilo que a pobre coitada da Emma lhe disse. Ou melhor, naquilo que Pilgrind fez com que ela dissesse — insinuou o Vendedor, piscando para ele.

— Como é que é? — exclamou Caius, com voz esganiçada. — *Como é que é?* — repetiu.

— É o que estou tentando lhe dizer há um tempão, meu jovem amigo — falou Herr Spiegelmann, fingindo-se abalado diante daquela surpresa. — E que lhe teria contado lá em cima, em meu escritório, se aqueles... abusados não me tivessem interrompido com tamanha insolência... Chegando até a privar-me — um gesto vago, quase a dizer que não guardava rancor por aquele detalhe — de um meu precioso colaborador.

— Não quero ouvir.

Caius virou-se. Os dentes dos Caghoulards rangeram. Um deles mostrou as garras. Estava cercado.

— Mas terá de fazê-lo, Caius Strauss. Precisa ouvir. Para seu próprio bem. Pilgrind é um grande contador de histórias, um excelente Cambista e um ator nato. Principalmente — e os olhos de Spiegelmann brilharam como joias falsas —, um habilidoso ventríloquo.

O coração deu um pulo. — O que está querendo dizer, seu maldito?

— Ora, ora. Acho que você entendeu muito bem. Tem muitos nomes o nosso amigo comum. É uma coisa bastante natural para quem, como ele, caminha na ambígua fronteira que separa o sono da vigília, a sombra da luz, o lado de dentro do lado de fora. Quanto mais nomes, maior o poder. É assim que funciona. Mas Pilgrind é apenas um de seus muitos nomes. É como o chamam amigos e inimigos. Mas também há Barbudo, Andarilho Risonho, Barbanegra, o Afiado, Aquele do Estribo, Viajante, Vagabundo, Onipresente, Comedor de Ratos. Mas quer saber qual é o meu preferido?

Uma pausa. Um sorriso.

Caius titubeou.

— Diga logo.

O Vendedor abriu-se em um amplo sorriso: — O Ventríloquo dos Mortos.

Caius passou uma das mãos na cabeça, incrédulo.

— Pilgrind mentiu para você — disse Herr Spiegelmann. — Assim como mentiram seus pais. Pense nisso. Pense em sua mãe, em Emma. Pense em quando falou com ela. Havia ódio em suas palavras, não é verdade? Ódio à beça!

Caius lembrou as mãos da mãe, que tentavam estrangulá-lo. As suas frases cheias de desprezo. Também tentou lembrar as cheias de amor e consolo, as suas últimas recomendações.

Mas não haviam sido pronunciadas, afinal, de forma mecânica demais? Quase artificial? Agora que pensava no assunto, nada tinham a ver com a fúria do cadáver que procurara matá-lo! Fúria, pois é, fúria genuína.

Verdadeira.

— E conhece a razão de todo aquele ódio? De todo aquele medo?

Os olhos de Spiegelmann soltavam faíscas.

— Porque ela sabia quem você realmente é, Caius. Sabia, e estava com medo.

— Quem sou eu? — perguntou Caius.

— Você é o Wunderkind.

Wunderkind.

Aquela palavra grudou nele e o levou para bem longe. A um beco perdido no temporal. A um tripúdio de relâmpagos e trovões. Até diante das chamas de uma fogueira improvisada.

A um lugar que amiúde aparecera em seus sonhos. Onde um vulto de pesadelo recitava sempre a mesma fala.

— Quer dizer, então — disse uma voz baixa e quase jocosa —, que você é o Wunderkind?

22

A noite ainda estava longe de acabar e o frio tornava as mãos e os pés insensíveis. O álcool cuidava do resto. Poderia haver alguma coisa melhor do que contar história enquanto se espera pela alvorada?

O Obcecado estava praticamente às moscas. Haviam sobrado apenas seis pessoas. Suez estava lá, obviamente, atrás do balcão, de cabeça pesada. Nunca acontecera que o seu boteco fechasse quando ainda havia canecas cheias: uma questão de honra, uma regra de vida. Tamborilava devagar com as unhas sujas na tampa de madeira gasta, com a mente ligada na conversa do Licantropo.

Havia o Aleijado, que perdera três dedos da mão esquerda, encostado na parede, perto da entrada, de olhos turvos, segurando sua cerveja já morna. Esquecida. Havia Arthur, a longa barba roçando no cinto, o colete florido, os poros do rosto dilatados devido ao longo uso da maquiagem de cena, um ex ator de *vaudeville* assim chamado devido à sua interpretação mais famosa: Os Cavaleiros da Távola Redonda. Havia Philip e Champagne, corado o primeiro, pálido como uma visão espectral o segundo; velho o primeiro, muito velho o outro, inseparáveis amigos desde o começo dos tempos. O que um dizia, o outro pensava, e vice-versa. Levavam preguiçosamente adiante um carteado qualquer, o copo de uísque balançando perigosamente entre as pernas, os olhos apagados. E Fernando, chegado ali à cata de respostas. E havia o Barbudo.

Fernando, o livreiro, queria falar com ele, mas não sabia como se aproximar. Ninguém, a não ser ele (pois quem procura acha) tinha visto Pilgrind entrar. Ninguém, nem mesmo Suez, que reparava em tudo, o tinha reconhecido.

A mesa sempre estivera vazia, ou talvez fosse o olho que nunca se demorara nela. Invisível, sabe lá há quanto tempo, Pilgrind sentava imóvel sob a viga com a teia de aranha.

Aconteciam coisas estranhas quando ele andava na vizinhança. Fatos ambíguos, que alguém poderia interpretar como pequenos milagres. Mas nada de particularmente vistoso naquela noite. Nada que pudesse chamar a atenção dos seis fregueses.

Não se ouviria fala de bagaceira multiplicada ou de esperanças voltando dos túmulos. Eram apenas seis e nunca poderiam dar-se conta de coisa alguma: doze olhos, àquela hora, eram pouco. Mesmo assim, naquela tarde, quando o Barbudo entrara no Obcecado, alguma coisa havia mudado.

Naquela noite, os seis fregueses iriam se tornar as únicas testemunhas de algo que dificilmente esqueceriam. E não se tratava dos costumeiros beberrões, idealistas e visionários que frequentavam o Obcecado: faziam parte daquela minoria bem trajada demais e demasiado lúcida para não se acreditar nela.

Um deles, por exemplo, era Suez. Um sujeito fechado por cuja cabeça, no entanto, nunca passaria mencionar o que testemunharia dali a pouco. Só com Buliwyf, talvez, mas naquela noite Buliwyf não estava. Devia estar com Rochelle. Talvez a lua estivesse manchada de sangue, por trás do temporal.

E também havia o Aleijado, homem de conhecida retidão: a perda dos dedos provava a sua sinceridade. Nunca fora muito esperto. Tinha passado a vida guiando um ônibus e assistindo a jogos de rúgbi, mas merecera um lugar cativo no Obcecado (jamais fora visto em pé, jamais o seu copo estivera vazio) graças a um ato de coragem do qual ainda se falava no Dent de Nuit.

Paulatinamente, as luzes se apagaram.

Foi como se alguém tivesse soprado as velas, mas ninguém tinha soprado, e Suez nunca usaria velas para iluminar o seu boteco: o risco de transformar tudo em cinzas era alto demais.

Mas foi o que aconteceu: uma depois da outra, as luzes se apagando, tremeluziram por alguns instantes e se apagaram.

O Aleijado resmungou alguma coisa, Suez praguejou, Fernando sobressaltou-se. Suez já ia embocar as escadas que desciam ao porão, já amaldiçoava a companhia elétrica e as costumeiras quedas de força, quando Champagne (ou talvez Philip, não dava para distinguir um do outro) indicou uma mesa afastada, no fundo. Ali, uma única luz poderosa se refletia na figura imponente de um homem gigantesco. O Barbudo.

O olho cego.

A expressão atrevida.

— Pilgrind — murmurou o Aleijado, reconhecendo-o.

— Senhores! Exclamou o Barbudo, e com um pulo, ágil como uma cobra, ficou de pé em cima da mesa. O tom alegre de pregoeiro de multidões. — Senhores, prestem atenção, a noite ainda é longa, e o frio torna insensíveis mãos e pés. O álcool se encarrega do resto. O que pode ser melhor que contar histórias enquanto o sono não chega?

Obviamente, ninguém teve coragem de dar um pio. O desaparecimento dos dois receptadores, logo na periferia da cidade, era recente demais, e muitos eram os boatos sinistros que haviam surgido acerca daquele fato para não se levar a sério o aparecimento do Barbudo. Não havia um único morador do Dent de Nuit que não estivesse a par das lendas que circulavam acerca dele. Uma mais aterradora que a outra, uma mais grotesca que a precedente. Estavam todos atentos.

Almejavam histórias, pois o que Pilgrind dissera era a pura verdade.

Era noite, a alvorada não passava de miragem que nada mais traria a não ser nuvens cinzentas, frio e chuva. Tinham bastante álcool na barriga para não ficarem assustados com a chegada do Barbudo. Mais tarde, no entanto, pensando melhor no assunto, todos ficariam aflitos. Havia um toque realista demais em toda aquela encenação.

— Uma história longínqua, mas nem tanto. Cruenta, como convém à noite em que aconteceu (e ainda está acontecendo, por mais incrível que pareça), triste e feliz, como um gentil minueto de lâminas em cima de suas cabeças.

As risadas encheram o espaço do Obcecado.

— Vocês querem uma história, o que almejam não é o sono.
— A luz desviou-se. Ninguém entendeu de onde vinha. Mas eram Cambistas, não ligavam para essas minúcias. — A história de Madame Vingança.

As mãos de Pilgrind eram grandes, vigorosas. Calejadas. Mãos que poderiam torcer pescoços brincando, e mesmo assim se encaixavam, se alongavam e deformavam. Se tivessem sete nós nos dedos ou se fossem cobras sem ossos não poderiam ter funcionado melhor. De repente, tão ágeis quanto dançarinos, quase inesperados, ligados que eram àquela figura, os dedos, pintaram o ar com cores que não existiam, contaram a história e a mostraram àqueles olhos pasmos. A que seria lembrada como a história do lobo. E de sua vingança.

Os dedos usaram a luz refletida na parede como tela. Havia até um acompanhamento musical para salientar as cenas, em um crescendo ritmado: uma simples batida cadenciada, no começo, e nenhum dos seis percebeu que aquele bater provinha de suas próprias mãos, dos seus pés. E os violinos, as violas, os contrabaixos? Eram suas cordas vocais que ganiam, que cantavam O lobo, ator principal.

Fez uma reverência, e então...

O lobo levantou-se sobre as patas traseiras. Tinha uma boca enorme, do tamanho de uma caverna, profunda como um abismo. Uivou, tremendo. O cão diante dele, por sua vez, tinha orelhas baixas e um ar infeliz. Podia uma sombra, mesmo projetada com arte, ter uma expressão tão aflita?

Mas era isso mesmo.

O cão uivou com o lobo, e o uivo do lobo engoliu o do cão. O cão agachou-se, tornou-se pequeno, muito pequeno, e finalmente sumiu. Foi doloroso.

O Aleijado enxugou uma lágrima.

Chegou o homem, segurando uma espingarda. E o homem foi estraçalhado em mil pedaços, sem barulho, sem demora, literalmente deflagrou. Dedos e juntas separaram-se com estrondo aterrador. Uma explosão de pretos e brancos, uniforme, que deixou todo arrepiado até um sujeito como Champagne, que prestara serviço militar na infame Argélia. E aí foi a vez do labirinto, com as viradas, os cantos, os caminhos sem saída.

O lobo corria, cheirava o ar, adivinhava a direção certa só de ouvir a batida do coração das duas presas e dos seus criados. Uma batida que parecia batuque de tambores. Não se meteu em nenhum caminho errado. A língua para fora, entre as presas pontudas, os olhos que brilhavam como prata. O labirinto levou-o até os dois desafortunados. Tentaram defender-se?

Claro.

Os dedos e Pilgrind dobravam o espaço e criavam formas perfeitas, não descreviam nem explicavam: evocavam. Mostravam o medo dos dois homens, transformavam-no em uma

WUNDERKIND

forma alongada, espiralada, espinhenta, asquerosa. Mostravam como os dois procuravam ajudar-se no embate com o lobo gigantesco. Salientaram com precisão o suor que escorria e o sangue que jorrava em uma meticulosa sucessão de feridas. Feridas superficiais, nada mais que pequenos cortes, porque o lobo, dava para ver, estava se divertindo.

Estava brincando, regozijava-se com o terror deles.
Matou o primeiro. O lobo uivou.
Os dois velhos eram o uivo.
Os dentes de Suez: os ossos trêmulos do sobrevivente.
Pilgrind gritou. O labirinto desmoronou.
A lua apareceu, sorriu, e a luz se apagou.
O show chegara ao fim. A vingança do lobo se concluíra.

— Pilgrind, eu gostaria...
— Não tenha medo, conheço você.
— Conhece? — perguntou Fernando, de olhos esbugalhados.
— Cartaferina, estou certo?
— Gostaria de lhe falar de uma moeda.
— Uma moeda? — indagou Pilgrind, enxugando um borrifo de espuma na barba.
— Uma moeda de prata. Eu tinha vinte e nove e...
— Você possui as trinta? *Aquelas* trinta?
Fernando estufou o peito. — Elas mesmas. Tinha vinte e nove. A trigésima me foi dada por um rapazinho. Um presente. Mas desapareceu. Disseram-me que você entende de...
— Que rapazinho?
Fernando recuou.
— Não tenha medo. Não pretendo machucá-lo. Apenas me fale do garoto.
Fernando o descreveu.
Pilgrind levantou-se da mesa, rápido como uma fera.

23

Caius cambaleou, levando uma das mãos à cabeça.
— Está se lembrando? — Herr Spiegelmann não conseguiu disfarçar a sofreguidão daquela pergunta.
— Não... eu...
— Não se lembra de nada?
Alguma coisa martelava as têmporas de Caius, dolorosamente. O beco tornou-se uma visão confusa. Pareceu ficar cheio de água. As fisgadas aumentaram de intensidade, estonteando-o.
— Lembra?
Caius lutou contra o estrondo em sua cabeça e levantou os olhos para o Vendedor.
Viu seu desejo ardente, sua cobiça.
Ficou enojado.
— Já me enganou uma vez, não deixarei que faça de novo. Você... matou meus pais. — Sua voz tremia de raiva.
Herr Spiegelmann ficou sério — Não importa. Há outras maneiras para...
Os Caghoulards foram abatidos, um após outro.
A pequena criatura aterrissou entre Caius e o Vendedor.

Miudinha, parecia um espantalho em miniatura. O garoto forçou a vista para focalizá-la. Não era fácil, pois ela não parava um momento, pousara e pulara logo embora. Tinha uma cabeça triangular, como a das cobras peçonhentas, e por olhos duas plumas de galo enviesadas, de um vermelho-ferrugem, parecidas com chifres caprinos. Caius achou-a familiar.

Era espantoso: dava cambalhotas e piruetas no ar, leve como uma pluma, com a graça de uma bailarina. Com movimentos sedosos continuava pulando, para cima, incansável, passando pelas lâmpadas e mergulhando na escuridão do teto até voltar a descer, mais e mais, sempre acompanhando um ritmo que Caius não conseguia distinguir.

A pequena figura estava coberta de sangue dos Caghoulards.

Herr Spiegelmann bateu palmas. — Quanta honra! Quanta honra!

— Caius! — A voz do Barbudo, ainda distante.

— É realmente uma honra para mim! O Rei Arame Farpado em pessoa. Aliás, queira perdoar, quase em pessoa. Parece que encolheu desde a última vez que nos encontramos, Excelência.

— Sua risada perdeu-se entre as paredes e os corredores do instituto.

— Caius!

Pilgrind chegara.

Escancarou o portão, fazendo estremecerem os muros.

— Tudo bem com você, garoto?

— Tudo.

Herr Spiegelmann dirigiu o olhar para o Barbudo. — Falta somente o pelado para completar a reunião.

Caius aproveitou para abrigar-se ao lado de Pilgrind.

— O seu humor, Spiegelmann, dá vontade de vomitar.

— Digno de você, velho — gorjeou o Vendedor.

O Rei Arame Farpado deu uma cambalhota e pousou bem em frente às botas do Barbudo. Seus braços tremeluziram, ele esfregou-os um no outro e, então, enfiou-os diretamente no chão.

Houve um estrondo. Uma longa fenda abriu-se até os pés de Herr Spiegelmann. Ele sorriu enfastiado, a fenda se desviou alcançando a parede e explodindo-a. Poeira de escombros pairou no ar.

— Só isso?

— Saia daqui.

— Por que deveria ir embora, Barbudo? Vim em paz. Quero apenas trocar umas palavras com o Wunderkind.

Pilgrind rangeu os dentes.

— O que é o Wunderkind? — perguntou-lhe Caius.

— Você é o Wunderkind, meu caro — respondeu por ele Herr Spiegelmann. — E eu sou seu humilde criado, se não me quiser como amigo.

Pilgrind levantou Caius e apertou-o no peito. Tirou de um bolso um facão e o mostrou ao Vendedor. — O que quer, Spiegelmann?

— Guarde essa arma. — Havia um toque de temor na voz do Vendedor.

A lâmina encostou na garganta de Caius.

— Pilgrind, não... — Herr Spiegelmann aproximou-se, de mãos estendidas.

A lâmina cutucou a pele. Caius enrijeceu.

— Mais um passo — disse Pilgrind, calmo, quase seráfico — e matarei o Wunderkind.

— Não, não fará uma coisa dessas — foi a resposta de Herr Spiegelmann. — É importante demais, para você também. — Mas se deteve. — Está velho, Pilgrind. Já apostou muito neste jogo. Não perca o pouco que lhe resta, deixe a mesa enquanto tiver tempo.

— Isto não é um jogo.

Uma pequena gota de sangue, quente e densa, desceu da garganta de Caius e manchou sua camiseta. Mas o aperto do Barbudo manteve-se firme. — Pilgrind, por favor...

— Está vendo, Caius? Eu não avisei? — piou o Vendedor, sem mexer nem um músculo sequer, nem mesmo a boca. — Em quem acredita? Quem é realmente seu amigo? — A voz chegava de longe, diretamente na cabeça do garoto. — Quem quer matá-lo, ele ou eu?

— Mais uma palavra e o degolo.

Herr Spiegelmann e Pilgrind encararam-se por alguns instantes.

— Seria capaz de fazê-lo. — Não era uma pergunta.

Aquela pequena gota, gorda e escura, tinha dissipado qualquer dúvida.

Com um chiado, Herr Spiegelmann dissolveu-se e, ao dissolver-se, a escuridão ficou menos profunda.

Finalmente só com o menino, Pilgrind soltou a presa.

Caius apalpou a ferida. Estava extremamente pálido, ofegava. — Faria mesmo?

— Ia degolá-lo sem pensar duas vezes.

O facão tilintou no chão.

— Por quê?

Quem respondeu não foi Pilgrind. Foi Gus, esbaforido. — Porque você é o Wunderkind.

Caius olhou primeiro para ele, e depois para o Barbudo. — O que significa?

— Nem mesmo a gente sabe — foi a resposta de Pilgrind. — Precisa acreditar em mim. Sabemos apenas que ele o quer — acrescentou.

Caius mordiscou os dedos, aflito. — E isto é suficiente para vocês me matarem?

— Ele faria bem pior.

Deixaram que o garoto tivesse tempo para pensar. No fim, Caius aproximou-se dos dois homens. Na mão, a moeda. Ela voltara mais uma vez aos seus bolsos.

Entregou-a ao Barbudo. — Esta é dele. De Spiegelmann.

Pilgrind segurou-a entre polegar e indicador. A pele estalou, frigindo.

— É um Artefato, não é?

Pilgrind assentiu. O cheiro de pele queimada era terrível. Mais forte até que o do sangue dos Caghoulards.

— É. Foi ele que lhe deu?

— Já faz algum tempo.

Pilgrind dobrou-se sobre um joelho para poder fitar Caius nos olhos. O olho são brilhava como a chama de uma tocha.

— Eu ia matá-lo, Caius, não vou mentir. Mas não o mataria sem lutar. Antes de pegar você, ele terá que matar a mim, a Gus e ao Rei Arame Farpado.

— E a Buliwyf — acrescentou Gus, que assistia à cena de braços cruzados, fumando um cigarro.

— E a Buliwyf, é claro — concordou o Barbudo. — Não sabemos o que venha a ser um Wunderkind, mas é algo pelo qual Herr Spiegelmann é capaz de matar. Muitas mais pessoas do que se possa imaginar. Inúmeras.

— Amigos — disse Gus, aproximando-se. — Demasiados amigos, para deixar que leve a melhor.

— Preciso saber.

— É o que a gente também quer — respondeu Gus. Já estamos vagando há muitos anos em busca de respostas. E, principalmente, já faz muito tempo que estamos lutando. E protegendo você. Emma e Charles, agora entende? Eles sempre o protegeram.

— Sem que eu me desse conta — murmurou Caius, de olhos baixos.

— Está entendendo por que é importante?

— Estou.

— E, agora, escute, Caius, preste atenção. Esta moeda é um Artefato muito poderoso. Com ela, ele pode encontrar você quando e como quiser. Ou pode forçar você a procurar por ele.

— A pergunta que seguiu essas palavras foi tão seca quanto imprevista. — Quer ir com ele? Agora. Quer?

— Se quiser, deixaremos que vá. Sem lhe fazer mal — disse Gus.

Pilgrind levou a mão ao coração. — É uma promessa.

Caius deu uma espiada na moeda de prata e, ao fazê-lo, não pôde deixar de ver as chagas que o contato dela abria na carne do Barbudo. Olhou para ele e pensou em Herr Spiegelmann. Pensou em tudo que lhe dissera e nas dúvidas que insinuara em sua mente. Havia sido ponderado, equilibrado. As suas considerações possuíam uma lógica inabalável e até sábia. Recorrera às suas lembranças e deixara bem claras as contradições, revelando o mistério delas. Cavara fundo nas zonas de sombra cheias de perguntas e chegara a conclusões ajuizadas.

Depois, pensou na cobiça que Herr Spiegelmann demonstrara a respeito dele. Na expressão frenética em seu rosto de vil mercador. Na urgência com que lhe pedira para lembrar, para acompanhá-lo até o Mar. Na maneira sempre melíflua com que o tratara, cheia de insinuações e de duplos sentidos. Mas foi pensando na nojenta avidez de seu rosto, na sofreguidão animal de seus traços, tão carregada de voracidade e depravação, que Caius escolheu. E, escolhendo, repetiu sua jura.

— Vou matá-lo.

Pilgrind sorriu e, com a destreza de um prestidigitador, fez desaparecer a moeda.

Caius sentiu um peso sumir de seu estômago.

Não voltaria. Tinha certeza disso.

Não se sentia somente melhor, agora.

Sentia-se bem.

24

O Cid não voltou logo ao casebre da rua Guignon: precisava de um tempinho para si. Mas tinha medo de ficar sozinho e procurou, portanto, um ambiente apinhado de gente onde se abrigar.

Receava os que esperavam por ele. Imaginava-os ciciando em sua língua cacofônica, as unhas a tamborilar nos vidros dos relógios, aguardando a sua volta. Assim havia sido a vontade do Vendedor e assim seria. Ele voltaria e eles esperariam.

E depois? O Cid preferia não pensar nisso. Pensar, cantarolara Herr Spiegelmann enquanto lhe mostrava o martírio ao qual estava sujeitando o coitado do Bellis, era sinônimo de errar, e errar era sinônimo de pagar.

E se quisesse, de qualquer maneira, pensar em alguma coisa, sugerira Herr Spiegelmann com aquela vozinha alegre e intrigante, que então pensasse em Paulus. Nos abraços mortais que o envolviam. No sofrimento do irmão.

Era uma sugestão cruel, uma tortura. Uma ameaça. Mas tinha funcionado no Dias Perdidos e também funcionaria depois, na rua Guignon.

"Não pense, obedeça." Havia séculos que os grandes impérios dominavam as multidões com esse lema, por que não iria então funcionar com ele também?

Encontrar a Rarefeita e desafiá-la no seu próprio terreno exigira muito da coragem que ele mesmo nem desconfiara possuir. Mas o que Herr Spiegelmann planejara para ele no casebre cheio de miudezas da rua Guignon assustava-o ainda mais. Muito mais.

O Cid passou uma das mãos no rosto, receando cair em prantos.

Paulus.

As feridas que a Rarefeita lhe infligira não eram visíveis como hematomas ou facadas, mas nem por isso eram menos dolorosas. Tinha vivido de novo a captura do irmão com o mesmo total desespero com que a experimentara da primeira vez. Mas se mantivera firme. Tinha feito o que lhe haviam mandado fazer. Não titubeara. Não pensara.

Caminhou na chuva para aclarar as ideias. Então, encontrando o lugar apropriado, meteu-se em um boteco escuro e apertado e pediu umas duas doses de qualquer coisa bem forte. Um garçom estropiado olhou para ele com desconfiança, mas acabou lhe trazendo o que pedira para, então, esquecê-lo. O uísque ajudou-o a focalizar direito as coisas, mas não a dissipar o desespero. Era a primeira vez que se sentia realmente desesperado.

Ele e Paulus já tinham passado por muitos momentos difíceis na vida. Do lento processo burocrático que se seguira à morte da mãe e da subsequente internação em um orfanato frio e fedorento, o Cid se lembrava apenas vagamente.

O orfanato era um lugar nojento, onde levantar de manhã sempre era o começo de uma verdadeira luta, de forma que, logo que chegou à maioridade, assumira a responsabilidade de cuidar do irmão e se mandara. Uma vez lá fora, o caminho do crime parecera-lhe o mais óbvio a percorrer. Tinha uma inclinação toda especial pela trapaça e mãos pequenas e ágeis, perfeitas para arrombar cofres e forçar janelas.

Quando então descobrira o Dent de Nuit, com os Artefatos, os Cambistas e a fartura de estranhezas que lá se escondiam, sentira que aquele era o lugar mais condizente com ele. Ali, dissera para Paulus, encontrariam um jeito para sair da lama. Era uma promessa. E essa esperança até que durara um bom tempo. Fora a época em que o Dent de Nuit lhe parecera o lugar ideal para tirar proveito de seus talentos.

Não demorara muito para criar alguma reputação como receptador, e conseguira a amizade de alguns Cambistas, com os quais aprendera novos termos e novas possibilidades de lucro. Alguém introduzira-o no sinistro ambiente da Permuta De Lá, e o Cid mergulhara nele com entusiasmo. Tornara mais dura a própria couraça e esquecera qualquer escrúpulo. Estava na cara que, para encontrar o Eldorado, teria que sujar as mãos.

Mas aí, infelizmente, a sorte virou-lhe as costas.

Para compensar o azar que quase o levara à cadeia, o Cid tivera que assumir um montão de dívidas, e as dívidas o haviam tornado imprudente. Dessa forma, levado pelo afã, certo dia passara do comércio dos Artefatos ao emprego deles e descobrira neles um poder irresistível.

Sim, claro, era preciso derramar sangue, mas infinitas alegrias estavam ao alcance de umas poucas gotas vermelhas. Oh, como aquilo era bom. E perigoso.

Os Artefatos quase o mataram.

Por pouco não batera as botas. Quem o salvara fora Paulus. O irmão dera-se conta dos tremores e das repentinas mudanças de humor. Paulus, que todos consideravam só um tiquinho acima da idiotice, fora inteligente o bastante para entender em que tipo de poço sem fundo o irmão se metera e ajudara-o a sair.

Juntos, haviam dado um jeito. Tivera que enfrentar muita dor e lágrimas, mas o Cid conseguira se safar. Nada mais de Artefatos, tinha jurado. Nunca mais. No fundo de sua mente sempre havia aquela promessa. A promessa feita a Paulus. Ainda mais urgente em virtude da gratidão que lhe parecia justo mostrar ao irmão.

Encontrar o Eldorado e passar o resto da vida entre champanha e carros de luxo.

Fora fácil, para Herr Spiegelmann, usar como expediente a cobiça do Cid. Agora ele sabia muito bem disso. Terrivelmente fácil. E quem tivera que enfrentar as consequências fora Paulus. Não ele, mas Paulus. Pensando nisso, pediu um terceiro drinque. Tomou de uma vez só. Pediu mais um.

Ficou bebericando, pensativo.

O Cid tinha circulado pelo mundo dos Cambistas o bastante para poder dizer que o conhecia. Sabia que eram personagens excêntricos que viviam suas vidas seguindo regras ditadas mais pelo capricho que pela razão. Tinha visto as torpezas absurdas de que podiam manchar-se e até que ponto podia chegar a ambição deles. Acreditara conhecer os limites do que eles chamavam de Permuta.

Agora já não tinha certeza. Aquilo de que Herr Spiegelmann era capaz aniquilava-o. Não dispunha de defesas contra aquele poder. Ninguém estava em condições de enfrentá-lo.

Apesar das ameaças, o Cid não podia deixar de perguntar a si mesmo. De tentar entender. Estava claro que as manobras de Herr Spiegelmann levavam a alguma coisa. Por mais poderoso e invencível que ele fosse, também tinha que possuir ambições e apetites. Mas o Cid não conseguia entender quais.

O Cid era um trapaceiro, e o ingrediente fundamental da trapaça era a capacidade de intuir os desejos do logrado. Recorrer a sua cobiça ou a seus medos. Sabia reconhecer a avidez em um tique, a angústia em uma careta. Descobria o santo atrás da fachada de um pilantra e um assassino no piscar de um inocente.

Mas Herr Spiegelmann para ele mostrava-se indecifrável. E isso, para o Cid, podia apenas significar uma coisa. O Vendedor, por baixo de toda aquela maquiagem, era ele mesmo um truque. Em outras palavras, não era um ser humano. Não, pelo menos, do jeito que ele e Paulus eram. O gosto do medo voltou à sua boca.

O Cid levantou, deixou uma nota na mesa, fez um sinal ao taverneiro coxo e saiu.

Chovia, entardecia. Ele tinha um encontro marcado.

Deitado na cama, descamisado, o Cid fechou os olhos.

Sentia-os estremecer. Percebia seus ardentes desejos, que o deixavam enojado.

Pensou em Paulus. No abraço mortal que o envolvia. Sua mente ainda estaria pensando? Dava-se conta dos vermes que o encobriam? Esperava que não. Mais um logro do Vendedor. Não tinha direito de bancar o difícil.

Estava na hora...

Enxugou uma lágrima e respirou fundo.

— Façam o que têm que fazer — disse.

Era só isso que eles esperavam.

25

Rochelle estava aguardando-os com alguma impaciência. Seu rosto, mesmo assim encantador, estava tenso, marcado por rugas de preocupação. Logo que os viu entrar no subsolo da rua d'Auseil, correu ao encontro deles.

Buliwyf, que tinha chegado pouco antes, continuou sentado em seu lugar, atrás da mesa. Parecia cansado e segurava um copo de vodca entre as mãos.

— O que houve? — perguntou Gus, inquieto.

— A Placenta — sussurrou ela, com os olhos cheios de terror.

— A Placenta? — perguntou Pilgrind, afastando sem a menor cerimônia o garoto diante dele. — *Aquela* Placenta?

— Ela mesma, a Placenta do Levantino.

— Bobagem — resmungou Gus.

— Conte tudo — exortou-a, por sua vez, Pilgrind.

Ela assentiu e, com poucas palavras, mas sem nada esquecer, contou do encontro com o Cid.

Ao ouvir o nome, a reação de Gus foi ainda mais violenta. Deu um soco na mesa e exclamou. — Bobagens de merda. E aí está a prova. O Cid é um ladrãozinho. Apenas um intermediário de meia-tigela. Como poderia saber da Placenta? E, mesmo que soubesse, como poderia recuperá-la? Lorotas.

Pilgrind virou-se para ele. — Isso mesmo. Como poderia uma nulidade como ele conhecer o Levantino? Por que bancar o sabichão logo com a Placenta? Não teria sido melhor encontrar alguma coisa mais verossímil?

Gus não soube como rebater.

— O que vem a ser a Placenta do Levantino — perguntou Buliwyf, quebrando o silêncio. — Rochelle não quis me contar coisa alguma.

Rochelle fitou-o com olhos cheios de pena. — Queria apenas... protegê-lo.

— É uma lenda — minimizou Gus. — Nada que faça sentido, de qualquer maneira.

— Pois é, uma lenda — suspirou Pilgrind, pousando uma das mãos no ombro do amigo. — Mas as lendas podem ser bem concretas, meu caro. Exatamente como esta mão.

Gus baixou a cabeça. Com um gesto, afastou-se do amigo e acendeu um cigarro. — Bobagens.

— É um simulacro, poderíamos dizer. Um objeto carregado de poder.

— Frescuras.

— Ninguém sabe o que era o Levantino — prosseguiu o Barbudo, sem se abalar. — Mas contam que o bairro inteiro é seu túmulo, e que seu cadáver é o verdadeiro motivo pelo qual o Dent de Nuit consegue ficar oculto há séculos. Um ser extremamente poderoso. A Placenta, ao que parece, era a mortalha na qual o Levantino foi envolvido quando morreu.

Foi interrompido pelo barulho de Gus, que procurava nervosamente uma cerveja na geladeira.

Era o jeito dele de expressar toda a sua desaprovação. Do seu ponto de vista, o assunto estava encerrado. Nem chegara a considerá-lo em pauta, aliás. O Levantino era uma lenda. Todos sabiam que jamais existira. E o Cid, com aquela sua cara de rato, junto com Paulus, aquele armário ambulante do irmão, eram um par de trapaceiros bem conhecidos pela ralé do Dent de Nuit.

Aquilo não passava de conversa fiada.

Buliwyf afastou os longos cabelos do rosto. — Tudo bem, vamos fazer de conta que seja tudo verdade. Imaginemos. De que importa essa Placenta? É um roubo como muitos outros. Não acham que temos coisas mais sérias em que pensar?

— Os roubos — disse Pilgrind. — É justamente esse o problema.

Rochelle, Gus e Buliwyf olharam para ele, sem entender.

Inesperadamente, quem tomou a palavra foi Caius. — É uma ilusão dentro de uma ilusão dentro de outra ilusão, não é isso? — Falava mais consigo mesmo que com os outros. — É o jeito dele. Uma mentira dentro de uma mentira dentro de outra mentira.

— É isso aí, garoto — encorajou-o Pilgrind.

Dando-se repentinamente conta de que se tornara o centro das atenções, Caius corou.

Rochelle sorriu para ele.

O rapazinho continuou: — Talvez os roubos fossem a ilusão, uma manobra para despistar. Vocês mesmos disseram, não foi? Roubar coisas sem valor... uma ilusão. Como a moeda.

— Que moeda? — quis saber o Licantropo.

Rochelle fez sinal para ele se calar.

— A moeda era uma bússola e depois virou uma chave — explicou Caius, como se esse esclarecimento pudesse se mostrar compreensível aos ouvidos de Buliwyf.

Atormentava o lábio, mordiscando-o. Sua mente tinha encontrado mais um enigma, mais um quebra-cabeça. Mas dessa vez sabia como o enfrentar.

Não estava sozinho.

— Prossiga, garoto — incentivou-o Gus, que, pela primeira vez, mostrava-se interessado nas palavras do rapaz.

Caius não se fez de rogado. — Os roubos são a moldura, a primeira ilusão. Roubar objetos inúteis para turvar as águas. Mais ou menos como as coisas que os ilusionistas costumam dizer. As lorotas sobre os arcanos segredos do Oriente, ou a magia dos egípcios. E, enquanto isso, movimentam as cartas ou fazem estalar o fundo duplo. Quer dizer, procuram desviar a atenção dos espectadores...

— Isso mesmo — comentou Pilgrind.

Sorria.

Àquela altura, Caius era um rio que transbordava: — Na verdade, Herr Spiegelmann queria apenas roubar um objeto, a tal Placenta do Levantino. Você disse que se trata de alguma coisa poderosa, certo? Uma espécie de Artefato, imagino.

— Algo assim.

— E enquanto todos pensam nos roubos inúteis, enquanto todos ficam imaginando qual seria o interesse dele em meias com pares trocados e outros trastes, ele leva a cabo o roubo do qual realmente necessita. Rouba a Placenta — concluiu Caius.

— Apenas não entendo...

— A terceira ilusão? — arriscou Buliwyf.

— Isso mesmo. Para que precisa da Placenta do Levantino?

— Dizem — respondeu Pilgrind — que, através da Placenta, se pode acordar o próprio Levantino. E transformá-lo em criado, dominando, assim, um poder imenso.

— Mas ele não morreu? — perguntou o Licantropo.

— Há coisas que nunca morrem.

A afirmação do Barbudo e, principalmente, a segurança com que a pronunciou pairaram um bom tempo no ar, até Gus, apagando a guimba em um cinzeiro já cheio, tomar a palavra.

— Acho que estamos nos adiantando demais. Eu diria que está na hora de bater um papo com esse tal do Cid. Depois, decidiremos o que fazer. Você se lembra de onde ele mora?

Rochelle lembrava. — Rua Guignon, no número quinze.

— Sei qual é. Gostaria de ir comigo, Caius?

Até Pilgrind ficou surpreso com aquela pergunta.

— Não é um tanto...

— Não tenha escrúpulos. Se o tirarmos da cama, talvez tenha menos lorotas para nos contar. Então, quer ou não quer me acompanhar? Preciso de uma mente afiada, e esses dois bodes velhos estão cansados demais para espichar as pernas.

"Não", pensou Caius, sorrindo, não estava mais sozinho.

26

—As minhas mãos.... — disse Buliwyf quando ficaram sozinhos.
— Eu sei.
— O lobo...
— Também sei — respondeu Rochelle. — Faz parte de você.
— Tinha que fazer.
— Fez o que era certo.
— Não me limitei a matá-los.
Rochelle ficou calada.
Buliwyf não tinha coragem de encará-la. Sabia o que leria no rosto dela. Tristeza. Dor. Amor. Dos três, não sabia qual lhe causaria mais sofrimento.
O porão era iluminado apenas por uma débil chama.
Ainda faltava muito até o alvorecer.
— Eu... Ele, ele gostou, se divertiu.
— O lobo?
— O lobo.
Buliwyf tentou segurar as mãos dela, mas a Rarefeita se retraiu, triste.

— Desculpe. Não era minha intenção — murmurou aflito o Licantropo.

— Não precisa se desculpar, querido.

— Acabarei me livrando dele, eu juro. Mais cedo ou mais tarde...

— Não jure — exclamou ela, sobressaltada. — Não jure, eu lhe peço.

A chama da vela piscou.

— Mas eu...

— Precisa tomar cuidado com o que deseja. Eu amo você, mas também amo o lobo que traz por dentro.

— Até a... fúria dele?

— Você já sabe disso.

Buliwyf tinha os olhos cheios de lágrimas. Não conseguia enxergar direito o rosto da amada, e talvez fosse melhor assim. O véu de névoa evitava que visse toda a aflição e a dor dela. E sua infinita tristeza.

— Eu apenas desejo... amar você.

— É o que eu também desejo, Buliwyf — disse ela. — Mas você não pode me amar se antes não aceitar...

Buliwyf deu um soco na mesa. — O quê?

— O lobo. A sua natureza.

— Havia um Canyde, e eu o matei — rosnou o Licantropo.

— Pior, brinquei com ele. Eu... eu o desprezava. Desprezava o fato de se tratar de um escravo. Será que você pode amar isso também?

— Não é o primeiro que você mata.

— Falou comigo.

Rochelle emudeceu.

— Sabe como se cria um Canyde?

Não esperou uma resposta.

Suas frases tornaram-se um monólogo.

Rochelle já tinha visto Buliwyf naquelas condições, normalmente quando a violência do lobo aparecia com toda a sua fúria. Mas nunca o vira tão prostrado. Havia alguma coisa, naquela noite, que o perturbava muito mais que de costume. Havia veneno em seus olhos.

Um veneno mortal que a Rarefeita, ao longo de sua extremamente longa vida, já conhecera antes. Reflexo dos rostos de centenas, talvez de milhares de homens e mulheres. Mas daquela vez era diferente. Daquela vez o veneno escorria nas veias do seu amado. Sentindo-se impotente, ficou ouvindo a confissão dele.

— O Canyde já foi um lobo, no passado. Um Licantropo. Os Caçadores procuram capturá-los quando eles estão jovens e inexperientes, até mesmo filhotes. É mais fácil. Em muitos casos, os meninos são crianças que ainda não sabem que foram beijadas pela lua. Crianças raptadas e nunca mais encontradas. Há toda uma série de sistemas para encontrarem suas presas, e têm proteção. Seus crimes nunca são punidos pela justiça dos homens.

Rochelle não dispunha de meio algum para confortá-lo. Só de roçar nele (e havia horas em que morria de vontade de ter esse contato, mesmo que fugidio) iria transmitir-lhe toda a sua tristeza, toda a angústia de sua condição.

Lembrou-se de Jensen e lembrou-se daquele momento de fraqueza em que tocara nele. E como aquele toque levara o artista à loucura. Ela podia apenas olhar.

E ouvir.

— Levam os jovenzinhos para lugares afastados, onde suas lamúrias não podem ser ouvidas. Depois, começa o treinamento. É assim que eles o chamam, mas na verdade é tortura. — Com

um gesto, Buliwyf pareceu jogar para longe o ar. — Uma verdadeira tortura. Antes de mais nada, colocam uma coleira bem-apertada no pescoço deles, uma espécie de trela para segurá-los. De prata. A dor...
— ... é indizível.
Ele concordou.
— A prata serve para dobrar sua força e resistência. Ela corrói a carne e força o animal a ficar em plena forma. O homem, a parte humana, acaba sumindo. Mas isso não é tudo. A coleira no pescoço é um símbolo. Significa escravidão. E quando o lobo já não tem força nem mesmo para ganir, quando implora para que ponham um basta em seu sofrimento, então começam a abrandá-lo. Talvez um cigarro. Uma xícara de leite. Vinte minutos ao ar livre. Um pouco de carne rançosa. Ou a possibilidade de tomar banho. Coisas mínimas. Banalidades.

Rochelle tinha vontade de gritar, de pedir que parasse, mas continuou calada.

Ouvir. Essa era sua maldição.

Nada mais era concedido à sua espécie.

— As feridas da prata, às vezes, são tão profundas que o lobo não pode mais falar, suas cordas vocais ficam destruídas, a garganta em chamas. E o homem se afasta, se afasta cada vez mais. É como enlouquecer, esquecendo as palavras, as estações, o mundo. Mas os Caçadores ainda não estão satisfeitos: não querem se livrar do homem, pois não é o homem que eles temem. — Um sorriso forçado em seus lábios. — É o lobo. Têm medo do lobo.

— De sua fúria.

— De sua fúria, isso mesmo. Precisam dobrá-la se quiserem que o Canyde se torne de fato um serviçal perfeito. Um escravo de combate. Surram-no sem motivo algum. Queimam-no

Jogam ácidos no seu focinho. Precisam chegar a um ponto tão extremo de maldade que induza o lobo a reagir. E quando o lobo reage, há a prata. A tortura.
Deu um soco na madeira.
— E depois tudo de novo — salientou. — Tudo de novo, sem parar.
Meneou a cabeça.
— O processo leva muitos meses. Anos, nos sujeitos mais fortes. Mas afinal o lobo é tornado manso. Escravo. O homem enlouqueceu. Sem palavras, sem raciocínio. O Licantropo não existe mais, não há mais identidade. Lobo e homem são substituídos pelo cão. Pelo escravo. Pelo Canyde que conhece somente um desejo: agradar o dono.
Fechou os olhos, calou-se.
— Buliwyf...
— Não acabou, tem mais. Um Canyde não tem como voltar atrás. E o lobo sabe disso. A fera que se esconde em mim, em nós, em todos os Licantropos, fareja o Canyde e o... maldição... o teme. Porque sabe que poderia acontecer com ele também. Por isso, torna-se cruel. Mas aquele Canyde, esta noite...
— Ele falou.
— Pois é, falou. Eu achava impossível. Deixou-se matar, está entendendo? Mostrou-me a garganta. Rendeu-se. Queria que eu acabasse com o sofrimento dele. Nunca pensei...
— Matá-lo foi a coisa certa — ela o interrompeu.
— Isso não importa. Ele podia ser...
Não terminou a frase. Arrependido por ter ido tão longe na conversa, mordeu o lábio.
Rochelle finalmente compreendeu. — Como é que sabe tanta coisa a respeito dos Canydes?

Buliwyf sacudiu a cabeça.
— Era alguém que...
— Chega!
— Era alguém que você conhecia?
— Já falei demais.
Rochelle não se rendeu. — Ainda há muito veneno em você.
— É... doloroso.
— Vai ser muito mais se guardar tudo dentro de si.
— Não posso.
Rochelle enrijeceu. — Por acaso acha que eu não compreenderia? É isso que você pensa? — Os olhos dela flamejavam. — Ou será que não quer compartilhar seus segredos com alguém que não seja de sua raça? Um Vento. — Usou propositalmente o termo depreciativo com que os Licantropos definiam os Rarefeitos. — Uma criatura feita de ar que não conhece nem medo nem felicidade. Que olha para a lua e vê apenas um deserto.
— Pare com isso. Sabe que não é bem assim. E já lhe provei isso.
— É verdade, abandonou sua gente por mim.
— Você fez o mesmo, portanto...
— Não basta — ela o desafiou.
— Isso é...
— Mesquinho, eu sei — murmurou Rochelle, com voz mais suave. — Mas precisa perdoar a si mesmo, Buliwyf. Perdoar o lobo. A fúria. Amo você.
— Eu sei.
— E sei que você retribui meu amor. Mas eu também amo o lobo, porque faz parte de você. Será que você também não poderia fazer o mesmo?
— Não...
— Já vivi muito mais tempo que você, Buliwyf. Estou com 377 anos. Trezentos e setenta e sete anos passados em uma

cinzenta monotonia. Observando, odiando, isso mesmo, às vezes odiando a humanidade. Odiando do jeito dos Rarefeitos, com a rancorosa indiferença de quem é feito de nada. Vendo a humanidade que se apaixonava e, então, de um dia para outro, detestava o parceiro. Odiando a facilidade com que os humanos podiam sentir e mudar de sentimentos, a mesma facilidade com que podiam livrar-se de um par de meias furadas. Sentimentos que nunca me haviam tocado. Eu sei, Buliwyf. Sei o que acontece quando um homem se enche de veneno como você faz.

— Não sou um homem.

— É muito mais. E eu amo você. Trezentos e setenta sete anos intermináveis. E então, você. O amor. A chama. O calor.

— E a tortura.

Ela concordou. — A tortura. Mas é doce se pensarmos na chama que nos une.

Era a vez dele.

Depois disso, ela se calaria.

Conhecia o Licantropo.

Conhecia-o alegre e desesperado. Conhecia-o nos dias ensolarados e na noite mais sombria. Conhecia a amizade que o ligava a Gus e o respeito que tinha pelo Barbudo. Conhecia seu tormento, o que o levava a gritar dormindo, conhecia a amargura que o corroía incessantemente. Sabia do povo dele e de como tinha sido repudiado por eles depois que o acusaram de amar uma Rarefeita. Chamaram-no traidor de seu sangue, e ele transformara a acusação em um louvor. Sabia de suas caçadas noturnas. E, enquanto esperava, lia em seus olhos profundos.

Finalmente, Buliwyf suspirou.

— Feliz. — Um sorriso sonhador em seus lábios. — Adolfo Feliz Canibal. Era o nome que meu amigo escolhera. Bastante doido para cair nele como uma luva. Era um Licantropo. Um sujeito estourado. Saía por aí... — meneou a cabeça sorrindo — com o mais absurdo penteado rockabilly que alguém pudesse imaginar.

Rochelle uniu-se ao sorriso do outro.

— Éramos inseparáveis, sempre juntos. Aonde Feliz ia, eu ia. O que ele dizia, eu repetia. Tinha continuamente novas ideias, nem todas... sensatas. Mas púnhamos em prática mesmo assim. Por que não? Éramos jovens, éramos fortes. A lua nos ensinara que éramos diferentes, talvez melhores. Era pelo menos o que nós achávamos, naquele tempo. E nossos antepassados tinham nos deixado como legado normas e tradições. Caçar era um prazer, mas apenas fazíamos isso raramente. Para que matar, se havia um mundo inteiro a ser conquistado?

Buliwyf massageou violentamente as têmporas.

— Feliz tinha uma irmã, chamava-se Belle. Estava apaixonada por mim, acho. Mas eu a considerava apenas uma menina que zanzava à nossa volta, cheia de vida. Tão cheia de vida. De tanta vitalidade, chegava a brilhar, pode imaginar? Às vezes, na verdade, para nós era uma aporrinhação.

Um suspiro.

— Naquele dia, nós a deixamos sozinha em casa. Com uma desculpa qualquer. Não lembro o que tínhamos decidido fazer, mas me lembro muito bem da nossa volta. Tinham-na esfolado. Belle tentara se rebelar, mas era uma menina, ainda não tinha aprendido a caçar e a se defender. O lobo era um mistério para ela. Haviam-na esfolado ali mesmo. Encontramos o corpo dela, lembro que tinham arrancado seus dentes e cortado suas orelhas. Faz ideia de quanto valem?

Havia um toque insano, de loucura, naquelas palavras.

— Assim como Gus, também tenho as minhas fontes. A pele pode valer até dez mil euros. Quinze se se tratar de um

lobo famoso. As orelhas, mil euros cada. Podem ser usadas como remédios, dizem. Mas também têm um bom mercado como enfeites. E os dentes, trezentos os caninos, duzentos os demais. Mas Belle era uma criança, duvido que tenham tido um bom lucro.
— E então?
— Feliz mudou. Cheguei a reparar nisso com meus próprios olhos. Primeiro, era o costumeiro Feliz com Elvis Costello a todo volume no estéreo, depois abriu aquela maldita porta e virou outra pessoa. Enlouqueceu. Não completamente, mas uma parte dele sumiu logo que viu o que haviam feito com a irmã. Queria vingança, está me entendendo? Queria encontrar os responsáveis por aquela chacina e fazê-los sofrerem. Pensei em ir com ele. Queria bem a Belle. Era uma chateação e tanto quando botava na cabeça que queria ir conosco, e muitas vezes Feliz e eu fazíamos troça, mas nem por isso eu deixava de gostar dela. Como um irmão mais velho ou algo parecido.
— Foi com ele?
— Não. Feliz não quis. Disse que era um assunto pessoal. Belle era sangue do seu sangue, não do meu. Obviamente, tentei convencê-lo, mas não houve jeito. Nem se despediu. Certa noite partiu sem falar com ninguém. Não gostei nem um pouco, mas pude entender.
— Voltou a vê-lo?
— Voltei, sim. Alguns anos mais tarde.
Lágrimas.
Rochelle levou a mão à boca. — Meu Deus...
— Encontrei-o preso. Estava atado a uma barra de ferro com uma corrente. Soube que tinha conseguido desentocar os torturadores da irmã. Mas não fora bastante forte para vencê-los. Matou todos, menos um. O nome dele é Primo. Nunca parei de

perguntar a mim mesmo o que teria acontecido se... mas deixe para lá. Seriam capturados os dois, acredito. Aquele Caçador, Primo, é uma lenda. Poucos Caçadores conseguiram sobreviver tanto tempo. Poucos são tão fortes e habilidosos a ponto de sobrepujar um lobo. E são em menor número ainda os que podem incutir tamanho temor. Voltei a vê-lo. Feliz de coleira de prata e olhar vazio. Fugi.

Lágrimas corriam copiosas em seu rosto.

Rochelle teria gostado de enxugá-las.

— Fugi, porque aquele lobo tinha odiado o Canyde. Mesmo sabendo que era Feliz. Fugi, porque sabia que o lobo queria matá-lo. Principalmente, porque se tratava de Feliz. Fugi, mas não consegui perdoar a mim mesmo por aquela fuga. Queria saber. Pesquisei, descobri como fora capturado e falei com os Licantropos que haviam conseguido fugir antes de ser transformados em Canydes. Tive que ser convincente, pois quem sobreviveu nunca conta coisa alguma do cativeiro. Fizeram-no comigo. Talvez por terem ficado com pena. É por isso que sei o que acontece. Acreditava saber tudo deles. Mas estava errado. Não sabia que... pensavam. Entenda, a única coisa que me levou a sobreviver foi acreditar que Feliz não estava sofrendo. Que o verdadeiro Feliz, aquele do penteado absurdo e de mil piadas, não a patética caricatura de Licantropo de coleira de prata, tinha morrido. Achei que já não pudesse lembrar o tempo em que corríamos livres, nem o meu rosto, nem de Belle. Mas esta noite...

— Nunca me contara.

— Era demais...

— O seu pesar agora também é o meu.

Buliwyf apertou os punhos. — É isto que me faz sentir ainda pior...

— Chore, meu amor, chore...

Buliwyf sacudiu a cabeça. — Quando vi Caius, foi como rever Belle. A mesma pureza, a mesma vida inocente.

— Iremos protegê-lo.

— Eu sei, mas não é isso que me preocupa.

— O que é, então? — perguntou Rochelle, quase roçando no seu rosto.

— Quem irá proteger a gente?

— Isto — disse ela, levando uma das mãos ao coração.

27

Havia fedor de repolho fervendo, um gato caolho cheirava uma poça de urina bem em frente da caixinha do correio. O portão já havia sido arrombado tantas vezes que ninguém se dava mais ao trabalho de consertá-lo.

Gus e Caius subiram as escadas, bateram à porta e não obtiveram resposta. Gus já esperava por isso. — É sempre assim... — resmungou.

Era uma fechadura simples, não levou mais que alguns segundos para abri-la. — ... Mas uma vez que entendam que não tenho tempo a perder...

Parecia alegre, enquanto Caius, por sua vez, estava nervoso. Desde que tinham entrado naquele prédio decrépito, o garoto tinha maus presságios.

— Pronto! — Os maus presságios de Caius tornaram-se certeza. Por um momento, ele reviveu o horror da sua própria casa. O mesmo fedor. Uma baforada adocicada que subia à cabeça. Um cheiro desagradável, de sangue misturado a outros odores igualmente terríveis. Parecia que tinham entrado em um matadouro.

No corredor, entulhado de caixotes e baús, não havia qualquer resquício de sangue. Os poucos móveis de ínfima categoria pareciam estar no lugar, e nada deixava prever o pior, até mesmo os barulhos eram os costumeiros ruídos da noite. Geladeiras que zuniam, água correndo nas tubulações. O raro movimento na rua e a chuva batendo nas janelas. Nada parecia afastar-se da normalidade naquele apartamento. A não ser o cheiro, obviamente. E a não ser a porta da entrada, que continuava a bater devido ao vento, atrás deles. Boca desdentada que os escarnecia.

Gus engatilhou a pistola — Fique perto de mim, deste lado. Foi o que garoto fez.

Então, o horror.

— Não... — tentou dizer Caius.

Não conseguiu articular mais que isso, o resto ficou entalado em sua garganta, pois não fazia sentido recusar o que os olhos estavam lhe mostrando.

Havia detalhes demais para qualquer um pensar que fosse um pesadelo.

Sobrava muito pouco do Cid. Apenas o bastante para Gus poder reconhecê-lo.

— Que obscenidade — murmurou.

Esperava sentado, mostrando-se sem pudor para eles reconhecerem cada detalhe daquela espécie de triunfo, de obra-prima.

Completamente nu. Nu, sem segredos, nu como apenas pode ser um animal degolado e esquartejado. Nu, como os homens somente podem ser entre os braços de uma amante, ou na mordida do verme.

O tronco, da garganta à virilha, estava aberto; as costelas, torcidas para fora, brancas, a mostrar um buraco vazio, estripado. Coroa desprovida de sombras.

Tudo em plena luz. Em uma sinistra exibição. Não havia vergonha naquele amontoado de carne. No meio da caverna vermelha, preso por alguns filamentos de fibra úmida, o coração.

Vivo.

O músculo chiava e, chiando, borrifava gotas gordurosas e escuras, voláteis. Relaxava e, relaxando, afrouxava-se como uma bexiga sem pressão, incapaz de levantar voo.

Faltavam os pulmões, rosados e alegremente indecentes, colocados a seus pés, fruta podre oferecida em sinal de devoção. Faltava o fígado, assim como o estômago, e as entranhas, enroladas e jogadas em um canto como desagradável presente. Aonde haviam sido jogadas, em uma parede de outra forma imaculada, salientavam-se uns riscos asquerosos.

E não era somente isso.

Não podia ser.

Herr Spiegelmann não tinha economizado nos prodígios.

Os braços do Cid, até umas poucas horas antes normais, haviam sido desmedidamente alongados, como patas de aranha, e depois calcificados, de ossos brancos, como o resultado gípseo da exposição a alguma estranha radiação. Longos, braços muito longos, quebrados em vários pontos, mas tão esticados que abrangiam quase todo o perímetro do quarto. Como se o Cid, morto, quisesse lhes dar as boas-vindas a seu inferno particular. Um inferno esteticamente estudado em cada gota, em cada respingo, cada filamento de carne e músculo havia sido posicionado de forma a obter o efeito desejado.

Mas, uma vez que o inferno não existia, havia mais alguma coisa esperando por eles. Tudo tem finalidade.

Até o horror.

Sentado em uma poltrona, o cadáver do Cid contemplava-os de boca escancarada. Na polpa macia das gengivas alguém, ou alguma coisa, tinha enfiado cacos de vidro em lugar dos dentes. O sorriso era uma voragem aguçada, esfomeada.

Não tinha olhos, pois haviam sido arrancados, e em seu lugar cintilavam dois pedacinhos de espelho perfeitamente redondos, como moedas. Caius ficou abalado.

Entre todos os horrores à mostra naquele corpo torturado, os dois pedaços de espelhos eram o que mais o deixara impressionado. Refletiam a luz anômala do quarto. Refletiam o rosto de pedra de Gus. E refletiam Caius, que nem mesmo em um pesadelo jamais imaginara assistir a tamanho sacrilégio.

Não fora um banal homicídio. Não se tratava de uma brincadeira de açougue.

Era a afirmação absoluta da morte.

E era muito mais, pois àquela altura, quando tanto Gus quanto Caius pensaram — errando — ter chegado ao ápice de uma tragédia de cortes e rasgos, quando já não havia nada daquela anatomia a ser visto, pesquisado, analisado e memorizado, o Cid falou.

— Leeee...

Era uma voz de carne crua.

Revoltante.

Caius recuou com um pulo, os músculos doendo até o espasmo, de cabelos em pé na nuca, os nervos tão contraídos a ponto de provocar fisgadas surdas e contínuas.

— Gus...

— Merda...

— Gus... — choramingou Caius.

— Leeee... vaaaan...

A voz do Cid era um coaxar que mal dava para distinguir, como um velho disco repleto de chiados. Quem tinha trucidado seu corpo, quem aprontara aquele macabro espetáculo, tinha tido o requinte de manter viva a voz do trapaceiro. De alguma forma, enquanto lâminas e navalhas, e sabe lá quais outros requintados instrumentos de tortura, tinham conspirado para que nada daquela anatomia ficasse íntegro, a voz do Cid tinha sido suturada no cadáver à força.

— Gus... o que...

Por um instante, Gus pareceu querer puxar o gatilho.

Então, compreendeu.

— Goetia.

Tinha a testa molhada de suor, a pistola agora apontava para o chão.

— E da pior espécie.

Não conteve um risinho debochado.

Jogou para um canto a pistola.

— Afaste-se, garoto, e não olhe. Não vai ser nem um pouco agradável.

— Leeeeevaaaaantiiiiino...

— É um truque.

Gus, sem ligar para o sangue, sem ligar para o horror e o respeito que, há séculos, é honroso dedicar aos mortos, segurou o cadáver sacudindo-o.

— Chega de brincadeiras! — berrou. — Onde foi que o escondeu? Onde?

A cabeça do Cid caiu para diante, emporcalhando-o.

— Onde o guardou, seu maldito?

O cadáver levantou a cabeça. Os olhos espelhados virados para Caius.

A boca fechou-se de estalo. O vidro cortou. O barulho foi horrível.

O Cid sorriu. — Levantino.

Sua voz foi clara.

E continuou clara quando repetiu a palavra.

Extremamente clara.

— Levantino.

Com um rugido, Gus golpeou-o no rosto quebrando o maxilar. — Ainda está vivo, posso sentir — gritou. — Deixe-o em paz, seu maldito!

Baba na boca.

— Solte-o...

Enchia-o de socos, golpeava, golpeava sem parar, sem se importar com o barulho, sem se importar com os balidos, com os coaxos, com os chiados que saíam do cadáver, sem se importar com as risadas que acompanhavam seus golpes.

— Você está aí, Cid? Está me ouvindo?

As mãos de Gus mergulharam na carne. Mas não parou. Não podia parar. Afundou-as mais, até os pulsos. Então, foi a vez dos cotovelos desaparecerem.

— Eu tiro você daí... pode deixar...

Deu um puxão.

— ... comigo!

De repente, ouviu-se um agudo e indecente choro de recém-nascido. Tão alto que, de instinto, Caius levou as mãos aos ouvidos. Fazia tremer as vidraças.

Aquele choro era o lamento de um gigantesco recém-nascido em crise de abstinência, a síntese sonora de um ser horripilante, nascido para testemunhar a crueldade do mundo. Era uma longa, monótona, perturbadora ladainha, que evocava imagens de cinzas no vento, de horror e tristeza.

Gus afastou-se do corpo. — Ainda está vivo, Caius.

Apertava alguma coisa entre os braços.

— Quem?

— O Cid.

E virou-se para mostrar o que estava segurando. Um recém-nascido de cabeça enorme. O crânio anormal sulcado por veias azuladas e palpitantes, do tamanho de cordas.

— Ainda está vivo — repetiu Gus, arquejando.

O Cid gemeu.

Caius fitou-o, aflito. — Como é que pode?

— Goetia — foi a apressada resposta de Gus, ofegante e com uma estranha luz nos olhos. Uma luz adoidada. — Um truque dentro do truque. Era uma armadilha. Herr Spiegelmann queria que coubesse a nós matar o Cid. O Bastardo. Mas não funcionou. A Goetia é uma Permuta de transfiguração. — Depois, ordenou: — Água, Caius. Rápido, traga água. O Cid precisa de água.

O garoto obedeceu.

Gus encostou o copo nos lábios daquele recém-nascido impossível. — Beba isso. — E ajudou-o, sustentando sua cabeça.

O recém-nascido bebeu. A maior parte da água escorreu de sua boca, mas a pequena porção que acabou em sua garganta pareceu aliviá-lo. — Obri... — o recém-nascido falava com a voz de um adulto. — Obri... gado.

— Calado, precisa...

— Não — foi a resposta do Cid. — Não — repetiu decidido, embora cada mínima emissão de fôlego provocasse dores excruciantes.

— Tudo bem, tudo bem, mas engula isso, ok? São analgésicos.

Eram pequenos comprimidos azulados. Gus amassou um entre os dedos e colocou com cuidado o pozinho na língua do Cid.

— Gus... — falou Caius.

— O que foi?

— Est... esta Goetia é...

— Quer saber se é permanente?

— Quero.

— Não sei. Ninguém sabe. Só o tempo dirá.

Levou algum tempo, mas, por fim, o analgésico pareceu surtir efeito.

Com um suspiro, o rosto do Cid suavizou-se, embora continuasse cianótico. A respiração tornou-se mais regular.

— Medo — resmungou, devagar.

— Está com medo de ser encontrado?

Os olhos do Cid se iluminaram. — Sss... im — murmurou.

— Tam... bém.

Gus amassou mais um analgésico. — Devido à Placenta? Não fale, responda com gestos.

Sim.

— Foi Herr Spiegelmann? Um sujeito... maligno.

Sim.

— Já o conhecia antes?

Não. Sim.

Um fiapo de baba desceu da boca do recém-nascido.

— Não entendo. Você ainda está com a Placenta?

Sim.

— Agora precisa contar-me a verdade, Cid. A verdade. Se mentir, vou deixá-lo assim mesmo, e nunca voltará a ser o que era. Estamos entendidos?

— Ver... — Mas articular aquela palavra já era demais. Por isso, voltou a assentir com a cabeça.

Sim.

— Era a verdadeira Placenta?

Sim.

Gus esmiuçou-lhe mais um pouco de pó azulado na língua. Esperaram.

— Pau...

Gus franziu as sobrancelhas. — Seu irmão? Também estava aqui?

Não.

— O que quer dizer?

— Rap... ta... do.

— Por quem?

O recém-nascido desviou os olhos para Caius. O que o rapaz leu neles foi somente desespero. Puro.

Compreendeu. — Spiegelmann — murmurou.

O recém-nascido concordou.

Um lampejo de compreensão faiscou no rosto de Gus. — Raptou Paulus, certo? Para poder chantagear você. De forma que surrupiou a Placenta, mas Spiegelmann não devolveu seu irmão, queria saber onde fica o Sacelo. Sem o Sacelo não pode evocar o Levantino. Mas você não confiou nele, não é verdade?

Não.

Então ele... — disse Gus. — Aquele maldito transfigurou-o com a Goetia. Faltou muito pouco para eu atirar em você.

A criancinha teve um estremecimento. O tremor tornou-se convulsão. O Cid arregalou os olhos. Levou as mãos ao peito e comprimiu.

— Gus... — murmurou Caius, recuando.

— Cid, está me ouvindo? Aguente, aguente... Onde fica o Sacelo do Levantino? Sabe onde fica?

O Cid tentou responder. — O Sacelo...

Uma palavra que para Caius nada significava, mas que para Gus, ao contrário, devia ser familiar. — O Sacelo? Você falou Sacelo? Onde fica o Sacelo do Levantino?

Mas o Cid não podia ouvir mais coisa alguma.

O sangue escorria de seu nariz e das orelhas. Podia sentir seu sabor na boca, o sentia nas entranhas, aquelas minúsculas entranhas de recém-nascido, que se desfaziam enchendo-o de calor.

Não era esse o trato, pensou. Não era isso que o Vendedor prometera.

O Cid aceitara aquele descalabro (o corpo destruído e depois reconstruído, a carne transfigurada, os cirurgiões de Spiegelmann que lhe respiravam na cara, e toda aquela dor) por amor do irmão. Aceitara até que a Goetia fosse irreversível, esperando que Paulus talvez encontrasse alguém capaz de desfazer aquela Permuta.

Havia sido enganado.

Estava morrendo.

Herr Spiegelmann usara-o e agora o jogava fora. Como um refugo. Um resto qualquer.

Sentia a vida fugir daquele corpinho, rápida como o bater de asas de uma borboleta. A cabeça pesada. Via Caius e Gus agitados, berrando, mas não ouvia as suas exortações, e tampouco sentia o toque de suas mãos.

Estava morrendo.

Chorou.

Não pela vida que se esvaía. Tinha vivido uma existência mesquinha, bem sabia disso.

De que podia ter saudade? Da fome? Da miséria? Dos pequenos roubos? Dos insultos? Não, o Cid chorava por ter sido enganado tão facilmente. Porque tinha sido usado como um fantoche. Porque sabe lá quanto sofrimento sua traição provocaria, e iria provocá-lo sem que ele tivesse conseguido nada em troca, pois, se o Vendedor tinha chegado tão longe com suas mentiras, então devia ter mentido desde o começo.

E isso significava que Paulus já estava morto.

O recém-nascido esbugalhou os olhos. Ainda restava-lhe um trunfo.

A vingança.

— No... poço — disse. — Poço. É...

"Uma armadilha", teria gostado de acrescentar.
Mas o Cid não teve sua vingança.
Arquejou, contraiu os lábios.
E parou de respirar.

— Está morto.
Vamos sair daqui, Gus, eu lhe peço.
Gus assentiu.
Deu um passo. Depois outro.
Suspirou.
Virou-se e abraçou o rapazinho. Tremendo, confortado por aquele afago, Caius deixou as lágrimas correrem soltas. — Precisamos detê-lo.
— Faremos isso.
— Precisamos matá-lo, Gus.
Acariciou-lhe os cabelos. — Faremos isso também.

28

— Você não passa de um irresponsável! — trovejou Pilgrind.

— Irresponsável e louco — acrescentou Buliwyf.

O Licantropo fitava-o de braços cruzados, sentado do outro lado da mesa. Em seus olhos, a raiva contida com dificuldade. Ele e Rochelle tinham passado o dia na maior ansiedade, sem notícias deles, imaginando o pior. E agora que Gus tinha contado o que acontecera na casa do Cid, com o que se seguira em termos de sofrimento, Buliwyf somente conseguia se conter graças a uma dose de boa vontade.

O Dias Perdidos estava vazio, um aviso pendurado na entrada anunciava o seu fechamento antecipado.

Os cinco estavam sentados a uma mesa logo embaixo do vitral, mergulhados na sombra. Rochelle estava ao lado do Licantropo, Pilgrind ao de Gus.

Caius mordiscava sem vontade uma maçã, no canto mais afastado.

— Louco? Talvez — respondeu Gus. — Irresponsável? Nem um pouco. Aqui não se trata de julgar o que fiz e o que não fiz, aqui se trata de agir. Spiegelmann está com a Placenta e...

— Não podemos saber com certeza.

— Pilgrind, você não estava lá. O Cid estava reduzido a... — Gus deu uma rápida olhada no garoto. — Vamos esquecer as condições em que se encontrava. Goetia, você sabe melhor do que eu. O ponto fundamental é que acredito naquilo que me disse.

— Os homens mentem. Não é a sua filosofia de vida?

— Sim, isso mesmo — admitiu Gus. — Os homens mentem. Mas o Cid estava morrendo, estava sofrendo, dava para ler em seus olhos. Não tinha nem a força nem a lucidez necessárias para mentir, naquelas condições. E além do mais Paulus... Acha que o Cid mentiria mesmo sabendo que nós somos a última esperança para seu irmão?

— Spiegelmann é capaz disso e de muito mais.

Gus apertou o queixo. — Estamos perdendo tempo. Spiegelmann está com a Placenta. Se descer no Sacelo poderá evocar o Levantino. Somente precisará encontrar o seu túmulo no templo subterrâneo. O Cid contou que o Sacelo fica embaixo do Poço. Temos uma vantagem. Pelo menos desta vez podemos agir antes dele. Precisamos descer naquele maldito templo e destruir o túmulo. Agir logo, maldição. Pois do contrário... Quanto tempo acha que o Vendedor levará para evocar o Levantino? E quanto tempo passará antes que lance sua fúria contra nós?

— Não podemos ter certeza de...

— De nada, maldição, sei bem disso! Temos que aceitar como verdadeiro um montão de lorotas. Mas, mesmo que uma só das bobagens que contam do Levantino tenha fundamento...

— Gus apontou para Buliwyf. — Acha que pode destruir uma criatura tão antiga? — Desviou o dedo para Pilgrind. — E você? Acredita ser bastante poderoso para conseguir feri-lo? E matá-lo?

Buliwyf titubeou. — Talvez fosse melhor pensar no assunto — disse, virando-se para o Barbudo.

Pilgrind agitou a longa cabeleira listrada de branco. — Se, e saliento o se, o Cid não mentiu e se, e friso mais uma vez o se, no Sacelo ainda existe bastante Placenta para evocar o Levantino, então pergunto: por quê? Por que desencadear uma força tão grande somente para acabar conosco? O Levantino poderia destruir um exército e conquistar mundos inteiros. Por que desperdiçar a força dele somente por nossa causa? Não passamos de dois Cambistas, de uma Rarefeita e de um Licantropo. Mais o Rei Arame Farpado, mas o que poderia fazer ele?

Gus deu um soco na tampa da mesa.

Rochelle estremeceu. Buliwyf fez sinal de passar um braço em volta dos seus ombros, mas depois recuou.

— Realmente não entende? Primeiro: porque os dois Cambistas já o derrotaram uma vez, e ele está com medo — argumentou Gus, relaxando os dedos da mão. — Segundo: porque Charlie e Emma demonstraram-lhe que nunca iremos nos render, assim como nunca se renderão Rochelle, Buliwyf e o Rei Arame Farpado. E, terceiro, porque derrotamos suas legiões, Pilgrind. Caghoulards, Fóbicos ou humanos que fossem. Precisa de novas armas. Quer mais um motivo? Contam que o Levantino pode dobrar o tempo. E você sabe *muito bem* o que Spiegelmann poderia fazer usando esse poder.

— Desencadeando o Levantino — objetou mais uma vez o Barbudo, com menos convicção — correria o risco de ferir Caius. Ou até de matá-lo. Não creio que se possa controlar uma criatura desse tipo como se fosse um cachorrinho de madame.

Gus tirou os óculos escuros. Seus olhos brilhavam.

Sorriu.

— É por isso que quero descer na cripta com Caius. Isso até poderia levá-lo a desistir de seus propósitos.

— É perigoso — disse Buliwyf.

— É apenas um garoto. Caius não pode fazer isso — frisou Rochelle, falando pela primeira vez.

— Caius é mais que um garoto. É esperto, é corajoso. Já demonstrou ter uma boa cabeça quando escolheu de que lado ficar.

— Não! — Pilgrind sacudia a cabeça com firmeza. — Eu e você vamos descer, Buliwyf ficará tomando conta de Caius. Se as coisas ficarem pretas para nós, como eu receio, caberá a ele levar o menino para um lugar seguro.

— Onde? Onde acha que poderemos escondê-lo?

— Fora do bairro. Fora de Paris. Em qualquer lugar, desde que fique longe do Vendedor.

— Idiotice. Iria encontrá-lo mesmo que se escondesse sob as geleiras da Groenlândia. Precisamos agir, atacar de uma vez por todas.

— Gus — disse Buliwyf. — Pilgrind está certo. Não pode levar o garoto com você. É arriscado demais. Conhece Spiegelmann melhor que eu, sabe muito bem que ele já está muito além da loucura. Não podemos confiar na lógica quando falamos dele.

— Não torceria um só fio de seus cabelos — replicou Gus, com ênfase.

— É o que você pensa — rebateu Pilgrind, azedo.

A discussão não acabaria tão cedo se não fosse por Caius que, jogando fora o caroço da maçã, murmurou de cabeça baixa:
— Quero ir.

— Meu rapaz, você...

Caius olhou para Pilgrind, depois para Buliwyf.

Finalmente, para Rochelle.

— Quero descer. No... Sacelo.

— Caius — disse a Rarefeita. — Entendo o que está sentindo. Sei no que está pensando. Está pensando em Charlie e Emma.

Está querendo ser tão corajoso quanto eles. Quer ser o digno filho dos dois. Mas esta não é a hora de mostrar-se corajoso.

— Há uma grande diferença entre coragem e estupidez! — exclamou Pilgrind.

— Não sou estúpido. E não sou corajoso. Estou com medo. Mas quero ir.

— De uma vez por todas, não vou deixar. Este plano é mais furado que...

— Chega! — gritou Caius, acalorado. — Chega de perder tempo. Quero ir para lá e destruir o maldito Sacelo, mesmo que tenha que o fazer de mãos vazias. Se é importante para Herr Spiegelmann, quer dizer que há nele algo maligno. Precisa ser arrasado. Desde que meus pais foram... assassinados, não fiz outra coisa a não ser fugir. Minha vida foi destruída. Os amigos, a escola, os meus livros já não existem. Spiegelmann usou aquela palavra, "Wunderkind", e ninguém sabe o que significa. Nem mesmo sei quem sou, mas sei o que quero.

Todos o fitavam.

— Quero parar de fugir.

Pilgrind suspirou. — Então irei com vocês — decidiu, vencido pela determinação de Caius.

— Eu ficarei a seu lado — acrescentou o Licantropo.

Dessa vez, quem objetou foi Gus. — Nem pense nisso. Vocês dois vão ficar fora. Quero ter alguém com quem contar se as coisas não derem certo. O Rei Arame Farpado pode ser muito útil: peça para ele dar uma ajudazinhas com o Tarô, é muito bom para dar oráculos. Quanto a nós — disse afinal, encarando o Barbudo — temos nossos sistemas para nos mantermos em contato.

As batidas na porta acabaram com a reunião.

Gus sacou a pistola. Buliwyf pulou de pé, desembainhando o punhal.

— Estamos fechados — disse Rochelle, falando bastante alto para ser ouvida.

— Sou Suez. É urgente.

Suez não estava sozinho. Viera acompanhado por um sujeito de uns 30 anos, franzino, já meio careca. Tinha um tique no olho esquerdo que o fazia parecer uma coruja. Gus o conhecia, era um freguês costumeiro do Obcecado. Possuía uma loja de ferramentas e, vez por outra, participava de um joguinho de pôquer com os demais clientes. Nunca falara com ele. O sujeito parecia amedrontado com sua presença.

— Podem entrar — disse Rochelle, abrindo caminho.

Suez e Buliwyf trocaram um rápido aperto de mãos.

O sujeito franzino escancarou a boca, pasmo. — Não é possível, você é...

— Chamam-me Pilgrind, para sua informação.

— Mas você é...

— Uma lenda? — brincou o Barbudo.

— Pois é. Quer dizer, Excelência, eu não... — gaguejou o sujeito.

— Sente-se e feche o bico. Não tenho a menor intenção de matá-lo ou de fazer-lhe crescer um rabo ou de fazer sabe lá o que contam por aí a meu respeito — sorriu Pilgrind. — É quase tudo mentira.

O sujeito obedeceu. Suez aceitou com prazer a cerveja que Rochelle lhe ofereceu. Depois, pegando uma cadeira, também sentou. — Patrick é um amigo — apresentou-o. — Patrick, este é Buliwyf. Pelo que entendi, Pilgrind você já conhece, esta aqui é a maravilhosa Rochelle, e o cara que você não conhece é Gus Van Zant. — Seus olhos demoraram-se em Caius. — E este é Caius.

— Salve — disse Patrick, um tanto constrangido.

— É um assunto bastante desagradável.

— Não teria saído do Obcecado se não fosse.

Suez concordou.

Depois, virou-se para o fracote: — Vamos lá, conte.

— Vi uma coisa, há mais ou menos duas horas. Não muito longe do Rana. Conhecem a rua Spare? A que desemboca no boulevard Crowley? Há um atacadista por lá. Eu precisava de umas brocas, porque, entendam, as minhas...

— Corte essa, vá logo ao assunto — interrompeu-o Pilgrind.

Patrick empalideceu e começou a tremer.

— Pode continuar. Conhecemos o local — incitou-o Rochelle.

O sujeito evitou olhar demais para ela, mas mesmo assim o seu rosto corou. — Um Servo. Um Canyde.

Buliwyf enrijeceu. — Tem certeza do que está dizendo?

Assustado, Patrick levou uma das mãos ao coração. — Juro pela minha honra.

— Um Canyde — resmungou Gus.

— Tinha pelo cinzento, patas escuras. Usava uma coleira de prata com grandes pregos salientes. Olhou para mim e rosnou. Nunca ouvi um cão rosnar daquele jeito. Nunca vou esquecer. Me borrei todo, pensei que ele fosse me matar. Em vez disso, foi embora. Sumiu.

— Você disse grandes pregos salientes? — quis saber Buliwyf.

— Isso.

— Não uma coleira de prata normal? — insistiu.

— Tenho certeza disso. Tachas, como as dos cães de combate.

— Um Monteiro-mor, maldição — praguejou o Licantropo.

— Por que veio contar apenas agora?

— Porque achei que era uma alucinação — sorriu o sujeito.

— Quer dizer... Um Canyde? Um Servo? No Dent de Nuit? Desde quando aparecem Caçadores nesta zona? Não é possível...

Suez tomou a palavra: — Contou para mim porque — piscou o olho para o Licantropo — sabe que de uns tempos para cá me interesso por acontecimentos estranhos. Comentou apenas comigo, não é verdade?

— Sim, sim, claro — apressou-se a assegurar Patrick. — Pela minha honra. Quem mais acreditaria em mim? Sem querer ofender Suez, mas esta história dos roubos deixou todo mundo doido lá no Obcecado. — Depois, receando ter dito alguma coisa que não devia, acrescentou. — Mas sua cerveja continua sendo a melhor, meu amigo.

— Cale-se — ordenou Pilgrind.

— Ainda bem que a notícia não se espalhou. Podia desencadear pânico.

— Admitindo que seja verdade — observou Gus.

— Qual é? Eu não sou do tipo de contar lorotas.

— Caçadores... — murmurou Rochelle.

Sabia de antemão o que Buliwyf ia dizer.

— Preciso...

— Já sabemos — interrompeu-o Gus.

— Posso fazer isso sozinho — acrescentou Pilgrind. — Eu e o Rei Arame Farpado podemos dar um jeito sem maiores problemas. Não precisa se preocupar. — Depois, virando-se para Patrick: — Ajudou muito, mas precisa manter segredo absoluto. Sei que está com vontade de comentar o fato por aí. Mas, se fizer isso, eu acabarei sabendo. E então... — pulou adiante e segurou-o pela lapela — saberei onde encontrar você.

— Bico calado, Excelência.

— Ótimo. E agora já pode ir.

Patrick tropeçou na cadeira.

Suez também se levantou. — Volto ao meu boteco. Se por acaso precisarem de ajuda para acabar com aqueles bastardos, é só chamar. Rochelle, é sempre um prazer revê-la — despediu-se com uma mesura.

E foi engolido pela noite.

— Caçadores.

— O que você pretende fazer?

— Encontrá-los. E, se aquele sujeito não tiver inventado a história, matá-los.

— Sozinho? — perguntou Rochelle.

— Sozinho. Vocês precisam levar adiante o plano. Deter Spiegelmann.

— Talvez os Caçadores tenham sido chamados justamente por ele, para nos separar — conjecturou a Rarefeita.

— Sem dúvida. Há coincidências demais. Mas terei que fazer eu mesmo. Sinto muito.

Pilgrind concordou. — Além do mais, a presença dos Caçadores pode significar que não temos muito tempo. Teremos que agir esta noite, eu receio.

— Você vai tomar os devidos cuidados? — perguntou Caius, dirigindo-se ao Licantropo.

Buliwyf não respondeu.

29

O primeiro dos Caçadores chegou ao Dent de Nuit quando a alvorada, pouco mais que um halo rosado no horizonte, ainda era uma sensação subcutânea, íntima. Chegou sozinho, os outros se juntariam a ele logo a seguir. Uma espécie de intuito os unia. O que um pensava, os outros partilhavam. Mesmo sem a mediação das palavras.

O Caçador chamava-se Philippe e gostava de chegar cedo para ficar em companhia de seus próprios pensamentos. Escutando a batida do coração que reverberava nos músculos e no cérebro. Era um sujeito taciturno e solitário, mesmo levando-se em conta que todos os Caçadores também eram. Todos taciturnos e solitários.

Principalmente, letais.

Era o primeiro dos quatro, mas todos haviam sido antecedidos alguns dias antes pelos Servos ou, como eles mesmos gostavam de apelidá-los, pelos Batedores.

A tarefa dos Batedores era servir de farejadores, seguir a presa sem ser descobertos, estudar suas forças, a habilidade e seus pontos fracos.

A tarefa deles também compreendia juntar o maior número possível de informações acerca do território a ser atacado.

Conhecer o território era indispensável para se conseguir um bom lucro.

Não que fosse particularmente necessário, para dizer a verdade, pois não era a primeira vez que os Caçadores ouviam falar do Dent de Nuit. Um bairro de mil becos e de mil e um segredos. Um lugar perfeito para uma presa que quisesse fugir. O lugar ideal para levar ao fracasso uma caçada malplanejada.

Por isso, entre os Caçadores, o Dent de Nuit era considerado uma zona proibida. Esconderijos demais, muitos moradores prontos a esconder as pistas, a desviar, a ofuscar. Até mesmo a reagir. O Dent de Nuit era um lugar impossível de ser expugnado.

O que o tornava um desafio.

Mas algo havia mudado na rotina do lugar, como andavam dizendo.

Até o Dent de Nuit mudava de natureza.

Os Caçadores gostavam de desafios, viviam deles. Por isso, não haviam deixado escapar a oportunidade. Uma caçada no mal-afamado Dent de Nuit. Seus nomes, se conseguissem o que queriam, ficariam gravados na memória, iriam se tornar lendas. Sobreviveriam muito além da breve duração da carne, passando de boca em boca, de Servo para Servo, de Caçador para Caçador.

De presa para presa.

O que mais os excitara fora isto: a ideia de presas e mais presas ficarem tremendo ao ouvirem seus nomes.

Ciente de ter chegado cedo, o Caçador encostou à esquerda com uma suave manobra em U e estacionou a moto perto de uma fonte com forma de concha estilizada, na parte sul da Place de l'Expérience, diante da antiga vidraçaria dos irmãos Rammon. Sabia que aquela fonte (acionada empurrando uma estrela de bronze) estava posicionada de forma a resultar perpendicular ao Chafariz do Rana. A razão dessa esquisitice não lhe interessava.

Podia sentir o cheiro da presa, e isso já bastava a apaziguar seu coração.

Deixou que o vento lhe desgrenhasse a cabeleira, que era encaracolada e espessa, escura como a barba, por fazer havia três dias, que lhe crescia no queixo decidido. Respirou fundo, desceu da moto para espreguiçar as pernas e deu uma olhada em volta.

As vitrines das lojas fechadas com portas antiarrombamento, a sua pesada moto negra como o cano de uma espingarda, alguns pardais trêmulos de frio à cata de comida e calor, o calçamento que brilhava coberto por uma camada de chuva e de folhas mortas. Inspirou o cheiro do gelo. E o do silêncio.

Gostou.

O primeiro Caçador sabia que a Place de l'Expérience fervilhava de Servos. Escondidos atrás dos muitos carros estacionados apesar das proibições, ou lá em cima, entre as chaminés desengonçadas dos telhados tortos, observando todos os seus movimentos, esperando um sinal que demonstrasse sua vontade, fremindo à espera de uma ordem. À espera da caçada. Era o momento certo.

O inverno traria morte e destruição. O inverno traria novidades. Lúgubres novidades. As estações mudavam, os tempos mudavam.

Seria um verdadeiro safári, pelo que andavam dizendo. Havia quem não acreditasse nessa profecia, tachando-a de mera ilusão, mas Philippe e os outros três Caçadores que estavam para chegar ao Dent de Nuit sabiam que não era bem assim.

Daquela vez, tinham um aliado poderoso.

O segundo e o terceiro Caçadores, Schmidt e Laplante, chegaram a bordo de um 4x4 com os lados todos manchados de lama. Um carrão gigantesco, fruto da genialidade de um artesão do metal para o qual a mecânica não tinha segredos. Um visionário da tecnologia que tinha sido pago com um golpe seco na jugular. Como de costume, entre os Caçadores.

Nunca deixar pistas.

O rumorejar baixo e surdo do motor encheu a praça como uma obscura sinfonia metálica, espantando um bando de pardais que voou embora com grande estrépito. Os freios estridularam quando o carrão deteve sua corrida, mas nenhuma janela se abriu.

Os homens e as mulheres da praça dormiam sonos agitados, mas ainda assim mantinham o que se costuma chamar de instinto de sobrevivência. Ninguém viu a chegada dos Caçadores, como estava nos planos.

Schmidt era o mais jovem do grupo. Com um ágil movimento, pulou fora do 4x4 antes mesmo de o carro parar.

Uma vistosa cicatriz no rosto ensinava a não subestimar seu aspecto: era magro, quase esquelético, de cabelos raspados para esconder o albinismo e perenes óculos escuros escondendo os olhos avermelhados e cercados de preto.

Não dando a mínima para manter o anonimato, Schmidt trazia presa às costas, bem-acondicionada em uma bainha de couro que cheirava a óleo, uma longa espada de cabo marchetado. Era uma espada antiga.

Caçador havia sido o pai, e Caçadores haviam sido os antepassados, desde sempre, havia séculos.

— Finalmente chegaram — disse Philippe, olhando para eles.

Schmidt não respondeu, não achou necessário.

O terceiro, Laplante, que demorara um pouco mais a descer daquela espécie de esquife sobre rodas, cuspiu no chão uma cusparada de catarro e tabaco. — É o que parece — sentenciou, lúgubre.

Era um homem de aparência perigosa, uma espécie de malandro de meia-idade, de corpo vigoroso, sem um único grama de gordura, apesar do tamanho. Os braços nus estavam cobertos de tatuagens de cor meio esmorecida. Entre os dentes largos e fortes, segurava a guimba de um charuto. Ajeitou o coldre que usava do lado esquerdo. Era um gesto ditado mais pelo hábito que pela necessidade. A pistola com cabo de madrepérola estava sempre pronta a vomitar morte. Sempre ali, onde seus dedos calejados iriam encontrá-la.

Seus olhos tinham a límpida carga azulada da loucura em estágio terminal.

— A coisa parece bastante promissora — disse Philippe.

— Tudo indica.

— Ele chegou?

A voz do segundo Caçador, o mais jovem, de óculos escuros e olhos vermelhos, era aguda, quase estridula. Estava apoiado no capô ainda quente, de braços cruzados, fitando os companheiros.

Laplante, bufando, apontou para o céu. Os três observaram o bando de corvos que se destacava no horizonte. Lentos círculos pretos aproximavam-se, como soldados em marcha. Eram os arautos do último Caçador. O quarto. Eram sua escolta e os únicos seres vivos com que se sentia à vontade. O quarto Caçador era quem os tornara uma coisa só.

Deviam-lhe tudo.

Fora ele a descobrir o talento deles e a transformá-los em máquinas de morte. Treinara-os muito além do que qualquer um poderia imaginar. Moldara suas mentes até torná-las uma única coisa. Ajustara sua mira e mostrara pistas onde nem mesmos os sentidos aguçados deles haviam conseguido ver coisa alguma. Enfim, havia sido dele a ideia de irem ao Dent de Nuit.

Porque ele, o quarto Caçador, acompanhado pelos corvos, aquele cujo rosto ninguém conhecia, tinha um ajuste de contas não resolvido. Um ajuste que muito em breve teria sua vingança.

O quarto Caçador sempre chegava a pé. O rosto perenemente envolvido em um cachecol preto, comprido, parecido com os dos aviadores da Primeira Guerra Mundial, que escondia seus traços. Seu corpo gigantesco, ágil e forte, nada deixava perceber de sua verdadeira idade. O quarto Caçador tinha pelo menos três vezes mais anos que o Caçador mais moço, e o dobro dos outros dois. Era o que costumavam dizer por aí. Eles nunca tinham tido a coragem de perguntar.

O quarto era um mito, uma lenda viva. E as lendas não respondem, comandam.

O quarto chegou.

— Primo — cumprimentaram-no.

— Já cheiraram este ar, meus filhos?

Nenhum dos três mexeu nem um músculo sequer.

— Eu já cheirei, muitos anos antes de vocês nascerem. Muitos mesmo. É um ar que fede a carne. A carne viva. Carne que não deveria respirar. Carne que nós transformaremos em carniça. O Dent de Nuit... — o Caçador sem rosto cuspiu, fitando-os um por um com aqueles olhos cinzentos no limiar da cegueira — ... não é simplesmente um lugar. É alguma coisa que se insinua na cabeça. Que enfraquece a vontade e confunde a mira.

Uma risada catarrosa.

— Enlouquece as pessoas.

Os três mexeram-se sem jeito, não sabendo o que fazer. O quarto Caçador tinha o poder de pegá-los de surpresa, sempre.

— Os Servos exploraram este buraco de cabo a rabo. Já conhecemos a zona, Primo.

Primo acertou-o com um tabefe que virou o rosto do outro e lhe fez cuspir o charuto. Laplante não reagiu.

Schmidt e Philippe apenas puderam admirar a rapidez com que a punição chegara.

— Você — disse Primo, e sua voz expressava um ódio e um desprezo que sozinhos poderiam derrubar um carvalho —, você não sabe nada. Nada. Este é o Dent de Nuit. Não são as Saturnais de Roma. Não é Marselha. Não é o Urgrund de Berlim, não é o Circo Máximo de Pest. É o Dent de Nuit. Aqui, os prédios não são prédios, as sarjetas vomitam vermes entre os dentes, as árvores são cantadores; as pedras, feridas ou cicatrizes. As regras, aqui, são diferentes.

— Eu... — tentou defender-se Laplante.

— Cale-se! — ordenou o Caçador mascarado. — Você não passa de uma criança. Uma chorosa criança que acredita conhecer o mundo. Quem os criou?

Ninguém respondeu.

Baixaram a cabeça, um gesto bastante eloquente.

— Já lhes disse que as coisas estão mudando. Mencionei as estações. Disse que o outono acabou e que o inverno está chegando. Já sabemos disso: o inverno é a estação dos predadores, a estação da fome e do medo. E da escuridão, principalmente da escuridão. A nossa estação. Está chegando, mas ainda não chegou. A caçada vai ser perigosa.

— Pai... — disse Schmidt. — Peço permissão para falar.

Primo consentiu.

Seus olhos, no entanto, não se desviaram de Laplante, de rosto vermelho, punhos fechados.

— Pai, o que espera por nós?

— Encontraram um lugar onde descansar?

— Sim, Pai. Um lugar protegido. Não muito longe daqui.

— Souberam de algum boato, de alguma coisa insólita? — voltou a perguntar o quarto Caçador.

E embora o segundo tivesse certeza de que aquele que chamava de Pai (talvez não fosse carne da sua carne, mas o seu espírito era certamente filho dele) já soubesse muito bem qual seria a resposta, assim mesmo falou. — Cambistas, Pai. Mas o mais estranho não são eles. Caghoulards.

— Caghoulards... — matutou ele.

Schmidt assentiu. — Muitos Caghoulards. Um bando inteiro, talvez um exército. Entram nas casas dos Cambistas e roubam objetos sem o menor valor. Não arrasam, não matam, não mordem uns aos outros. Roubam bugigangas, apenas isso.

— Bugigangas — repetiu Primo, quase achando graça. — É por isso que estou advertindo, meus filhos. Onde vocês veem quinquilharias, eu vejo o maior tesouro que qualquer homem jamais viu. Onde vocês veem imobilidade — o gesto de sua mão varreu toda a Place de l'Expérience, vazia — eu vejo o rebuliço que antecede a mudança. Vejo o inverno. Onde vocês veem uma caçada, eu vejo uma chacina. Uma imensa chacina, daquelas que ficam como advertência. Talvez o fim.

— O fim? — perguntou Philippe, perplexo.

— O fim de um ciclo, o começo de outro.

— Qual é a presa, Pai?

— Ela nos será mostrada na hora certa — foi a resposta.

— Por quem?

— Laplante... — repreendeu-o Primo. — Quando vai aprender a confiar?

— Peço perdão.

— É bom mesmo que faça isso — replicou o quarto. — Já esta quase alvorecendo e há uma pessoa que precisamos encontrar.

— Eu achava... — começou protestando Laplante, calando-se na mesma hora.

— Achava que seria uma caçada como as outras?

— Queira me desculpar.

Primo não insistiu, satisfeito com o tremor que as palavras de Laplante não escondiam. — Está desculpado. Por isso e pelo resto também. Não será uma caçada como as outras. No Dent de Nuit, o Caçador também pode tornar-se presa, sei bem disso. Precisamos de um aliado. O nome dele é muitos nomes.

A alvorada estava próxima. Primo sentia-a nas entranhas. Detestava a luz.

— O mais comum entre eles é Spiegelmann — concluiu.

30

Já estava escuro quando chegaram ao Poço.

Gus apertava nas mãos um embrulho de papel de jornal, com a figura curva sob o peso das armas que o casaco de motociclista mal conseguia esconder e da sacola que trazia a tiracolo, enquanto Caius pensava nas últimas palavras trocadas com os companheiros. Levara um dia inteiro para Gus encontrar aquele pacote envolvido em papel de jornal. A Caius dissera apenas que se tratava de alguma coisa fundamental.

Pilgrind consultaria o Tarô no Obcecado, com a ajuda do Rei Arame Farpado. Se algo saísse errado, confessara ao garoto, a estranha figurinha de metal da qual era inseparável certamente o teria avisado. E então ele compareceria oportunamente para tirá-los da enrascada. Buliwyf esquadrinharia o bairro à cata dos Caçadores. Mas ele também, assegurara, acudiria com presteza no caso de Pilgrind desconfiar de algum perigo. Não precisava ficar preocupado.

Rochelle curvara-se em cima dele, com jeito maternal abotoara o último botão do casaquinho, e então sorrira para ele. — Estarei aqui — dissera, simplesmente.

Mais do que todas as palavras de encorajamento de Gus, de Pilgrind e do Licantropo, o que o animou e lhe deu confiança foi justamente a expressão suave do rosto da Rarefeita.

— Veja. — Gus indicou uma construção baixa, de cobertura alta e estreita de telhas vermelhas, com estranhas janelas circulares parecidas com grandes escotilhas que, imperturbáveis, examinavam a praça.

As janelas estavam escurecidas por pesadas cortinas, razão pela qual não era possível espiar para dentro.

O edifício sobressaía entre os prédios bem mais imponentes que cercavam o Rana. Mesmo assim, não fosse o dedo apontado de Gus, Caius provavelmente nem o notaria.

Um morcego esvoaçou por um momento em volta de um lampião e, na sombra repentina, Caius sentiu uma espécie de descarga elétrica sob a pele. Reparou, de súbito, que estavam no Dent de Nuit e que, sozinho, nunca conseguiria encontrar o caminho de casa.

A casa que já não tinha.

Apesar de a temperatura estar alguns graus abaixo de zero, estava com calor.

— Ânimo... — exortou-o Gus.

Uma fina camada de gelo estalava sob s sola dos sapatos.

Superaram uma série de degraus e pararam diante de uma porta onde, com letras douradas, estava escrito "O Poço". A porta havia sido recém-pintada, de uma bonita cor verde. Vistosa, reluzente. Incomum. Nenhum nome na plaqueta da campainha. Não foi preciso usá-la.

Logo que Gus levantou o braço para bater, a porta se abriu. O homem que a escancarara tinha quase a mesma altura que Buliwyf, mas era esquelético.

Os ossos sobressaíam do rosto, e tinha olhos tão cavados que quase não dava para ver que estavam abertos. Vestia um traje preto, muito elegante.

Esquadrinhou-os, primeiro Gus e depois Caius.

Depois, anunciou: — Ninguém pode entrar sem convite.

— Não há problema.

— Receio que sim. O senhor está armado.

— Bobagem, conheço as regras da casa. O problema não é esse.

— Seja como for, meu senhor, este é um clube privado. Sem convite, não posso deixá-los entrar.

Gus sorriu. — Trouxe um presente...

O homem esticou a mão sem mudar de expressão. — Vejamos — disse.

Com todo o cuidado, quase como se se tratasse de material explosivo, Gus ofereceu o pacote. Entregou-o inclinando de leve a cabeça em uma espécie de tímida reverência. O homem agarrou-o, subitamente ávido, sem tirar os olhos do rosto sorridente de Gus, estudando qualquer reação dele, que se mantinha imperturbável, quase petrificado em uma careta de falsa alegria.

Caius observava aquele estranho balé, fascinado. Tinha a impressão de estar assistindo a um bizarro cerimonial, Marco Polo diante do Grande Khan, ou então a uma requintada exibição de teatro No.

— Um apito.

— De prata — salientou Gus.

— Especial?

Gus não respondeu. O varapau remexeu o objeto entre os dedos, indeciso. Então, com calma, quase com cautela, levou-o aos lábios, soprando devagar. O apito devia ser defeituoso, pois não produziu som algum.

Caius sentiu o coração acelerar em seu peito. O homem soprou de novo, com mais força. Parecia zangado.

De soslaio, Caius espiou Gus que, destemido, continuava a sorrir, talvez não se dando conta das rugas que iam se formando nos cantos da boca do homem esquelético, rugas amargas, irritadas, desconfiadas, que transformavam aqueles traços desagradáveis em algo severo e brutal.

Engoliu em seco. Então, alguma coisa roçou seu rosto. Uma borboleta. Depois outra, até que houve dezenas. Borboletas de todas as cores do espectro solar. Carmim, azul-celeste, lilás, amarelo e branco as maiores. Azul-escuro e preto as menores, algumas com complicados arabescos sobrepujando a cor predominante, outras com asas minúsculas e tão rápidas que mal dava para distinguir sua forma.

Chegaram da escuridão, em silêncio, e começaram a pairar em volta da cabeça do homem que, com um grande sorriso nos lábios, esticou as mãos para tocá-las. Eram pelo menos umas trinta e pareciam tão felizes quanto ele. Volteavam e se exibiam com graça, mostrando as asas coloridas e as evoluções de que eram capazes. Depois de alguns minutos, voltaram à escuridão.

— São poucas, por causa do frio — explicou Gus. — Na primavera, no entanto...

O homem remoeu o que acabava de ver, e Caius voltou a respirar melhor. O sujeito esquelético guardou o apito de prata no bolso das calças impecavelmente passadas, brindou-os com um sorriso enigmático e, finalmente, abriu caminho para deixá-los passar. O presente agradara.

— Conhecem as regras?

— Perfeitamente.

Foi como se Gus não tivesse dito coisa alguma.

— Não se fala. Não se mata. Não se derrama sangue. Pode-se tomar bebidas alcoólicas, obviamente, mas não em quantidade excessiva. — A porta fechou-se atrás deles.

Enquanto superava o limiar, Caius ficou imaginando o que teria acontecido se o presente de Gus não fosse bem-sucedido.

Aquela espécie de mordomo simplesmente bateria a porta na cara deles ou faria algo pior?

Foi com alguma inquietação, portanto, que se deixou levar até um aposento circular, de teto pintado para dar a impressão de estarem sob as acolhedoras ramagens de uma floresta. Um trabalho de excelente qualidade, tão realista que provocava coceira no nariz por uma inexistente fragrância de frescor e resina.

Com uma mesura, o mordomo indicou duas poltronas vazias e desapareceu atrás de um balcão.

Espalhados na sombra, havia vultos por toda parte. Cambistas usando trajes elegantes e, às vezes, excêntricos. Todos em silêncio. Ninguém se dignou de olhar para eles. Era mais uma regra. Não se ia ao Poço para bater papo ou tomar cerveja. Não era um lugar onde os trabalhadores pudessem descarregar as frustrações do dia ou os amantes trocar algumas palavras apaixonadas.

Era um lugar fadado ao silêncio.

Quem podia frequentá-lo raramente fazia amizade com os demais membros do clube. Podia acontecer que passassem a vida inteira sem nem mesmo conhecer o nome de quem sentava ao lado. Era um lugar dedicado à contemplação. Ali não se agia. Ali o tempo tinha que ficar imóvel.

Logo que entrou, Caius sentiu uma tonteira. Terríveis vertigens forçaram-no a se apoiar em uma mesa, fazendo-o cambalear perigosamente. Alguns clientes viraram-se para ele com ar de repreensão. Caius abriu a boca para dizer algo a Gus, mas preferiu fechá-la de novo.

O ar lhe faltava. Sentia-se sufocar. Sua garganta se fechara, pontos pretos dançavam vertiginosamente diante de suas pupilas. Perdeu o equilíbrio e quase caiu. Gus segurou-o, ajudando-o a sentar na poltrona. Em seu rosto, inquietação.

Caius procurou tranquilizá-lo, sorrindo. O garoto sentiu, então, a água molhar seus pés. Olhou para baixo. Por mais absurdo que pudesse parecer, o Poço estava rapidamente se enchendo de água. Seu sorriso apagou-se. Fitou Gus com grandes olhos esbugalhados, fazendo sinais assustados. Mas Gus nada via. Nem conseguia entender, aliás, o que o garoto magricela estava tentando lhe mostrar.

A água continuava subindo. Caius arquejou, apavorado. Quando a baforada quente, repentina e maldosa chegou à cabeça, não conseguiu se conter.

Era uma dor feroz que mordia sua consciência. Infiltrava-se em seus pensamentos e os fazia explodir. Fora de si, transgrediu uma das regras fundamentais do lugar.

Gemeu.

Algumas cabeças se viraram para eles. Uma ampla gama de expressões irritadas que iam do fastio à raiva malcontida.

Caius não percebeu, mas Gus não pôde deixar de notar. Segurou-o e arrastou-o para o outro lado do aposento circular, onde uma porta bem-mimetizada mostrava a palavra "toalete".

Deitou-o no chão e molhou o rosto de Caius com água fria, mas ele não reagia. Mantinha os olhos fixos no nada, cada vez mais arregalados. Percebia a água que lambia seus lábios e, depois, entrava na boca, nas narinas, nas orelhas, até chegar à garganta, enchendo-o de salobro.

Gus esbofeteou Caius na cara, sem obter resultado. Golpeou de novo, com mais força. Nada. Por um momento, acreditou ver pequenas chamas na ponta dos dedos do menino. Assustado, voltou a golpeá-lo. Nada

A água subia. Caius se levantou, cuspindo e tossindo.

A água continuava a subir, a subir. Por que Gus não percebia?

A água chegou a seu queixo, e o garoto emitiu uma espécie de grasnada. A água chegou aos lábios, e Caius pôde sentir de novo o sabor dela, salgado. Procurou, então, nadar, mas seu corpo parecia pesado como chumbo.

A água subia, subia. Caius prendeu a respiração e sumiu, submerso. Lá embaixo, podia respirar. E podia ver. Via a si mesmo desaparecer. Então, a dor tomou conta dele e o jogou no escuro.

No escuro, Caius viu tudo.

31

Na escuridão pontilhada de estrelas, uma trilha luminosa, branca. A trilha seguia um caminho preciso, um relâmpago levemente curvo no gelo do vazio sideral.

Durou milhões de anos. Viu o sol. Viu o céu que se abria como uma fruta madura, vomitando sangue. No começo, tudo se tornou sangue. Parecia morte, era um parto.

Chegou o estrondo. Capaz de estremecer os ossos, de arrancar os dentes. Um fragor que era o fim do mundo, o começo de outro, que era as miríades de sóis nucleares explodidos todos juntos, o Apocalipse segundo as visões drogadas dos cogumelos alucinógenos, uma monstruosidade sonora que encheu os tímpanos como lava derretida.

Depois, o silêncio.

Silêncio total, absoluto. Tremendo.

Um leve ciciar. Um tropel. Um zunir mais decidido e corajoso. Folhas se mexendo, e depois galhos. Havia fogo, ao longe. Uma parede impenetrável. O fogo devorou a floresta. O muro virou brasa; a brasa, cinza. A floresta brotou, passaram-se as primaveras, mais árvores, mais moitas. A gruta encheu-se de água. Os rios mudaram inúmeras vezes seu curso.

Tremores de terra. Erupções.

A gruta tornou-se rachadura, tornou-se uma grande caverna, acabou se transformando em poço. Montanhas que viravam planícies, planícies que viravam profundas gargantas.

E animais que desapareciam.
Nada de sangue. Nada de resquícios.
Sumidos.
E havia manadas que se desviavam até vários quilômetros para manter-se afastadas do poço que engolia as criaturas.

Nunca os falcões sobrevoaram aquela floresta, jamais os roedores cavaram o terreno em busca de saborosas raízes.

Houve carestias, anos terríveis em que somente as moscas e os vermes banqueteavam; houve animais que voltavam impelidos pela fome, enlouquecidos pela magreza e tornados audazes pela falta de comida, animais agora cegos e furiosos, animais que se extinguiam. Nenhum mugido, nenhum chamado.

Sumiam.

E finalmente homens. Vinham de montanhas distantes. Ergueram cabanas, construíram pontes, barracas, sujeitaram riachos, jogaram suas redes em lagos e rios. Caçavam e acendiam fogueiras. Ofereciam sacrifícios a divindades concretas que sentiam na pele, na carne. O que mais temiam era a chuva, o sol e principalmente o inverno. Aprenderam a fundir o cobre, depois o bronze.

O ferro tornou-os mais fortes e cruéis que os bichos selvagens. Dispunham de mais comida, de mais tempo para pintar vasos e sonhar. O vilarejo tornou-se aldeia. Que foi arrasada. Incêndios, morte. Outros homens chegaram das montanhas.

Iguais e diferentes.

Lavraram a terra, semearam e amaram os campos. Cuidavam deles mais que dos próprios filhos, porque os filhos chegam com a primavera; o trigo, com o suor. Ergueram celeiros e encheram-nos, cantando. Comeram o pão e aprenderam a prensar uva e azeitonas. Prestavam atenção, observavam, e aprendiam cada vez mais, sem parar. Davam a impressão de que haviam nascido para isso.

Aprender.

Acostumaram-se a jogar crianças no poço em volta do qual a grama não crescia.

Duas vezes por ano.

Parecia bastar.

A aldeia cresceu. Chegaram novos deuses, chegaram os conquistadores. Houve guerras, batalhas, epidemias e períodos de paz. Às vezes, os conquistadores eram rechaçados; às vezes, se misturavam com o pessoal descido das montanhas.

Novas famílias nasciam, novas etnias apareciam na aldeia, os mortos eram esquecidos. Aprenderam a usar as moedas que vinham de longe, conheceram os homens que haviam cunhado aquelas moedas e mostraram-lhe a beleza daquela terra orgulhosa.

Depois, foram forçados a lutar contra os homens vestidos de ferro, e sucumbiram diante da força da loba, da qual aqueles homens descendiam.

Aceitaram os novos deuses imprevisíveis, achando-os menos funestos que os seus próprios, e começaram a navegar pelos rios, audaciosos, chegando até o oceano, até as ilhas mais remotas. Aprenderam novas línguas e usaram roupas mais preciosas.

Aprenderam a ler e a escrever.

Alguns abandonaram as velhas superstições para tentar a sorte na capital, Divina Urbs, a cidade que jamais ninguém conquistaria. Buscavam a modernidade, os balneários os jogos no circo, as mulheres bonitas e maquiadas como ninfas.

Mas a cada ano, duas vezes por ano, duas crianças eram jogadas na gruta. Sempre havia alguém que se lembrava de fazê-lo.

Chegaram homens que brandiam cruzes como espadas. Falavam de pão que era carne e de vinho que era sangue, e ameaçavam com o Inferno.

Palavras difíceis demais para aquelas pessoas, que os ouviram e continuaram a sacrificar duas crianças por ano. Incansáveis, os outros voltavam.

Voltavam vestidos de trapos, sujos, pulguentos, remelentos de sarna e cobertos de chagas que exibiam como diademas. Falavam, falavam.

Falavam em Misericórdia, que também não era coisa fácil de entender, de forma que o pessoal continuou a jogar as crianças no poço em volta do qual a grama não crescia.

Inesgotáveis, os da cruz voltaram mais uma vez. Mais bem-vestidos, mais instruídos.

Voltaram cansados de ser escarnecidos e mortos. Pegaram pinças e tenazes e ergueram fogueiras. Seguraram espadas e lanças e ordenaram matanças. Regozijavam-se com a Ressurreição, os olhos cheios de felicidade extática. A antiga estirpe dos montes não entendia.

Os indefesos da cruz não se deram por vencidos. Sua obstinação era tão firme quanto aço. Ergueram estranhos templos sem luz, nos quais se sufocava, e falaram da Salvação, do Cordeiro. Do Sacrifício. Oh, sim, Sacrifício era algo que as antigas estirpes já conheciam. Compreendiam muito bem a importância daquela palavra: Sacrifício.

Era uma palavra que conheciam havia milênios. E continuaram a jogar crianças no poço.

Nas asas do vento morno, a noite trazia a inquietação e o cheiro da fogueira. Houvera uma festa, Caius a vira pela pequena janela barrada do casebre com telhado de palha.

Os homens e as mulheres dançaram e beberam. Haviam matado um touro, que assaram e cortaram em pedaços. Cada um tinha recebido sua porção, que pingava gordura. Estavam todos lá.

Caius vira o ferreiro coxo, a doce Evelina, que, com seu narizinho coberto de sardas, deixara-lhe um vazio no estômago, vira os lavradores dando suas risadas debochadas, o açougueiro de rosto vermelho, de barriga saliente e mãos agitadas.

Não faltava ninguém, nem mesmo o pároco, tão alegre quanto seu pequeno rebanho, engraçado sem batina e com a tonsura brilhante de suor. Em seguida, as chamas haviam sido apagadas e ficaram apenas a noite e a inquietação.

Todos para casa, exceto ele.

Tinha recebido sua porção do touro, a melhor parte, e, depois de três dias enchendo a barriga de doces, conseguira comê-la toda. Haviam trazido vinho misturado com mel, e agora ele estava de cabeça bem leve. Estava alegre, a não ser pela inquietação.

Antes da festança, a mãe o havia abraçado longamente, murmurara uma Ave Maria escondendo as lágrimas e fechara a porta atrás de si.

O pai não viera vê-lo. Caius vira-o bêbado, mal conseguindo ficar de pé, sustentado pelos irmãos. Riam, mas não pareciam felizes.

Chegou à meia-noite e, em seguida, o pai apareceu, pálido. O bafo cheirava a vinho, mas já não estava embriagado. Apareceu com mais dois homens, Waldo e Chrétien, dois caçadores furtivos que viviam esfolando porcos e esperando que os guardas do conde não os pegassem. Caius sorriu para o pai, mas ele fez de conta que não o reconhecia.

— Sou Caius, seu filho — disse ele, enquanto os dois homens seguravam-no pelos braços e arrastavam-no para fora.

Havia cheiro de carne tostada e de fogo aceso nos lares. Estava escuro. "Sou eu, papai, Caius. Está me levando para casa?" Tamparam a boca do rapaz com um pano.

Levaram-no para a floresta. Chegou a hora do medo. Caius tentou espernear, mas como podia rebelar-se contra aqueles três homens fortes e grandes? "O poço. O poço", pensava.

Queria gritar para o pai, berrar para que o deixassem em paz. Quantas vezes já ouvira falar naquele poço? Quantas vezes a mãe recomendara que nunca chegasse perto, nunca mesmo, daquela abertura na rocha? E onde estava a mãe agora, na noite, por que não estava ali para tranquilizá-lo? Segurando sua mão como quando a febre quase o levara embora? Onde estava naquele momento em que ele tinha tanto medo?

Tanto.

Tanto.

Medo.

Caiu e bateu com a cabeça em alguma coisa. Estava escuro. Estava sozinho. Nenhum barulho. Apenas escuridão e silêncio. E ar quente que vinha das entranhas do planeta. Um cheiro pestilento. Caius sentiu a bexiga ceder e a urina molhar suas calças novas, aquelas que a mãe lhe dera no santo Natal. Chorou, chorou longamente. Conseguiu cuspir o pano e invocou socorro.

A solidão aterrorizava-o. E a escuridão ainda mais.

Tinha a impressão de ter ficado cego, como a velha Igraine, a que contava histórias engraçadas perto do fogo, de pele encarquilhada, que já não tinha nem dentes nem marido. Aquela que todos temiam e que de todos recebia alguma coisa de presente. Tinha olhos brancos, e ele perguntara qual fora o motivo da cegueira. O pai mandara que se calasse, aquela não era conversa de criança. A mãe, mais compreensiva, tinha dito que o Senhor dá e o Senhor tira: da velha Igraine, o Senhor tinha tirado a visão, dando-lhe em troca o poder de falar com o fogo. Caius ficara muito impressionado. Tinha permanecido um bom tempo pensando na velha Igraine, chegando à conclusão de que, se um anjo lhe aparecesse em sonho, como acontecera com a Virgem, nunca aceitaria uma troca como aquela.

Um barulho. Alguma coisa rápida.

Escuridão.

32

— Não — berrou Caius.
— Acalme-se, garoto!
— O Levantino!
— Abra os olhos, Caius.
Obedeceu, procurou focalizar as lembranças.
— Eu vi, Gus — disse, massageando as têmporas.
— O Levantino?
Caius sacudiu a cabeça. — Não exatamente. Foi... muito rápido. Mas o vi chegar. Vi o que fez durante todos esses séculos. Você também viu?
— Vi apenas você desmaiar. Somente isso, Caius.
— Era... Foi... terrível.
— Procure acalmar-se.
— O que houve comigo? Tive uma visão?
— Acho que sim. — Gus olhava para ele, desconfiado. — Está com dor de cabeça?
— Mais ou menos, mas está passando.
— Muito bem. E o peito?
— Não, não dói. Somente a cabeça. Mas...
Gus segurou-o pelos ombros. — Tem certeza? Somente a cabeça? Não há nada de errado com seu peito?

Caius livrou-se do aperto. — Nada.

— Melhor assim. — Gus apertou os punhos. — Acredite. Melhor assim.

— Gus?

— Fale, garoto...

— Está aqui em baixo. Posso sentir. O Sacelo.

— Também sinto. É um lugar muito poderoso.

— Mas... — Caius passou a língua nos lábios — ... mas sinto que está vazio. Está me entendendo?

— Vazio? Claro, é um túmulo. Só temos... — Gus deu uma olhada na porta fechada do banheiro — ... de arrebentar este maldito piso antes que alguém venha nos expulsar de mau jeito.

— Eu sei, mas...

— Não se preocupe, a Permuta vai ser uma brincadeira. Terei que desistir de algumas boas conversas com Jaz Coleman, receio, mas azar!

— Está vazio, Gus.

— Já lhe disse, é um túmulo. O que está sentindo é a morte. Não há nada vivo lá embaixo.

— Não. Há vida. Mas não... o Levantino. A vida que percebo é humana. Ou quase.

— Como sabe disso?

Mais uma vez aquela expressão. Alvoroçada. Desconfiada. Assustada?

— Não sei. Mas sinto que há alguém, assim como sinto que o Levantino... está morto. Morto e ponto final. Não é possível evocar a... poeira.

Gus ficou a fitá-lo por mais algum tempo, sem saber o que fazer.

Afinal, decidiu: — Precisamos descer. Abra caminho.

— É inútil.

— Você está complicando demais. Teve uma visão, é uma coisa bastante complexa que é melhor esquecer, por enquanto. Vamos pensar no assunto, mas não agora, ok? Não é a hora certa para isso, e eu tampouco sou a pessoa certa. Talvez Pilgrind saiba o que lhe aconteceu, mas eu não. E além do mais — tentou sorrir —, se o Sacelo está vazio, melhor assim, não acha? Descemos, nos certificamos de que do Levantino não sobrou uma unha sequer...

— Não creio que tivesse unhas... — murmurou Caius, estremecendo.

— ... colocamos a dinamite e nos mandamos.

— Mas...

— Escute aqui — disse Gus. — Precisamos seguir em frente, não podemos recuar. Você concordou comigo, não foi? O que houve, mudou de ideia?

Caius sacudiu a cabeça, conformado. — Tudo bem.

Mesmo que quisesse, não saberia nem poderia explicar a Gus as sensações que se agitavam dentro dele.

"Vazio" era o único termo que sua mente atribulada achara apropriado para definir o que o chão do banheiro do Poço lhe transmitira. Aquele particular formigamento que começava nas mãos e subia pelos braços até explodir no peito. Mas não era dor.

Não, não era dor.

"Vazio" não expressava plenamente o que Caius teria gostado de evocar na mente de seu acompanhante.

Sim, claro, obviamente havia um sentido de vazio, mas também havia uma tristeza infinita, um somatório de tristezas, a tristeza de toneladas de ossos acumulados ao longo dos milênios, ossadas transformadas em poeira.

Havia a dor que ainda ecoava junto com a respiração arquejante e às vezes agonizante de quem se perdera na toca do

Levantino. Havia a ambição e o negro semblante da loucura de quem erguera um templo naquele lugar maldito.

O Sacelo não estava "vazio" no sentido de desprovido de vida, muito pelo contrário. Estava fervilhando de vida. Havia insetos e vermes, ratazanas de olhinhos vermelhos e maldosos, baratas, formigas, e havia organismos formados por poucas células e sem qualquer lógica. E também muitas outras coisas. Terríveis, incontáveis.

Coisas que não pertenciam a nenhuma biologia que, de alguma forma, o garoto franzino poderia reconhecer.

Não, o Sacelo não estava vazio, pelo menos no sentido de ausência. "Vazio", afinal de contas, nada mais era senão uma palavra.

A realidade seria bem diferente. Mas àquela altura somente lhe restava aceitar o destino. Gus estava certo, estavam ali e nunca teriam uma segunda chance para descer no Sacelo. E o Sacelo era importante para Spiegelmann, quanto a isso não havia dúvidas.

E se fosse uma armadilha? Caius não encontrou coisa melhor a fazer que compartilhar com Gus uma parte de sua filosofia.

Melhor assim, disse para si mesmo, enquanto se deslocava achatando-se contra a parede. Significaria enfrentar Herr Spiegelmann cara a cara.

— Fique preparado, é agora.

Gus apoiou as mãos no chão, suspirou fundo e murmurou algumas palavras.

O piso sumiu.

33

O Sacelo era um túmulo, pois o cheiro de putrefação que subia do abismo trazido à luz por Gus era inconfundível. A inequívoca marca da morte envolveu-os como um sudário, dobrando-os e agredindo-os com tamanha força que quase os ofuscou.

Seja Caius seja Gus tiveram de levar as mãos ao rosto para se proteger, como se aquela exalação podre que os atacara estivesse provida de unhas e dentes.

As baforadas provocaram lágrimas nos olhos e ânsias de vômito no estômago. Os dois levaram alguns minutos antes de conseguir respirar de novo. Não se tratava de um simples cheiro, era o toque de uma invisível medusa.

— Que nojo — foi o lacônico comentário de Gus.

Sob a fina casca do piso arrancado havia aparecido uma longa escadaria esculpida na rocha. Pedra de reflexos cor de barro, mas cinzenta e plúmbea. Talvez um veio de ferro.

Gus ajeitou os óculos escuros em cima do nariz e começou a descer. Sem se virar para trás. Caius o seguiu.

A descida revelou-se logo bastante incômoda. Seja pelo tamanho dos degraus, seja pelo cheiro asqueroso com que era difícil acostumar-se, mas principalmente pela escuridão que nem mesmo a lanterna elétrica de Gus conseguia aclarar. Iam atrás daquele cone luminoso sem conseguir perceber coisa alguma fora dele. Gus de pistola na mão, Caius apoiando-se nas saliências das paredes a seu lado.

O ar ficava mais pesado à medida que desciam.

— Caius?

— Estou bem atrás de você.

— Não se afaste, este lugar está ficando maior.

Agora podiam avançar emparelhados sem medo de se atrapalhar. Uma bênção para Caius, que acelerou suas passadas para ficar ao lado de Gus.

Então, chegou o gelo. Uma corrente de ar frio que cortava a pele do rosto e transformava o fôlego em nuvem esbranquiçada. Caius resmungou. Gus levantou a arma, pronto para disparar. Depois, foi a vez dos estalidos sob as solas.

Gus desviou para baixo a luz da lanterna. Os degraus brilhavam como diamantes. Cobertos de cristais de gelo. Foram forçados a diminuir a marcha.

— Não estou gostando — murmurou Gus.

Cada sombra reluzia, sinistra, cada imperfeição das paredes — ora côncavas, ora convexas, ora lisas e desprovidas de qualquer ranhura — era o rosto contorcido de uma alma danada. Cada minuto que passava era preciso calor que se perdia. O frio tornou-se gelo nos pulmões. A respiração parecia incapaz de levar oxigênio aos músculos, cada vez mais pesados.

O gelo se tornava mais cortante com o passar dos minutos.

— Consegue continuar?

— Consigo.

Quando o ar frio chegou ao limite da suportabilidade, a ponto de gelar o suor em suas testas, a escadaria — tão de repente como começara — interrompeu-se. Cambalearam, surpresos, e apenas por milagre não ruíram ao chão. Gus apagou a lanterna.

Já não precisavam.

Haviam chegado a um aposento arranjado em uma gruta natural, mas com o piso claramente esculpido e polido por mãos humanas. Do teto, pendiam grinaldas rochosas cobertas de maravilhosos enfeites de gelo.

Em algum lugar, havia água, que gotejava. O som, que chegava cristalino, era de incrível pureza.

De repente, uma voz: — É você, Cid? É você? Não consigo enxergar direito... É você que está aí?

O brutamonte dobrou-se em cima do menino. Tinha o rosto incrustado de geada e os olhos quase fechados por profundas equimoses. As faces cavadas e quase sem boca.

— Não é o Cid?

— Não, não sou.

Gus continuava segurando a pistola, ainda sem apontá-la para o homenzarrão. — Afaste-se, Paulus. Não pretendo lhe fazer mal — disse, e era verdade.

Ouvindo-se chamar pelo nome, o homem arregalou os olhos — Você me conhece?

Gus não respondeu.

Quem falou foi Caius. — Conhecemos o Cid.

Paulus sorriu. Um sorriso insano, de débil mental. Ao sorrir, os resquícios de lábios que lhe sobravam abriram-se em minúsculas feridas. Não sangrou.

— Cid. Sinto falta do Cid.

— Vamos levar você até ele mais tarde. Agora, temos que seguir adiante.

Paulus sacudiu a cabeça. — Não, não. É muito ruim, lá embaixo. Muito ruim.

— Mas temos que ir. Pode vir com a gente, se quiser.
— Não, não. Quero sair.
— Mas...
— Deixe-o ir, Caius — declarou Gus, guardando a pistola.
— Pode ir, Paulus — disse então, dirigindo-se ao brutamonte.
— Nós temos que continuar, mas você pode ir. Está livre. Precisa apenas subir as escadas. Por ali.

Paulus bufou. Cambaleou. Dirigiu-se para as trevas, que pareceram engoli-lo.

Depois, parou, virou-se. — Não estou enxergando nada.

Caius aproximou-se dele. Segurou a mão do homem entre as próprias e, suavemente, murmurou: — Venha com a gente, Paulus. Eu mesmo vou guiá-lo. Depois, sairemos e o levarei até o Cid.

Paulus sorriu. Mais feridas. Nada de sangue.

— Promete?
— Prometo.
— Paulus... Você sabe aonde leva esta gruta? — perguntou Gus, aproximando-se.
— Para a sala dos grafites.
— Grafites? — repetiu ele, sem entender.
— A sala dos grafites. Onde fica o navio. Logo embaixo.
— Embaixo, claro... Mas onde, precisamente? — insistiu Gus.
— Embaixo da rua dos desenhos. Os desenhos contam uma história. Acabei descobrindo o sentido, está me entendendo? Mas agora esqueci. Minha cabeça está meio confusa. — O gigante sorriu. — Lá embaixo. Embaixo até dos esgotos. Há um fedor estranho, como de peixe. E neblina.
— *Rua Félix*, Paulus? Este caminho leva *para baixo* da rua Félix? — Gus estava aflito.
— Isso mesmo. O nome é esse. Cid dizia que encontraríamos um tesouro, mas em vez disso... — Fechou a cara. — Não

consigo lembrar. Não consigo mesmo. — Uma careta de descontentamento. — A rua Félix é aquela perto do Chafariz do Rana? Não gosto daquele chafariz...

— Rua Félix... A Fonte do Rana? — calculou Gus, perplexo. — Tem certeza de...

Caius deu-lhe uma leve cotovelada, depois dirigiu-se suavemente para Paulus: — Não importa — disse. — Não precisa se esforçar. Que tal a gente ir, agora? Topa?

— Não estou cansado. Podemos ir.

Com o gigante na frente, Gus e Caius encaminharam-se para as trevas.

— Acha que ele sabe? — perguntou Caius, baixinho.
   — Sabe o quê?
   — Que está morto?

34

Àquela altura, Gus, Caius e Paulus já tinham perdido a noção do tempo e do espaço quando chegaram aos arcos de lascas brancas. Minutos e horas, acima e abaixo, direita e esquerda nada tinham a ver com o fluxo de seus pensamentos.

E os próprios pensamentos, desgastados pela tensão e pelo cansaço, estavam reduzidos a fracos incentivos a seguir adiante, a não desistir. Botar um pé na frente do outro, os músculos prontos a pular diante da ameaça de qualquer perigo.

Havia perigos por toda parte, era o que a vista sugeria e o ouvido inspirava. As sombras se alongavam, mas não passavam de sombras inócuas. Ecos rugiam, mas era apenas o tropel deles mesmos que a geometria da gruta usava como sinistra orquestra. As ilusões dentro de ilusões eram apenas o resultado daquele exausto e entorpecido avanço.

Do cansaço que somente Paulus parecia não sentir.

Por isso a ilusão da arcada pegou-os de surpresa. O que no começo parecera branco nada tinha de inocente. A abóbada se apoiava em uma engenhosa mistura de argamassa e ossadas.

Fêmures, tíbias, crânios e caixas torácicas sustentavam o seu peso sem esforço aparente, até a altura de dezenas de metros.

Devia ter levado séculos, provavelmente, para a obra ficar completa, e uma hecatombe de gerações para cada detalhe ser concluído.

Do outro lado da abóbada, o Sacelo.

Imenso.

Cada centímetro do Sacelo havia sido pensado, estudado e construído tendo em mente um ideal estético totalmente perturbador. As paredes do templo subterrâneo eram obscurecidas por uma série de enormes colunas. Nem mesmo seis pessoas de mãos dadas teriam conseguido abraçar um daqueles pilares.

Cada coluna representava um Sacerdote da Ordem que durante séculos mantivera vivo o culto do Levantino. Bocas colossais estavam costuradas em rictos infantis, olhos ocos e luminosos de gelo. Mãos levantadas a sustentar um teto negro como piche, onde apareciam cintilantes constelações.

Nenhuma delas visível no céu de Paris. Ou de qualquer outro lugar da Terra. Não era um templo, pensou Gus, mas sim uma necrópole.

O piso era formado por sarcófagos de pedra, ouro e aço. Mais raramente de prata e chumbo. A regra do Dent de Nuit, no Sacelo, era multiplicada por mil.

Tudo é possível.

— Este é o Sacelo? — perguntou Caius, com um sopro.

— Acho que sim — foi a resposta. — Mas receio não ter bastante explosivo...

Paulus indicou alguma coisa que se erguia no meio na nave.

— O tesouro.

Era o que estavam procurando. O túmulo do Levantino. Uma caixa de ferro com dois metros de altura, cinco de largura e três de profundidade, com querubins esculpidos nos cantos superiores: querubins com asas de morcego, pomba e borboleta.

Irradiava maldade, mesmo àquela distância. Somente Paulus, que os antecedia, parecia imune àquela atmosfera oprimente.

— O Levantino.

Passaram pela sala arqueada, circunspectos. Os olhos fosforescentes das colunas permitiam enxergar sem a lanterna elétrica, mas a nave tinha uma porção de cantos cegos e zonas de sombra. O silêncio era quase total, interrompido apenas por seus passos. Era o local ideal para uma cilada.

Gus estava nervoso. Melhor sair dali o quanto antes.

A mente de Paulus, desprovida de qualquer ordem precisa, era um endiabrado vaivém de emoções misturadas com momentos de lucidez. À sua volta, o mundo era um mistério.

Tudo era caos.

As formas precisavam ser adivinhadas, pois seus olhos eram obscurecidos por cataratas espessas e doloridas. Mover-se custava-lhe um esforço enorme, pois não era fácil concentrar-se em cada músculo e cada nervo. Não sentia cansaço como Gus e Caius, mas de qualquer maneira estava prostrado. Não sentia medo, mas estava aterrorizado.

Seja como for, de alguma forma, Paulus pensava.

Havia sido o rosto do Cid a empurrá-lo fora do Sacelo, que para ele continuava sendo o porão da rua Félix, onde alguma coisa acontecera, apesar de ele não se lembrar. Havia sido a lembrança do irmão a levá-lo a confiar no garoto que segurara sua mão tão suavemente. Aquela suavidade trouxera à mente de Paulus a época do orfanato. Quando era o Cid quem o consolava.

Quase não se deu conta. Teria sido melhor. Avançando, tropeçou em alguma coisa. Parou, de braços abertos como um equilibrista, e olhou para baixo.

Viu um corpo esticado no chão. Paulus esfregou os olhos tentando afastar aquela pátina leitosa que não o deixava enxergar direito. O corpo esticado no chão estava amarrado com cordas que se mexiam, sibilando. Era um corpo grande e pesado. Um corpo que lhe lembrava alguma coisa. Mas era difícil ver, por isso se curvou.

Uma das cordas atirou-se contra ele, era branca e parecia um verme gigantesco, mas ele esmagou-a sem se importar com a mordida. Sentiu apenas uma leve queimação, algo sem a menor consequência.

Sua atenção estava concentrada no rosto do corpo rígido e branco. Um rosto que lhe era familiar. Voltou a esfregar os olhos, estava tão difícil enfocar as coisas... Não era um rosto bonito, abrutalhado demais, cavado demais. Um rosto esculpido a machadadas. Mesmo assim, havia algo familiar naquele rosto, algo que o prendia ali e não deixava que fosse embora. Paulus ficou de joelhos, aproximando-se mais.

O seu rosto.

— Veja.

Paulus estava dobrado em cima de um cadáver ressecado e chorava.

— Veja — murmurava. — Veja isso...

Gus soltou um lamento ao perceber os seres vermiformes que Paulus reduzira à impotência. — Não olhe, garoto.

Mas Caius não obedeceu. Alguma coisa dentro dele se rebelou vendo o gigante que acariciava e lastimava seu próprio cadáver.

— Eu morri — disse Paulus.

— Não propriamente — respondeu Gus, apoiando com delicadeza uma mão no ombro do outro.

O olhar que Paulus lhe dirigiu trespassou-o como mil punhais. — Por quê?

Como explicar-lhe os mecanismos de um ritual de Permuta tão perverso e desnatural quanto aquele ao qual Herr Spiegelmann o sujeitara?

— Você não está nem morto nem vivo — resumiu.
— O que sou?
Era como tentar explicar a morte a uma criança, pensou Gus, engolindo fel. — Você é a projeção de um desejo. Do seu último desejo. Queria fugir, não queria?
Paulus franziu as sobrancelhas. — Não — disse. — Quero... encontrar o Cid.
— O Cid está... — murmurou Caius. — Sinto muito, Paulus, o Cid está morto.
— Morto?
Paulus inclinou a cabeça de lado, como uma coruja idiota.
— Morto? — repetiu aparvalhado.
Gus confirmou. — Foi morto por Spiegelmann. Sabe quem é?
— Morto... — Paulus começou a ninar o próprio cadáver.
— Morto...
— Sinto muito.
— Mate-o — ordenou Paulus e, por um momento, Caius achou vislumbrar em seu olhar um resquício da vontade que devia ter animado aquele corpo quando vivo. — Mate o cadáver.
— Não posso — respondeu o garoto.
— Você, então.
Gus pegou a pistola. Apontou-a para a cabeça do cadáver ressecado.
— Não, Gus!
— Preciso fazer. Não é vida isso que ele está levando.
— Mas tampouco é morte — rebateu Caius. — Paulus, se matarmos o cadáver, é o fim para você. Talvez haja uma forma de reverter o que aconteceu, Pilgrind...
— Nem mesmo Pilgrind pode fazer alguma coisa contra isso — murmurou Gus.
A mão que segurava a pistola tremia.

Baixou-a.

— Não consigo, Paulus. Não consigo.

O homem ficou olhando para eles, primeiro para um, depois para outro, por minutos que pareceram séculos. Depois, aceitou e baixou a cabeça. Sua resignação era um espetáculo de causar dó.

— O Cid queria o tesouro. Mas não há nenhum tesouro. Eu cheguei a ver.

— Abriu o caixão? — perguntou Gus, indicando o sarcófago de ferro.

— Abri. É muito pesado.

— Estava vazio?

— Não, havia poeira. Poeira que beliscava as mãos.

Gus praguejou. — Uma armadilha. Uma maldita armadilha.

— Somente poeira — repetiu Caius.

— Não é verdade. Não apenas poeira e morte — disse Paulus, com um sorriso idiota estampado na cara. — Também há música, não está ouvindo?

O tremor sob seus pés. A luz avermelhada que filtrava de baixo da abóbada de ossos e argamassa.

A música do Caliban.

35

O Caliban devia ter um coração, em algum lugar, pois a pulsação avermelhada que o envolvia tinha um ritmo muito parecido com o que Caius estava acostumado a sentir quando se deitava e deixava os pensamentos à solta.

O Caliban também devia possuir pulmões, pois a música estrídula que o acompanhava — aquele chilrar de gaitas de fole e sininhos, trompetes e tambores — ia e vinha como embalada por uma respiração de fogo.

Tinha, sem dúvida alguma, apetite, pois cem bocas se abriam em seu corpo. E cem bocas implicavam cem estômagos e milhares de dentes.

Tudo isso deveria formar uma anatomia horrenda, alienígena. Mas não.

O Caliban era bonito.

Caius precisou olhar duas vezes antes de conceder-se um grito que o afastasse da loucura.

Primeiro para o dorso do Caliban. Fídias não poderia ter operado um milagre mais digno de louros. Era o tronco perfeito de uma mulher. Com toda a perfeita e macia sensualidade de uma mulher perfeita.

Não propriamente uma mulher, portanto: mas sim a ideia de uma mulher. O ventre plano, a depressão do umbigo, o seio arredondado, empinado, coberto de pele sedosa e imaculada, os mamilos inchados e incrivelmente eróticos. O pescoço tinha a mesma perfeição, assim como o rosto. Um rosto feminino, altivo e desprovido de qualquer expressão que não fosse a perfeita consciência do seu esplendor. Os cabelos desciam daquela cabeça desprovida de emoções movendo-se em volutas vaporosas, como línguas de fogo. No lugar dos braços, o Caliban tinha asas, asas formadas por plumas gigantescas, plumas de aço afiado e de reluzente platina.

A cada pluma estava amarrado um filamento de ouro, e cada um desses filamentos era mantido preso por uma borboleta com asas do tamanho de folhas de figueira, mas brancas como mármore. Perséfone saindo do Inferno. Beleza.

Não cabia outra palavra, somente "beleza".

Depois, vinha o corpo, que ainda não tinha superado inteiramente o arco. O segundo olhar de Caius. A metade inferior do Caliban era de um ser marinho, devorado e digerido. Uma carcaça rejeitada pelos abismos, fruto de uma ressaca parecida até demais com ânsias de vômito. Um monstro saído das voragens sem fundo dos oceanos, lula gigante, baleia torturada, tubarão desprovido de esqueleto, organismo morto de volta à tona, lesma evocada pela crueldade de Herr Spiegelmann. Cadáver castigado e assado pelo sol. Bicado pelas gaivotas e fecundado pelas moscas. Chegado ao mundo dos homens com cinquenta órbitas e cem lacerações, com dúzias de bocas que cantavam e assoviavam e pele diáfana cobrindo a carne. Carne que era uma nojenta mistura de parasitas e seres sem nome.

Tentáculos empurravam o Caliban. Tentáculos que, sozinhos, cobriam toda a parede em volta da abóbada de ossos e argamassa, que já mostrava fissuras. Tentáculos que chicoteavam o ar espalhando parasitas e gotas de veneno.

— Saia logo daqui! — berrou Gus, mas Caius não conseguia parar.

Parar de gritar. Parar de olhar.

— Caius! — berrava o homem vestido de preto, atirando com ambas as pistolas. — Caius, saia logo de aqui!

Esguichos de veneno acertaram Gus no rosto e no peito. No contato cáustico com aquele ácido, a pele e a carne se abriam com uma facilidade ao mesmo tempo impressionante e nojenta. O sangue começou a manchar a roupa dele.

Jogou no chão as duas pistolas. O chumbo era inútil contra aquela criatura.

Juntou as palmas das mãos em uma desesperada tentativa de defesa. Permuta. Concentrou-se arquejando. Surgiu então um clarão que faiscou ao longo de toda a nave do templo até acertar o Caliban bem no meio do tronco. Caius foi jogado longe pelo impacto, ofuscado pela repentina luminosidade do relâmpago.

Sem esperar para ver se seu ataque havia sido bem-sucedido, Gus fechou os olhos e evocou mais uma Permuta. Foi dolorido como se alguém lhe enfiasse uma lâmina em brasas no coração.

Gemeu.

Seixos afiados e escuros como lava fria chisparam como estilhaços contra o ser que se arrastava no Sacelo. Ossos e carne esguicharam em volta, misturando-se em um único redemoinho de podridão.

Ceifados por aquela súbita rajada, alguns tentáculos despedaçaram-se e crepitaram como fagulhas. "Perda de tempo", pensou Gus. O Caliban não parou de avançar. Nem mesmo diminuiu a marcha. A música esmoreceu por alguns momentos, mas voltou mais forte do que antes. Era a vez de a criatura contra-atacar.

Um tentáculo tão fino quanto um estilete projetou-se contra Gus e quase o cortou em dois. O tentáculo voltou para a maranha do Caliban. Gus levou a mão à coxa.

O tentáculo cortara fora um pedaço de carne. Teve de fazer um esforço para não sucumbir ao enjoo.

— Feche os olhos, garoto! — ordenou, ao retomar fôlego. Concentrou-se. Foi difícil. Sangrava na boca e no nariz.

A Permuta não era um jogo. E, se era, tratava-se de um jogo mortal.

— Merda — disse em agonia.

Chicotadas de metal em brasa abriram espaço entre os tentáculos do Caliban. Como resposta, borrifos de fogo cortaram o ar e a carne. O ácido frigiu no corpo, e Gus ruiu ao chão, vencido pela dor e pelo esforço.

A Permuta que tinha desencadeado era fraca demais, incapaz de ferir o Caliban. Talvez Pilgrind pudesse fazer alguma coisa contra aquela monstruosidade, pensou, mas não ele. Estava exausto. Praguejou, cuspindo sangue.

A música esmoreceu, depois, voltou com força. Gus arregalou os olhos, pasmado.

Finalmente, depois de três Permutas destrutivas, o Caliban reconhecia nele uma ameaça. Não era lá grande coisa, como satisfação. A música do ser explodiu sob os arcos do templo. Pedras caíram em volta.

Enfim, o Caliban atacou.

Paulus e Caius, que se encontravam em sua trajetória, acabaram sendo absorvidos. O rapaz sentiu-se afundar em uma banheira de lama e morna mucilagem gosmenta. Bateu os cotovelos em alguma coisa dura, perdeu a orientação e achou que ia se afogar. Esperneou e debateu-se. Via as nervuras internas do corpo do Caliban e o enroscar-se dos seus intestinos inchados como uvas maduras. Viu Paulus, a seu lado, que, sem perder o sorriso imbecil, rasgava e cavava.

O Caliban parou a poucos metros de Gus. Seu rosto gélido olhou para a esquerda e para a direita, altivo.

No chão, destruído, Gus quase não conseguia respirar, aniquilado.

Caius teve a impressão de estar sendo agarrado por centenas de pequenas patas e tentou gritar, mas sua boca não conseguiu emitir qualquer som. As patas seguraram com firmeza sua carne e o arrancaram do nojento corpo do monstro.

Viu que para Paulus, ao contrário, a sorte decidira dar outro destino. O rosto e o corpo do homem deformaram-se de repente, como que dissolvidos por um ácido extremamente poderoso. As mãos perderam os dedos e os braços perderam as mãos. As pernas se quebraram em vários lugares e cada segmento foi digerido.

Os últimos a desaparecer foram os olhos. Olhos vivos e conscientes. E gratos.

— Gus! — gritou o rapaz. — Gus!

Impedido pelo corpo do Caliban, não podia ver o que Gus estava fazendo. Estava ferido, cansado demais para tentar outra Permuta. Sobrava-lhe muito pouco sangue no corpo, a dor insuportável não lhe permitia concentrar-se em uma lembrança bastante poderosa para prejudicar o Caliban.

Estava ciente do que aconteceria logo que o ser reiniciasse seu ataque. A morte estava ali, diante dele, concreta como ele nunca vira em toda a sua vida. Apesar disso, apesar da fraqueza e do medo acrescido pela dor, Gus preparou-se para sair de cena da única forma que lhe parecia sensata. Lutando. O Caliban tirara sua carne e seu sangue, mas ainda sobrava-lhe o orgulho.

A música tornou-se sinuosa.

— Venha logo, seu maldito.

Com um chiado, o Caliban investiu.

E foi a catástrofe.

36

Suez era um Cambista de meia-tigela. Ele mesmo admitia que o máximo que seu talento lhe permitia era ferver a água em um bule ou jogar umas pedras de gelo em um drinque já morno. Tinha um conhecimento bastante sumário dos mecanismos da Permuta, e seu interesse pelos mistérios dessa disciplina era praticamente nulo.

Como todos os Cambistas, no entanto, Suez também tinha ouvido falar nas cartas do Tarô. Eram um instrumento para observar o presente e o passado.

Sabendo lê-las de forma correta, era possível interpretar fatos acontecidos ao mesmo tempo nos quatro cantos do planeta. Não o futuro, pois o futuro ainda não tinha sido moldado, e somente um louco poderia acreditar ser capaz de averiguar suas feições. Mais que os instrumentos da Permuta, conhecer o futuro exigia lógica e intuição.

Entre todos os instrumentos da Permuta, as cartas eram os mais confiáveis. Obviamente, nas mãos de um Cambista competente, que não era o caso de Suez, mas Pilgrind vinha a calhar. Mais que Pilgrind, aliás, o Rei Arame Farpado.

Pilgrind estava inteiramente a par do silêncio que tomara conta do Obcecado. Perfeitamente ciente do fato de que nenhuma das muitas conversas ciciadas entre os Cambistas sentados às mesas ou encostados no balcão era despreocupada.

Todos mencionavam estranhas aparições ou repentinos falecimentos. Caghoulards surpresos nos porões tremendo como filhotes assustados pela tempestade, janelas trancadas com estacas de madeira e portas fechadas a sete chaves.

Procuravam na memória velhas histórias esquecidas e as analisavam como adivinhos na tentativa de entender a inquietação daquela noite.

O que Gus e Caius estavam fazendo nas entranhas do Sacelo imbuíra o ar de energias arcanas e poderosas.

Ao lado do caneco de cerveja ainda intacto, o Rei Arame Farpado esfregava as extremidades das pontas metálicas que tinha no lugar dos braços, suscitando borrifos de fagulhas. O Rei Arame Farpado tinha olhos em forma de V, como plumas de galo.

Olhos cegos. Era por isso que era o melhor na hora de ler o presente com as cartas do Tarô. Sua cegueira forçava-o a manter-se vigilante. Cheirava o ar do Dent de Nuit com percepções e sentidos tão apurados que até Pilgrind podia ter apenas uma vaga ideia de sua finura. O Rei Arame Farpado esperava por mudanças tão flébeis quanto um imperceptível sopro de vento, captava-as, analisava-as, interpretava-as e finalmente as traduzia em sinais. Virava a carta do baralho espetando-a com os braços pontudos, para que Pilgrind ficasse a par de suas intuições.

Era um jogo de paciência. Um jogo de paciência maçante, tenso, no qual Pilgrind era forçado a desempenhar um papel incomum, o do espectador fremente. O jogo já durava três horas, isto é, desde o momento em que o grupo se separara. Buliwyf em busca dos Caçadores, Caius e Gus no Poço, e Pilgrind ali, no Obcecado.

Nas primeiras duas horas, o Rei Arame Farpado tinha mostrado somente duas cartas. A *Noite* e a *Lua*, a condição inicial. O começo da viagem. Cartas favoráveis.

Em loja nenhuma, nem mesmo entre as mais escondidas, seria possível se encontrar um baralho parecido com o que Pilgrind e Arame Farpado estavam usando.

Mesmo examinando-o com todo o cuidado, ninguém saberia entender os significados, porque se referiam a códigos àquela altura abandonados e a práticas ocultas esquecidas. Esquecidas mas não completamente, e não por todos. Sempre havia alguém que guardava o segredo. Que se lembrava. E que passava adiante a informação.

Aquele baralho particular custara a Pilgrind mais de um ano de procura e mil viagens para todos os cantos de Velho Continente. Para consegui-lo, tinha matado e ferido. Às vezes, tinha recorrido a ameaças ou, então, a súplicas, sempre apegado à convicção do descobridor de tesouros: encontraria o que com tanta dificuldade procurava. Mais de uma vez uns desavisados haviam tentado enganá-lo, mais de uma vez, durante a busca, acabara se metendo em becos sem saída, seguindo pistas falsas. Finalmente, em um velho monastério em ruínas, na Hungria, sua fé tinha triunfado. Escondido em uma pia de água-benta, que, pelo que contavam, dava azar, o baralho esperava por ele.

Os sinais impressos nas cartas duras e ásperas pelo uso não pertenciam a nenhum jogo conhecido. Nada de ouros, copas ou doidos enforcados.

Não era um jogo, na verdade. Era uma prática extremamente delicada. Traiçoeira, porque ilusória. Traiçoeira justamente porque, entre tantas ilusões, escondia verdades assustadoras. A borda das cartas estava manchada. De sangue.

O *Gato*.

A ação desenrola-se. Novos caminhos aparecem sob a lua. Na noite, mas também no inconsciente. Na parte oculta da psique humana. O *Gato* é uma carta ambivalente, mais ou menos como a palavra "Revelação", à qual está associada. Revelação do caminho e revelação das coisas escondidas. Começo de uma viagem, interior ou, talvez, mundana.

O *Poço*.

Para Pilgrind, significava, obviamente, que Gus e Caius tinham conseguido entrar no exclusivo ponto de encontro na praça da Fonte do Rana. Mas também podia significar descida. Era mais uma carta ambígua.

Descer queria dizer tornar evidentes coisas escondidas, quase sempre podres. Mas também podia indicar água-doce (não salgada, como a do Oceano, ou, pior ainda, do Mar) e, portanto, esperança de vitória. Pilgrind continuava esperando, imóvel. Concedera-se um gole de cerveja. Uma olhada rápida para as mesas que se enchiam de murmúrios e caras tristonhas. Um olhar de entendimento com Suez.

Espera. Arame Farpado virara a terceira e a quarta cartas, quase ao mesmo tempo.

A *Serpente na Fogueira*.

Depois...

O *Lêmure*.

Pilgrind ficara agitado.

A *Serpente na Fogueira*, uma cobra estilizada, pouco mais que um traço de lápis, envolvida pelas chamas, somente podia significar uma coisa: Caius e Gus haviam ficado diante de algum perigo. Mas a *Serpente na Fogueira* estava ligada ao *Lêmure*, e isso podia significar que sua intervenção não era necessária.

O *Lêmure*, uma espécie de macaquinho raquítico com olhos do tamanho de bolas, era uma regurgitação da noite. Um habitante das trevas que perdera a razão de tanto ficar olhando para a lua. Era uma carta, afinal de contas, positiva, e Pilgrind interpretou-a como uma ajuda inesperada. Mais uma carta. O *Prato*.

Respirou aliviado. Já não havia perigo.

O Rei Arame Farpado cheirava o ar. Vez por outra dava uma cambalhota. Sentava de cabeça para baixo. Dava vazão à sua impotência tamborilando na madeira meio podre da mesa à qual Pilgrind se sentara. O ar trouxera o odor do desastre. Arame Farpado ferira o polegar do Barbudo, mergulhando o braço fino em sua carne. Uma gota de sangue se havia derramado sem que Pilgrind se desse conta. Observava a sequência de cartas com expressão aturdida.

A *Caveira*.

Perigo distante que chega do...

Túmulo.

Mortos que se rebelam contra a própria condição. Significava que a *Noite* e a *Lua* se haviam aliado em vista de uma guerra e que não seriam benévolas com o *Gato* que estava viajando. De repente, a carta da *Noite* e a da *Lua* tornaram-se portadoras de maus presságios. Talvez o...

Sol.

Nunca mais apareceria para iluminar as trevas e trazer alívio ao corajoso (ou ao desavisado). Seus raios, quando mal dirigidos, podiam queimar e levar à loucura. Podia significar que a *Noite* triunfaria e que suas criaturas se tornariam dominadoras da...

Natureza.

Os mortos vivem e os vivos morrem.

Pilgrind deu um murro na mesa, praguejando. — O Caliban!

A *Dama*.

A *Dama* podia significar boa sorte, mas também terror. Ela era retratada como a *Primavera* de Botticelli, mas em lugar dos cabelos havia serpentes, como na Medusa. A *Dama* era Medeia, Prosérpina, Hecate. A *Dama* era traição, trapaça. Armadilha.

A *Cruel Sereia*.

Morte e subversão da ordem. Engano. Muralhas de Jericó que desmoronam. Erros que desabrocham em mais erros. Troia em chamas. Nenhuma certeza.

A *Gota*.

Alguém tinha morrido. Pilgrind sentiu um nó nas tripas. O Rei Arame Farpado sacudiu a cabeça. Nem Caius nem Gus. Quem, então?

Talvez o *Lêmure*.

Pilgrind mexeu-se para se levantar, mas o Rei Arame Farpado picou-o mais uma vez na mão. Era o jeito de ele dizer não. Deu uma cambalhota no ar. Leve. Entregue às correntes que agora o sacudiam como uma folha na tormenta.

Se tivesse um corpo de verdade, teria gritado de dor. Mas não passava de uma pequena figura de metal. De forma que pousou e pegou mais uma carta. A última antes de o Barbudo compreender.

A carta virada era a *Vitória*. *Vitória* era um coelho coroado que ria feliz. Sob as patas, rios de sangue e corpos desmembrados. O coelho era o senhor do sonho e da chacina. Era a maldade que levava à derrota dos inimigos. Era transformar-se no inimigo e não encontrar paz. *Vitória* podia não significar paz. Não eram sinônimos.

Mas então aconteceu o prodígio que fez Pilgrind arregalar os olhos e virar a mesa: de repente, a carta mudou.

A *Vitória*.
E então...
A *Mariposa*.
Um ser horrendo. As asas de carne. Os olhos que eram colmeias. Negro como a noite. As patas que eram braços humanos. A *Mariposa*.
Uma carta que nunca pertencera a seu baralho. Carta inútil, diziam. Significava Infração. Por isso, nenhum baralho de Tarô continha aquela carta. Como seria possível acontecer uma Infração? Quem teria o poder de abalar o mundo tão profundamente? Carta nunca levada em consideração e que agora estava ali, diante de seus olhos.

— A *Mariposa*! — gritou Pilgrind.

De repente, o plano de Herr Spiegelmann se configurara claramente na mente do Barbudo. Cada peça encontrava seu lugar; cada pergunta, sua resposta. Um plano tão perfeito quanto diabólico.

Virou as mesas. Os Cambistas perceberam subitamente a presença dele. Pasmados, foram empurrados e atropelados pelo seu corpanzil em movimento.

Ninguém o amaldiçoou. Não por medo de algum anátema, mas sim devido ao que estava berrando.

— Uma Infração! Uma Infração!

Suez deixou cair a caneca de cerveja.

— Abrigo! Busquem abrigo!

— Infração? — repetiam os Cambistas, olhando uns para os outros.

Alguém esperou que se tratasse de uma brincadeira, outros rezaram. Havia até quem nunca ouvira a palavra proibida e agora pedia explicações. Não houve respostas, pois os olhares daqueles que sabiam já eram bastante eloquentes.

— Infração!

Infração significava a abertura de uma passagem. Passagem significava... ninguém sabia.

Existia a luz, e obviamente devia existir o seu contrário, as trevas. Luz e trevas estavam sujeitas às mesmas regras, mas ambas existiam desde sempre. Cada uma, é claro, possuía seu próprio feitio.

O dos temporais, por exemplo. O mais profundo dos pesadelos. Ambas igualmente verdadeiras e reais. Ambas carregadas de sentido.

As duas, no entanto, estavam sujeitas a regras e preceitos. Regras e preceitos que desde sempre existiam. Agora as regras e os preceitos haviam sido transtornados.

Esse era o significado de "Infração".

37

"Você é o Wunderkind", grasnaram as vozes na cabeça de Caius.

A voz de Pilgrind, de Gus, de Herr Spiegelmann. Todas juntas.

Um coro ditado pelo pânico.

"Você é o Wunderkind." E apesar de não entender direito o sentido da palavra, Caius sentiu prazer ao ouvi-la ecoar em sua cabeça.

"Você é o Wunderkind." Coberto de matéria viscosa e mucilagem, com a pele ardendo como se queimada por uma estranha radiação, Caius sorriu.

— Eu sou o Wunderkind.

A criança prodígio.

Como Mozart, Harry Potter, Merlin.

Como tantos outros heróis de seus amados livros.

— Eu sou o Wunderkind — repetiu, enquanto Gus cambaleava, desafiando a morte.

O que fora que Pilgrind dissera? Não era magia. Era Permuta. Queimar as lembranças, modificar as regras da física.

— Eu sou o Wunderkind — trovejou o rapaz.

Fechou os olhos. Levou as mãos ao peito. Pensou. Charlie. Emma. A escola. Para destruir o Caliban, precisava de uma lembrança poderosa. Pensou naquele dia especial, mágico. O dia em que experimentou a sensação de frio pela primeira vez. Seu dia mais feliz? Talvez.

Durante toda a sua infância, Caius tinha sido forçado a ficar acamado, sem nunca sair de casa. Doente. Tinha conhecido o passar das estações somente através das janelas, que deixavam intuir as mudanças, e das palavras dos escritores que mais amava. O sol, raios luminosos que atravessavam as cortinas puxadas; as cores do outono, ilustrações alegres nas enciclopédias infantis. A primavera era o piar mais agudo dos pardais nas sacadas. Nunca fizera um boneco de neve nem andara descalço no leito de um riacho. Nunca tivera o prazer de acabar no meio de uma chuvarada imprevista. E nunca possuíra um guarda-chuva somente dele.

Então, certo dia, ficara bom. De repente, inexplicavelmente, sem ninguém esperar. Para Caius, fora como renascer.

Naquele dia de setembrooutubronovembro dezembro, o pai e a mãe haviamnohaviamno envolvido em um sobretudo azul que fora o primeiro a poder ser considerado realmente dele. Haviam-lhe dito... Oh, como ele se lembrava. Aquele dia, o Pai carregara-o no colo carregara-o no colo e, bufando como uma locomotiva, começara a correr a correr a correr por toda a Dames rua des. Caius lembrava os transeuntes, unsincomodadosportodaaquelabarulheira, outrossorrindodiantedaquelacena, mais outrosafastandoseamedrontados Caius Charlie se rir ou chorar como suas risadas. Quantas gargalhadas naquele dia! Era lembrança, a sua, desuamãerisadasdeseupaimisturadascomassuasenquantoosmotoristastocavamabuzinaeasvelhinhasvelhinhassorriam.

e
o
gelo
ameaçava
derrubá-los
no chão
no chão
no chão.

Caius arregalou os olhos. Permuta. O choque foi aterrador. O Caliban foi desintegrado na mesma hora. Nem teve tempo de se dar conta.

A labareda envolveu-o com terrível ferocidade, tornando-o carne morta, depois poeira e, finalmente, luz. A luz reverberou nas paredes do Sacelo derrubando a coluna mais antiga.

Destroços do tamanho de pedregulhos atravessaram o piso criando voragens. O sarcófago do Levantino foi esmigalhado. O teto ruiu. Todo o Sacelo foi sacudido por uma onda sísmica impressionante. O vazio criado onde o Caliban investira contra Gus foi preenchido pela escuridão.

A escuridão sugou o ar e os gritos. Sugou mármores e ouro. Tornou-se um minúsculo ponto negro. Desapareceu. Então, e apenas então, ouviu-se o estrondo.

Foi como se a Terra inteira estivesse se rebelando contra a Permuta operada por Caius.

Gus olhava fixamente para ele. — Caius, não... — disse. — O que foi que você fez?

Caius viu Gus. Viu-o por trás da máscara. Viu-o sem a pele que primeiro o Caliban e, depois, a própria Permuta tinham reduzido a cinzas.

E gritou: — Fique longe de mim!

38

O Licantropo era um predador.
Sua habilidade não era apenas fruto de aprendizagem, era alguma coisa que corria em suas veias junto com o sangue e a vida. E foi assim que chegou à praça da fonte: seguindo um instinto que nenhum Caçador jamais poderia igualar. E ficou à espera, como o sangue lhe sugerira.
Não teve que esperar muito.
Dali a pouco, em uma das ruelas mergulhadas na penumbra, Herr Spiegelmann apareceu, dançando no ar. Um vento invisível mantinha-o acima do solo. O Vendedor estava entregue a um profundo estado meditativo, um verdadeiro transe. Nada existia afora sua concentração.
Buliwyf não pôde evitar que um arrepio corresse por sua espinha. Quase seguindo uma coreografia, a figura obesa compôs formas geométricas usando seu corpo desajeitado como pincel e o ar gelado como paleta. Sorria e mexia os dedos.
Buliwyf nunca tinha visto uma coisa tão perturbadora. Todos os dedos se moviam como se possuíssem vontade própria. Esticavam-se, dobravam-se para frente e então chispavam para trás. Depois, se enroscavam, como serpentinas, e se bifurcavam. Langorosos ou frenéticos, lentos ou extremamente ligeiros, sem parar um só momento.

Cada gesto superava o anterior, para então retrair-se em homenagem ao movimento seguinte. A pantomima chegava a roçar nos lampiões e convocava mais um movimento que não se fazia de rogado. Como em uma dança, Herr Spiegelmann dava as costas ao Licantropo e fendia o ar em um minueto silencioso e assustador. Sorria e espalhava gelo.

Bailava, deslizava e se aproximava. Finalmente parou, de pé na fonte. Estalou os dedos e voltou a abrir os olhos. Herr Spiegelmann estava em equilíbrio na ponta dos pés como um ilusionista que tivesse escolhido o cabeção redondo do sorridente Rana para exibir-se. O Rana sorria seráfico, com o cetro entre as patas espalmadas, e o Vendedor também sorria.

Esfregava as mãos disformes, da mais absoluta brancura, e não tinha o menor receio de mostrar sua felicidade e aparentar suas verdadeiras feições.

Por baixo da pesada maquiagem, a mentira: uma boca larga demais, mãos excessivamente compridas, pernas demasiado delgadas. Funâmbulo e falso. Assassino e trapaceiro.

Ninguém aplaudiu. Ninguém se importou com as risadas de Herr Spiegelmann. Ninguém nem sequer se atreveu a pensar no que estava acontecendo.

Se Buliwyf tivesse prestado mais atenção, poderia ter ouvido aparelhos de tevê que aumentavam o volume, conversas que se tornavam berros e fingidos roncos que ficavam ainda mais barulhentos. Todas as janelas estavam trancadas.

Não havia carros.

Não havia coisa alguma.

Quem o deteve foi o predador. O tantas vezes amaldiçoado lobo com que era forçado a partilhar a alma. Os músculos de Buliwyf estavam prontos para pular, sua mão já segurava o punhal de lâmina cintilante, os dentes estavam preparados para saborear o sangue, mas o lobo ordenou que não se mexesse.

Que não desperdiçasse adrenalina. Que reprimisse a fúria e esperasse mais um pouco. Esperar e observar. Reparar, por exemplo, nos objetos amontoados aos pés do chafariz.

Cúmulos de lixo. Lixo cuja proveniência logo ficou clara para Buliwyf. Meias, cartões-postais, brinquedos descoloridos, remédios vencidos, copos rachados, animais empalhados, cachecóis, adornos sem valor, colares, velhos livros de bolso sem capa, xícaras, canetas, pregos, caixas bolorentas, pilhas de cartas ilegíveis. Bugigangas. Os objetos roubados pelos Caghoulards.

Buliwyf ficou sem fôlego. Obedeceu ao lobo. Observou e esperou. Segundos, e depois minutos.

Um estrondo ensurdecedor.

A terra tremeu. O prédio a seu lado mexeu-se como se empurrado para cima. Uma explosão que destroçou os canos de água e de esgoto. Vidros tilintaram, muitos se quebraram. Novas rachaduras se abriram na calçada. Um lampião desmoronou com grande desperdício de fagulhas enquanto os demais se apagaram, explodindo como fogos de São João.

Buliwyf olhou para o céu, atônito.

As nuvens acima de sua cabeça, as que tinham jorrado água gélida durante o dia inteiro e que haviam continuado a pesar sobre a cidade no entardecer e pela noite adentro, se haviam desfiado, entremeando-se até finalmente assumir a forma de uma espiral. Tudo isso em menos de um minuto. Por trás delas, Buliwyf podia vislumbrar o contorno opalino da lua. Emudecida.

O Licantropo ficou horrorizado com aquele silêncio.

— Infração! Infração! — gritava jubiloso Herr Spiegelmann, com aquela sua vozinha estrídula.

— Infração! Infração! — repetia com uma felicidade que dava nojo.

— Infração! Infração!

A terra estremeceu de novo, enquanto o gelo da meia-noite era sobrepujado por um calor escaldante que chamuscava os cabelos e inflamava os olhos.

Uma baforada abrasadora, que primeiro agitou e depois vaporizou as poças, enegreceu a grama e os gravetos, deixando manchas escuras nos tijolos e no reboco. O ar em brasa trazia consigo poeira incandescente.

Ofuscado, Buliwyf cobriu o rosto com uma das mãos.

Aquela ventania desnatural trouxe consigo duas criaturas. Igualmente excepcionais.

As criaturas eram Mariposas. Entre todas as borboletas que sulcam o ar, as mais feias e pesadas. Asas desprovidas de cores, a não ser aquelas típicas da noite. Esfomeadas, com um apetite grotesco e desesperado. Fome de luz, em vez de mel. Fome de calor, em vez de vida.

Mas as Mariposas que chegaram ao Dent de Nuit não eram normais. Não procuravam calor, traziam-no consigo. E, em vez da luz, pareciam procurar Spiegelmann.

Respirações de carne suspensas no ar pairavam em volta da cabeça riscada pelo sorriso do Vendedor que, nem um pouco assustado por aquela repentina aparição, continuava a gorjear sua fórmula: — Infração! Infração!

As Mariposas eram criaturas da Árvore. Como Pilgrind já tinha, certa vez, explicado a Buliwyf. Infração significava...

— Merda!

O Licantropo ficou completamente agachado. Ainda bem, para ele. A Passagem abriu-se por baixo da Fonte, engolindo mármore e bancos de pedra. A Passagem era uma ferida com mais ou menos o tamanho de uma pequena piscina.

Aquela era a origem do vento e do fogo. Mais que uma brecha, para o Licantropo a Passagem parecia uma fornalha que abria caminho para um inferno desconhecido.

O ar se mexia como se quisesse evitar o contato com a ventania escaldante que surgia dela. Os detalhes da praça ficaram confusos.

Os viçosos olmeiros que tinham bravamente resistido ao abalo sísmico murcharam e morreram, tornando-se carvão.

Herr Spiegelmann uivava: — Estou lhe ordenando! A mim! A mim!

De suas mãos, chisparam grilhões.

— Metal para o escravo! A mim! — intimava.

As correntes ficaram em equilíbrio em cima da passagem, depois mergulharam nela.

— A mim!

Spiegelmann tinha jogado suas redes, pensou Buliwyf.

Agora bastava esperar para ver o que pegaria.

Mais um prodígio no Obcecado. Mas sem testemunhas, o lugar já estava vazio. Todos haviam fugido. O *Coelho* que se tornara *Mariposa* mudou de novo. Tornou-se cão feroz de boca espumosa. Animal atacado por raiva, com olhos de gafanhoto.

Tornou-se *Jena*.

39

Seu nome era Jena Metzgeray, e seu mundo era um inferno calcinado onde o vermelho era a única cor que explodia em mil tons diferentes. E onde nenhum tipo de vida era permitido.

A não ser a dele.

Nenhuma planta poderia encontrar alimento no deserto onde ele vivia. Não havia animais nem criaturas sencientes, até os demônios receavam aquele canto de eternidade, pois os demônios eram irmanados com o gênero humano, e nada de humano podia chegar perto daquilo que morava naquele inferno oxidado sem ser por ele devorado.

Jena Metzgeray perambulava por aquele incêndio eterno e mascava areia. Era um ser terrificante, e terrificante era sua liberdade, porque repleta da sabedoria que é própria do açougueiro. Em alguns lugares, era assim mesmo que o chamavam, Grande Açougueiro Cego. Quando superava as fronteiras de sua obscura dimensão de fogo e poeira para entrar naquela onde a Torre Eiffel se erguia sobre Paris e os corvos do Big Ben garantiam longa vida e prosperidade aos possuidores da Coroa, um verdadeiro inferno era distribuído com generosidade. Jena era sangue. Jena era o Grande Açougueiro Cego.

Ele era mesmo danado, senhor de uma violência cujos estigmas haviam descarnado sua figura até a tornarem máscara. Não tinha lábios e não tinha olhos, de forma que seu rosto mostrava uma careta sarcástica parecida com a morte de foice na mão. Usava um chapéu preto, de abas largas, como os da época da Fronteira e, com efeito, seu domínio era uma das Fronteiras, mais externas do Cosmo. Vestia uma capa de chuva de pele, mas não era pele de boi ou de touro, era a pele das almas que ele mesmo tinha esfolado. Trágicos escolhidos que tinham tido a duvidosa honra de chamar a sua atenção.

Levara séculos, para que parassem de implorar.

Segurava facões descomunais, o Grande Açougueiro Cego.

Jena Metzgeray levantou os olhos para o céu. Quando as correntes fecharam-se em volta de seu pescoço, sibilou de dor e indignação. Quando elas se esticaram, procurou forçá-las, sem sucesso. Compreendeu que qualquer esforço seria em vão e, cheio de furioso desdém, deixou-se arrastar até a Passagem.

Via uma figura debruçada além dela. O ser que o estava aprisionando. Uma figura flácida, asquerosa. Uma figura de carne e gordura. Próspera e, portanto, horrenda para ele que era um ser de chama destrutiva e aniquiladora. Jena Metzgeray gritou quando os grilhões o reduziram à escravidão.

Não tinha nascido para ser evocado.

Não tinha nascido para ser escravo.

Somente saía de seus confins quando ele mesmo achava oportuno, somente quando sua vontade o levava a procurar novos espaços. Espaços tão frágeis que sempre resultavam em decepção.

Conhecia as regras da escuridão e da luz, afinal de contas era o Rei de seu mundo. Não tinha pensamentos, pelo menos não como Buliwyf poderia entendê-los. O Barbudo não conseguia tirar os olhos das correntes esticadas que fumegavam e se derretiam sem nunca se quebrarem. Na mente da figura demoníaca, a raiva tinha evocado a palavra "Infração".

Com alguma ironia, perguntou a si mesmo quem poderia ser tão insano a ponto de usá-lo como meio para devolver o equilíbrio ao universo. Era bastante imprudente, cogitou, tentar se aproveitar de seus serviços. A diversão levou a melhor sobre a raiva.

Por esse motivo, quando com mais um puxão Jena Metzgeray arribou à Fonte do Rana, tirado da sua dimensão infernal feita de vermelho e poeira, ele estava rindo.

Spiegelmann suava. Até ele estava assustado com a figura esquelética que emergira da Passagem.

Buliwyf tremia como uma criança perdida e não sentia vergonha. Aquele ser era maldoso.

— Jena Metzgeray, escravo! — chamou Spiegelmann com voz débil. Depois, para não mostrar fraqueza, endireitou as costas e repetiu, mais alto: — Escravo!

Jena Metzgeray não deu sinal de ter ouvido a ordem. Com uma altura de mais de 5 metros, apesar de magro como um caniço, podia fitá-lo diretamente nos olhos sem ter de levantar a cabeça. Não tinha olhos, mas Spiegelmann sentia mesmo assim que a criatura evocada fremia de raiva.

O menor erro seria suficiente para Metzgeray arrastá-lo, berrando, para o seu inferno particular.

Era um risco inebriante.

— Escravo! — gritou, açoitando-o com a corrente.

Metzgeray ajoelhou-se.

— Eu o evoquei.

— Por quê?

A voz de Metzgeray torturava os ouvidos. Era o rumorejar surdo de um alto-forno, o estridor de uma floresta em chamas, o estrondo do enxofre incandescente. Não estava desprovida de emoção, estava repleta dela. Não foi, portanto, difícil, para Spiegelmann, dar-se conta do erro. O que a criatura estava manifestando não era raiva, era desprezo.

E divertimento.

Herr Spiegelmann ficou atônito. E confuso. Assim, sua voz tornou-se mais áspera.

— Eu estou mandando.

— Por quê?

Spiegelmann titubeou por alguns instantes antes de responder, lamentoso: — Porque foi cometida uma Infração. Uma Infração muito grave, e as Mariposas... — engoliu em seco. — A Lei...

— Sei o que a Lei manda — replicou a criatura, em tom de chacota. — Só quero saber o que quer que eu faça, criatura de plástico.

Spiegelmann mordeu os lábios. Não compreendia direito as palavras de Jena Metzgeray, tampouco conseguia entender o motivo daquele sarcasmo, mas não importava.

Dali a pouco tudo seria diferente, pensou. Muito em breve, tudo mudaria drasticamente.

Não demoraria para ele ter sua recompensa. E então, oh, sim, então poderia colocar um preço em tudo. Vender sal às lágrimas, beijos às bocas. Poderia transformar o mundo em um lugar reluzente, tão brilhante quanto ele mesmo. O universo, em uma região sem fronteira em que tudo, qualquer coisa, seria moeda e dinheiro. A água e as chuvas e os mares que as recebiam, os peixes e o que os peixes expeliam. Poderia vender calor ao sol, liberdade aos albatrozes, da mesma forma com que acharia graça em apagar os olhos dos credores. Mas para chegar a isso, ainda tinha que dar mais alguns passos.

— Cheire. Cace. Golpeie! — grasnou o Vendedor. — Golpeie e seja implacável! E, quando terminar, Metzgeray, quero a *ele*.

Um lampejo de compreensão brilhou na caveira de Jena. Deu uma olhada nos objetos amontoados aos pés do chafariz.

— Cambistas — sorriu com escárnio o ser infernal. — Criaturas ávidas. — A careta transformou-se em uma gargalhada. — Criaturas desprezíveis que vagueiam cegas.

O vento tornou-se mais impetuoso. O Licantropo teve que fechar os olhos para não os machucar.

Jena inspirou o ar com um repentino assovio. — Você quer... poder.

— Isso mesmo.

— É sempre a mesma coisa — sorriu Metzgeray, escarnecendo-o.

— Quero o poder — esbravejou Spiegelmann. — E você vai me dar. Sei que pode fazê-lo.

— Claro que posso. E lhe prestarei meus serviços a contento.

Havia algo assustadoramente ambíguo naquelas palavras. Spiegelmann sacudiu as correntes. — Não tente bancar o esperto comigo. Muito em breve, eu... nós...

— Nós? — A interrogação logo desapareceu das órbitas negras de Metzgeray. — Sim, claro, nós. Entendo.

— Então, mexa-se! Mexa-se logo, seu maldito!

— Você quer poder.

— Quero! Quero mesmo! — estrepitava Herr Spiegelmann. — Poder, muito poder! Quero as mãos! Quero as mãos! Eu sei! Há poder nelas! Eu preciso! Preciso!

Metzgeray ergueu-se em toda a sua imponência. Apesar das chibatadas, Spiegelmann não pôde evitar.

— Estas aqui... — disse Metzgeray quebrando as correntes, uma depois da outra — já não servem. É a Lei. E eu sou Rei.

Obedecerei à Lei. Quanto ao seu desejo... — levou o chapelão ao coração, fazendo troça —, terá fartura de mãos. E terá a *ele*. Tem minha palavra.

— E poder.

— Muito mais do que espera.

Jena curvou-se em cima dos objetos roubados pelos Caghoulards e cheirou-os um após outro. De cada um deles surgia uma cor diferente. Jena engoliu cada um daqueles matizes. Buliwyf sentiu um vazio no estômago.

— Cheiram a Caghoulards. Já devia saber: uma criatura abjeta — disse Metzgeray, sem tirar os olhos do Vendedor — sempre chama mais criaturas abjetas.

— Como se atreve!

— Obedeço à Lei, e não às suas vontades — foi a resposta.

Então, o Grande Açougueiro Cego desembainhou seus facões.

— Agora! — gritou Spiegelmann. — Agora!

E Metzgeray começou sua caçada. Rindo.

40

O segundo tremor de terra surpreendeu-a diante da vidraça que contava seu amor impossível pelo Licantropo.

Tudo indicava que aquela seria a última imagem que guardaria da obra-prima: uma imagem trêmula e sombria.

Alguns copos se espatifaram nas tábuas do piso. As paredes rangeram. O vitral vibrou com violência.

Rochelle dirigiu um sorriso alentador à mulher ao lado dela.

— Está tudo bem.

Capucine nem tentou disfarçar. Era uma mulher forte e decidida, mas, naquele momento, não parecia nem forte nem decidida, somente apavorada.

— Acha que foi o último? — perguntou.

— Assim espero — respondeu Rochelle.

— Não precisa se esforçar.

— Como assim?

— Não adianta sorrir se não tem vontade. Não há motivo para rir esta noite.

— Acho que você está certa.

— Está preocupada com ele? — Apontou para o lobo, no meio do vitral.

Rochelle assentiu. — Não apenas com ele. O tremor de terra e... Está ouvindo?

— O vento.
— Já ouviu uma ventania como esta?
— Não, nunca.

— Rochelle! — chamou a voz ríspida de Suez. — Mas que droga, Rochelle! Abra logo!

As mãos batiam na porta como se quisessem derrubá-la. Rochelle e Capucine entreolharam-se.

— Rochelle!
— Não vá... — suplicou Capucine.
— É Suez, não tenha medo.
— Ele também é um daqueles... um...
— É. Um ótimo sujeito.

Com o coração a mil, Capucine viu a Rarefeita aproximar-se da porta e abri-la o bastante para reparar no estado de total agitação de Suez. O rosto acalorado, os olhos febris, cheios de adrenalina. E de medo.

O vento quente forçou-a a soluçar.

— Entre — disse.

Suez, pensou Capucine, até que seria um bonito homem — embora ela não tivesse uma queda particular por homenzarrões cheios de tatuagens — não fosse pelo toque de loucura que pairava à sua volta. Mordeu os lábios e aproximou-se dos dois.

— Buliwyf? Gus? Preciso falar com eles — foi logo dizendo Suez, sem nem olhar para ela.

— O que está acontecendo? — perguntou Rochelle.
— Preciso falar com eles. Onde estão?
— Não estão aqui. Mas, Suez, diga logo o que está acontecendo!

Lendo o medo nos olhos dela, o homem passou uma das mãos na testa, para tirar o suor. Procurou acalmar-se. — Nada, por enquanto... Pilgrind... mencionou uma Infração. Começou a berrar que tínhamos que encontrar um abrigo. Eu... vim aqui à cata de Buliwyf e Gus. Pensei que...

Rochelle mandou-o sentar.

Capucine trouxe um copo d'água.

— Tem certeza de que ele falou em Infração?

— Absoluta — confirmou Suez, depois de acalmar a sede.

— Foi o que ele disse: Infração. Tinha ficado a noite inteira sozinho, perdido em um jogo de paciência. Então, de repente... — sacudiu a cabeça. — ... explodiu o pânico, e todos foram embora. Eu deixei o Obcecado e vim para cá... — Arregalou os olhos, como se tivesse lembrado alguma coisa. — E o garoto?

— Está com Gus.

Suez fitou-a como se tivesse dito o maior absurdo. — Com Gus?

Rochelle confirmou. — Foram ao Poço.

Desta vez, quem olhou para ela como se tivesse ficado doida foi Capucine. — Ao Poço? Não é aquele clube esnobe para grã-finos, perto do chafariz? O que foram fazer em um lugar desses?

Rochelle não pôde responder, pois naquele momento começou a gritaria.

Jena Metzgeray tinha começado sua caçada.

Fabien Chatang era um Cambista que morava no boulevard Chroniques, em um apartamento visivelmente grande demais para as necessidades dele.

Estava sentado em um almofadão, de pernas cruzadas, uma bengala na direita e uma latinha de cerveja na esquerda.

Um paredão de latinhas e garrafas a protegê-lo do vento que sacudia as janelas fechadas.

Fabien tinha comprado aquele apartamento graças à herança dos pais, contando com o fato de estar de casamento marcado e de Florence acabar enchendo o espaço com uma linda ninhada de pimpolhos.

Infelizmente, a compra da casa revelara-se o começo do fim. Florence o tinha deixado por um músico com o qual decidira dar uma volta por todas as ilhas do planeta, e Fabien ainda não conseguia acostumar-se com a ideia.

Nem tanto devido ao súbito abandono, quanto pelo fato de Florence nunca ter gostado de viajar. O apartamento, que desde o começo lhe parecera grande, agora também lhe parecia vazio.

Durante a mudança, metade de seus móveis haviam acabado do outro lado da cidade, e Fabien, bêbado como não lhe acontecia desde os tempos da faculdade, tentava dar um sentido àqueles aposentos vazios e de paredes despojadas.

Ele mesmo estava vazio. Desesperado, infeliz.

Por isso, quando Jena Metzgeray irrompeu em sua solidão, ficou bem feliz em morrer.

"Pois afinal", pensou, "isso não passa de um sonho".

Muriel e Laure se haviam conhecido por acaso em uma estação do metrô, por causa de uma chuva insistente.

Haviam trocado números de telefone e endereços, e muito em breve a presença de uma na vida da outra se transformara em um sentimento transtornante.

Amavam-se de verdade, e não demorara muito para Laure, durante um passeio a Belleville, confessar seu amor a Muriel. Quando Muriel a beijara bem no meio da rua, muitos transeuntes haviam batido palmas. Fora uma coisa linda e embaraçosa ao mesmo tempo.

Muriel era uma Cambista.

E descobrir isso fora um verdadeiro trauma. Nem o pai nem a mãe eram Cambistas. Haviam gritado, praguejado, invocado a ajuda de especialistas e psicólogos, tinham analisado e racionalizado, mas quando Muriel permutara um anjinho de prata diante dos olhos deles, tornaram-se frios e cheios de suspeitas.

Assustados. De forma que Muriel, olhada com desconfiança por seus próprios pais, tinha juntado os trapos e decidido ir embora.

Ali, no Dent de Nuit, conhecera Cambistas que a tinham treinado avisando-a dos perigos inerentes à Permuta. Sentira-se, finalmente, aceita e, agora que tinha descoberto o amor, sentia-se plenamente feliz. Laure era uma mulher especial. Extrovertida, inteligente, engraçada. Uma pintora notavelmente talentosa. Mas havia aquele segredo.

Laure nada sabia da Permuta. Muriel jamais confessara.

E se Laure fosse reagir como seus pais? Esse pensamento esticava as noites até alvoradas esbranquiçadas e infinitas. Nunca teve coragem de confessar.

Laure, depois daquela noite, nunca seguraria um pincel de novo a não ser para desenhar ameaçadoras figuras pretas envolvidas por borrifos de vento vermelho.

— Mas que diabo...?

François quase caiu da cama quando ouviu a parede explodir.

Sua mulher, Emilie, ficara encolhida em um canto, emudecida.

Indicava alguma coisa.

— Que diabo...?

François pensou em um atentado terrorista.

Depois, viu Jena Metzgeray e deixou de pensar. Melhor assim. Encontraram-no daquele jeito, no dia seguinte, nu, ninando o cadáver mutilado de Emilie.

Quantos, no Dent de Nuit, foram visitados pelo Grande Açougueiro Cego naquela noite? Uma multidão.

A maioria morreu na mais completa solidão, deixando tribunais e jornalistas sem testemunhas confiáveis. Obviamente, foram instaurados inquéritos, e muitos apareceram fuçando no bairro nos dias que se seguiram à noite de Jena Metzgeray. Alguns por obrigação, muitos somente para mexer na podridão a fim de arrumar um furo.

Os telefonistas da gendarmaria foram atropelados por centenas de chamadas (que chegaram apenas depois de tudo acabar), e as patrulhas enviadas ao Dent de Nuit, de sirenes ligadas, viram-se forçadas a dar voltas por vários minutos antes de chegar ao destino. Os sinais de trânsito mudavam toda vez que se passava diante deles, criaturas cheias de dentes apareciam das sarjetas para roer pneus e botas.

Foram incrivelmente poucos os feridos levados ao hospital, enquanto inúmeros (um cirurgião usou a palavra chacina) foram os cadáveres envolvidos em sacos pretos que acabaram nas mesas dos médicos legistas. Guardas e médicos, portanto. Se pode parecer quase óbvio que tais autoridades estivessem receosas em divulgar os estranhos fenômenos a que tinham assistido em um bairro do qual nunca ouviram falar e cujo nome pouco a pouco sumiu de suas consciências, ao contrário surpreende que até os jornalistas envolvidos se mostrassem igualmente indecisos e acanhados. Como podiam ser sinceros na hora de mencionar o sangue derramado em um bairro que nem aparecia nos mapas sem perderem a credibilidade junto aos leitores?

Falou-se em uma fuga de gás, e isso criou as condições para um covarde jogo de empurra entre as várias repartições administrativas, que acabou em um inútil bate-boca político. Não demorou para que os mortos do Dent de Nuit fossem simplesmente esquecidos.

A porta do Dias Perdidos e toda a parede em volta viraram poeira.

O vitral ficou despedaçado. Lascas coloridas, no dia seguinte, foram encontradas a mais de 50 metros de distância. Uma, do tamanho da tela de uma televisão, acertou Rochelle em uma perna. A Rarefeita não podia sangrar, mas podia sentir dor.

Capucine gritou com todo o fôlego que tinha nos pulmões, e seu berro transformou-se em um seco grasnar quando a poeira que acompanhava Jena Metzgeray invadiu o local, tornando a respiração praticamente impossível.

O calor tórrido chamuscou os rótulos das garrafas e matou na mesma hora todas as plantas do local.

A risada de Jena ecoou entre as paredes do lugar. Segurava dois grandes facões sujos de sangue. Não havia dúvidas quanto às suas intenções.

Suez tentou uma Permuta, mas o afã, o medo e os berros da mulher, que se agitava como um beija-flor, impediram que se concentrasse devidamente. Era um péssimo Cambista. Fez então o que estava acostumado a fazer no Obcecado quando se via forçado a enfrentar uma briga. Agarrou uma cadeira e jogou-a contra a figura vestida de preto e vermelho.

A cadeira se estilhaçou antes mesmo de chegar ao alvo.

— O que é isso? O que é isso? — gritava Capucine, tossindo.

Rochelle, dobrada pela dor, sentia sobre si o olhar do crânio fumegante. Jena parecia curioso diante daquele grupo heterogêneo.

Uma humana, uma Rarefeita e um Cambista aniquilados por sua presença. O Dent de Nuit era, para ele, uma contínua surpresa. Encontrara amantes atarefados em práticas incomuns, drogados que espremiam sangue sobre gastos Artefatos, tinha até destelhado casas habitadas por ratos e Caghoulards. Mas aquela era a primeira Rarefeita que encontrava.

Eram seres raros.

Seu interesse esmoreceu depressa, como sempre acontecia quando se encontrava na região onde o sorriso da Mona Lisa não disfarçava enigmas, mas sim terrores, onde o mistério era banido e o Coliseu não passava de uma esplêndida intuição abandonada e em ruínas. Um lugar desprovido de atrativos, borbulhante de vida e ruído. Tinha um trabalho a fazer, porque era isso que a Lei estabelecia, e uma desforra a cumprir, pois assim decidira seu orgulho real.

Inútil perder tempo.

— Cambista — chamou.

Ao se ouvir chamar, Suez meneou a cabeça e preparou-se para luta braçal. Não se entregaria fácil, venderia cara sua pele. Atreveu-se até a ameaçar — Suma daqui — disse. — Ou será pior para você.

Jena rodeou os dois facões no ar com a elegância de um malabarista.

— Poupe-nos, grande Rei — suplicou Rochelle, de repente. Embora ferida e amedrontada, tentava mostrar-se altiva e nem um pouco intimidada. — Grande Açougueiro Cego.

— De que diabo está falando? — rosnou Suez. — Procurem fugir!

Não fugiram. Capucine porque não conseguia se mexer de tanto medo, Rochelle porque conhecia o cerimonial para dirigir-se às Altezas.

— Ele é um Rei — disse, sem tirar os olhos da criatura.
— Chama-se Jena Metzgeray. Não deveria estar aqui. Nós o abençoamos, Grande Açougueiro Cego, e imploramos...

— Eu — insurgiu Jena — estou no lugar onde *eu* decidi estar, Rarefeita...

Os desmedidos facões voltaram a rodear no ar, provocando um silvado que fez Capucine gemer.

— O que quer de nós?

— Nada — foi a resposta.

Apontou para Suez.

— É a mim que você quer?

Jena sorriu. — Quero suas mãos.

— Quer...

Não houve dor.

Pelo menos, não de imediato. Jena mexeu-se com velocidade sobrenatural. Capucine virou a cabeça e vomitou emporcalhando o suéter deformado, Rochelle não pôde deixar de fechar os olhos, ainda que apenas por um momento, quando uma quente labareda carmesim envolveu seu rosto. Suez piscou.

Depois, olhou para as mãos. Já não estavam lá.

Estavam no chão.

A esquerda ainda fechada. O dedo médio da direita a tremelicar em um gesto vagamente obsceno. Suez ficou olhando para ambas. Depois, para os cotos. A ferida era perfeita. Dos cotos fluía um jorro de sangue escarlate, e a dor foi excruciante.

— Maldito! — gritou.

Jena sorriu de novo.

Suez investiu contra ele aos berros.

A surpresa com aquele gesto tão imprevisto fez com que Metzgeray não baixasse logo as lâminas para quebrar a espinha do homem. Estava quase fascinado com a raiva do brutamonte que, embora à beira da morte, ainda encontrava energia para rebelar-se.

Suez conseguiu penetrar a caligem urticante e golpeou com os dois cotos o corpo do Grande Açougueiro Cego. O contato mergulhou-o em mil novos sofrimentos. Foi como se minúsculos cacos de vidro tivessem sido derramados em suas veias.

Gaguejou, bracejou, recuou e preparou-se para atacar de novo, último ato de sua vida antes de deixar-se morrer e de o pano cair. A poeira incandescente redemoinhou com maior intensidade em volta do Rei. Suez nem reparou.

Tudo rodava, tudo perdia consistência. Suez sentiu-se levado para longe, o aposento se encolhia e tudo o que ele queria era deitar e dormir. Dormir para sempre. Deixar-se engolir pela escuridão. Mas, antes disso, queria golpear de novo.

Cambaleou, ficou de joelhos.

Jena jogou um facão contra a parede. A lâmina fincou-se por mais de meio metro.

Sua mão pousou no crânio de Suez, seus dedos seguraram o rosto. Levantou-o.

Suez pôde ver que, nos olhos de Jena, havia coisas bem piores que a morte.

A gargalhada insana do Açougueiro ensurdeceu-o. Suez sentiu-se sugar por um abismo.

Jena soltou a presa. Esticou a mão, e o facão voltou a seu lugar.

Virou-se. Saiu.

Os três ficaram no local. Rochelle, que não conseguia parar de tremer. Capucine, que rodeava os olhos, de cabelos totalmente brancos. E Suez. Os cotos dos braços fumegavam, enegrecidos. Cauterizados. Ele delirava.

A dor era terrível, mas continuava vivo.

Suas mãos, por sua vez, haviam desaparecido.

41

Imóvel, de braços levantados, com uma expressão extática no rosto disforme, o Vendedor estava firme, no topo da estátua do Rana. Alguma coisa estava mudando nele.

Sua figura parecia perfeita demais, cristalina e nítida demais, a ponto de dar nojo. Emergia do pano de fundo da praça arrasada pela tempestade de fogo que Metzgeray trouxera consigo, como se fosse o único protagonista verdadeiro e real daquela catástrofe.

Buliwyf, entrincheirado em seu esconderijo, tinha a impressão de estar olhando para uma geleira em um dia ensolarado. Seus olhos reagiam da mesma forma, lacrimejando e queimando. Mas não era apenas isso que provocava horror no Licantropo. Havia outro fenômeno, bem mais difícil de ser devidamente entendido. Herr Spiegelmann estava ficando maior.

No começo, o Licantropo pensara ser apenas uma ilusão de ótica.

Mas não era isso.

Herr Spiegelmann estava de fato se dilatando de forma desmedida.

Sua grande cara de lua estava esticada, inchada como uma bola de couro, os lábios sobressaíam em uma careta de babuíno, as mãos haviam se tornado tão volumosas quanto pneus, com dedos que pareciam gordas salsichas. O ventre redondo, como que entupido de ar e comida. À volta dele, um halo azulado. Quanto mais tempo passava, mais o halo se tornava azul e Herr Spiegelmann se dilatava.

O Vendedor estava se alimentando.

Buliwyf intuiu o nexo entre o aparecimento do ser demoníaco arrancado à força pela Passagem e os gritos que ouvia ecoar em volta. O ser estava fazendo alguma coisa, algo terrível, e a chacina proporcionava alimento ao Vendedor. Como um mosquito voraz, Herr Spiegelmann estava engolindo o sofrimento que o lobo percebia no ar.

A julgar pela expressão extática de seu rosto, o repasto devia ser para ele extremamente agradável. Se quisesse acabar com aquele horror, o Licantropo tinha que agir sem demora.

Preparou-se para atacar. E, mais uma vez, seu propósito homicida foi frustrado. Por Pilgrind, surgido silenciosamente atrás dele.

— Filho da puta... — murmurou o Barbudo, olhando para Herr Spiegelmann.

— O que está fazendo?

— Comendo.

— O quê?

Pilgrind fitou-o fixamente, antes de responder. — Cambistas.

— Não é possível.

— Claro que sim — afirmou Pilgrind. — É muito possível. Alguma coisa deve ter acontecido no Sacelo. Chegou a ver o que ele evocou?

Buliwyf procurou descrever a criatura surgida da Passagem, mas, não encontrando palavras, limitou-se a assentir e a ciciar:
— Enorme. Negro.

— Preciso de mais, Buliwyf, isso não basta — insistiu o Barbudo.

Buliwyf tentou. — Chamou-o de Jena... Jena alguma coisa.

Pilgrind empalideceu. — O cara ficou louco. Mas talvez seja uma boa notícia.

— De que diabos você está falando? — exclamou Buliwyf. — Está ouvindo esses gritos? Está sentindo o cheiro de sangue? Isso é uma guerra, porra. E você vem me dizer que é uma boa notícia? Aquele monstro...

— Aquele monstro é um Rei. E não é bom brincar com os Reis. Spiegelmann superestimou-se. Como de costume. — Pilgrind quase sorria.

Buliwyf desvencilhou-se.

— O que pretende fazer, Licantropo?

— Matá-lo.

— Desista. Se o matasse neste momento — Pilgrind indicou com o dedo Herr Spiegelmann, que ia se inchando a olhos vistos — destruiria metade do bairro. Somente podemos ficar aguardando.

Buliwyf relaxou os músculos — O que está acontecendo, Pilgrind? — murmurou angustiado.

O Barbudo suspirou. — Acho que esse foi o plano de Herr Spiegelmann desde o começo. Passou-nos a perna. Conseguiu nos separar. Fez com que Caius acabasse no Sacelo e forçou-o a cometer uma Infração.

— O que é uma Infração? É tão perigosa assim?

— As cartas foram claras. Foi cometida uma Infração. A *Mariposa*...

— Mariposa? Vi duas... Repulsivas.

— Existem Leis, Buliwyf. Leis imutáveis. Caius infringiu uma delas, e a Ordem perdeu seu equilíbrio. Só assim Spiegelmann pôde abrir a Passagem, nunca teria conseguido sozinho. Acabamos caindo na conversa dele. Acho que o rapaz...

— sacudiu a cabeça — ... praticou uma Permuta. Mas isso é proibido para ele. Porque é o Wunderkind. E esta... — indicou a praça e o Vendedor — ... é a consequência do gesto dele. Não podia saber. É apenas um garoto, mas isso não o torna imune, ele também está sujeito à Lei. Teria sido melhor a gente lhe contar tudo. Mas contar — àquela altura, Pilgrind já falava consigo mesmo — podia significar levá-lo a lembrar, e aí...

— Aí o quê? Lembrar o quê? Merda! — praguejou o Licantropo. — Quer falar claro de uma vez por todas?

— Receio que descobrirá até cedo demais, meu amigo. Spiegelmann está se carregando com a energia de todos os Cambistas do bairro. Ou quase. Está se lembrando dos roubos? De todos os objetos surripiados pelos Caghoulards? As bugigangas? Não importava o que fossem ou qual fosse o valor. E tampouco eram uma maneira para nos enganar, pelo menos não do jeito que a gente pensou. Aqueles objetos serviam para que Metzgeray pudesse encontrar os donos. E cortar suas mãos.

Buliwyf gemeu, horrorizado: — Então é isso que está acontecendo? O demônio está cortando as mãos dos Cambistas?

Pilgrind nunca lhe parecera tão velho e cansado. — Isso mesmo. De todos aqueles que tiveram alguma coisa roubada.

— Mas... por quê?

Pilgrind mostrou a palma da mão aberta. — É com a mão que se modifica o mundo, Buliwyf. E a mão é o fundamento da Permuta. As mãos dos Cambistas estão impregnadas de energia de Permuta. Através de Jena Metzgeray, Herr Spiegelmann está roubando aquela energia. Só assim pode destruir o que eu, Gus e o Rei Arame Farpado criamos.

— Como assim? O que quer destruir?

— Ora, ele... Cuidado, Buliwyf!

Alguma coisa trepara no ombro do Licantropo.

Uma mão.

A praça foi invadida.

42

A primeira mão era de mulher. Tinha unhas pintadas de vermelho e dedos finos.

Era mão direita.

As unhas tinham perdido lisura e forma, se haviam lascado no asfalto molhado. O mindinho estava dobrado, com a falange que pendia inerte, quebrada. Quando se mexia, produzia um tique-taque, como a batida mecânica das pinças de um caranguejo. E a semelhança com o mundo dos crustáceos não se limitava a isso quando se movia.

Parou, como se cheirasse o ar. Apontou para a Fonte do Rana com o indicador já praticamente desprovido de esmalte e uma segunda mão, grosseira e robusta, de um homem negro, juntou-se a ela na luz amarelada do vendaval desencadeado por Jena Metzgeray.

A mão negra não havia sido decepada com perfeição, pois o dono tinha tentado esgueirar-se do fio implacável dos facões do Grande Açougueiro Cego e agora era forçada a arrastar atrás de si filamentos de tendão, como uma cauda grotesca.

Eram somente a vanguarda.

Haviam sido órgãos de pessoas jovens e vigorosas e, por isso mesmo, foram as mais rápidas a executar as ordens do Vendedor.

Saboreavam a nova condição de independência com um frêmito de excitação. Um resquício das consciências que haviam pertencido aos corpos dos quais, até pouco antes, haviam sido apêndices, continuava gravada na carne, de forma que tendiam a se movimentar seguindo lógicas de hierarquia e prestígio.

A mão direita procurava evitar as poças mais profundas, assim como o lixo e os excrementos, a fim de manter pelo menos uma aparência civilizada, enquanto a esquerda, que avançava em zigue-zague, logo que vislumbrava a presença de montões de sujeira mergulhava neles com volúpia, como um cão que recobrou a saúde após uma longa convalescença.

Agora leves, depois das facadas de Jena Metzgeray, mexiam-se ágeis, segundo um impulso que as incentivava a nunca parar, nem mesmo para cuidar de sua incolumidade. Algumas mãos haviam sido esmagadas por carros dirigidos por homens e mulheres enlouquecidos de medo, ou então mordidas por cães e gatos sem dono. Mas estas eram as ordens: avançar o mais rápido possível.

O general no comando, que se erguia extático no topo da Fonte do Rana, não se importava com o bem-estar de sua tropa, mas somente com a quantidade. O exército dele estava fadado ao suicídio, embora não se desse conta disso.

O primeiro pelotão chegou logo em seguida, e depois mais outro. Então, um terceiro e um quarto. O cicio abafado de milhares de dedos foi o presságio da chegada do grosso da tropa. Quando isso aconteceu, foi um espetáculo apocalíptico.

As mãos se amontoaram, cada uma esmagando o dorso da outra, esperneando frenéticas, ora juntando-se com alguma ordem, ora simplesmente empilhando-se no caos mais completo.

Obviamente, dependia muito das condições de saúde e da idade dos antigos corpos dos quais haviam sido separadas, mas, na maioria dos casos, seu comportamento decorria da Permuta ainda presente na ponta dos dedos sobre os quais se moviam.

Energias diferentes indicavam diferentes graus de habilidade.

Nem mesmo entre as mãos decepadas vigorava a igualdade de patente.

Havia coronéis, capitães e sargentos. E depois cabos, soldados rasos e recrutas.

Mas nenhum desertor.

As que haviam pertencido aos Cambistas mais dotados acolhiam de forma muito precisa a exortação de Herr Spiegelmann e, portanto, cabia a elas a honra de guiar a soldadesca, formada por Cambistas que, em muitos casos, nem desconfiavam de que possuíam essa habilidade. As mãos deles, agora cegas e inseguras devido à falta de familiaridade com o sobrenatural, moviam-se incertas diante do chamado do Vendedor, tomadas por uma vaga sensação de incompletude que as tornava obtusas e atrapalhadas.

Surgiam, então, brigas, dedos de mãos diferentes se entrelaçavam em lutas frenéticas, enquanto palmas se enfrentavam como touros na arena com grande desperdício de energia. Polegares tentavam torcer indicadores e médios eram dobrados em ângulos fora do comum. Cabia às mãos mais robustas restabelecer a ordem.

Não foi, portanto, um bando perfeito o que se reuniu na praça da fonte chegando dos quatro pontos cardeais, mas tampouco foi uma horda, pois, se assim fosse, Buliwyf e Pilgrind acabariam sendo atropelados por aquele fluxo incessante e impetuoso. Um riacho de asquerosos caranguejos que se tornou rio e lago.

E, finalmente, mar.

43

Jena subiu ao céu levando consigo o arco-íris das cores próprias da chacina.
Vermelho, amarelo, preto. E verde-bile.
A nuvem de hematita que o envolvia escoltou-o como a cauda luminosa de um cometa.

As poucas almas que tiveram o azar de assistir ao breve voo noturno do Grande Açougueiro Cego — um gari que tinha encontrado abrigo atrás de um Volvo azul, uma trêmula prostituta atrás de um banco arrancado do chão e um Cambista sobrevivente à colheita de Jena — ficaram destroçadas ao distinguir, na poeira de que era composta a nuvem incandescente, formas que se moviam, criaturas de algum modo vivas e conscientes. Nos contornos enferrujados das volutas daquela matilha de cães fiéis, vislumbravam-se rostos disformes, olhares e grunhidos de demônios, semblantes que apenas lembravam a raça humana quando os delírios dos psicopatas chegavam a se assemelhar a sonhos. O lado obscuro do intelecto do gari, da prostituta e do Cambista reconheceu naqueles vultos o que sobrava das almas ceifadas por Jena.

E, com isso, aprendeu uma lição mortal. Nada morria de verdade do outro lado da Passagem.

O Rei estava além da morte.

Jena chispou como ave de rapina, com o ar estalando à sua passagem. O demônio chegou ao topo de uma parábola fechada e mudou de direção, mergulhando a toda velocidade em um voo de cabeça que o levou de volta à Fonte do Rana. Apenas no último momento virou bruscamente, chocando-se com o solo a poucos metros de distância do clube chamado O Poço.

Sua descida não se deteve.

A gravidade e a solidez do terreno não passavam de minúcias para Metzgeray. O mundo se abria em uma rápida voragem, quase como se temesse o contato com a criatura evocada por Spiegelmann.

Pedaços de pórfiro voaram longe, em uma salva de artilharia, estatelando-se nos muros dos prédios, deixando buracos tão profundos quanto tiros de morteiro e até conseguindo, às vezes, derrubar paredes inteiras.

A fértil camada de lama habitada por vermes e baratas que ficava por baixo do calçamento da rua espalhou-se como manteiga derretida para agradar Jena. O Rei cortou a terra com desmedida velocidade.

Para baixo.

Penetrou a dura camada de rocha impermeável e esmigalhou a menos compacta de formação calcária, mais úmida e porosa, que em um longínquo passado havia abrigado um grande veio de água potável. Os metros de gelo evocados pelos Sacerdotes do Sacelo como casulo protetor do túmulo de sua divindade já falecida não lhe deram o menor trabalho. O fogo tinha poder sobre tudo. Ele era fogo inextinguível.

Ele era Rei.

E muito mais que isso.

Furou a última camada de concreto e derrubou as arquitraves do templo subterrâneo interpostas entre sua vontade e a tarefa que tinha a concluir, parando com grande estrépito de pedregulhos no que sobrava do Sacelo secreto. Escombros manchados de sangue e de morte. Deliciou-se com a vista das sobras do Caliban: uma esfera de nada, perfeitamente circular, que ainda emanava energia de Permuta. Havia poder, lá dentro. Um poder incomensurável.

Jena Metzgeray ergueu-se em toda a sua realeza e se deixou adorar pelos únicos seres vivos sobreviventes.

O Cambista estava gravemente ferido, mas não morrera. Seu nome era Gus Van Zant. Era o último da lista de Metzgeray. O que Gus sentia não era adoração, mas raiva. Sabia o que dali a pouco teria de enfrentar.

Um Caghoulard temerário havia tirado uma fivela de alumínio do túmulo que lhe serviria de abrigo durante os meses em que o haviam considerado morto. Um objeto de que se livrara, porque estava quebrado e sem préstimo. Aquela fivela trazia consigo, invisível, sua condenação. E o carrasco, afinal, tinha chegado.

Aos pés de Jena Metzgeray, Gus se arrastava ao longo da urna de ferro do Levantino, procurando não deixar à mostra o que, primeiro, as feridas infligidas pelo Caliban e, depois, a Permuta do Wunderkind haviam trazido à luz. O que provocara os gritos de Caius. A verdadeira anatomia de Gus, agora exposta.

A morte não vinha ao caso. Agora menos que nunca.

Jena Metzgeray não experimentou nem pena nem espanto. Em vez disso, riu.

Ao ouvir a risada, estrídula como vidro contra vidro, Caius, encolhido atrás de um pedregulho que fora a mão de um dos enormes Sacerdotes de pedra, levou o polegar aos lábios. O olhar perdido no vazio. Catatônico. Jena pensaria nele mais tarde.

O Rei flamejante já percebia o exército de mãos decepadas que vinha de todo canto do Dent de Nuit, convergindo para a figura do desavisado que, centenas de metros acima de sua cabeça, ousara torná-lo escravo com o engano. Era hora de se apressar, se quisesse de fato ter o privilégio de dirigir o último ato daquela infeliz palhaçada. Rodeou os facões e se aproximou, ligeiro.

Gus ameaçou-o com a pistola. — Fique... onde está... — ameaçou.

— Nem está vivo, e ainda recusa a morte — comentou Jena Metzgeray.

— Sei quem você é.

— Eu poderia dizer o mesmo de você, Cambista.

A mão de Gus tremeu. — Não creio.

— Mas duvido que ele saiba — o dedo esquelético de Jena indicou Caius, atrás dele. — Almas perdidas. Almas errantes. Almas cegas. Eis o que vocês são.

Gus cuspiu sangue. — Almas enganadas, Rei — corrigiu-o, áspero.

A risada de Jena Metzgeray fez desmoronarem algumas vigas do templo. — Há alguma diferença?

De repente, o Cambista sentiu no corpo o cansaço de gerações.

Um esgotamento que não dependia somente da batalha recém-concluída ou da revelação daquilo que mantinha escondido sob a aparência de humanidade com que vestira seu corpo, mas sim o cansaço de um homem prestes a morrer sem ter conseguido dar um sentido às próprias tribulações. A prostração cancelou as promessas. Apagou sua vontade de viver. Teve até o poder de tornar nula sua raiva.

Gus jogou a pistola na poeira. Parecia-lhe patético ameaçar uma monstruosidade como aquela com mero chumbo. Esticou os pulsos, forçando-se a não demonstrar a dor que aquele movimento provocava.

— Entendi — arquejou. — Entendi o que veio fazer.

A risada de Jena vibrou injuriada. — Não pode saber o que um Rei tem a capacidade de fazer.

Curvou-se lentamente, até ficar a poucos centímetros do rosto acalorado de Gus.

Gus sentia o calor emanado pelo corpo de Metzgeray derreter o pouco de pele humana que ainda lhe sobrava na cara, mas não se importou. Já não fazia diferença àquela altura. O tempo dos disfarces parecia ter chegado ao fim.

Ilusões dentro de ilusões que escondiam mais ilusões.

Agora, Gus Van Zant não via mais diferença alguma entre ele e Herr Spiegelmann. Afinal de contas, os dois não passavam de máscaras que encobriam outras máscaras. E, por baixo de todos aqueles disfarces, já não conseguia reconhecer-se.

O vazio, talvez, ou pior. A morte. A sua própria e a de todos os demais que haviam confiado nele.

Caius tinha visto o que não deveria ter visto. Seu verdadeiro semblante. A cara monstruosa, herança da batalha que parecera vencida, muito anos antes. E da qual ele se afastara, enojado. Pior: aterrorizado.

Talvez, a morte não fosse pior que o vazio que sentia no peito.

Jena inspirou. A poeira ficou mais escura e densa.

Gus vomitou ar da cor de fígado cru.

Seus olhos rodearam para trás.

Precipitou.

Foi sugado pelos poços negros que eram os olhos vazios do Rei. Sentiu uma força que o puxava na parte baixa do ventre, como se o cordão umbilical cortado pela parteira tivesse voltado a crescer de forma espiritual. Um cordão que o puxava para dentro das órbitas ocas da alma de Metzgeray. Tentou escapulir, recém-nascido recalcitrante diante daquele segundo nascimento, puxando para o lado contrário com todas as suas forças.

Jena era Rei. Sua vontade tinha a veemência do relâmpago que destroça a árvore. E Gus nem chegava a ser um carvalho.

Gritando, mas sem emitir gemido algum, foi arremessado para umas trevas tão profundas que já não faziam mais sentido. Era escuridão que fedia a morte e ossada, uma treva tão absoluta que o levou a sentir as garras da loucura que se insinuavam em sua mente até quase vencê-lo.

Unhas cortantes que remexeram em seus mais remotos sentimentos de culpa, assim como nas piores lembranças, mesmo aquelas que haviam sido usadas nas Permutas, sombras de recordações que evidentemente não podiam evitar o mundo escuro de Metzgeray. Garras que arranhavam suas cicatrizes, trazendo à tona embaraços, vergonhas, traições, repentinos desinteresses, separações, sofrimentos escancarados como peixes à venda no mercado.

Foi como enlouquecer se mantendo lúcido. Algo além da loucura, portanto.

E quando lhe pareceu que o cérebro iria explodir, espalhando mil cacos fumegantes, quando pensou que Jena escolhera para ele um destino de eterno tormento, então o aperto daquela vontade alheia esmoreceu.

As garras invisíveis soltaram-no. Tinham saboreado os pratos mais suculentos e, agora, já haviam perdido o interesse. Se suas bolsas lacrimais não estivessem ressecadas pela presença flamejante de Jena Metzgeray, Gus teria caído no maior choro, aliviado. Então, foi violentamente puxado de volta.

Fora das trevas, novamente o mundo. O rosto de Metzgeray continuava ali, perto do seu. Parecia uma estátua.

O calor que ele emanava castigava os nervos a tal ponto que os impelia à rebelião, mas Gus não tinha como evitar, a não ser deixando-se sugar de novo pela escuridão. A careta sarcástica do Açougueiro Cego, quando o Cambista deixou para trás o universo negro com mais um puxão furibundo, quase lhe pareceu engraçada.

— Acha realmente que pode compreender? — perguntou, agora que lhe deixara experimentar sua eternidade.

— Não — respondeu Gus.

Esticou mais uma vez os pulsos.

A lâmina mexeu-se em câmera lenta. Jena levantou o braço até quase alcançar o teto. Depois, baixou-o com a mesma suave indolência de uma bailarina morfinômana. A lâmina do facão brilhou e parou a uns poucos milímetros da pele de Gus. Uma lâmina de gelo que mal chegou a roçar nele. Foi apenas uma carícia, mas o sangue jorrou mesmo assim.

— O quê? O quê...?

— Não serei eu a dar-lhe a morte, Cambista. — pontificou o Rei, levantando-se. — A Lei foi santificada — anunciou. — Chegou a hora da vingança.

Completamente esquecido de Gus, virou-se e aproximou-se de Caius.

44

Para distinguir o menino franzino de um cadáver havia apenas o débil vaivém do peito a testemunhar, se ainda fosse necessário, que suas lesões não eram de tipo físico, mas sim muito mais insidiosas.

Não reagiu quando a névoa que servia de escolta a Metzgeray o envolveu, penetrando fundo em seus pulmões e na cavidade azeda de seu estômago.

Seu corpo opôs-se àquela invasão de forma meramente mecânica. Foi estremecido por convulsões e náuseas e vomitou areia molhada sem que seu rosto mostrasse qualquer emoção.

Seus olhos permaneceram imóveis como lagos no inverno, o polegar firmemente fincado entre os lábios. Caius era prisioneiro de outra dimensão.

Uma dimensão tão alheia e particular que nem mesmo o Rei podia alcançá-la sem provocar prejuízos irreparáveis. Em outras circunstâncias, não teria pensado duas vezes, teria entrado e profanado, deixando em seguida mentes transtornadas, como pouco antes fizera com Gus, mas Caius não era uma criatura qualquer, e aquela situação tampouco era comum. O garoto permaneceu catatônico.

Jena não gostou.

— Um Wunderkind! — murmurou.

A matilha de cães agitou-se, e a neblina ficou ainda mais densa, espelho da raiva da criatura esquelética. O que sobrava de areia vermelha e amarela na garganta de Caius raspou e coçou. Mais uma vez, a máquina feita de órgãos, veias e estímulos nervosos reagiu perfeitamente.

Caius, no entanto, continuou abobalhado.

— O nome dele... — disse Gus, de trás — ... é Caius.

— Não... — murmurou o rapaz, cobrindo os olhos.

— Deixe-me explicar, garoto — pediu o Cambista.

— Não! — exclamou Caius, começando a balançar.

— Nem tudo está perdido, preste atenção — implorou Gus.

— Não! — gritou Caius, tapando os ouvidos.

— Caius! — chamou o Cambista. — Ouça o que tenho a dizer, garoto...

Um sinal da mão de Jena calou Gus. Por mais que se esforçasse, seus lábios continuaram fechados.

— Tão frágil e ao mesmo tempo tão poderoso — meditou Jena Metzgeray, com sua voz estrídula. — Um poder imenso.

— *Iuscaiuseusoucaiu.*

Caius balançava, de olhos fechados e ouvidos tapados.

De olhos fechados e ouvidos tapados. Para a frente e para trás. Para frente e para trás, para a frente e...

Não adiantava, a voz do Rei penetrava diretamente sua cabeça.

Não podia esquivar-se das palavras.

— Um Wunderkind, tão indefeso.

Caius aumentou o volume. — *Oucaiuscaiuscaiusmechamocaiuspierrevictor,senhoritatorrancemamãepapai...*

Jena segurou-o pelos ombros, levantando-o como um boneco.

— *Toubemestátudobemnãoexisteamagiapermutaexisteamedicinaafísicaamecânicaaqui...*

Jena sacudiu-o. Caius mordeu a língua até sangrar, mas não parou sua ladainha.

Sua voz assumiu os tons birrentos da infância. Àquela altura, estava se esgoelando.

— *Xistenenhumapermutaninguémsóobomdeusqueéonossopaicomotambémdizasupe...*

Jena riu. Por um bom tempo.

Os cães na neblina uivaram.

Gus tropeçou. A dor ajudou-o a lutar contra o poder de Jena. Gemeu, meio esganiçado.

— Não há Deus algum nas alturas, Wunderkind — grasnou Jena Metzgeray. — Aquele trono está vazio, e a não ser que você queira vestir os panos do pai, continuará órfão pela eternidade. — Depois, acrescentou, com aquela voz que era o lamento da Geena: — Muito em breve chegará a hora, e aquele trono poderá ser seu, se ainda o quiser.

Caius reagiu. Seus olhos voltaram a estar presentes. — Está mentindo! — acusou-o.

Esperneou e se debateu.

— Solte-me! — esbravejou.

Aos seus gritos juntaram-se os de Gus. — Solte-o! — berrou, com lábios sangrentos. — Saia daqui! Vá embora! Já fez o que lhe foi ordenado, agora deixe o menino em paz!

Jena incinerou-o com o olhar. — Ninguém pode dar ordens a um Rei — sussurrou.

Alguma coisa se mexeu nas entranhas de Gus. As trevas que eliminavam o sentido de escuridão voltaram a tomar conta dele. Foi apenas um momento, mas bastou para compreender o alcance da raiva de Jena Metzgeray.

— Preciso dele — disse o Rei, desviando os olhos do Cambista. — Preciso dele.

Fechou Caius dentro de seu punho e chispou para o teto, arrebentando as arquitraves e destruindo a majestosa nave do Sacelo. Uma chuvarada de pedras investiu contra Gus, que apenas por milagre conseguiu evitar os pedregulhos maiores que caíam em volta.

— Caius, não!

E enquanto Jena cavava o ventre coriáceo da Terra, emergindo na praça da Fonte do Rana, Gus recuperou a pistola e, sem ligar para a dor da fratura no ombro, correu aos berros para a saída, rezando para chegar à superfície antes que fosse tarde demais.

Talvez ainda houvesse esperança, mas, se não houvesse, se tudo estivesse perdido, não tinha outra escolha a não ser cumprir o juramento e morrer.

Sobravam duas balas, pensou. Era o bastante.

45

A praça estava apinhada. O exército de mãos decepadas enchia-a completamente. Mãos brancas de pele rachada, mãos escuras com aliança no anular, mãos femininas e mãos masculinas, unhas quebradas e pintadas, mãos tatuadas e mãos esfoladas, peludas e sedosas, bem-cuidadas e cheias de cortes.

Havia mãos decepadas: umas careciam de alguma falange, outras nem dedos tinham. Havia mãos forçadas a arrastar parte do antebraço e havia até uma sobrecarregada pelo peso de um braço cortado bem acima do cotovelo.

O exército de mãos fremia à espera das ordens da divindade que as libertara de milênios de escravidão. Uma maré de carnes e tendões que se movia seguindo uma brisa inconstante. Ora ondeava para direita, ora quase encostava na base de granito da fonte. Algumas haviam galgado os canos das calhas ou subido nos carros estacionados, outras estavam penduradas como aranhas no que sobrava dos olmos carbonizados.

Para onde os olhos se virassem, viam-se movimentos e irrequietas pontas dos dedos.

Jena Metzgeray havia sido implacável. Todo Cambista do qual os Caghoulards tinham roubado um objeto havia sofrido os golpes de seus gélidos facões.

A ordem havia sido *golpear*, não *cortar*, e a essa sutileza se devia a vida de Gus Van Zant. Talvez devido à irredutível loucura que tornava Jena Metzgeray um Rei, ou talvez porque Gus Van Zant havia sido o único Cambista que não tentara fugir. O único que se atrevera a desafiá-lo.

Muito em breve, o Grande Açougueiro Cego colocaria o Wunderkind aos pés de Herr Spiegelmann e, com esse gesto, cumpriria suas obrigações a respeito da Lei da Árvore.

Jena era um Rei e jamais deixaria de manter sua palavra: prometera mãos e prometera o Wunderkind. Palavra de Rei, como costumam dizer, palavra de Deus.

E assim seria.

Isso não significava, no entanto, que até um Rei não pudesse moldar as regras e os acordos conforme seus próprios fins. Assim, ao longo dos séculos, monarcas e imperadores haviam dado início a guerras cruentas com a honra intacta e a consciência imaculada, com a irrelevante exceção das manchas de sangue que outros espalhariam. Isso também valia para Jena Metzgeray.

O Vendedor o ultrajara chamando-o "escravo", como uma desprezível criatura qualquer. Como um Carcomido ou um dos Caghoulards que tanto amava ter por perto. Impusera-lhe golpear as mãos e raptar o Wunderkind.

Impusera com correntes.

Conseguiria mãos e o Wunderkind. Herr Spiegelmann desejara um exército e o teria. Mas teria um exército entre os piores possíveis, um exército pensante. Assim Jena determinara, e assim fora.

Palavra de Rei, como costumam dizer, palavra de Deus.

Por isso, a mão direita tinha tomado todo o cuidado para evitar lama e poças de água e, por isso, a mão esquerda, que pertencera a um jogador de rúgbi, mergulhara naquelas mesmas poças com o maior prazer.

Jena concedera-lhes uma pontinha de inteligência. Não eram máquinas, portanto, mas criaturas. Elementares, é claro, muito simples, mas Jena sabia bem que uma migalha de pão era suficiente para que um trem descarrilasse. Era preciso apenas saber onde a colocar.

E se havia algo que Jena sabia fazer era destruir.

Herr Spiegelmann estava desafiando potências pavorosas. Energias que apenas queriam destruir aquele que as aviltara. Uma distração somente, um único erro, e para ele seria o fim. Foi por isso que, de tão concentrado que estava na Contrapermuta, não se deu conta da maneira histérica com que a multidão de mãos decepadas o estava bajulando.

Se tivesse feito isso, poderia ter chegado a conclusões nefastas, mas, por aquilo que seus sentidos podiam perceber e sua mente — fechada em si mesma — podia julgar, tratava-se somente de mãos que obedeceram a seu chamado. A prova palpável de que sua armadilha funcionara e de que logo mais chegaria a hora da recompensa. O ofuscante momento da vitória. O instante em que todo o seu trabalho se transformaria em triunfo. Levara anos para chegar preparado a esse momento. Longos anos.

Antes de mais nada, precisara recobrar-se da batalha que o vira sucumbir quase a ponto de morrer, sarando as feridas e reencontrando um novo equilíbrio que lhe permitisse recomeçar uma guerra ainda mais cruenta do que a primeira.

Em seguida, tivera de organizar um novo exército, bajulando, escravizando, corrompendo. Criara uma nova rede de contatos e espiões ainda mais oculta e esperta que a anterior, de forma a tornar-se seus olhos e seus ouvidos no mundo dos Cambistas, e isso também exigira inúmeras horas de cansativo trabalho.

E, o que mais importava, tivera de arquitetar um plano infalível que o levasse à vitória.

E, depois de encontrar a intuição certa, depois de entender o que teria que profanar para alcançar seus fins, tivera que estudar a Permuta até os mais íntimos segredos para poder pôr em prática todos os seus aspectos. Para chegar a isso, tinha viajado para todos os cantos da Europa.

Fora à Espanha, onde consultara uma freira alucinada que dizia ter visto um deus chifrudo do outro lado do Oceano. E fora a Portugal, onde tinha levado à loucura pescadores abusivos e encarregados de jardins botânicos, atormentando-os com perguntas a respeito de como seria possível capturar coisas que nunca haviam nadado em mar algum e tampouco brotado em floresta alguma.

Tinha visitado Montecarlo para interrogar um magnata das finanças que, pelo que contavam, tinha acesso aos mais recônditos cofres bancários da Suíça, pois em um deles estavam escondidas interessantes promessas. Na Dinamarca, tinha raptado a filha de um bibliotecário do interior apenas para conseguir um livreco bolorento publicado por um obscuro matemático do século XIX. Batera as florestas húngaras e as bacias ressecadas da Ruhr, redescobrindo as antigas pedreiras em que os mineiros contavam de hieróglifos que ninguém conseguira identificar e que haviam sido explodidos com dinamite. Tinha conseguido recuperar o diário cifrado de um abjeto carcereiro de Bergen-Belsen, no qual estavam anotadas as últimas vontades de um rabino de Praga, perito em Cabala e Permuta Daqui.

Tivera que desencavar antigos manuscritos quase ilegíveis nos porões do British Museum e fundir a cabeça para descobrir seus códigos fundamentais. Roubara, da Biblioteca Malatestiana, antigos madrigais do século XVI cheios de rimas caudadas somente porque, em alguns deles, se mencionavam sistemas para recuperar o que a carne tinha selado para sempre. Na Grécia, conseguira botar as mãos em poemas lineares A, entre cujas palavras se aninhavam rituais para alcançar um estado de meditação tão profundo que podia matar uns quarenta homens robustos. Anos passados preparando aquele momento. Aquele momento.

Não seriam certamente as mãos amontoadas sob o Rana a desviar sua atenção.

Se tivesse olhado, mesmo por um momento apenas, talvez tivesse sido capaz de intuir o que Metzgeray tinha tramado nos bastidores. As mãos estavam irrequietas.

Dobravam as falanges como cães desejosos de afago, empurravam-se umas contra as outras como a multidão em um concerto de rock. As mãos se encostavam procurando conforto no recíproco contato, conversavam em uma língua feita de unhas esfregadas, dedos estalados, carícias, beliscões.

Cada uma perguntava à outra: "E agora? E agora?"

Jena emergiu das profundezas, segurando Caius no punho. A mão do Grande Açougueiro Cego protegera-o de arranhões e equimoses, sem nada poder fazer, no entanto, para acalmar o medo. Jena, de qualquer maneira, nem pensara no assunto.

Caius tremia descontroladamente por causa do alucinante percurso pelas entranhas da Terra. Estava coberto de suor em razão do calor emanado por Metzgeray. Quando, no entanto, percebeu que suas narinas podiam de novo saborear o ar livre da praça e se deu conta do exército à espera, faltou pouco para ele ser tragado de novo pelo limbo catatônico de onde as insinuações de Jena Metzgeray o haviam tirado à força.

O Rei colocou-o no chão e as mãos logo se juntaram em volta de seu corpo, como animais curiosos. Caius não tinha coragem de se mexer. Quase não se atrevia a respirar para não excitar a multidão de caranguejos que o cutucava e empurrava, o encobria e brigava. Olhou para cima, quer para amenizar o nojo que as mãos decepadas despertavam nele, quer para entender o destino que o aguardava.

Jena sorria, de braços cruzados. Estava ciente dos pensamentos de Caius assim como dos de Buliwyf e Pilgrind, escondidos dos olhos do Vendedor e dos de seus capangas de cinco dedos. A par de tudo, saboreava o momento.

Somente mais tarde abriria novamente a Passagem para voltar ao cáustico inferno que eram sua morada e o seu reino. Esperava pelo momento do aplauso.

Herr Spiegelmann abriu lentamente a mão direita. Por causa da pressão interna à qual o seu corpo estava sujeito, mais que se abrir, os dedos pularam do punho como marionetes de uma caixa em um filme de horror.

O Vendedor havia transformado seu invólucro em uma espécie de draga capaz de engolir poder e agora, desmedidamente inchado, preparava-se para a batalha.

A mão levantada riscou o ar. Sua boca se abriu. Primeiro os lábios, depois apareceram os dentes. Então, a cabeça se rachou. A boca de Herr Spiegelmann ia de um lobo ao outro, partindo em dois todo o rosto, a mandíbula completamente deslocada e escancarada, negra como a noite.

Da garganta do Vendedor surgiu um gorgolejo pastoso, entupido, e o que Caius tinha intuído tornou-se realidade quando, em uma explosão líquida, minúsculos tentáculos, tão finos quanto cabelos, extravasaram chispando para todos os lados até cada um deles se fincar em uma diferente mão.

A cada tentáculo correspondia uma vírgula pontuda. A cada anzol, uma das mãos.

Por isso, ao serem golpeadas, muitas delas estremeceram de dor, feridas não somente na carne como também na devoção. O coração que até então as alimentara deixara de bater havia muito tempo e, por isso mesmo, somente umas poucas daquelas minúsculas feridas sangraram.

Quando o sangue surgiu, não passou de pequenas manchas escuras de líquido quase coagulado, desprovido de fluidez e calor. As reações do exército foram variadas.

As mãos mais obedientes, ou talvez apenas mais subservientes e estúpidas, aceitaram a dor como um necessário calvário para voltarem a ser parte de uma nova forma orgânica, mais ampla e imprevisível.

A liberdade sem limites tinha chegado ao fim, concluíram, já estava na hora de experimentarem uma nova condição servil, esperando que fosse menos penosa que a anterior. Não se opuseram à escravidão, pareceu, aliás, que quase estavam esperando por ela.

Outras não foram tão submissas. Rebelaram-se. Viraram de costas na poeira trazida por Jena, fechando-se e abrindo-se em um movimento sístole-diástole que não tinha a finalidade de levar seiva vital, mas sim o muito mais urgente e prosaico objetivo de cortar os filamentos e recuperar a liberdade.

Algumas se contorciam como trutas enganadas pelos anzóis, furiosas. Outras, parecidas com aríetes, insurgiam e esperneavam usando os punhos como martelos.

Outras ainda, mais inteligentes, as que haviam pertencido a Cambistas de notória habilidade, tentavam ajudar umas às outras, segurando-se nos finos tentáculos da mais próxima e puxando com força. Os filamentos com que o Vendedor as arpoara, no entanto, mostravam uma resistência superior às suas energias.

Mesmo assim, continuaram resistindo. Herr Spiegelmann percebeu a oposição das mãos e aumentou a concentração. Tinha que esmagar os revoltosos de uma vez por todas. Aquele era seu momento de glória. Agiu com decisão e crueldade.

Dardos de dor partiram do núcleo vivo de sua vontade para correr pelos filamentos do mesmo modo com que a eletricidade cavalga os cabos de alta-tensão, com o mesmo zunido monótono e o mesmo cheiro de ozônio, descarregando-se como mordidas na carne e nos nervos das mãos insubmissas.

O efeito foi imediato e evidente.

A pele de algumas crepitou como papel em chamas, outras ficaram cobertas de bolhas purulentas, outras ainda começaram a frigir como rãs na brasa, estremecendo na inércia mecânica dos ossos e das cartilagens.

A vontade do Vendedor opôs-se ao pasmo e à dor, resultando vencedora. Somente umas poucas levavam adiante sua rebeldia depois daquela prova de força, mas fracamente. A revolta havia sido esmagada, a guerra podia prosseguir.

Herr Spiegelmann preparou-se para enfrentar a fase crucial da Permuta.

Respirou fundo. E o miasma entupiu novamente os pulmões.

Uma perturbação em surdina espalhou-se de uma à outra mão, quando os filamentos voltaram a vibrar. Novos lampejos azulados estalaram em volta do corpo dilatado e inchado como um zepelim de Herr Spiegelmann.

Os fiapos que saíam de sua garganta zumbiram e assoviaram no impacto com energias aterradoras. A sensação provocada nas mãos foi de total esvaziamento. A que Herr Spiegelmann saboreou, no entanto, foi simplesmente inebriante.

Se algumas deformidades da raça humana ainda tivessem algum sentido para ele, poderia defini-la como erótica. Mas muito pouco sobrava de humano em Herr Spiegelmann, àquela altura, de forma que a imagem que sua mente usou para explicitar aquela imensa quantidade de energia foi de tipo sideral. O Vendedor sentia-se como um sol a ponto de transformar-se em supernova. Uma sensação de plenitude e perfeição divinas.

As mãos mais fracas foram as primeiras a sucumbir.

Suas extremidades ficaram azuladas, como que congeladas, e depois pretas até os pulsos, até ficarem imóveis como peixes levados à praia pela ressaca. Outras, mais resistentes, começaram a torcer-se e desvencilhar-se, de veias inchadas, enquanto as pontas dos dedos se calcinavam como esqueletos. Bolhas explodiam borrifando e unhas fragmentavam-se em mil pedaços como que esmagadas por uma marreta. O exército das mãos decepadas acabava de entender o sentido daquela liberdade e preparava-se para assumir o papel de vítima.

À medida que Spiegelmann as ressecava de toda a energia da Permuta que ainda lhes sobrava, as mãos ficavam inertes no chão, baratas mortas. Algumas até se desintegravam, juntando poeira à poeira da praça, que não demorou a cheirar a carne esmagada e queimada.

Herr Spiegelmann percebeu uma nova resistência. Calou-a espalhando sofrimento fartamente.

Enfastiado com a interrupção — a segunda em um breve intervalo de tempo — o Vendedor recomeçou a alimentar-se, a acumular energias de Permuta com renovado afinco e urgência. Explosões enchiam-no de beatitude, e milhões de faíscas incendiavam seus sentidos.

As mãos estremeciam em volta de Caius, agitavam-se raspando o chão até descarnar-se, salientavam sua aflição com murmúrios e pulos, cobriam-se de pústulas e chagas. O sofrimento que experimentavam despertava a saudade do velho domínio do qual se haviam livrado, até nas mais irredutíveis.

A dor do engano e da traição perdia apenas para a provocada pelos anzóis de Spiegelmann. Eram um exército, mas naquela batalha não havia qualquer possibilidade de fuga ou debandada. Agora sabiam muito bem disso.

Caius fechou os olhos. Apesar de ser apenas uma testemunha, sentia-se manchado por todo aquele sofrimento.

A energia que emanava do exército sacrificado era sugada pelo voraz apetite de Herr Spiegelmann até a última gota. Mas não havia somente volúpia naquele contínuo devorar. Também vinha à tona uma sensação que, ébrio de poder como estava, o Vendedor custou a reconhecer.

Primeiro com espanto, pois pensara ter deixado para trás meros detalhes nervosos como aqueles, depois com atônita aflição. E, finalmente, com medo. Havia dor. Muita dor.

As paredes de seu estômago se rachavam com terríveis ulcerações, sua garganta ardia em um fogo que nenhuma bebida poderia acalmar, seus olhos eram esferas do tamanho de bolas de bilhar que premiam diretamente contra o cérebro, cobertas por pálpebras tão finas quanto papel de seda, mas urticantes como ácido. Estonteado e cego, não se rendeu.

A dor era a de mil chicotadas na garganta, junto com mil brasas nas entranhas, e subia como veneno. Eram ossos rachados, fraturas expostas e pregos enferrujados nos joelhos e nas mãos. Eram espinhos em cada centímetro da pele.

Estava escrito que seria doloroso, mas Spiegelmann jamais desconfiara de que a coisa pudesse interferir em seus planos. Havia se superestimado, pois, afinal de contas, ainda continuava sendo um homem. E havia um limite de sofrimento que ninguém jamais poderia superar.

Tentou resistir mais um segundo. Só mais um.

Então, quando a dor chegou ao máximo, quando receou esquecer o que com tanta pena conseguira aprender ao longo dos anos, apenas para não deitar a perder o plano tão bem-elaborado, Spiegelmann abriu os olhos.

E cumpriu o ritual.

Não havia lembrança suficiente para estimular aquela Contrapermuta. Nem mesmo a vida intensa de um caçador de aventuras poderia garantir o fogo necessário. Dessa forma, como ser humano, nem o próprio Hércules deveria tê-la levado adiante. Estava escrito claramente em vários códigos. Mas Spiegelmann havia sido esperto.

Tinha encontrado um jeito para evitar o problema.

Enquanto a Contrapermuta jorrava da ponta de seus dedos na forma de gotículas de chuva, e Caius começava a sentir o formigamento nas têmporas que logo a seguir se tornaria dor terrível no meio do peito, a própria lembrança da Contrapermuta desaparecia da mente do Vendedor. O presente se perdia no passado e o passado era consumido pelo fogo na mesma hora. Não teria uma segunda possibilidade.

A matilha de cães de poeira uivou, lúgubre, quando o escárnio de Jena se tornou uma debochada gargalhada.

Buliwyf viu o corpo de Caius que se enrijecia e, com aflição, reparou no fio de baba que escorria de sua boca. Ouviu, mas apenas de longe, de forma confusa, Pilgrind que blasfemava e praguejava, pois sua atenção estava totalmente concentrada no garoto franzino que enfiava as unhas no próprio peito, arrancando facilmente o suéter que Rochelle lhe dera.

As mãos de Caius começaram a rasgar o peito glabro com o mesmo afã com que haviam estraçalhado a roupa. Deixavam vistosos arcos sangrentos, mas a dor daqueles arranhões animais devia ser quase nula, comparada ao que estava sentindo por causa do Vendedor. Porque o Licantropo não tinha a menor dúvida: o motivo daquele comportamento masoquista do Wunderkind era Herr Spiegelmann.

No topo da fonte, de punho fechado e rosto cianótico, com a boca escancarada que sorvia as energias do exército, o Vendedor era um alvo tão óbvio quanto convidativo.

O lobo mandou-o atacar. A razão, mais uma vez, forçou-o à imobilidade. Mesmo que tivesse conseguido superar o espaço aberto da praça, livrando-se das mãos que ainda se contorciam fumegantes, mesmo que Spiegelmann não se tivesse precavido para evitar algum tipo de ataque, e mesmo que tivesse alcançado sua garganta exposta, quem lhe garantia que a morte do Vendedor também não provocaria o fim de Caius?

— Pilgrind...
— É o fim, Buliwyf...
— Posso matá-lo.
— Não, não conseguimos quando tivemos a chance, agora...
— Posso matar Spiegelmann, ora essa. Sei disso. Quero apenas que me dê cobertura. Pode fazer isso. Podemos fazer.

Pilgrind mostrava-se inerte, apagado. — Já lhe disse, jovem lobo. O Dent de Nuit, Paris, talvez o país inteiro... destruídos. Como um meteorito. O Armagedon cairá em cima de nós todos e, pior ainda, sabe lá de quantos outros inocentes. Já não aguento mais ver tantos inocentes morrendo — Com um gesto, abarcou toda a praça, indicando as mãos. — Quantos morreram somente esta noite, Buliwyf? — Finalmente, em um sopro. — Seja o que o destino quiser.

Buliwyf apertou os punhos, segurando o Barbudo pela gola da capa, sacudindo-o com raiva.

— Está me dizendo que não há nada que possamos fazer?
— Alguma coisa, talvez.
— O quê?
— Esperar. — Pilgrind indicou Jena, ainda de braços cruzados, que dominava a fonte. — Talvez ele seja nossa última esperança.

— Mas aquele ser é um demônio!

— O que quer dizer que teremos que confiar em um demônio.

O ser que saiu do lugar onde existira o clube mais exclusivo do bairro não era um demônio, ainda que dele tivesse a aparência.

Caius poderia tê-lo reconhecido, mas sua mente estava muito longe da praça do Rana. Muito, muito longe.

Depois de uns momentos, e apesar da distância a das feridas que o torturavam, Pilgrind o reconheceu. Herr Spiegelmann não se deu conta de sua presença, e Jena Metzgeray nem se dignou a olhar para ele. O primeiro a vê-lo foi Buliwyf, mas não o reconheceu.

Era Gus, sem disfarces.

Seu corpo abrangia todo o arco da evolução. O rosto era réptil e inseto ao mesmo tempo. A garganta era a de um louva-deus, o peito era coberto de escamas crustáceas.

Uma hirta maranha de pelos cobria seus braços desengonçados, de símio.

Arrastou-se para fora dos escombros, bufando como um fole. Encolheu-se no chão, tentando recobrar as forças. Apertou o queixo de caranguejo e sentiu o feixe de antenas e tentáculos que lhe cobriam as costas soltar um líquido viscoso. Era seu sangue, sua seiva vital.

Sobrara-lhe muito pouca. O bastante, porém, para que pudesse se levantar.

Cambaleou. Caiu de joelhos. Cuspiu baba, que borbulhou na pedra.

Voltou a levantar. Viu Herr Spiegelmann e viu Buliwyf.

Viu o Rana, seráfico e imperturbável como de costume, e viu Jena Metzgeray, que o havia poupado. Ouvia Pilgrind, que lhe gritava alguma coisa na cabeça, mas não entendeu o sentido.

Então, engatilhou a arma.

Sobravam duas balas. Uma para si e outra para Caius.

Apesar de seu corpo distorcido ser o de uma Quimera, embora de seus ferimentos não escorresse sangue, mas seiva, e apesar de seus pulmões, protegidos por uma carapaça dura e avermelhada como a de um fóssil, preferirem o veludo da água ao ar carregado demais de oxigênio, o que saiu dos olhos de Gus Van Zant enquanto mirava foi sal e água.

Lágrimas.

46

Equilibrando-se na cabeça do Rana, Herr Spiegelmann saboreava o gosto do triunfo.

Sonhava com aquele momento havia muitos anos, e desde sempre tentara imaginar os vários matizes aromáticos do néctar reservados aos vencedores. Agora sabia, o sabor do triunfo superava qualquer expectativa.

As mãos que haviam pertencido aos Cambistas, agora dominadas, enchiam-no de uma energia de pureza indomável, mas não havia uma única fibra de seu corpo que não vibrasse de dor. E mais, toda aquela energia residual de Permuta que passava por seu corpo, para então ser transformada e repassada à mente e ao peito de Caius, estava acabando com ele.

Herr Spiegelmann era um espetáculo revoltante. Patético, se acrescentarmos ao conjunto de sua destruição a expressão de total beatitude de seu rosto. Da ponta de seus dedos, àquela altura apenas salsichões enegrecidos, subiam finas volutas de fumaça, e as bolas de bilhar que ele tinha no lugar dos olhos estavam riscadas por veiazinhas ictéricas. As bochechas e as mandíbulas do Vendedor iam se derretendo, assim como os ombros e as costas, àquela altura uma maranha de músculos e tendões indistinguíveis.

A dor ficara agora além de qualquer percepção. Cabia a seu corpo, àquele invólucro disforme, experimentar todo o sofrimento atroz e sofrer as consequências.

Herr Spiegelmann já entendera havia bastante tempo que o corpo não tinha a menor importância na ordenação do mundo e dos mundos que ele continha.

De que adiantava levar a sério um osso ou o vômito de um estômago em um mundo no qual cada canto era uma Passagem e cada lenga-lenga, uma nova Bíblia na qual encontrar sabedoria? Tudo era pensamento. Tudo nascia das dobras da mente dos sonhadores, tudo nascia e morria para que uma palavra pudesse defini-lo.

O corpo não passava de um empecilho necessário aos seres inferiores, um encadeamento de ácidos pré-natais e lembranças. Ácidos que, pensando bem, eram somente memória com forma de dupla hélice.

A memória era sua meta. O Santo Graal pelo qual tinha lutado e, aleluia, vencido.

A mente do Vendedor, desligada da praça e daquilo que ali estava acontecendo, estava mergulhada em um delírio de poder que o tornava uma coisa só com cada instante, com cada pedra da cidade. Até mesmo com o obscuro trajeto das órbitas dos planetas escondidos, lá em cima, pelas nuvens espichadas em espiral.

O ritual da Contrapermuta tinha criado uma ponte entre a sua mente e a de Caius.

Percebia a potência desencadeada por todas aquelas mãos na cabeça do rapaz, a remexer e procurar, a quebrar e destruir. O fato de isso o fazer enlouquecer de dor não o preocupava nem um pouco. Havia um muro a ser derrubado na cabeça de

Caius, e o Vendedor queria arrasá-lo. Nem mesmo uma única pedra devia ficar de pé para atrapalhar seu plano, porque, depois de tirar Caius do caminho, uma vez alcançada a parte mais recôndita da memória do garoto, tudo mudaria.

E ele, Herr Spiegelmann, o artífice da mudança do mundo, o que tinha sujeitado a Lei aos seus próprios interesses e até desafiado o Grande Açougueiro Cego — um Rei — para conseguir esse triunfo, receberia sua recompensa.

O muro a ser abatido para alcançar o núcleo irradiante do Wunderkind era um obstáculo considerável, mas já começava a dar sinal das primeiras rachaduras.

Frases embotavam as palavras para então desaparecer sem deixar resquícios, imagens esmaeciam e outras voltavam de repente à vida. De meras e desamparadas vírgulas escondidas no inconsciente surgiam palavras, palavras que, muito em breve, se transformariam em frases.

Da união daquelas frases, nasceriam histórias, histórias que se encadeariam em recordações, e então...

Spiegelmann riu. Ao ouvirem sua risada, morcegos aninhados nas calhas tombaram ao solo, mortos, pintinhos fechados em seus ovos deixaram de respirar, e Buliwyf teve que baixar a cabeça, acometido por uma aflição que nunca tinha experimentado. Até Pilgrind, que estava apressadamente dando a volta na praça e no exército aprisionado na tentativa de alcançar Gus e detê-lo, teve que levar uma das mãos à boca para reprimir o pranto.

A risada de Spiegelmann era o réquiem do mundo inteiro.

A mão direita já não tinha unhas, perdera-as em um espasmo involuntário, arranhando o calçamento da praça. Os dedos estavam curvos, como garras, com a pele avermelhada e, em muitos lugares, ausente, deixando a carne exposta ao ar. O anzol de Herr Spiegelmann fincara-se logo acima do indicador e era dali que vinha toda a dor, irradiada por uma teia de aranha de terrível sofrimento.

Ao lado, a uns poucos centímetros de distância, apoiada no pequeno coto que pertencera a um recém-nascido, a mão do jogador de rúgbi não oferecia um espetáculo melhor. O mindinho gastara-se quase por completo em uma repentina labareda, as unhas tinham sido arrancadas na hora em que, durante a rebelião, o Vendedor tinha fustigado seus súditos.

Mas a mão negra não estava acostumada à escravidão. Não mais. Estava habituada a lutar e, portanto, queria morrer.

Lutando.

Com um esforço quase sobre-humano encostara-se na feminina e, contando com a precária presença do novo dono, atrevera-se a tentar se comunicar com ela.

Na falta de garganta, língua e laringe, a comunicação entre as duas mãos tivera de limitar-se ao pouco que ficara preso nas palmas. Pequenos gestos, pequenos afagos, apalpadelas. Um beliscão, um arranhão leve, para chamar a atenção apenas. Uma linguagem tão elementar quanto astuciosa.

Carregada de exortações.

Vamos lá, resista.

Ânimo.

Nem tudo está perdido.

A mão direita não conseguia entender tudo que o companheiro tentava dizer-lhe. A dor era tão forte, e tão marcada era sua submissão ao Vendedor, que aqueles incitamentos se perdiam em um caos de impulsos desordenados. A mão do jogador, no entanto, não desistiu. Rendição era uma palavra que não constava de seu vocabulário.

Por esse motivo, se forçou a avançar até sobrepor-se à mão feminina, comprimindo-a. A mão feminina não se rebelou, pois já estava exausta, mas aquele contato fez com que recuperasse alguma lucidez.

A mão do jogador arranhou e beliscou, percebendo que a companheira estava atenta e à escuta. Explicou e exortou. Agora, a mão direita entendia.

A mão direita e a esquerda deram início à revolta. Viraram de costas e agarraram o filamento. Reprimiram a dor.

Como acrobatas de cabeça para baixo, começaram a arrastar-se rumo à fonte. Várias mãos observavam. E mais mãos foram bastante corajosas para tentar o inimaginável. Rebelar-se. Foi um verdadeiro motim.

Do exército de mãos decepadas, sobrava menos de um terço da tropa que confluíra aos pés de Herr Spiegelmann. Uma centena, talvez um pouco mais. As outras já haviam virado carvão, dessecadas pela Contrapermuta, ou então se torciam nos espasmos impotentes da agonia. As mais duras, as mais resistentes, entenderam a ideia da mão do jogador e viram na direita um exemplo a seguir.

Eram movidas pelo orgulho. E pela vingança de Jena Metzgeray.

Primeiro, foi a vez do uivo do bando de cães feitos de angústia e poeira. Depois, da risada de Jena Metzgeray.

E então, do vento, mais forte e impetuoso.

Finalmente, dos olhos arregalados do Licantropo. Não havia a menor dúvida. Sua vista não estava mentindo. O exército de mãos decepadas estava se rebelando.

Reprimindo o mal-estar oferecido por aquele espetáculo grotesco, Buliwyf debruçou-se do esconderijo para observar melhor a cena. Aquela demonstração de vontade sediciosa deixava-o pasmado. Até o lobo dentro dele ficou emudecido. As mãos arrastavam-se penosamente para a fonte, deixando para trás marcas de carne e de sangue coagulado. O sofrimento provocado pelos movimentos era visível em mil detalhes. Dedos que ficavam enredados e eram cortados sem a menor hesitação, pele que escorria como baba nojenta. Mas não desistiam.

Avançavam. Lentamente, inexoravelmente. Parecia a chegada da maré-cheia em um oceano sem água.

A primeira entre elas, mão negra e grosseira, já começara a subida que a levaria até o Vendedor. Era, então, aquela a última esperança que Pilgrind mencionara? Procurou-o com o olhar.

Encontrou-o correndo ofegante para o buraco de onde surgira a Quimera que o Barbudo chamara de Gus. O simulacro demoníaco que apontava a arma para Caius.

E Caius?

Como Spiegelmann, Caius não se dava conta do que estava acontecendo. Da mesma forma que o Vendedor estava em êxtase na cabeça do Rana, Caius aparecia prostrado e dolorido. Assim como o primeiro era a própria imagem da vitória, o outro representava a derrota. Especulares na ebulição da Permuta que envolvia a praça, especulares na ignorância do que estava havendo.

Caius estava gravemente ferido. O peito de onde o sangue jorrava farto, a boca escancarada e esquecida como a dos mortos, as mãos manchadas de vermelho, grasnava sons incompreensíveis que podiam ser tanto bênçãos quanto pragas.

Buliwyf observava a cena esperando um sinal, um indício, um gesto, uma coisa qualquer que o levasse a atacar. Por isso, quando os Caçadores o encontraram, foi incapaz de reagir ao perigo.

O Caçador albino aproximou-se de Primo. — É um bonito exemplar — murmurou, sabendo que a força do vento esconderia suas palavras.

Primo concordou.

— Deixe-o para mim — implorou o terceiro Caçador, já saboreando o sangue.

— Não é a hora certa — foi a resposta seca de Primo. — Cada coisa no devido tempo. Spiegelmann tinha avisado que haveria interferências, e que tais interferências deveriam ser eliminadas logo de saída. — Não mataremos aquele Licantropo. Teremos, primeiro, que obedecer às ordens de Spiegelmann.

— Por quê?

Primo agarrou-o pelo cangote. Seu aperto era de aço. O terceiro ganiu de dor, fora de si.

Os outros dois estremeceram.

— Porque, quando Spiegelmann conseguir o que quer, nós teremos o Dent de Nuit. Será nossa reserva de caça pessoal. E então, meu filho... — Soltou a presa. O terceiro cambaleou. — ..., precisa ter paciência.

Primo virou-se para o Licantropo.

O cachecol de aviador que escondia seus traços esvoaçava no vento como bandeira manchada de sangue.

— A paciência é a virtude do Caçador. Perde apenas para a força. Mas, antes de força e paciência, é preciso ter obediência. A próxima vez que se atrever a pôr em dúvida uma ordem minha, irei matá-lo na mesma hora.

A ameaça pairou sombriamente no ar.

O terceiro Caçador rangeu os dentes. — O que vamos fazer com o Licantropo, Pai?

— Quero que você o deixe tonto, Philippe — ordenou Primo. — Mas procure não estragar a pele, será um bom troféu. No devido tempo...

Com um sorriso maldoso, o Caçador investiu contra Buliwyf.

— Vocês esperem meu sinal. O alvo é aquele garoto. Vivo.

O lobo reagiu tarde demais.

Buliwyf mal teve tempo de virar a cabeça e perceber o vulto que caía em cima dele, antes que a dor explodisse em sua cabeça.

Cambaleou para a frente, ofuscado.

O segundo golpe mergulhou-o nas trevas. E foi assim que a primeira testemunha da revolta das mãos decepadas não pôde assistir ao último ato da tragédia.

47

A mão do jogador de rúgbi parou na altura do nariz do Rana. Com o anular, facilitou a subida da mão feminina, a primeira a acompanhá-la. Ambas estavam a poucos centímetros das pernas de Herr Spiegelmann. Ambas sentiam a força fluir do corpo do general que as havia traído. E ambas sabiam que aquela energia iria incinerá-las imediatamente se elas lhe dessem a menor chance.

Deram-se um último aperto, uma última mensagem de conforto. Foi bom, dizia aquele afago; pois é, foi bom, mas trouxe dor demais.

Outras mãos juntaram-se ao ataque, alcançando o grande rosto redondo e gozador do Rana. Uma delas, a mais ligeira e irada, era a mão direita de um menino de uns 6 ou 7 anos, no máximo. Apesar de tudo que sofrera, ainda guardava, reconhecíveis, os sinais de uma infância que jamais se concluiria. O menino a quem pertencera, se não fosse pelos facões do Açougueiro, iria se tornar sem dúvida um Cambista lendário.

Outra, logo a seguir, maior e mais tosca, era a mão coberta de tatuagens de Suez. O que a empurrava era a vontade do dono do Obcecado, não o resquício de Permuta. Pesada e vigorosa, procurou logo ajudar a subida de uma mão direita, feminina e vagamente gorducha que, no entanto, logo que os dedos se tocaram, pulverizou-se, virando cinza. Não era a única rebelde a ter morrido durante a marcha.

Para onde o olhar se dirigisse, apenas se viam mãos encarquilhadas e incineradas.

Foi justamente aí que o Vendedor percebeu que alguma coisa estava errada. A mão que mantinha erguida acima da cabeça, aberta, fechou-se de estalo. As pálpebras, urticantes e transparentes como papel de seda, mexeram-se repentinas. A boca, àquela altura pouco mais que um buraco, torceu-se. Do céu, a primeira gota daquela que seria lembrada como a mais violenta tempestade que já se abatera sobre a França acertou-o no ventre proeminente, evaporando na mesma hora.

Para os rebeldes, foi o sinal do ataque.

As mãos do jogador e de Suez foram as primeiras a se lançar na última investida. Agarraram as calças do Vendedor e, recorrendo à pouca energia que ainda lhes sobrava, galgaram, com extrema rapidez, joelhos, coxas e abdome.

Visavam à garganta. Queriam apertar e esmigalhar, até a cabeça cair. Decepada como elas haviam sido de braços que já eram uma vaga lembrança.

Outras, menos ligeiras, miraram as juntas. Derrubar o ídolo, destruí-lo e cair com ele na poeira. Era apenas isso que elas almejavam.

Quando a mão de Suez alcançou a face de Herr Spiegelmann, pouco faltou para ela cair ao chão. A substância que já havia sido carne flácida e pesada maquiagem transformara-se agora em uma gosma inconsistente. Ao afundarem nela, os dedos deixaram à mostra a dentadura podre da caveira enegrecida pela energia da Permuta.

A mão do jogador de rúgbi teve ainda menos sorte. Aproximando-se do pescoço do Vendedor, bateu com o dorso na maranha de filamentos que saíam daquela garganta obscenamente escancarada e foi eletrocutada na mesma hora. Morreu em um tripúdio de fagulhas.

Seu sacrifício, no entanto, não foi vão. De repente, Herr Spiegelmann soltou um som esganiçado, enquanto a energia da Permuta, já sem controle e não mais dirigida pelos filamentos, desencadeava-se desvairada, envolvendo-o como uma chama. Desnorteado pelo violento contragolpe, quase chegou a perder o equilíbrio. Seus olhos conseguiram focalizar os rebeldes e o grito que aquela visão provocou só ficou atrás da gargalhada de Jena Metzgeray que, de braços cruzados no canto à sua direita, aproveitava a vingança.

A matilha de cães endoidou. Os animais envolveram o corpo de Buliwyf e o de Pilgrind, àquela altura a uns poucos metros de Gus. E também envolveu Gus que, ferido daquele jeito, não conseguia apontar para o alvo. Os cães nem chegaram perto de Caius, entretanto, que rolou ao chão, chorando. Como se os temesse.

O rapaz franzino deixara de torturar o peito. Ao contrário, enquanto retomava a consciência do onde e do quando, ficou imaginando, confuso, a razão de todo aquele assanhamento. Não era a única pergunta que passava por sua cabeça, agora que voltava ao presente.

O que lhe ordenara o Vendedor, para que ficasse daquele jeito? O que fizera com ele? E, principalmente, que artimanhas tinha engatilhado?

Porque Caius não podia negar: depois da tempestade da Permuta, sentia-se diferente. Diferente e igual ao mesmo tempo. Pensou, e, apesar de ser um pensamento bastante próximo da realidade, não foi nada agradável, que tinha trocado de lugar com sua própria imagem refletida em um espelho. Pois é, igual mas diferente Como que deslocado.

Horrorizado, contemplou por um instante o estrago que tinha inconscientemente provocado em sua carne e quase desmaiou de repulsa.

O contato mental com Herr Spiegelmann tinha acabado. Já não havia vendaval em sua cabeça. Quase não conseguia respirar, e um fogo terrível ardia onde as unhas haviam cavado.

Deu mais uma olhada. Alguma coisa estava surgindo. Alguma coisa que empurrava de dentro para fora. Algo que tinha reflexos avermelhados. Uma coisa que Caius conhecia apesar de nunca ter visto algo parecido. Parecia uma tatuagem. Um sinal. Um sinal que assumia os contornos de alguma coisa familiar.

Suas mãos, evidentemente, não se haviam mexido por mero instinto de autodestruição. Suas unhas não haviam cavado e raspado sem seguir alguma lógica. Agora que se esforçava para reprimir o nojo, agora que já não sentia a pressão de Herr Spiegelmann em suas têmporas, agora que o aplauso que quase o matara com sua insistência se acalmara, podia ver claramente o que as mãos tinham desenhado usando sua pele como papel. Viu o que aquele desenho era, a marca em brasas estava se desenvolvendo de forma autônoma.

— Mas o quê? O quê? O quê?

Chorava.

— Por quê?

As mãos haviam chegado ao rosto do Vendedor.

Umas premiam para cavar seus olhos das órbitas, outras empurravam para penetrar o rasgo de sua boca.

Outras futucavam a barriga para enfiar-se em suas entranhas e arrancá-las. E ainda havia aquelas que se haviam grudado nos joelhos e tornozelos e puxavam adoidadas, todas juntas. Todas movidas por uma fúria homicida.

A energia de Permuta, já não gasta pelo ritual do Vendedor, havia voltado às legítimas proprietárias, isto é, às mãos dos Cambistas, devolvendo-lhes algum vigor. Subiam ligeiras, agora. Pulavam.

Seguravam-no. Socavam-no. Beliscavam-no.
Herr Spiegelmann uivava. Tombou ao chão.
As mãos o encobriram.

— Não faça isso, Gus.
A Quimera virou a cabeça.
Esgotado, com os olhos injetados de sangue devido à perturbação do Açougueiro Cego e à angústia, Pilgrind incitava-o a não fazer o que ambos haviam jurado fazer a qualquer custo.
Gus sentiu-se profundamente traído. — Juramos.
— Não faça — foi a pacata resposta de Pilgrind.
— Mas precisamos!
— Não. Não...
— Eu tenho que fazer — disse, então, Gus, sacudindo a cabeça.
— Ele caiu, olhe... — disse o Barbudo.
Spiegelmann jazia no chão, como morto. As mãos irromperam em cima dele como moscas em um cadáver.
— O cego é você, Pilgrind.
Gus indicava o corpo de Caius, envolvido em uma luminescência carmesim, muito parecida com a que envolvia Jena Metzgeray.
— Não. O ritual não se completou. Ainda há esperança.
Gus apontou a arma para ele. — Está querendo impedir que eu cumpra meu dever? — Depois, corrigiu-se com um rugido: — O *nosso* dever, ou já se esqueceu?
— Você não é um assassino, Gus.

Gus suspirou, quase conformado. Cada palavra custava-lhe um enorme esforço.

— Tenho duas balas, Pilgrind. Uma para mim e outra para o Wunderkind. Mas posso encontrar outro jeito de me matar. Não me atrapalhe.

Pilgrind meneou a cabeça — Não pode fazer uma coisa dessas.

— Olhe para o peito dele.

Caius se havia deitado de costas, de braços abertos, como que crucificado na praça. Ofegava. Em seu peito magro havia aparecido uma série de pequenas incisões que antes não existiam. Pareciam uma tatuagem feita com fogo. Uma marca indelével que reluzia conforme ele movia o corpo. Devia ser muito dolorosa. Tanto Pilgrind quanto Gus sabiam o que aquele sinal significava.

Era a marca da Rosa.

— A Rosa de Argol, está vendo? — Gus disse apressado.

— Entendo — respondeu Pilgrind franzindo a testa. — Mas quem não quer realmente entender é você.

— Spiegelmann venceu, Barbudo.

— Você está enganado, não concluiu a Permuta.

— Não faz diferença — afirmou Gus, em um tom apreensivo. — O processo foi apenas refreado. Caius lembrará. Lembrará, maldição!

— Podemos detê-lo.

— Como?

— Já fizemos no passado.

O absurdo daquela afirmação deixou Gus de queixo caído. Seus traços, embora alheios aos humanos e mais próximos dos insetos e dos anfíbios, evidenciaram todo o seu espanto na repentina agitação de antenas e pseudópodes. Pilgrind não ficou enojado. Apenas triste.

— Está louco, Pilgrind. Olhe para mim.

— Estou olhando, Gus Van Zant.

— Então não minta. Sabe muito bem que o processo é irreversível. Podemos somente acabar de uma vez com ele, e só há uma forma de termos certeza de que realmente acabou.

Moveu de novo a arma na direção de Caius. Era um alvo fácil, agora. O olhar vidrado do garoto apontava para o céu. Imóvel.

Em algum lugar, um trovão sacudiu a noite.

Jena emitiu um som estrídulo.

— Não sabemos, com certeza, se é irreversível. A gente nem sabia se a existência de uma Contrapermuta era possível.

Gus cambaleou. Cuspiu uma seiva avermelhada no chão. Deu uns passos para Caius, decidido a acabar com aquela história.

— Vai se tornar um assassino, Gus — implorou Pilgrind.

"E tornar um assassino a mim também", pensou.

— Já sou um monstro, acha que vou me importar?

O Vendedor conseguiu levantar-se alguns centímetros e o exército logo voltou a achatá-lo no solo.

Quase não conseguia respirar.

Abobalhado diante do que estava acontecendo (mais uma vez comendo poeira, justamente quando estava saboreando seu maior triunfo), nem tentou usar a Permuta para livrar-se dos rebeldes. Era uma coisa distante de seus pensamentos, assim como a afronta que o exército de mãos decepadas estava levando a cabo sobre sua carcaça aviltada e consumida pela Contrapermuta.

WUNDERKIND

Espichado no chão, pasmado e apavorado, procurava entender onde errara. Onde fracassara.

Tomara o maior cuidado com cada detalhe. Tudo havia sido analisado e devidamente planejado. Tinha capturado os dois irmãos, Cid e Paulus, para confundir e preparar a cilada, tinha chamado Primo, o melhor dos Caçadores, para que o Licantropo e Pilgrind não o atrapalhassem, havia dobrado à sua vontade Jena Metzgeray e, com seus facões, arrumara para si a energia necessária para cumprir o ritual a contento. Tinha até encostado o Wunderkind na parede, forçando-o a cometer uma Infração.

E agora estava mais uma vez com a boca cheia de sangue e poeira.

No chão. Derrotado. Apenas sangue e poeira. Odiava aquele sabor, uma coisa revoltante.

Era o sabor dos homens.

Eis o que sobrava, afinal, da existência, sangue e poeira. Nada mais que isso.

Sangue e poeira era o destino dos homens. Desde que tomara consciência disso, Herr Spiegelmann se havia esforçado para evitar esse fim.

Rebelara-se contra a ditadura do sangue e da poeira, industriara-se para mudar, para trocar de pele, corpo e alma, desde que pudesse se afastar da raça dos homens, a fim de fugir do sangue e da poeira.

E apesar de todos os esforços: sangue e poeira.

Estava, então, tudo acabado? Era, afinal, esse o seu destino? Fracassar no sangue e na poeira?

— Não.

Esses eram pensamentos de um filho do sangue e da poeira, não seus. Nem tudo estava perdido. Antes de mais nada, continuava vivo. A Contrapermuta não o destruíra como teria feito com qualquer outro Cambista menos poderoso que ele.

O orgulho despertou novas energias. Riu. A batalha não tinha acabado, tinha que continuar. Porque ele não havia sido vencido.

O derrotado não era ele. Não naquela noite.

De repente, fez estalarem as mandíbulas, como um cão raivoso. A baba na boca e um surdo rosnar na garganta. Incinerou o exército que o mantinha prisioneiro em uma macabra retaliação, e se levantou. Sacudiu os ombros e as costas, para limpar-se daquela imundície. Não podia acabar daquele jeito. Não estava nos planos que sua vida acabasse assim. Tinha preparado tudo, nos mínimos detalhes.

A guerra prosseguia.

E, se o azar continuasse a persegui-lo, arquitetaria um sistema para eliminar o azar de sua vida. Sangrava por todos os poros, seus órgãos internos estavam feridos e queimados, seus dedos não passavam de cotos inúteis. Mas seus inimigos não estavam em condições melhores. Ainda dispunha de poder. Tinha conhecimento. Mais que qualquer outro Cambista. O bastante para conseguir sua recompensa.

Fechou os olhos e assoviou.

Os Caghoulards acudiram na mesma hora, planando dos telhados onde o Vendedor os colocara. Seguraram-no pelos braços, e ele se deixou levar. Estava cansado. Moribundo. Mas, ainda que de forma parcial, seu plano tinha funcionado. O Wunderkind estava engatilhado. "Isso mesmo", pensou.

Engatilhado.

48

Caius levantou-se, devagar.

Olhou em volta. O chafariz estava todo manchado de sangue. A praça, coberta de carne queimada. Podia ver o demônio saído do inferno ao longe, cercado pela nuvem de poeira. Meneou a cabeça. Pilgrind estava imóvel, as mãos na altura dos quadris. Caius tentou sorrir. Então, viu a Quimera.

A Quimera era Gus, mas ao mesmo tempo não era.

Não era inseto e não era anfíbio. Um meio termo entre os dois. Fedia a sangue e lama. Não era Gus, embora falasse com a voz dele.

— Desculpe, garoto, desculpe — dizia aquele demônio.

— Desapareça — suplicou Caius, horrorizado.

— Não posso. Preciso...

Mais uns passos. Gus apontou a arma.

— Não me mate.

— Você não pode entender.

E apertou o gatilho.

Daquela distância, era impossível errar. E não teria errado se não fosse por causa do Rei Arame Farpado, que, aparecendo sabe-se lá de onde, intrometeu-se entre o chumbo e a macia carne da têmpora de Caius.

O tiro acertou em cheio a figurinha de olhos emplumados. O Rei Arame Farpado absorveu a bala e deixou-a cair ao chão. Houve um estalido metálico. Logo em seguida, o Rei Arame Farpado pousou no calçamento, planando aturdido.

Gus fitou-o, furioso. — Você...

Depois, olhou para Caius. O rapaz estava pálido e pasmo.

— Atirou em mim...

Gus tentou de novo. Ainda lhe sobrava uma bala.

— Não, Gus! — gritou Pilgrind, lançando uma Permuta contra ele.

A pistola explodiu em um clarão de fogo. Um fragmento de metal incandescente acertou Caius na testa, fazendo-o gritar de dor e surpresa.

Seu berro foi sobrepujado pelo grito de Gus. Da mão que segurara a arma, sobrava apenas um coto com três dedos inertes.

Caius estava ileso. Levantou-se, trêmulo. — Atirou em mim.

— Você... — gralhou Gus. — Precisa... — fez um esforço. — Você... Você é o Wunderkind...

Apertou o queixo e levantou-se do chão. Sua fúria homicida ainda não se aplacara. A mão sobrevivente segurou o punhal, sacou-o.

— Você...

Caius tremia. — *Por quê?* — berrou.

E aquele berro teve a força de arremessar Gus, Pilgrind e o Rei Arame Farpado a 20 metros de distância, levantando-os como gravetos. Fez desmoronar as arquitraves e as cornijas ainda de pé e explodir vidros e lâmpadas. Provocou um ziguezaguear de novas rachaduras no asfalto e no granito. A praça ficou em chamas.

— Por quê? — gaguejou Caius e ajoelhou-se aos prantos.

Epílogo

... **E** quando a fúria da tempestade enfureceu tudo na praça do Rana e no Dent de Nuit...

... E, quando a água torrencial começou a lavar o sangue e as cinzas...

... E, quando o vendaval tentou derrubar as paredes, como se fosse o dia do Juízo Final...

... E, quando até mesmo os cadáveres se afogaram, submersos pela fúria do tufão...

... E, quando Jena Metzgeray, satisfeito seu desejo de vingança, voltou ao inferno calcinado que era seu reino...

... E, quando Pilgrind, incapaz de se levantar e reagir, amaldiçoou uivando a própria fraqueza...

... E, quando Gus chorou suas últimas lágrimas, salgadas, de raiva infinita...

..., então, os quatro Caçadores surgiram da cortina de água e relâmpagos para satisfazer a vontade de Herr Spiegelmann. Quatro homens transformados, pela loucura dos elementos, em vultos poderosos, nem um pouco preocupados com aquilo que seus olhos acabavam de ver e seus ouvidos, de ouvir. Agarraram Caius, inerte, desfalecido pelo choque, e carregaram-no nos ombros sem o menor esforço. O rapaz franzino não pesava quase nada.

Logo a seguir, desapareceram nas entranhas escuras do bairro que nenhum mapa jamais assinalara.

GLOSSÁRIO

Caghoulards: seres abjetos, conhecem a poesia da carne torturada, mas não a da compaixão. Também são chamados de Pretos Encapuzados por causa das roupas que eles mesmos confeccionam. Escarificações e infibulações os caracterizam. A única coisa que desejam é um nome.

Caliban: criatura em que beleza e monstruosidade se juntam. Sua respiração é música, seu rosto é loucura.

Cambistas: os que são capazes de realizar a Permuta.

Fóbicos: esqueceram a morte e, por isso, não são cadáveres. Movimentam-se e matam com força sobre-humana, mas não são seres vivos. Seus olhos são como caudas de pavão.

Artefatos: objetos transformados através da Permuta De Lá. Causam uma dependência que se torna escravidão.

Permuta De Lá: capacidade de transformar os objetos através do uso do sangue.

Permuta Daqui: capacidade de os Cambistas modificarem a essência física da realidade pela destruição de uma ou mais lembranças.

Carcomido: gigantesca criatura cristada feita de pão dormido, asas de mosca e podridão. Não é um ser vivo, é uma arma. Seu beijo é a derradeira tortura da carne.

Agradecimentos

À minha família, pela paciência que demonstrou comigo e pelo prazer que teve em perder-se em uma biblioteca. A Anna, que me disse: "Há muitas maneiras de ver as coisas" e botou uma caneta em minha mão.

A Maurizio Girardi, por ter lido tudo (e quero dizer *tudo* mesmo) com entusiasmo e inteligência, até quando se tratava de verdadeiros desvarios sem pés nem cabeça.

Obrigado a Dario Di Liberto, pela amizade, pelo encorajamento e pelas infinitas conversas. Pelo mesmo motivo, também devo muito a Marco Lazzara, grande amigo. E a Fulvio Ferrari, amigo e mentor.

Desejo agradecer a Luca "Metal Guru" Signorelli, pelas preciosas sugestões durante a redação desta obra e, principalmente, porque sabe que lá fora está cheio de monstros.

Um agradecimento especial a Piergiorgio Nicolazzini, meu agente, que, quando diz que uma coisa funciona, ela funciona *mesmo*.

A Sandrone Dazieri, pela confiança. A Silvia Torrealta e Andrea Cotti, meus dois editores, porque me ensinaram a iluminar a noite.

Obrigado a Jadel de Kai Zen (www.kaizenology.wordpress.com), pela amizade e pela planimetria do Ministério Búlgaro. Thanks to Sonia for her brew translation.

A todos que colaboraram, de forma mais ou menos direta, para o bom êxito desta história.

A Jena, pelos pesadelos. E aos Moonspells, por terem contribuído com sua música para inspirar a escrita desta trilogia.

E a Sara, naturalmente.

Desejo, finalmente, agradecer a você, que está a ponto de fechar este livro, porque, sem aqueles que ouvem, contar não passa de mera vaidade.

Impresso no Brasil pelo
Sistema Cameron da Divisão Gráfica da
DISTRIBUIDORA RECORD DE SERVIÇOS DE IMPRENSA S.A.
Rua Argentina 171 – Rio de Janeiro, RJ – 20921-380 – Tel.: 2585-2000